Michael Kibler

Engelsblut

PIPER

Zu diesem Buch

Eine junge Frau, die sich Sonntagnacht vor den Zug wirft. Ein gut situiertes Ehepaar, das am Montag erstochen aufgefunden wird – die Woche beginnt anstrengend für Margot Hesgart und Steffen Horndeich, das langjährig eingespielte Team der Darmstädter Mordkommission. Dann häufen sich die Ungereimtheiten. Ist das Ehepaar wirklich einem Raubmord zum Opfer gefallen? Die getötete Frau war angeblich schwanger, doch die Gerichtsmedizin kann das nicht bestätigen. Die Tote von den Gleisen hingegen erwartete tatsächlich ein Kind, und es deutet einiges darauf hin, dass der Selbstmord ein vertuschter Mord war. Haben die beiden Fälle überhaupt miteinander zu tun? Nichts ist, wie es auf den ersten Blick scheint, bei diesem vertrackten Fall, der die beiden Ermittler bis zuletzt in Atem hält.

Michael Kibler, geboren 1963 in Heilbronn, ist heute leidenschaftlicher Darmstädter. Nach Studium und Promotion arbeitet er als Texter und Schriftsteller. Seinem Überraschungserfolg »Madonnenkinder« folgten die vielbeachteten Kriminalromane »Zarengold«, »Rosengrab«, »Schattenwasser« und »Todesfahrt«. »Engelsblut« ist der sechste Fall für die Ermittler Margot Hesgart und Steffen Horndeich.

Michael Kibler

ENGELSBLUT

Kriminalroman

Piper München Zürich

Mehr über unsere Autoren und Bücher:
www.piper.de

Von Michael Kibler liegen bei Piper vor:
Zarengold
Schattenwasser
Rosengrab
Todesfahrt
Engelsblut

Originalausgabe
Januar 2013

Umschlaggestaltung: semper smile, München
Umschlagabbildung: Werner Wagner, Rielasingen; demma / stock.xchng
Satz: Kösel, Krugzell
Gesetzt aus der Minion
Papier: Munken Print von Arctic Paper Munkedals AB, Schweden
Druck und Bindung: CPI – Clausen & Bosse, Leck
Printed in Germany ISBN 978-3-492-30046-9

Für Hala

PROLOG

So fühlt es sich also an, wenn man reich ist.

Ich bin jetzt reich.

Sehr reich.

So fühlt es sich also an, wenn man getötet hat.

Ich habe es getan.

Der Wagen fährt toll. Ich bin noch nie so ein Auto gefahren. Ira hat mir ihr Navi gegeben. Sie wollte kein Geld dafür. Sie hat es nicht Blutgeld genannt. Aber ich bin sicher, sie hat es gedacht.

Der Wagen gehört nicht mir, sondern dem Toten.

Ich hoffe, ich habe genügend Vorsprung.

Ich habe gemordet, aber ich habe auch eine Familie. Deshalb versuche ich, nicht zu heulen, mich zusammenzureißen und mich auf die Straße zu konzentrieren.

Es gibt eine Menge Brücken hier. Und vorhin, da war ein Moment, in dem ich gedacht hab: gegen den Pfeiler, rumms – und alles wäre vorbei.

Aber das geht nicht. Schließlich werde ich gebraucht.

Der Schmuck ist unglaublich. Ich werde versuchen, ihn zu Geld zu machen. Ist wahrscheinlich noch mehr wert als das Bargeld. Was für eine Summe! Aber jetzt nicht die Nerven verlieren. Ich darf mir nicht erlauben, den Verstand auszuschalten. Jetzt alles langsam und nach Plan.

Bin ich jetzt ein schlechter Mensch? Weil ich getötet habe?

Oder bin ich ein guter Mensch, weil ich damit ein Leben lebenswert machen werde?

Darüber kann ich nicht richten.

Und wenn ich Glück habe, wird darüber auch kein irdischer Richter richten.

Irgendeine Instanz wird mich irgendwann zur Rechenschaft ziehen.

Aber jetzt ist es ohnehin zu spät.

Etwas rückgängig machen – das kann keiner.

Ich kann nur noch nach vorn schauen.

SONNTAG

Der Weg war nicht weit vom italienischen Restaurant *Gargano* zu ihrem Häuschen im Harras. Hauptkommissar Steffen Horndeich hatte den Merlot genossen. Zu einer Pizza mit Meeresfrüchten. Und viel Knoblauch. Ob der in Italien wohl auch zu den Früchten des Meeres zählte? Bei der Menge!

Sandra, Horndeichs Frau, hatte sich für Spaghetti Bolognese entschieden. Ohne Knoblauch, schließlich stillte sie noch.

»War ein schöner Abend«, sagte Sandra und kuschelte sich im Gehen an ihren Gatten.

»Hm-mm«, brummte Horndeich wohlig zurück. Es gab Momente, da war das Leben einfach nur gut. Er war jetzt knapp vierzig und rundum zufrieden.

Im Moment passte Dorothee auf die Kleine auf. Sie war die siebzehnjährige Tochter des Mannes von Horndeichs Chefin, Hauptkommissarin Margot Hesgart. Doro, wie sie genannt wurde, machte eine Ausbildung zur Kinderkrankenschwester und durfte Sandras Rechner und Drucker nutzen. Sie musste irgendeine Arbeit für die Berufsschule schreiben und war froh über das noble IT-Equipment im Haus. Im Gegenzug nutzten Horndeich und Sandra ihre Anwesenheit immer mal wieder, um gemeinsam ein paar Stunden außer Haus zu verbringen, um essen zu gehen. Oder auch nur spazieren. Wenn man kleine Kinder hat, lernt man solche gestohlenen Stunden zu schätzen, dachte Horndeich.

Sandra öffnete die Tür.

Che, Doros Hund, kam mit wedelndem Schwanz auf sie zu. Sandra begrüßte den rotbraunen Chihuahua mit einer Extraportion Kraulen.

»Schon da?« Doro kam die Treppe aus dem Dachgeschoss

herunter. Derzeit befand sie sich in der postpubertären »Null Bock«-Phase. Was sich in sechs Piercings durch diverse Ohrlöcher und kiloweise schwarzem Eyeliner optisch manifestierte. Sie hatte es auch nicht gerade leicht. Der Papa, Margots Mann Rainer, weilte in Amerika, die leibliche Mutter war tot – und Margot und Doro standen sich irgendwie gegenseitig auf den Füßen, wenn es darum ging, zueinanderzufinden.

»Ja. Und war echt lecker«, sagte Sandra und strahlte Dorothee an. »Bist du weitergekommen mit deiner Arbeit?«

»Ja.«

»Und war unsere Kleine brav?«

»Ja. Sie hat die ganze Zeit geschlafen. Trinken wir noch was zusammen?«

Horndeich irritierte irgendetwas an Doros Verhalten. Aber er hätte nicht sagen können, was genau es war.

»Klar«, sagte Sandra. Sie ging mit Doro nach oben ins Arbeitszimmer und holte Stefanie, die in ihrem Tragekörbchen schlief. Horndeich stellte drei Gläser auf den Tisch. Doro würde sicher auch einen Schluck Wein trinken. Sandra verzichtete wegen der Kleinen noch auf Alkohol.

»Ich fahr am Dienstag nach England. Mit meinem Freund«, eröffnete Doro in einem Tonfall, als berichtete sie über den bevorstehenden Gang zum Schafott.

»Deinem Freund? Habe ich da was verpasst?«, fragte Sandra in betont lockerem Tonfall und nahm einen Schluck Mangosaft. Alkoholfrei bedeutete ja nicht automatisch geschmacklos.

»Egal«, sagte Doro.

»Komischer Name«, meinte Sandra, aber mit dem Kalauer konnte sie auch kein Lächeln ins Gesicht der jungen Frau zaubern.

»Egal«, wiederholte diese. »Könnte Che so lange bei euch bleiben? Und könntet ihr vielleicht ab und an mal meine Blumen gießen?«

Sandra sah zu Horndeich. »Klar, kein Problem. Ich freu mich, wenn Che hier ist.« Der Chihuahua war von Doro gut erzogen worden, das hatte sie wirklich gut hingekriegt und war wohl auch der Grund, dass sie die Sondergenehmigung erhalten hatte, ihn im Wohnheim bei sich zu behalten. Zumal der Hund kaum größer war als ein fetter Hamster.

»Würdest du mich vielleicht auch zum Flughafen bringen?« Doros Stimme war noch leiser geworden.

Wieder sah Sandra zu Horndeich. *Wäre das nicht eigentlich Magots Job?*, fragte dieser Blick. Aber auf diese Frage hatte auch Horndeich keine Antwort, obwohl er natürlich registriert hatte, dass Doro immer mehr die Nähe zu Sandra gesucht hatte. War nicht einfach für ihn, denn er musste ja mit Margot zusammenarbeiten. Und private Probleme von Kollegen, die in die eigenen vier Wände hineingetragen wurden – lustig war anders.

»Klar. Ich fahre dich.«

»Gut, dann geh ich jetzt mal«, sagte Doro und stand auf. »Kann Che gleich bei euch bleiben?«

»Auch das.« Sandra begleitete Doro zur Tür. »Sag mal, ist alles okay?«

»Ja, alles bestens«, sagte Doro. Sie umarmte Sandra und anschließend auch Horndeich, was diesen etwas befremdete. Das war jedoch noch nichts im Vergleich zu dem Abschied, der dem Hund zuteilwurde. Doro knuddelte das Tier, als ob sie es nie mehr wiedersehen würde.

Als sie ging, warf sie einen wehmütigen Blick zurück. Che klemmte den Schwanz zwischen die Hinterbeine und jaulte leise.

»Was war denn das?«, fragte Horndeich, nachdem sich die Tür hinter Doro geschlossen hatte.

»Keine Ahnung.« Sandra schmiegte sich an ihn. »Noch Lust auf ein paar Minuten Bond?«

Horndeich nickte. Sowohl er als auch Sandra hatten eine Vorliebe für den britischen Agenten. Im Gegensatz zu den meisten James-Bond-Fans diesseits der fünfzig hatte Sandra sogar alle Romane von Ian Fleming gelesen. Sie und Horndeich hatten sich vorgenommen, einmal nacheinander alle

Bond-Filme in der Reihenfolge ihrer Entstehung zu schauen. Derzeit lag *Der Mann mit dem goldenen Colt* im DVD-Player. Roger Moore als der Held. Christopher Lee mit drei Brustwarzen als der Schurke.

James-Bond-Filme hatten einen großen Vorteil: Es war unmöglich, den Faden der Handlung zu verlieren – Sandra konnte die Kleine stillen, Horndeich sorgte für Chips-Nachschub –, und dann ging's weiter. Selbst ganztägige Unterbrechungen brachten den Agenten nicht aus dem Konzept. Bond war da sehr genügsam.

Sie kuschelten sich aufs Sofa und starteten den Film. Nun, der Colt war nicht golden, und er war kein Colt. Aber bei derlei Kleinigkeiten durfte man nicht so pingelig sein. Dann brauchte man sich auch nicht über fliegende Autos zu wundern. Wie zum Beispiel gerade über den zum Flugzeug umgerüsteten AMC Matador Coupé. Horndeich geriet immer in Verzückung, wenn er die alten Wagen sah. Der AMC hatte wenigstens noch Schwung in der Seitenführung der Karosserie. Und die vier runden Rücklichter waren so groß, wie die Designer von BMW und Fiat es sich nie getraut hatten, sie zu gestalten.

Sandra küsste Horndeichs Hals und arbeitete sich gerade zum Ohr vor. James ließ sich ja zum Glück an jeder Stelle stoppen.

Doch dann klingelte Horndeichs Handy.

Auch Sandra hatte bei der Darmstädter Polizei gearbeitet. Sie wusste, dass ein Anruf nach 22 Uhr im besten Fall Ärger, im schlimmsten Fall Arbeit bedeutete.

Horndeich sah aufs Display. Seine Kollegin Margot Hesgart. Er schaltete das innere Programm auf *Job* und nahm das Gespräch an. »Ja?«

»Hallo Horndeich. Sorry, dass ich störe. Aber da hat sich eine Frau vor den Zug geworfen. Wir müssen hin.«

»Okay. Wo?«

»Odenwaldbahn Richtung Traisa. Ich beschreib dir den Weg. Du fährst erst mal zur Uni an der Lichtwiese, dann …«

»Margot, ich hab schon ein bisschen Wein intus ...«
»Alles klar, ich hol dich ab. Bin in zehn Minuten da.«
Dann hatte sie aufgelegt.
»Du musst los?«
»Ich muss los. James muss warten.«
In diesem Moment erwachte Stefanie und begann zu schreien. Zeit für eine Runde knoblauchfreie Milch.

Der Tatort war weiträumig abgesperrt. Margot und Horndeich standen am Flatterband, das vom Bahnübergang zu ihren Füßen mehr als zweihundertfünfzig Meter bis zur Front des Triebwagens reichte, auf dessen Rückleuchten sie nun blickten. Sie waren nur schwach zu erkennen, denn der gesamte Bahndamm war in gleißend helles Flutlicht gehüllt.

Blaulichter zuckten, vom Notarzt- und Rettungswagen sowie von mehreren Feuerwehrfahrzeugen. Füchse, Damwild und Wildschweine hatten sich angesichts solchen Trubels in ihrem Terrain tunlichst in Sicherheit gebracht.

Der Unfallort lag mitten im Wald zwischen Darmstadt und Traisa.

»Kein schöner Anblick«, sagte ein hagerer Fünfzigjähriger, dessen Uniform ihn als einen Kollegen der Bahnpolizei auswies. »Kresper mein Name.«

Margot stellte sich vor, reichte ihm die Hand, und Horndeich tat es ihr nach. Margot war zehn Jahre älter als ihr Kollege Horndeich.

»Wissen Sie schon genau, was passiert ist?«

»Nur, dass eine junge Frau überfahren worden ist. Der Körper – nun – er ist ziemlich zerstört.«

»Haben Sie schon in Erfahrung gebracht, wer sie ist?«

»Nein. Die Kollegen suchen den Bahndamm ab. Wir haben wohl die meisten Körperteile gefunden. Aber noch keine Handtasche oder so etwas. Kommen Sie, ich bringe Sie zu unserem Notfallmanager, Ferdinand Muttl.« Er hob das Absperrband, Margot und Horndeich bückten sich darunter hindurch.

Kresper eskortierte die beiden entlang des Bahndamms. Ein Kollege der Schutzpolizei, der keine zehn Meter entfernt stand, starrte ins Dickicht. Margot folgte seinem Blick und erkannte den Arm im Gestrüpp, bevor sie das Gesicht abwenden konnte.

»Scheiße«, brummte Horndeich, der offenbar den Blick in die gleiche Richtung gelenkt hatte.

Auch Margot kommentierte: »Derart zerstörte Körper sind mit das Schlimmste. Die kommen gleich nach denen, die zwei Wochen im warmen Wohnzimmer gelegen haben …«

Margot kannte den Bahnübergang im Wald am Kirchweg. Jeden Montag und Donnerstag, so es die Bösewichte der Stadt zuließen, joggte sie mit den Mitstreitern des Lauftreffs durch den Traisaer Wald. Den Lauftreff gab es seit fünfundreißig Jahren. Und was Margot sehr schätzte: Sie trieb Sport mit netten Leuten, ohne dass sie einem Verein beitreten musste. Wie oft war sie wohl in den vergangenen Monaten über diesen Bahnübergang gejoggt?, überlegte sie. Wie oft hatte sie vor dem roten Blinklicht gestanden, wenn sie und ihre Gruppe genau den Weg des Zuges um 18.17 Uhr oder um 18.52 Uhr gekreuzt hatten? Manchmal eine willkommene Unterbrechung, mal eine verfluchte, weil sie den Schnitt verschlechterte. Seit sie sich diesen Minicomputer am Arm gegönnt hatte, war die Zeit des unbeschwerten Waldlaufs passé, wie sie ausgerechnet in diesem unpassenden Moment ernüchtert feststellte.

»Herr Muttl, das sind Margot Hesgart und Steffen Horndeich. Kripo Darmstadt.«

»Hallo«, sagte Muttl nur. Er saß in einem der Mannschaftswagen der Polizei, einen Laptop vor sich auf einem Klapptisch. Er wirkte ein wenig wie ein Bär im Lord-Outfit: Karohemd, helles Cordsakko unter dem Mantel. Und einen gepflegten Schnauzer im rundlichen Gesicht.

Margot kannte den Mann. Sechs Jahre zuvor war er schon mit von der Partie gewesen, als sich ein jugendlicher Lebensmüder von einer Brücke auf die Eisenbahngleise gestürzt hatte. Damals war auch schon das große Programm mit zig

Einsatzkräften zum Zuge gekommen, weil der Junge bereits eine Viertelstunde am Nordbahnhof auf der falschen Seite des Geländers gestanden hatte. Muttl war damals schon der Zuständige für »Personenschäden« bei der Bahn gewesen. Der Jugendliche war dann tatsächlich gesprungen. Aber auf das falsche Gleis. So war der Zug, der ihn hätte überrollen sollen, an ihm vorbeigefahren. Zwei gebrochene Beine und später eine Ausbildung bei der Polizei. Gott bewies manchmal schrägen Humor, um seine Schäfchen auf den rechten Weg zu führen. Doch nun verrieten Muttls Stimme und sein Gesichtsausdruck, dass Gott diesmal nicht nach Scherzen gewesen war.

»Können Sie uns kurz die Fakten geben?«, fragte Margot. Horndeich stand wie ein Schatten seiner selbst neben ihr. Ihm schien das Ganze noch viel näher zu gehen als ihr.

»Einen Moment«, sagte Muttl und tippte noch etwas in den Laptop. Dann wandte er sich Margot und Horndeich zu.

»Viel wissen wir noch nicht. Eine junge Frau. Hat sich genau am Bahnübergang auf die Schienen gesetzt. Mehr können wir nicht sagen, denn ihr Zustand ist ...« Er beendete den Satz nicht.

»Fremdverschulden möglich? Hat sie jemand vor den Zug gestoßen?«

Muttl zuckte nur mit den Schultern. »Das rauszufinden, ist Ihr Job. Aber ich kann es mir kaum vorstellen. Erstens hat der Lokführer gesagt, sie habe einfach dort gesessen. Zweitens sähe der Körper, wenn sie jemand vor den Zug gestoßen hätte, anders aus. Dann wäre er nicht so zerfetzt worden. Eher zur Seite geschleudert. Hätte auch nicht schön ausgesehen – aber das hier ...«

Er sprach nicht weiter.

»Ja, das hier?«

»Ganz einfach. Die dümmste Art, sich überfahren zu lassen, ist, sich längs zwischen die Gleise zu legen. Da passiert Ihnen wenig, wenn Sie nicht die Statur eines Sumoringers haben. Aber es gibt Positionen, bei denen ...«, wieder stockte er. »Sie wusste genau, wie sie sich platzieren musste, damit es sie richtig erwischt.«

»Konnten Sie schon feststellen, wer sie ist?«

»Nein. Die Identifikation wird schwierig werden. Rötliches, langes Haar. Kein Übergewicht. Aber schon bei der Körpergröße muss der Arzt puzzeln.«

Margot seufzte innerlich. Auf einmal fühlte sie sich unglaublich müde. Sie war gerade auf dem Weg ins Bett gewesen, als sie um kurz nach 23 Uhr der Anruf erreicht hatte. Und natürlich fragte sie sich, welch schlimmes Schicksal einen Menschen dazu bringen konnte, sich vor einen Zug zu werfen. Oder, wie Muttl es gerade beschrieben hatte, sich auf die Gleise zu setzen und zuzusehen, wie der Zug auf einen zubrauste. Gruselige Vorstellung.

»Können wir mit dem Lokführer sprechen?«, fragte Margot. Sie warf ihrem Kollegen einen Seitenblick zu. »Alles okay, Horndeich?«, flüsterte sie.

Der nickte nur. Sagte aber nichts.

»Der Lokführer sitzt da hinten am Rettungswagen«, sagte Muttl und deutete in die entsprechende Richtung.

»Danke«, erwiderte Margot und verabschiedete sich.

Auf dem Weg zum Rettungswagen murmelte ihr Kollege: »He, brauchst du mich noch? Mir geht es nicht wirklich gut.«

Sie sah den Kollegen an. Im Flutlicht war gut zu erkennen, dass er ziemlich blass um die Nase war. »Nein, schon in Ordnung. Wie kommst du heim?«

»Vielleicht fährt mich einer von den Kollegen der Schupo. Sonst lauf ich bis zum Böllenfalltor und nehm mir ein Taxi.«

Margot überlegte kurz, ob es nicht eine bessere Möglichkeit gab. »Wie wär's, wenn du dich kurz von den Jungs in Weiß durchchecken lässt, während ich mit dem Lokführer rede?«

Horndeich war von der Idee nicht gerade begeistert: »Ich komm schon klar«, blaffte er.

»He, was ist mit dir los?« Den Tonfall war Margot nicht gewohnt.

»Gar nichts ist los, was soll los sein? Ich geh jetzt. Du kommst hier allein klar. Ich auch«, grunzte er, dann wandte er sich grußlos ab und verschwand im herbstlichen Wald.

Seltsam. So hatte sie ihren Kollegen noch nie erlebt. Vielleicht schlug der drei Monate alte Nachwuchs aufs Gemüt. Mit einem Lächeln auf dem Gesicht erinnerte sie sich kurz an die Zeit, als ihr Sohn Ben, inzwischen selbst zweifacher Vater, in diesem zarten Alter gewesen war. Dann sah sie das Gesicht ihres Mannes zu der Zeit vor sich. Okay. Und Horndeich war schließlich auch nur ein Mann.

Sie erreichte den Rettungswagen, in dessen offener Seitentür ein Mann saß, eingehüllt in eine Wolldecke, eine Tasse heißen Tee in der Hand.

»Sie sind der Lokführer?«, fragte Margot und ging direkt auf ihn zu.

Der Mann sah auf. Er war vielleicht dreißig Jahre alt, schlank, aber selbst unter Wolldecke und Jacke konnte man erahnen, dass er gut durchtrainiert war. »Ja«, sagte er. Und die roten, geschwollenen Augen zeigten, dass das Ereignis nicht spurlos an ihm vorübergegangen war.

»Hesgart, Kripo Darmstadt. Kann ich Ihnen ein paar Fragen stellen?« Sie hasste diese Frage. Natürlich konnte sie Fragen stellen, so viele sie wollte. Nur die Qualität der Antworten war stets ungewiss.

Der Mann nickte. »Ich heiße Reinhard Zumbill.«

»Herr Zumbill, können Sie mir erzählen, was hier passiert ist?«

Zumbill nickte, sagte aber zunächst nichts. Stattdessen trank er einen Schluck Tee. Dabei rollten wieder Tränen über seine Wangen. »Ich bin pünktlich losgefahren. Haltepunkt Lichtwiese. Keiner raus, zwei rein, wie immer, sonntags, der letzte Zug halt.«

Er machte eine Pause.

Eine lange Pause.

»Und dann?«

Zumbill sah sie mit leerem Blick an. »Ich bin an der Station

›Lichtwiese‹ um 22.51 Uhr weggefahren. Hab ganz normal beschleunigt. Hab dann auf Fernlicht geschaltet, während ich einen Schluck Kaffee getrunken hab. Und als ich sie sah, da war alles schon zu spät. Hatte schon über fünfzig Stundenkilometer drauf – kaum Fahrgäste als Ballast, und der Itino beschleunigt wirklich gut.«

»Itino?«

»So heißen die Triebwagen hier.«

Margot war auch schon mit den modernen und schicken Triebwagen gefahren. Die waren deutlich komfortabler als die durchgesessenen Kunstledersitze in den ehemaligen silbernen Nahverkehrszugwagen. Margot erinnerte sich auch noch an die Dampfloks, die bis 1970 auf der Strecke gefahren waren. Als kleines Mädchen hatte sie immer vor Furcht und Vergnügen gekreischt, wenn sie mit ihrem Vater auf der Fußgängerbrücke am Traisaer Hüttchen gestanden hatte und vom Rauch und Dampf der zischenden Loks eingehüllt worden war.

»Scheiße. Hätte ich doch bloß den Kaffee nicht …« Wieder versank Zumbill in Schweigen.

»Und dann?« Margot hatte genug Einfühlungsvermögen, um zu wissen, dass dieser Mann viel Hilfe brauchen würde, um nach diesem Erlebnis wieder einigermaßen ins Leben und in den Job zurückzufinden. Wenn er Pech hatte, nur noch ins Leben. Aber da war auch noch ihr eigenes drängendes Bedürfnis: Sie wollte einfach nur noch ins Bett.

»Dann? Dann sah ich sie. Vorn auf den Gleisen. Hat sich nicht bewegt. Ich hab sofort auf den Schlagtaster für die Notbremsung gehauen. Dann kam ich zum Stehen. Dort …« Er deutete in die Richtung, in der der Zug stand. Rund zweihundert Meter Bremsweg. Zeit genug für Räder, Achsen und Fahrgestell, ihr Todeswerk zu vollstrecken.

»Sie ist also nicht vor den Zug gesprungen?«

»Nein. Sie saß da. Wartete. Ich hau auf den Schalter, schon zu spät, dann der Schlag, dann das Quietschen der Räder. Ich hab direkt die Jungs in Frankfurt angefunkt, hab gesagt, wo ich stehe, kurz hinter dem Bahnübergang Hektometer 10.3.

Ich hab irgendwie funktioniert wie im Lehrbuch. ›Sehr verehrte Passagiere, wegen eines technischen Defekts können wir im Moment nicht weiterfahren. Bitte verlassen Sie den Zug nicht. Bitte entschuldigen Sie die Unannehmlichkeit. Ich bitte um Ihr Verständnis.‹ Ich glaube, ich vergesse eher den Text von ›Alle meine Entchen‹ als den hier. Dann bin ich aus dem Zug. Mit Taschenlampe und Notfallkoffer. Hab den Rumpf gesehen. Ohne den Rest dran.«

Zumbill schwieg. Es gab auch nicht mehr viel zu sagen.

»Werd ich wohl nie vergessen, was? Was meinen Sie, Frau Hesgart?«

Sie war sicher nicht die geeignete Person, um auf diese Frage kompetent zu antworten.

Wieder brach Zumbill in Tränen aus.

»Danke, Herr Zumbill, ich denke, das war's fürs Erste.« Die Zeit, da sie noch gedacht hatte, sie müsse sich um das Leid jedes Opfers persönlich kümmern, die war lange vorbei. Ihr Job war es, die bösen Jungs zu fangen. Wenn es hier überhaupt welche zu fangen gab. Sie wandte sich an einen der Schutzpolizisten. »Wo ist die Leiche?«

Der Beamte drehte sich um und deutete auf den Wagen des Bestattungsunternehmens.

Ein junger Mann saß im Fahrzeug. Die Seitentür stand auf, einen Fuß hatte der Mann auf den Schotter des Waldwegs gestellt. Er rauchte eine Zigarette. Rund um den Dreitagebart war er ziemlich blass.

»Hesgart, Kripo Darmstadt. Sie sind?«

Der Mann stieg aus dem Auto, ein schlaksiger Hüne, der Margot um gut einen Kopf überragte. In der einen Hand hielt er die Zigarette. Die andere reichte er Margot.

»Michael Stein. Mann, Mann, Mann, so was habe ich auch noch nicht gesehen. Ich meine, ist ja mein Job, mit Toten und so – aber das hier …«

»Kann ich die Leiche sehen?«

»Die Leiche – Sie sind gut. Ich kann Ihnen das zeigen, was wir gefunden haben.« Er ging um den Wagen herum.

Im Heck des Leichenwagens war eine Plastikwanne mit Deckel.

»Könnten Sie die Innenbeleuchtung einschalten?« Zwar erhellte das Flutlicht die Szenerie draußen, legte damit aber einen Schatten über das Innere des Wagens. Jetzt kam der beschissenste Teil des Jobs.

Michael Stein zog den Deckel zur Seite, und Margot konnte ins Innere sehen. Sie schaltete um auf Profi-Modus. Obwohl sie sicher war, dass sie diese Bilder noch eine Weile verfolgen würden, egal, in welchem Modus.

Die Tote hatte eine rote Jacke getragen. Margot fühlte in die Innentaschen. Nichts. Alles leer. Kein Portemonnaie. Kein Personalausweis.

Dann fasste sie in die rechte Seitentasche. Dort klimperte etwas. Sie zog einen Schlüsselbund heraus. Zwei Schlüssel, die aussahen wie ein Haustür- und ein Wohnungstürschlüssel. Dann zwei kleinere Schlüssel. Für die Kellertür und den Briefkasten? Am Ring hing noch etwas. Ein Schlüsselanhänger in Form eines Engels mit Smiley-Gesicht, zu zwei Zöpfen gebundenen Haaren und einer Kette mit Herzchenanhänger.

Sie wussten also nicht einmal, wer die Tote war. Sie war nur eine tote Frau, deren Schutzengel sie im Stich gelassen hatte.

Und Muttl hatte recht. Die Identifizierung würde nicht leicht sein. Das Gesicht würde jedenfalls nicht dazu beitragen. Aber vielleicht ein Teil des Zahnbildes.

»Okay, Sie können den Deckel wieder schließen. Danke. Fahren Sie die Leiche bitte zur Rechtsmedizin nach Frankfurt.«

»Machen wir. Wenn wir hier fertig sind.«

Margot verabschiedete sich von Michael Stein, der sich bereits die nächste Zigarette angezündet hatte.

MONTAG

Margot Hesgart hatte höchstens drei Stunden geschlafen. Dabei war es nicht nur der Selbstmord an der Strecke der Odenwaldbahn gewesen, der sie so aufgewühlt hatte. Die Rückkehr in das leere Haus hatte auch dazu beigetragen.

Es hatte zwei Stunden gedauert, bis sie endlich eingeschlafen war. Und dann sicher eine halbe Stunde, bis sie die Töne des Radioweckers dieser Welt hatte zuordnen können.

Duschen, schminken, anziehen – es war schnell gegangen, wie es immer schnell ging. Jeden Tag, jede Woche, jeden Monat. Um acht Uhr hatte sie mit einem Kaffee hinter ihrem Schreibtisch gesessen. Viele Fälle, viele ältere Fälle.

Hinrich, der Gerichtsmediziner, hatte sich noch nicht zu der Zugleiche geäußert. Natürlich nicht. Er würde jetzt erst an den Alutisch mit den sterblichen Überresten der Toten treten.

Sie klickte die Ordner des Servers an. Es gab bereits welche, in denen die Kollegen Bilder der Nacht abgelegt hatten. Auf den vom kalten Blitzlicht der Kameras erhellten Fotos wirkten die Überreste gleichzeitig viel schärfer und gleichzeitig irrealer.

Horndeich kam ins Büro.

»Na, wieder fit?«

»Hmmm«, grummelte der Kollege und ging zur Kaffeemaschine. Der erste Gang jeden Morgen.

»Was war los gestern?«

Die Maschine brummte, dann floss der Kaffee in die Tasse.

»Machst du mir auch noch einen?«

»Hmm.« Offenbar hatte auch Horndeichs Wortschatz gelitten.

Er setzte sich auf seinen Platz. »Sorry, das gestern war – es war einfach ein wenig viel.«

»Wieso? Willst du es mir erklären?«

Horndeich zögerte. Dann schüttelte er den Kopf. »Nein. Im Moment nicht. Vielleicht ein andermal.«

»Gut.« Margot tat einen halben Löffel Zucker in den Kaffee. *Gegen die Bitterkeit,* wie sie immer zu sagen pflegte. Dann legte sie noch einen Löffel nach. Was ihrem Kollegen nicht entging.

»Kommst du am Dienstag auch zum Flughafen?«, fragte der.

»Zum Flughafen? Haben wir da eine Übung? Oder sollen wir Al Capones Urenkel festnehmen?«

Horndeich schaute seine Chefin verständnislos an. »Nein, ich meine, wenn Doro und ihr Freund abfliegen.«

»Doro? Freund? Abfliegen? Mit wem will sie wie lange wohin fliegen?«

»Äh – ich dachte, du weißt das. Sie fliegt mit ihrem Freund für zwei Wochen nach London. Hat Urlaub genommen. Ich nehme an, sie wollen sich mal die lustigen roten Doppelstockbusse anschauen.«

»Und wieso weißt du davon?«

»Na, weil sie gestern Abend Sandra gefragt hat, ob die sie zum Flughafen fährt. Hat wohl gedacht, dass das sicherer ist. Bei unserem Job weiß man ja nie, ob nicht die ein oder andere Leiche dazwischenkommt.«

»Schon gut, du musst dich nicht entschuldigen.«

»Ich will mich doch gar nicht entschuldigen. Wofür denn auch?«

»Lass gut sein.«

»Wie ist denn Doros Freund? Ich hab ihn noch gar nicht kennengelernt.«

»Na, da haben wir ja was gemeinsam«, sagte Margot. Und schüttete noch einen Löffel Zucker nach.

»Nicht so gut, euer Verhältnis gerade, was?«

Margot nahm einen Schluck. Viel zu süß, dachte sie. »Doch

doch, alles bestens. Wenn ich sie anrufe, dauert es keine fünf Minuten, bis sie mich anschreit und auflegt. Um danach gleich wieder anzurufen und mir mitzuteilen, was ich ihrem Vater bitte ausrichten möge. Offenbar ist der ihr gegenüber genauso gesprächig wie …« Margot hielt inne. »Vergiss es. Meine privaten Angelegenheiten gehören nicht hierher.«

Horndeich nickte nur und kramte leicht verlegen auf seinem Schreibtisch herum.

»Wann fliegt sie denn?«, fragte Margot, die ebenfalls angefangen hatte, sinnlos Papiere von rechts nach links und wieder zurück zu räumen.

»Ich weiß es nicht genau. Früher Nachmittag. Ich sag dir noch Bescheid.«

»Wäre nett. Dann komm ich vielleicht als Überraschungsgast.«

Margot stand auf. »Bin gleich wieder da.«

Sie ging in den Toilettenraum. Stellte sich vor den Spiegel. Betrachtete ihr Spiegelbild.

»Erzähl du mir doch mal, was ich falsch mache!«, blaffte sie sich selbst an.

Das Spiegelbild blaffte synchron zurück und schwieg dann – wie sie. Dorothee war zweieinhalb Jahre zuvor in ihr Leben getreten. Ihr Sohn Ben war damals gerade ausgezogen, und sie hatte sich darauf gefreut, mit ihrem Mann Rainer endlich ein wenig entspannte Zweisamkeit genießen zu können. Doch der Göttergatte hatte Doro aus Berlin mitgebracht. Seine uneheliche Tochter, die er selbst erst ein paar Monate vorher persönlich kennengelernt hatte. Doros Mutter hatte sich beim Gardinenaufhängen das Genick gebrochen. War von der Leiter gefallen. Klang blöd, war blöd, aber bei allem Klischee leider ein Fakt. Das hieß für Doro und ihren Hund Che: zu Papa und seiner Frau. Oder ins Heim.

Margot hatte ihrem Einzug zugestimmt. Und zunächst sah es so aus, als ob sie einen guten Draht zu dem Mädchen gefunden hätte. Doro hatte eine Ausbildung zur Kinderkrankenschwester begonnen und war wenig später ins Schwesternwohnheim gezogen. Doch nachdem Rainer vor über einem halben Jahr entschieden hatte, vorerst in den USA zu arbeiten, hatte sich ihr Verhältnis immer weiter verschlechtert. Inzwischen wusste Margot nicht mehr, wie sie noch an Doro herankommen sollte. Sie hatte den Eindruck, egal, was sie sagte oder tat – für die junge Dame trug sie den Stempel »verkalkte Spießerin« auf der Stirn. Als sie Doro das letzte Mal zum Essen eingeladen hatte, war diese nach zehn Minuten aufgestanden und hatte das Restaurant verlassen, weil Margot erst nach dem Essen mit ihr darüber diskutieren wollte, dass in Afrika Menschen an Hunger starben.

»Gar nichts machst du falsch«, versuchte Margot nun, ihr Spiegelbild zu trösten. »Vielleicht ist es einfach nur das große Finale der Pubertät.«

Vielleicht, dachte sie. Hoffte sie. Dabei gönnte sie Doro die Reise. Würde sicher ihren Horizont erweitern. Sie würde am Dienstag auf jeden Fall zum Flughafen fahren. Schon allein, um den Freund kennenzulernen.

»Wird schon wieder«, versprach sie ihrem Spiegelbild.

Das nickte. Und Margot sah die Träne, die sich aus seinem rechten Auge stahl.

Sie wandte sich ab. Das Spiegelbild musste ohne sie weiterheulen.

Warum, verdammt noch mal, hatte sie in letzter Zeit so nah am Wasser gebaut?

Sie tupfte sich übers Gesicht, dann ging sie wieder ins Büro.

»Alles okay?«, fragte Horndeich.

»Jaja, alles paletti.«

»Gut. Denn wir müssen los. Da hat eine Frau zwei Leichen gefunden. Und es sieht nicht nach einem natürlichen Tod aus.«

Margot parkte den Wagen an der angegebenen Adresse. Die Kollegen der Spurensicherung waren bereits eingetroffen. Vor dem Gartenzaun des großen Hauses warteten zwei Kollegen der Schutzpolizei, Polizeikommissar Bernd Süllmeier und eine junge Kollegin, die Margot nicht kannte, deren Namensschild und Uniformabzeichen sie aber als Polizeikommissaranwärterin Unterreuter auswiesen. Daneben stand eine junge Frau ohne Uniform. Wahrscheinlich die Dame, die den Leichenfund gemeldet hatte.

Margot und Horndeich stiegen aus.

Süllmeier grüßte sie: »Moin, Frau Hesgart. Ich sag Ihnen ...«, meinte er, dann unterdrückte er ein Aufstoßen. Dann begann er noch mal: »So was habe ich noch nicht gesehen.« Dann schwieg er.

»Guten Morgen«, grüßte Margot zurück. »Was gibt es?«

Während Süllmeier sich entschuldigend abwandte, um weiter gegen seinen rebellierenden Magen zu kämpfen, erstattete Frau Unterreuter tapfer Bericht: »Da drin sind mindestens zwei Tote. Also im ersten Raum. Einbruchspuren an der Terrassentür.«

»Männlich, weiblich? Alter? Hinweise auf die Identität?«

»Wahrscheinlich ein Mann und eine Frau«, meinte die Polizeikommissaranwärterin. »Keine Ahnung, wie alt.«

Gut, die Kollegin kam offenbar gerade von der Polizeischule. Würde noch lernen müssen, Informationen knapp und vor allem präzise weiterzugeben. Margot wandte sich nochmals an Süllmeier, in der Hoffnung, von ihm ein paar genauere Angaben zu erhalten: »Das Alter?«

Statt einer Antwort riss Süllmeier die Augen auf und hechtete in Richtung des Gebüsches neben dem angrenzenden Spielplatz. Dort übergab er sich.

PKA Unterreuter übernahm wieder: »Die liegen da schon eine Weile. Sehen nicht schön aus. Lauter Maden überall.«

Das war das Stichwort für die Dame neben Frau Unterreuter, in Tränen auszubrechen. Horndeich und Margot warfen sich einen Blick zu, dann trat Margot auf die junge Frau zu. Die war gute zwanzig Jahre jünger als sie selbst und trug das schwarze, volle Haar zu einem Pferdeschwanz gebunden. Das weiße Kleid mit den roten Blumen, das sie trug, verbreitete eine sonnige Fröhlichkeit und stand damit im deutlichen Gegensatz zum Gemütszustand der Frau. Margot nickte Horndeich zu, und der verstand. Er würde mit der Spusi ins Haus gehen, Margot würde sich unterdessen um die Zeugin kümmern, die inzwischen an ihrer Schulter schluchzte. Zunächst tätschelte Margot ihr nur die Schulter. Nach wenigen Minuten hatte sich die Dame wieder im Griff.

»Wie heißen Sie bitte?«, fragte Margot.

Die Dame wischte sich undamenhaft die Tränen weg. Der Kajalstift zeichnete die Bewegung über der Wange nach. Margot reichte ihr ein Papiertaschentuch.

»Jasmin Selderath. Ich bin mit Regine befreundet. Wir sind Kolleginnen an der Christian-Gude-Schule.«

»Kommen Sie, setzen wir uns doch auf eine der Bänke dort«, schlug Margot vor. Das dreistöckige Haus hatte ein spitz zulaufendes Mansardendach mit holzverschindelten Giebeln. Es umfasste die beiden oberen Stockwerke – schick. Das Haus lag gegenüber der August-Buxbaum-Anlage, einem winzigen Park, der zwischen der Hauptstraße und den Häusern wie ein vergessenes überdimensionales Handtuch wirkte. Die Anlage war gut hundert Jahre alt. So alt, wie Margot sich an diesem Tag fühlte.

Jasmin Selderath und Margot ließen sich auf einer der Parkbänke nieder. Die Beamten zogen bereits Absperrband quer über die Straße. Und obwohl die Straße recht abseits lag, trafen zuverlässig die ersten Gaffer ein. Margot würde nie verstehen, was diese Menschen an herumwuselnden Beamten spannend fanden.

»Sie haben die beiden Toten gefunden?«

Frau Selderath wischte mit der Hand unter der Nase entlang, war sich dessen aber wohl nicht bewusst. Margot versorgte sie mit einem Nachschub an Taschentüchern, indem sie ihr die ganze Packung in die Hand drückte.

»Nein, ja … also …«

»Vielleicht von Anfang an«, half ihr Margot auf die Sprünge. »Regine ist Ihre Freundin und wohnt hier?«

»Ja. Genau. Sie ist die Klassenlehrerin der 3b, ich habe die 3a. Christian-Gude-Schule.«

Margot kannte die Grundschule im Martinsviertel. »Wie heißt Regine mit Nachnamen?«

»Aaner. Regine Aaner. Sie lebt mit ... sie lebte ...« Weiter kam sie nicht, wurde wieder von einem halbminütigen Weinkrampf geschüttelt. »Sie und ihr Mann Paul wohnen da.« Sie zeigte auf das Haus, das gerade Ziel des sogenannten Ersten Angriffs wurde. Der Plan: Spuren sichern.

»Und warum sind Sie hergekommen?«

»Weil Regine nicht zum Unterricht erschienen ist. Und auch nicht zu erreichen war. Sie wollte über die Herbstferien mit Paul in Urlaub fahren, an die Ostsee. Sie hatten in Warnemünde ein Ferienhaus – Paul liebte die Seeluft, hat Regine immer gesagt.« Das schwache Lächeln auf Jasmin Selderaths Gesicht stand in scharfem Kontrast zu den Spuren des Weinens.

»Sie wollten gleich zu Beginn der Ferien los, und sie wollten gestern zurückkommen. Aber Regine ging nicht ans Telefon, als ich vorhin angerufen habe, und ihr Handy war tot. Nicht mal die Mailbox ging an. Das fand ich seltsam. Ich hab gedacht, dass sie vielleicht Ärger mit ihrem Wagen hatten. Aber Regine hat sich in der Schule überhaupt nicht gemeldet, und das war ganz und gar nicht ihre Art. Dass sie vom Urlaub aus nicht anruft – das war normal. Aber dass sie nicht Bescheid sagt, dass sie nicht oder zu spät in die Schule kommt – da sind bei mir die Alarmglocken angegangen. Ich bin in der Pause hierhergefahren, aber niemand hat aufgemacht. Pauls Wagen stand nicht im Carport. Regines schon. Ich dachte, Paul sei schon zur Arbeit gefahren.«

»Welchen Beruf hat Paul Aaner?«

»Ihm gehört ein Autohaus; er handelt mit alten Autos.«

»Was haben Sie dann gemacht?«

»Dann bin ich um das Haus herumgegangen. Und hab gesehen, dass die Scheibe der Terrassentür eingeschlagen ist. Und mir sind diese Fliegen aufgefallen, die durch das Loch in der Scheibe rein und raus sind. Und der Geruch. Dann hab ich Ihre Kollegen gerufen.«

Sie machte eine Pause. Jetzt kam offenbar der schwierige Teil. »Ich habe vor dem Haus gewartet – und Ihre Kollegen waren nach zehn Minuten da. Ich habe sie hinters Haus begleitet. Herr Süllmeier hat durch das Loch in der Terrassentür gegriffen und die Tür von innen geöffnet. Da schlug uns der Gestank voll entgegen. Ihre beiden Kollegen sind rein und gleich wieder raus. Ich habe es nur aus den Augenwinkeln gesehen – aber da drin waren die beiden. Ich kenne mich ja nicht mit so was aus – aber ich glaube nicht, dass sie überhaupt in Urlaub gewesen sind.«

»Können Sie mir sagen, wann genau Ihre Freunde abreisen wollten?«

»Ja. Sonntag vor zwei Wochen. Wir hatten Freitag noch Schule. Und Regine wollte am Samstag in aller Ruhe packen.«

Margot schaute in ihren Kalender. Musste also der Achte gewesen sein. »Ich habe noch eine Frage. Wir müssen ganz sichergehen, dass die beiden Toten im Haus auch wirklich Regine und Paul Aaner sind. Und das ist am einfachsten über den Zahnarzt herauszufinden – wissen Sie, zu welchem Zahnarzt Ihre Freundin ging? Und vielleicht auch ihr Mann?«

»Wir haben vor Kurzem darüber gesprochen, weil ich meinen Zahnarzt gerade gewechselt habe. Ihrer hat seine Praxis in der Heidelberger Straße, ich glaube, in der Nähe der Kreuzung mit der Bessunger Straße. Ich kann mich an seinen Namen nicht mehr so richtig erinnern. Springer vielleicht.«

»Das finden wir heraus, danke. Hatten Regine oder Paul Aaner Verwandte? Geschwister, Eltern?«

»Nein, nicht dass ich wüsste. Pauls Eltern sind schon seit ein paar Jahren tot, und Regine hat nie über ihre Eltern gesprochen. Ich glaube, das Verhältnis war nicht so gut. Geschwister hatte sie keine. Regine hat mal gesagt, dass Paul noch einen Bruder hat. Andreas oder so. Ich weiß es nicht mehr genau.«

»Herzlichen Dank, Frau Selderath, Sie haben uns sehr geholfen. Wenn Sie mir bitte noch Ihre Adresse geben könnten und auch die Telefonnummer, unter der wir Sie erreichen können.«

Margot notierte die Adresse und eine Mobilfunknummer, dann sagte sie: »Gut, Frau Selderath, dann wird ein Kollege Sie jetzt nach Hause bringen. Wenn wir noch Fragen haben, melden wir uns bei Ihnen.«

»Ich bin mit dem Fahrrad da, danke.«

Frau Selderath verabschiedete sich, und Margot ging auf das Haus zu.

Horndeich war hundemüde, und daran hatte auch der Kaffee im Büro nicht viel geändert. Nachdem seine Tochter nach dem Zwei-Uhr-Häppchen auch noch schreiend auf das um 3.30 Uhr bestanden hatte, ebenso wie auf das um 5.45 Uhr, hatte er das Dudeln des Radioweckers eine Stunde später einfach in seine Träume eingebaut, anstatt aufzuwachen. Er träumte, er wäre in Nashville auf einem Open-Air-Festival. Carrie Underwood sang, sogar Emmylou Harris war dabei. Vielleicht sollte er in Zukunft besser einen Volksmusiksender mit Humf-tataa in seinem Radiowecker einstellen …

Horndeich ging durch das Erdgeschoss des Hauses, in dem die Toten gefunden worden waren. Die Kollegen von der Spurensicherung hatten in dem Zimmer, in dem die Leichen lagen, bereits einen schmalen Gang freigegeben, durch den er sich bewegen durfte. Er trug einen weißen Schutzanzug mit hübschen blauen Überschuhen. Nicht gerade sexy, aber effektiv, wenn es darum ging, keine eigenen Spuren am Tatort zu hinterlassen.

Während Baader, Taschke und ihr Team akribisch alle Kleinigkeiten fotografierten und dann einsammelten, verschaffte sich Horndeich zunächst einen groben Überblick. In eine Wand des Raumes war ein Tresor eingelassen. Das ihn verdeckende Gemälde – eine kitschige Sommerlandschaft – war zur Seite geklappt worden wie ein Fensterladen. Die Tresortür stand offen. Und der Tresor war leer.

Unweit des Tresors lag ein Mann auf dem Boden. Selbst auf die Entfernung von mehreren Metern konnte Horndeich noch die Bewegung der weißen Larven wahrnehmen, die diesen

Mann als Heimstatt erwählt hatten. Um den Toten, der auf dem Bauch lag, war eine getrocknete Lache dunkler Flüssigkeit zu sehen. Blut. Dieser Mann war eindeutig nicht an einem Herzanfall gestorben.

In einer Ecke des Raumes, nicht weit von der Terrassentür entfernt, stand eine Sitzgarnitur. Auf einem der beiden Sofas saß eine Frau. Ihr Zustand glich der des Mannes. Dass es sich um eine Frau handelte, schloss er im Wesentlichen aus der Länge des Haars und der Bekleidung. Das Mobilteil eines Festnetz-Telefons lag auf dem Boden.

Hinrich, der Gerichtsmediziner aus Frankfurt, beugte sich gerade über die Tote. Horndeich wunderte sich, denn er hatte Hinrichs Wagen nicht vor dem Haus stehen sehen. Der Mediziner fuhr den gleichen Wagen wie er selbst, einen roten Chrysler Crossfire, den er immer unmittelbar am Absperrband eines Tatorts abstellte. Dort hatte zwar auch diesmal ein Auto mit Frankfurter Kennzeichen gestanden, aber das war ein Toyota Prius gewesen. Martin Hinrich hatte vor gut zwei Jahren sein Leben gänzlich neu sortiert. Bauch weg, mehr Muskeln, eine attraktive Freundin, die offenbar auch etwas im Kopf hatte. Erstaunlich, dass sie es mit diesem Zyniker vor dem Herrn aushielt.

»Und, können Sie schon was sagen?«, fragte er ihn.

Hinrich drehte sich um. Seine Gesichtsfarbe glich eher der weißen Tapete als dem Beigeton des Sofas, und das wollte bei ihm echt was heißen. Für gewöhnlich parierte er die typische erste Ermittlerfrage immer mit einem zynischen Spruch. Daher rechnete Horndeich auch jetzt mit einem »Definitiv tot« oder einer ähnlich geistreichen Bemerkung. Doch der Zustand der Leichen – und besonders der Geruch – schien Hinrich jede Art von Humor ausgetrieben zu haben. »Ich denke, sie ist erstochen worden. Die Fliegen haben sich nicht nur auf das Gesicht gestürzt, um ihre Eier loszuwerden, sondern sich auch hier eingenistet.«

Er deutete auf eine Stelle im Bereich des Bauches. »Da muss eine tiefe Wunde gewesen sein. Wenn auch nur wenig

Blut geflossen ist. Höchstwahrscheinlich die einzige Stichwunde.«

»War sie die Todesursache?«

Hinrich erhob sich. »Was weiß ich. Das kann ich euch erst sagen, wenn ich die Tote auf meinem Tisch untersucht habe.«

»Und der Mann?«

»Der hat mehrere Stichwunden. Hier.« Hinrich deutete auf eine Stelle am Rücken. »So, wie das auf den ersten Blick aussieht, hat er die hier eingefangen, als er schon lag. Das käme dann fast einer Hinrichtung gleich. Und hier …«, er zeigte auf eine schwarze Stelle am Handgelenk, »… das dürften Abwehrspuren sein. Aber das kann ich im Moment auch nur annehmen, weil sich die Calliphoridae auf Hände und Unterarm gestürzt haben.«

»Calli-wer?«

»Das, was hier so rumfliegt. Schmeißfliegen.«

Zum wiederholten Mal dankte Horndeich seiner Tochter, dass sie ihn um das Frühstück gebracht hatte. Abgesehen von den ekligen Begleitumständen, schien das Geschehen aber immerhin ziemlich eindeutig. Horndeich zwang sich, die beiden Leichen einmal genau zu betrachten. Beide hatten eine Gemeinsamkeit – sie trugen jeweils einen Ring am rechten Ringfinger. Kein gewöhnliches Modell: Ein Teil aus Weißgold ging in einen Teil aus Gelbgold über. Horndeich kannte diese Art Ring. Als er und Sandra sich Eheringe angeschaut hatten, war ein ähnliches Modell auch in ihre engere Wahl gekommen.

Horndeich sah sich um. Im Wohnzimmerschrank aus lackiertem Kiefernholz stand ein einziges gerahmtes Bild: das Hochzeitsbild. Der Bräutigam stand hinter der Braut, hielt sie mit dem rechten Arm umfasst und hatte die Hand auf ihre gelegt. Und die Ringe schienen genau die zu sein, die die beiden Toten an den Fingern trugen. Das war es dann aber auch schon an Übereinstimmungen zwischen den beiden damals Lebenden und den Toten, wenn man mal von der Haarfarbe der Frau absah.

Margot trat auf Horndeich zu, ebenfalls im modischen Malermeister-Look mit blauen Tatzen. »Und?«, fragte sie den Kollegen, nachdem sie sich kurz umgeschaut hatte.

Horndeich deutete auf den toten Mann. »Es scheinen die Hausbewohner zu sein, Regine und Paul Aaner.« Horndeich deutete auf die Ringe und zeigte Margot das Foto.

Dann sagte er: »Da hat jemand mit dem Messer zugelangt und den Inhalt des Tresors im Auge gehabt. Hat er auch bekommen. Und den Mann trotzdem erstochen. Die Frau auch. Warum die dabei aber so ruhig auf dem Sofa sitzen geblieben ist, das gilt es noch herauszufinden.«

»Die anderen Wertgegenstände sind noch da«, stellte Margot fest und deutete einmal quer durch den Raum: Der Fernseher war sicher zweitausend Euro wert, auch die Lautsprecher schienen edel. Neben dem Sofatisch stand ein Rucksack. Horndeich ging daneben in die Hocke und öffnete ihn. Dann pfiff er leise. »Komplette Fotoausrüstung.«

Ein paar Monate vor der Geburt seiner Tochter hatte sich Horndeich eine Kamera gekauft. Und sich daher mit Qualität, Ausstattung und Preisen vertraut gemacht. Seine Wünsche und seine finanziellen Möglichkeiten hatten sich leider nicht vereinbaren lassen. Und die Canon, die er gerade in der Hand hielt, hatte damals auf seiner Wunschliste ganz oben gestanden. Die beiden Objektive kosteten dann noch mal das Doppelte.

»Keine Ahnung, warum der Dieb das dagelassen hat.«

»Der Dieb bricht also über die Terrassentür ein. Kämpft mit dem Mann. Der öffnet den Tresor. Die Frau sitzt dabei auf dem Sofa?«

Horndeich ging zu dem Tresor hinüber. »Hinrich, sind Sie sicher, dass das an den Händen Abwehrspuren sind?«

Der Mediziner wandte sich aus der Hocke heraus dem Polizisten zu: »Nein. Kann auch sein, dass er versucht hat, den Mixer zu reparieren, während der lief…«

Na, da war er doch wieder, der alte Hinrich.

Horndeich schaute sich das Gemälde an, die Tür des Tresors, dann das Drehrad für die Zahlenkombination. »Da ist kein Blut.«

»Also fand der Kampf statt, nachdem der Tresor geöffnet worden ist. Seltsam«, stellte Margot fest.

»Vielleicht schauen wir uns noch den Rest des Hauses an«, meinte Horndeich.

Die beiden machten sich auf einen Rundgang durch das Gebäude. Sie gingen vom Wohnzimmer in den großzügigen Flur. Dort standen zwei große und zwei kleine Hartschalenkoffer, je ein Set in Rot und eines in Blau. Daneben ein Kosmetikkoffer, ebenfalls in Rot.

»Na, da sind die Geschlechterrollen ja klar definiert«, schmunzelte Horndeich, als er die Koffer öffnete. Sie waren alle akkurat gepackt.

»Sieht wirklich so aus, als ob sie verreisen wollten. Wie die Freundin der Toten gesagt hat.«

»Dazu sind sie nicht mehr gekommen.«

Das Team ging weiter in die Küche. Ebenfalls ein großer Raum von sicher zwanzig Quadratmetern. Teuer, dachte Horndeich. Alle Geräte waren aus Edelstahl. Das Ambiente glich dem einer Restaurantküche. Trotz der Größe der Küche gab es nur einen kleinen erhöhten Seitentisch, an dem zwei Barhocker standen. Gemütlich geht anders, dachte Horndeich.

Die Küche unterstrich den Eindruck, dass das Paar verreisen wollte. Nichts stand herum. Im Kühlschrank befand sich kein Gemüse, nur verpackte Butter und H-Milch, alles mit einem Haltbarkeitsdatum von noch mindestens einer Woche.

Margot und Horndeich gingen in den Keller. Auch hier zeigte sich, dass die Bewohner des Hauses nicht arm gewesen waren. Schon die nagelneue Heizungsanlage zeugte von einer gut gefüllten Portokasse. Wie die Wohnräume wirkte auch der Kellerbereich sorgfältig aufgeräumt. In einem Kellerraum zogen sich Regale an der Wand entlang, in denen akkurat beschriftete Plastikboxen in Reih und Glied standen. Was Horndeich wieder einmal daran erinnerte, was er seiner Sandra versprochen hatte: Endlich mal seinen Bereich des Kellers aufzuräumen und auszumisten. Gut, dass Sandra das hier jetzt nicht sehen konnte – es würde sie sicher nachhaltig an sein Versprechen erinnern. Aber das Ehrenwort stammt noch aus der Zeit vor Stefanies Geburt. Und die oberste Priorität bei allen heimischen Aktivitäten war derzeit eindeutig: irgendwie genügend Schlaf abkriegen.

Im ersten Stock des Hauses fand sich zunächst das Schlafzimmer. Das Bett war gemacht, alles sauber und aufgeräumt. Sie öffneten die Schranktüren, sahen in die Schubfächer der Nachtschränke. Sie waren von dem Dieb offensichtlich nicht durchsucht worden.

Das Bad war großzügig ausgestattet: In der riesigen Badewanne standen zahlreiche Pflanzen. Ein Rand zeigte, dass die Wanne mit Wasser gefüllt gewesen war. Offenbar hatten die beiden niemanden darum bitten wollen, ihre Blumen zu gießen. Hinter dem Bad folgte ein Arbeitszimmer. Es war offenbar das von Regine Aaner, denn an der Wand hingen mehrere Klassenfotos von Grundschülern. Neben den Kindern stand auf den Fotos immer dieselbe Person. Die Lehrerin war nicht groß, von sehr zierlicher Statur. Das brünette, glatte Haar war auf allen Bildern zu einem Pferdeschwanz gebunden.

»Das ist sie wohl. Hübsch«, sagte Horndeich, und sofort schoss ihm das Bild von der Toten auf dem Sofa in den Kopf. Die abgesehen von der Körpergröße keinerlei Ähnlichkeit mit der Frau auf den Fotos aufwies.

Auf dem Schreibtisch mit Glasauflage stand ein Laptop, zugeklappt. Einige Kabel führten, zusammengefasst in einem Kabelbündelschlauch, zu Drucker, Steckdosen und einem externen Festplattenspeicher. Neben dem Tisch standen zwei Rolloschränke. Sie waren geöffnet, und zahlreiche Ordner darin wiesen ebenfalls auf Regine Aaners Beruf hin: Mathe, Deutsch, Basteln, Spiele (draußen), Spiele (drinnen) – alle waren akkurat beschriftet. Daneben stand noch ein Bücherregal. Horndeich überschlug: zwei Drittel Fachliteratur. Ein Drittel Belletristik. Krimis, leichtere Sachen. *Zoe Beck* fiel Horndeich auf. Nicht dass er momentan viel zum Lesen gekommen wäre. Aber die Autorin mochte er. Ansonsten nichts Auffälliges.

Auch das Arbeitszimmer von Paul Aaner wirkte auf den ersten Blick aufgeräumt. Das gleiche Bücherregal, in dreifacher Ausführung. Bücher über Autos, Fachzeitschriften, in Stehsammlern aufbewahrt – die Regale waren gefüllt bis auf den letzten Zentimeter.

»Hat sich offenbar für Autos interessiert«, mutmaßte Horndeich.

»Ja, er war Autohändler oder so was«, sagte Margot.

Auch hier gab es drei Rolloschränke, sie waren allerdings geschlossen. Und verschlossen, wie Margot nach kurzem Ruckeln feststellte.

»Wieso runzelst du die Stirn?«, fragte Margot ihren Kollegen, nachdem sie sich wieder erhoben hatte.

»Irgendetwas stimmt nicht.«

Margot folgte seinem Blick, der jetzt auf den Boden neben dem Schreibtisch geheftet war. »Der Computer fehlt.«

Auch hier waren die Kabel in einem Kabelbündelschlauch zusammengefasst. Aber sie führten in kein Gerät, sondern lagen auf dem Boden.

»Was meinst du? Wenn ich mir den Rest des Hauses anschaue, kann ich mir kaum vorstellen, dass Aaner die Kabel einfach so auf dem Boden herumliegen lässt.« Horndeich trat neben den Schreibtisch. »Schau, da ist ein Halter. Da hängt man den Kabelstrang ein, wenn der Computer nicht angeschlossen ist.«

Margot nickte. »Da könntest du recht haben. Also hat jemand den Computer mitgenommen.«

»Irgendwie seltsam. Der Täter rennt in den ersten Stock, klaut den Computer von Aaner, lässt den seiner Frau stehen und auch die sauteure Kameraausrüstung. Kapier ich nicht.«

»Es sei denn, der Computer ist genau das, was der Täter gesucht hat.«

»Und das Plündern des Tresors war nur Ablenkung? Das wirkt irgendwie auch nicht wirklich überzeugend.«

»Baader soll sich auf jeden Fall auch diesen Raum noch mal gründlich vornehmen.«

Das war das Signal, weiterzuziehen. Horndeich und Margot gingen in den Flur und öffneten die Tür zum letzten noch verbleibenden Raum.

Horndeich hatte mit allem gerechnet, mit einem Raum für eine Modelleisenbahn, mit einer Bibliothek, mit einem Atelier. Aber nicht mit einem komplett eingerichteten Kinderzimmer. Vom blau gestrichenen Zimmerhimmel baumelten Sterne und ein großer Mond herab. Eine Wiege stand im Raum, ein Kinderbettchen an der Wand, direkt neben einer Wickelkommode. Daneben ein Kleiderschrank. Auch der Windeleimer fehlte nicht.

»Die haben ein Kind?« Auch Margot war die Überraschung anzumerken. Horndeich öffnete den Kleiderschrank. Der Inhalt wirkte wie aus einem Geschäft für Babyausstattung. Auf den Millimeter genau waren die grünen und roten Strampler gefaltet und aufeinandergestapelt, Jäckchen, Tücher, Decken und Kissen ebenfalls exakt eingeordnet. Auf dem Boden des Schrankes standen drei Packungen Windeln für Neugeborene.

Margot schaute in die Wiege, dann in das Kinderbettchen. Auch darin waren Decken und Kissen gefaltet, wie es der Zimmerservice eines Hotels nicht akkurater hätte hinbekommen können.

»Das hat was Gruseliges«, meinte Horndeich. »Also bei uns sieht es nicht so aus. Das wirkt ja perfekter als in einem Möbelkatalog.«

»Und wo ist das Kind?«

Horndeich spürte, wie Adrenalin durch seinen Körper schoss. »Hier ist ein Kind in Gefahr!«, rief eine Stimme in seinem Inneren, wenn auch der rationale Teil seines Gehirns sagte, dass er hier kein lebendes Baby mehr finden konnte. Dennoch hechtete er ins Dachgeschoss. Er hoffte, dass ihm eine weitere grausige Enddeckung erspart bliebe. Und sein Wunsch wurde erhört: In den drei großen Räumen im obersten Stock des Hauses – zwei Gästezimmern und einem Abstellraum – fand er nichts Außergewöhnliches. Wie im ganzen Haus war alles aufgeräumt und am rechten Platz.

Margot trat hinter ihn. »Ich glaube nicht, dass hier ein Kind gelebt hat. Ist dir der Staub auf den Möbeln nicht aufgefallen?«

»Welcher Staub?«

»Im Kinderzimmer lag der Staub ziemlich hoch. So als ob länger nicht mehr geputzt worden wäre.«

»Na ja, da hat in den letzten zwei Wochen wohl auch keiner Staub gewischt.«

»Ich glaube, das Zimmer hat schon länger keiner mehr betreten.« Margot griff zum Handy, schaute in ihre Notizen und wählte die Nummer von Jasmin Selderath. Die ging nach dem zweiten Klingeln an den Apparat.

»Frau Selderath, hier ist noch mal Hesgart, Kripo Darmstadt. Ich hätte da noch eine Frage. Hatten die Aaners ein Kind?«

Horndeich konnte die Antwort nicht hören.

Margot bedankte und verabschiedete sich.

»Und?«

»Regine Aaner war schwanger, sagt die Freundin. Wohl im vierten oder fünften Monat.«

»Na, dann waren sie auf den Nachwuchs ja schon erstaunlich früh bestens eingestellt.« Doch wenn man betrachtete, wie akkurat die beiden ihr ganzes Haus in Schuss gehalten hatten, war das vielleicht gar nicht so ungewöhnlich. »Gut. Dann lass uns nach unten gehen. Vielleicht haben die Jungs ja schon was Neues rausgefunden.«

Als Horndeich und Margot wieder ins Erdgeschoss kamen, fing Baader sie sofort ab. »He, ihr beiden – ich hab da was, das überhaupt nicht ins Bild passt.«

Der Spurensicherer führte die Beamten in die Nähe der Terrassentür unweit der Stelle, an der der Tote gelegen hatte, den die Jungs vom Bestattungsinstitut dankenswerterweise bereits mitgenommen hatten. Baader deutete auf den Boden. Dort war der große Blutfleck nicht zu übersehen – ebenso die Glasscherben. »Seht ihr die Scherben?«

Horndeich zuckte nur mit den Schultern, dann sah er Baader an.

Der bückte sich und hob mit einer Pinzette ein Scherbenstück von der Größe einer Briefmarke auf.

»Und?«, fragte er.

»Mach es nicht so spannend«, nörgelte Horndeich.

Margot antwortete bereits. »Da ist kein Blut dran.«

Nun konnte auch Horndeich Baader folgen. Die Scherbe war einfach nur durchsichtig.

Baader setzte den Gedanken fort: »Wenn das Opfer getötet worden wäre, nachdem die Scheibe eingeschlagen worden ist, dann müsste Blut auf dem Glas sein. Aber auf keiner der Scherben ist auch nur der winzigste, verdammte Blutstropfen.«

»Das heißt, dass die Scheibe nach der Tat eingeschlagen wurde.«

»Ja, und zwar eine ganze Weile danach. Das Blut muss bereits getrocknet gewesen sein.«

Nun beteiligte sich auch Horndeich an den Schlussfolgerungen: »Dann hat also nicht der Mörder das Glas an der Terrassentür eingeschlagen – zumindest nicht unmittelbar vor der Tat. Und wenn ich dich vorhin richtig verstanden habe, gibt es keine weiteren Einbruchspuren.«

»Genau.«

»Wenn der Mörder aber nicht eingebrochen ist – dann müssen sie ihn reingelassen haben.«

»Und dann war es wahrscheinlich jemand, den sie kannten.«

»Oder der Postbote«, ergänzte Baader fachkundig. »Ich habe mit den Kollegen vom LKA gesprochen, die schicken uns einen Forensiker, der sich hier die ganzen Blutspritzer anschaut und uns dann vielleicht mehr zu dem Kampf sagen kann, der hier stattgefunden hat.«

Horndeich betrachtete die Blutspritzer an der Wand und anschließend die getrockneten Lachen auf dem Teppichboden. Was davon Blut war oder von anderen Körperflüssigkeiten herrührte, würden die Chemiker erst mühsam auseinanderpuzzeln müssen. Horndeich seufzte. Die Woche fing gar nicht gut an.

Margot war mit Horndeich wieder zum Präsidium gefahren. Der hatte sich daraufhin sofort in seinen Wagen gesetzt und war vom Parkplatz gebraust.

Früher waren sie oft zusammen einen Happen essen gegangen. Doch seit Horndeich Vater war, verbrachte er jede Mittagspause zu Hause. Das konnte Margot einerseits verstehen, andererseits fand sie es schade.

Normalerweise hätte sie sich jetzt in die Kantine gesetzt, irgendein Gericht in sich reingeschaufelt, mit einem Kaffee nachgespült und sich dann wieder an ihren Schreibtisch gesetzt. Doch an diesem Tag war ihr nach Gesellschaft beim Mittagessen. Warum, wusste sie nicht so genau. Was das Gefühl noch verstärkte. Womit es noch unangenehmer wurde, weil sie es nicht einordnen konnte. Die morgendlichen Leichenfunde? Schleichende Depression? Oder der Frust darüber, dass Doro mit Sandra ihren Urlaub mit dem Freund besprach und sie selbst weder von dem einen noch von dem anderen wusste? Bevor ihr Gehirn nur noch ein Wort mehr von der Liste der Dinge, die kein Mensch brauchte, rezitieren konnte, griff sie zum Handy.

Sie wischte sich auf dem Smartphone durch die Liste der angerufenen Nummern. Keine halbe Minute später hatte sie sich mit Jasmin Selderath zum gemeinsamen Mittagessen verabredet. Die Dame wohnte im Martinsviertel, in der Arheilger Straße, unweit des *Vis à Vis*, eines kleinen Suppenrestaurants. Sie würde jetzt lieber mit einer Zeugin sprechen, als allein in der Kantine zu essen. Zudem würde sie so auf dem schnellsten Weg ein wenig über das tote Ehepaar in Erfahrung bringen.

Jasmin Selderath saß bereits an einem der Tische im Freien, als Margot eintraf. Die junge Frau hatte sich bereits eine Suppe bestellt. Margot betrat das Restaurant, um zu bestellen. Die

Inhaberin Alexandra, von allen nur Alex genannt, begrüßte sie: »Ah, die Frau Kommissarin. Heute ohne den Kollegen?«

»Ja«, erwiderte Margot knapp. Sie studierte die schwarze Schiefertafel, auf der die Gerichte angeschrieben waren, und entschied sich für eine Lauchsuppe mit Käse und Hackfleisch.

Dann verließ sie das Restaurant wieder und setzte sich draußen zu Jasmin Selderath an den Tisch. Alle Plätze waren besetzt – nicht ungewöhnlich um die Mittagszeit und bei dem sonnigen Wetter.

»Schön, dass Sie Zeit haben«, sagte Margot.

Jasmin Selderath nickte nur. »Sie sind sicher, dass die Toten Regine und ihr Mann sind?«

»Ja, ziemlich. Sie tragen die Eheringe am Finger. Wir lassen es uns noch vom Zahnarzt bestätigen – aber ich habe keinen Grund, daran zu zweifeln.«

Jasmin Selderaths Augen waren gerötet und leicht geschwollen. Sie hatte ganz offensichtlich den Morgen über schon ein paar Tränen geweint. Doch jetzt konnte sie sich beherrschen.

Alex' Schwester Meggie brachte die Suppen und eine Flasche Mineralwasser. Margots Zeugin hatte die gleiche Suppe wie sie bestellt.

»Essen Sie auch öfters hier?«, fragte Jasmin Selderath.

»Ab und an, vom Präsidium aus ist es ja doch etwas weiter. Und dann dauert das Parkplatzsuchen oft länger als das Suppeessen«, antwortete Margot und kam dann zur Sache: »Frau Selderath, haben Sie irgendeine Vorstellung, ob jemand Regine Aaner und ihrem Mann etwas Böses wollte? Gab es Streit, Feinde, irgendwelche Veränderungen?«

Die Antwort kam postwendend: »Nein. Nichts und niemanden.«

»Wie lange kannten Sie Frau Aaner schon?«

»Seit gut fünf Jahren. Sie kam an unsere Schule. Von Gießen aus. Hatte dort wohl private Probleme gehabt. So genau hat sie das nie erzählt. Klang sehr nach Beziehung, die in die Brüche gegangen ist. Sie kannte niemanden in Darmstadt. Und wir haben uns sehr schnell angefreundet. Auch mein Mann fand sie sympathisch. Sie kam immer mal wieder zum Abendessen zu uns.«

»Und Regines Mann? War sie damals noch nicht verheiratet?«

»Nein. Ich und mein Mann waren erst etwas skeptisch, was Paul anging, weil er ja doch mehr als zehn Jahre älter war als sie. Aber Regine war richtig aufgeblüht, seit sie mit ihm zusammen war. Die Hochzeit kam schnell. Zehn Monate nachdem sie sich kennengelernt hatten, trug sie schon den Ring.«

»Und war die Ehe glücklich?«

Jasmin Selderath löffelte die Suppe. Schwieg kurz. »Ja. Sie war glücklich. Und ich hatte den Eindruck, dass das echt war. Sie galten als das perfekte Paar. Er war immer um sie bemüht. Er ist ein richtiger Gentleman. Also war – bis zu seinem Tod.«

Margot sah, dass die Augen der Zeugin feucht wurden. Schnell schob sie die nächste Frage nach. »Wie war Regine als Lehrerin?«

Das Lächeln von Jasmin Selderath brachte zwei Grübchen zum Vorschein. »Die Kinder liebten sie, die Kollegen respektierten sie – und unsere Rektorin, Frau Dr. Rottenmark, nun, sie schätzte Regines fachliche Qualitäten, Regines Kompetenz, ihre Art, Dinge anzupacken und durchzuziehen.«

»Das klingt nach einem *Aber.*«

Das Lächeln wurde breiter. »Nun, unsere Rektorin musste immer wieder die Wogen glätten, wenn Regine gegenüber Eltern von Schülern mal ein deutliches Wort ausgesprochen hat.«

Jasmin Selderaths Lächeln erstarb.

»Sie denken an jemand Speziellen?«

Die junge Lehrerin nickte. »Die Eltern von Martha Luckhaupt. Wissen Sie, wir haben es mit drei Kategorien von Eltern zu tun: Die erste Gruppe – zum Glück die größte – ist an der Leistung ihrer Kinder interessiert, sie wollen wissen, wie es mit ihren Sprösslingen läuft, und sie hören zu, wenn man ihnen sagt, wo die Stärken ihres Kindes liegen und wo es Schwächen hat und wie man ihr Kind unterstützen kann. Wie gesagt, unter dem Strich die größte Gruppe. Dann gibt es die Ignoranten, denen die Schule ihrer Kinder völlig gleichgültig ist. Die froh sind, wenn die Kinder aus dem Haus sind und sie sich nicht um sie kümmern müssen. Diese Eltern kriegt man praktisch nie zu Gesicht – und glauben Sie mir, die kommen nicht nur aus den sozial schwachen Schichten. Und die dritte Gruppe, die kostet eine Lehrerin oft den letzten Nerv. Das sind die, die einem den Job erklären wollen. Ganz übel ist es, wenn es Eltern von Kindern sind, die meinen, ihr Kind hätte bereits mit vier die erweiterte Relativitätstheorie entdeckt, nur leider war die Umwelt zu dumm, das zu erkennen. Außer den Eltern selbst natürlich. Die Kleinen tun sich schwer mit dem kleinen Einmaleins, aber in den Augen der Eltern sind sie einfach nur verkannte Genies. Und bei solchen Eltern hat Regine kein Blatt vor den Mund genommen. Dr. Rottenmark hat immer mal wieder die Kastanien aus dem Feuer holen müssen. Zuletzt bei den Luckhaupts. Denn die meinten, ihr Kind müsse unbedingt aufs Gymnasium. Und Regine hat sich geweigert, eine Empfehlung auszusprechen.«

»Passiert so was öfter?«

Jasmin Selderath lachte auf, aber das Lachen klang bitter. »Ja. Fast alle Eltern sind enttäuscht, wenn wir ihnen sagen, dass ihr Kind nicht überdurchschnittlich begabt ist, sondern sich mit dem Lernen schwertut. Und wenn wir keine Empfehlung für das Gymnasium ausstellen, können wir unseren Wortschatz an Beschimpfungen oft bereichern. Aber die Luckhaupts – das war schon ein schweres Kaliber. Herr Luckhaupt hat Regine ganz massiv beschimpft. Vor Zeugen, zum Glück.«

»Und?«

»Regine hat sich so was immer sehr zu Herzen genommen. Und sich danach fürchterlich aufgeregt. Und dann geriet sie in Panik, auch wegen des Kindes.«

»Wegen welchen Kindes?«

»Wegen ihres Kindes. Weil sie schwanger war.«

Alex trat an ihren Tisch: »Mögen Sie noch einen Kaffee? Oder einen Cappuccino?«

Sowohl Margot als auch Jasmin Selderath hatten ihre Suppen aufgegessen.

Die beiden Frauen bestellen sich je einen Kaffee. Margot notierte sich den Namen »Luckhaupt«.

»Sie hat sich riesig auf das Kind gefreut – nein, beide haben sich gefreut«, fuhr Jasmin Selderath fort. »Ich habe es ihnen gegönnt.«

»Und Regines Mann – was wissen Sie über ihn? Wissen Sie, ob er Feinde hatte?«

»Keine Ahnung, Frau Hesgart. Er handelte mit Autos. Ich weiß nicht, ob man sich da Feinde machen kann, die einen umbringen wollen. Das Verhältnis zu seinem Bruder war ein wenig gespannt, hat mir Regine mal erzählt. Aber, mein Gott, sauer auf jemanden zu sein, ist das eine, aber wer geht so weit und bringt zwei Menschen um? Und aus welchem Grund?«

Darauf wusste Margot auch keine Antwort.

Noch nicht.

Horndeich betrat das Büro, das er sich mit seiner Kollegin Margot teilte. Heribert Zoschke, altgedientes Mitglied der Mordkommission, und Paul Baader, der Leiter der Spurensicherung, saßen ebenfalls dort.

Horndeich fragte: »Also, was sagen die Spuren?«

Baader nahm einen Schluck aus seiner Kaffeetasse. »Die Jungs sind noch nicht ganz durch. Aber einiges wissen wir schon. Vor allem, dass nicht alles zusammenpasst. Fangen wir mit den Einbruchspuren an: Alle Schlösser sind unversehrt. Nur das Glas an der Terrassentür ist zerbrochen. Die Terrassentür hat an der Klinke ein Schloss, aber das war nicht verschlossen. Es gibt an der Tür sogar noch zwei weitere Zusatzschlösser, die ebenfalls nicht verriegelt waren. Nachdem die eine Scheibe durch war, musste der Eindringling nur noch die Klinke runterdrücken.«

»Du denkst, dass es ein Mann war?«

»Wir haben einen Schuhabdruck im Blut gefunden.«

»Das ist ja nett. Und der stammt von einem Mann?«, fragte Margot.

Horndeich hatte ein Pad in die Kaffeemaschine eingelegt. Als zwei Monate zuvor ihr Kaffeeautomat den Geist aufgegeben hatte, war die nächste Generation gefolgt. Noch besser, noch mehr Programme. Horndeich vermisste die gute alte Maschine, in der man einfach eine ganze Kanne brühte und nicht für jede Tasse einzeln anstehen musste. Zumal die Kaffeedüse einen Zentimeter tiefer hing als die bei der Vorgängermaschine. Weshalb er eine neue Tasse gebraucht hatte, da die alte nicht darunterpasste. Er hatte wieder eine Tasse mit einem Smiley gewählt. Dem aufgedruckten Mund hatte jemand einen zweiten spendiert, mit Edding und nach unten gezogenen Mundwinkeln. Horndeich hatte keine Lust, wieder eine neue Tasse zu organisieren. Wenn ihn jemand auf diese seltsame Tasse ansprach, antwortete er, er habe ganz einfach die erste Smiley-Tasse mit Borderline-Syndrom. Er scheuchte eine Fliege fort, dann stellte er die Tasse unter die Düse.

»Arbeitshypothese. Ich meine, welche Frau hat Schuhgröße 43?«

»Okay, überzeugt. Habt ihr das Profil schon checken lassen? Haben vielleicht die Jungs vom LKA was in ihrer Datenbank?«

»Das ist das Problem. Wir haben die Größe, aber kein Profil. Wer auch immer da rumgestapft ist – er kam, nachdem das Blut getrocknet war. Und nachdem die Maden die Leiche verlassen hatten.«

»Hä? Wie verlassen? Zum Verdauungsspaziergang?«, wollte Horndeich wissen.

»Nein, nicht ganz. Nachdem aus den Fliegeneiern Larven geworden sind, fressen die erst mal vor Ort, was sie kriegen. War in dem Fall ja das Schlaraffenland. Für die Verpuppung aber verlassen sie den Fressort – in unserem Falle Paul Aaner – und suchen sich eine geschützte Stelle. In unserem Fall den Teppich. Und auf die ist unser Dieb draufgetreten, bevor sie sich verpuppen konnten.«

»Und wann war das?«

»Wenn die Maden sich verpuppt haben, schlüpfen bald darauf die Fliegen. Die sehr schnell geschlechtsreif werden. Und da wir nicht wissen, aus welcher Generation die Maden sind, die unser Einbrecher plattgetreten hat, können wir nur den frühesten Zeitpunkt bestimmen.«

»Mein Gott, ist das eklig«, stöhnte Margot.

»Schon«, sagte Baader, »aber es ist auch Wissenschaft.«

Die Fliege setzte sich abermals auf Horndeichs Tasse. Und sofort fragte er sich, wo die wohl herkam. Und wo sie als Larve Futter gefunden hatte. Er hatte die kleinen Summer eigentlich immer gemocht. Zumindest nicht nicht gemocht. Dieser Fall bescherte ihm nun eine ganz neue Sicht auf die fliegenden Zimmergenossen. Keine bessere. Er ertappte sich dabei, wie er von der Rolle neben der Kaffeemaschine ein Küchentuch abriss und den Rand seiner Tasse abwischte.

»Ich habe mit dem LKA telefoniert«, fuhr Baader fort. »Die schicken Uwe Fasset her.«

Die Fliege hatte sich nun auf Margots Tasse gesetzt. Kurz überlegte Horndeich, ob er seine Kollegin darauf aufmerksam machen sollte. Ohne hinzusehen, griff Margot zu ihrer Tasse. Die Fliege hob ab. Und Margot trank. Ein Schauder lief über Horndeichs Rücken. Ein richtiger Tsunami-Schauder …

»Wer ist Uwe Fasset?«, fragte Margot, nachdem sie die Tasse wieder abgesetzt hatte.

»Ein forensischer Entomologe. Herr der Fliegen, sozusagen. Vielleicht kann er uns noch etwas genauer sagen, wann der Typ dort herumgestapft ist.«

»Aber das ist nicht unser Mörder, denn er kam ja erst, als die beiden schon länger tot waren«, dachte Horndeich laut nach.

»Das ist nicht gesagt. Vielleicht ist er auch der Mörder und noch einmal zurückgekommen. Aber auf jeden Fall liegen der Zeitpunkt des Mordes und der Zeitpunkt des Einbruchs relativ weit auseinander.«

»Wissen wir etwas über den Mörder?«, fragte Margot.

»Nur, dass er nicht mit Gewalt ins Haus gekommen ist. Die Tatwaffe haben wir nicht entdeckt. Wenn Hinrich die Leichen genauer untersucht, können wir vielleicht dabei noch was rausfinden. Zumindest der Mann hat sich ja gewehrt. Möglich, dass es Kontaktspuren gibt, Fussel oder so was – aber das wird dauern, bis wir da was haben.«

»Waren Fingerabdrücke an den Kabeln des Computers?«, wollte Horndeich wissen.

»Klar. Wahrscheinlich von Aaner.«

»Wieso ›wahrscheinlich‹?«

»Du kannst ja gern mal versuchen, von den Aaners Fingerabdrücke zu nehmen.«

Horndeich hatte die Bilder und die Gerüche aus der Wohnung gut weggesteckt. Aber bei dieser Vorstellung war die Grenze überschritten. Sein Magen rebellierte. Sandras Spaghetti mit Bolognesesoße wollten unbedingt jetzt sofort noch mal Tageslicht sehen.

Baader fuhr fort: »Wir haben Abdrücke im Bad genommen, vom Parfümflakon der Frau und von der Dose mit dem Rasierschaum. Das Ganze noch mal an den Nachttischlampen. Ich denke, damit haben wir die Abdrücke der Aaners auf jeden Fall erwischt. Und die stimmen mit denen an den Kabeln überein. Wir haben auch Haare aus der Bürste der Frau und Haare aus dem Kamm des Mannes. Sind schon bei Hinrich in Frankfurt. Ich habe ihm gesagt, dass wir vor allem anderen die Identität der Toten klären müssen. An der Haustür haben wir auch Fingerabdrücke gefunden. Am Klingelknopf. Aber von jemand anderem. Dann im Wohnzimmer jede Menge von unterschiedlichen Leuten. Werten wir noch aus – braucht noch ein bisschen.«

»Die Abdrücke des Mörders?«

»Kann sein, muss aber nicht.«

Die Fliege mochte Margots Tasse. Oder den Zucker darin – einen halben Löffel gegen die Bitterkeit. Offensichtlich trank die Fliege ihren Kaffee genau so.

Zoschke schaltete sich ein: »Seltsam ist, wie und wo die Leichen aufgefunden worden sind. Die Frau sitzend auf dem Sofa. Und der Mann liegt auf dem Bauch. Mit mehreren Stichwunden.«

Margot stand auf, die Tasse in der Hand, nun ohne Fliege. »Das macht keinen Sinn. Jemand kommt zu den Aaners. Sagen wir mal, jemand, der die beiden kennt. Der weiß, dass sie einen vollen Tresor im Haus haben. Er bedroht die Frau, Paul Aaner rückt die Schätze raus. Wehrt sich. Der Typ sticht ihn ab. Die Frau sitzt währenddessen ruhig auf dem Sofa und bekommt dann ebenfalls einen Stich ab? Klingt nicht sehr plausibel.«

»Da werden wir wohl warten müssen, ob Hinrich und der Fliegenheini uns noch mehr Futter geben können«, dachte Zoschke laut nach.

Die Runde schwieg ein paar Sekunden.

Zoschke fuhr fort: »Okay, dann sage ich euch mal, was die Befragung der Leute aus den Nachbarhäusern ergeben hat. Das Wichtigste zuerst: Jemand hat den Wagen von Paul Aaner geklaut. Das war wahrscheinlich unser Mörder. Denn der Wagen fehlt seit dem Tag, an dem die beiden in Urlaub wollten. Die Aaners haben wohl eher zurückgezogen gelebt. Nur zu den Tenners aus dem rechten Nachbarhaus hatten sie einen losen nachbarschaftlichen Kontakt. Der aber über Grüßen auch nicht weit hinausging. Die haben auf jeden Fall das mit dem Wagen gesagt.«

»Und was fuhr der gute Mann? Rolls-Royce?«, wollte Horndeich wissen.

»Fast«, entgegnete Zoschke. »Wir haben das schon im System gecheckt. Er fuhr einen Bentley Turbo R – fast ein Youngtimer. Baujahr ’89. Hellblau. Mit beigefarbener Lederausstattung. Schon zur Fahndung ausgeschrieben. So ein Modell – das fällt auf. Das sollten wir bald haben, wenn es noch in Deutschland rumfährt. Und nicht in einem Baggersee versenkt worden ist.«

Horndeich stellte sich den Wagen vor: in gutem Zustand eine rollende Altersversorgung.

»Dann haben die Nachbarn noch gesagt, dass die Aaners

eine mörderische Alarmanlage hatten. Wenn die losging, war das wie im Krieg: Flutlicht, rote Drehlampen und richtig lautes Lalü-Lala. Das hat jeder gewusst, weil es vor einem halben Jahr einen Fehlalarm gegeben hat. War wohl ein Riesentrara. Sonntags um sechs Uhr früh. Nicht nur die Tenners fanden das nicht so toll.

Wir haben das gecheckt. Die Anlage gibt es, und da hat jemand bei der Bürgerberatung fleißig mitgeschrieben: das Beste vom Besten. Aber nicht eingeschaltet. Hätten sie wohl getan, wenn sie wie geplant in Urlaub gefahren wären.«

Margots Telefon klingelte. Sie nahm das Gespräch an, meinte nur: »Okay«, und legte wieder auf. »Sorry, Unterbrechung.« Sie wandte sich an Horndeich: »Hinrich. Wir sollen mal zu ihm kommen. Er hat sich offenbar beeilt.«

Margot bog auf den Parkplatz hinter der Gerichtsmedizin Frankfurt ein. Sie wunderte sich, denn sie konnte Hinrichs Auto nirgendwo entdecken. Insgesamt standen nur fünf Wagen auf dem Parkplatz, aber kein roter Chrysler Crossfire. »Wo ist sein Wagen?«, fragte sie ihren Kollegen.

Der zuckte mit den Schultern. »Keine Ahnung. Ich habe ihn vorhin in Darmstadt auch nicht gesehen.«

Sie betraten die alte Jugendstilvilla, in der die Frankfurter Gerichtsmedizin residierte. Tod mit Stil, dachte Margot.

Die Dame im Geschäftszimmer, Helena Löbig, grüßte freundlich. Sie war eine wandelnde Ikone der Fünfzigerjahre. Die Kurzhaarfrisur, die sie früher getragen hatte, war inzwischen einem wasserstoffblonden Pferdeschwanz mit Pony gewichen.

»Ist der Chef da? Er hat uns herbestellt«, sagte Margot.

Helena Löbig sah auf ihre Armbanduhr. »Müsste gleich wieder da sein. Warten Sie doch bitte einen Moment.« Noch bevor Margot und Horndeich sich setzen konnten, kam Hinrich pfeifend den Flur entlang.

»Ah, der Besuch aus Darmstadt!« Er begrüßte die beiden Beamten mit Handschlag. »Gut hergekommen?«

Margot war sich nicht sicher, was es mit dieser Floskel auf sich hatte. Hinrich war so gut gelaunt, wie sie ihn lange nicht erlebt hatte. »Ja, alles bestens – können wir?«

Sie gingen in das Souterrain, in dem die Sektionsräume lagen. Schon auf dem Weg sagte Hinrich: »Also die kleine Selbstmörderin – da war kein Alkohol im Spiel, auch sonst keine Drogen.«

»Ich dachte, Sie wollten uns etwas über das tote Ehepaar sagen«, wunderte sich Margot.

»Nein. Ich habe nur gesagt, dass ich Neuigkeiten für Sie habe.«

Was sollte das denn jetzt werden? Die Dame auf den Gleisen – das war doch ein Selbstmord. Das tote Ehepaar – das war Mord. Hatte Hinrich ein Problem mit den Prioritäten?

Sie betraten den Sektionssaal. Margot sah auf den Tisch. Ein Laken war über den Körper gebreitet. An den Senken zwischen Torso, Kopf und Gliedmaßen konnte Margot erkennen, dass es sich um die Leiche der jungen Frau handeln musste.

»Fehlt nix«, sagte Hinrich, »alle Teile wurden sauber eingesammelt.«

Margot wollte gerade etwas erwidern, so in der Richtung, ob Hinrich nicht mal einen Kurs in Pietät absolvieren wollte, als der gleich weitersprach. »Ich habe sie untersucht – aber auf den ersten Blick deutet nichts darauf hin, dass sie sich nicht selbst aus dem Leben hat befördern lassen, sozusagen.«

»Und warum sind wir dann hier?«, fragte Margot. Was hatte Hinrich mit Ihnen vor?

»Weil ich Ihnen einen Hinweis geben kann, der vielleicht hilft, die Identität der Toten zu klären.«

»Na toll«, nuschelte nun auch Horndeich. Offensichtlich fragte sich nicht nur Margot, weshalb der König der sterblichen Überreste diese Audienz anberaumt hatte. Die Gesichtsfarbe des Kollegen war kalkweiß geworden.

»Interessant ist die Schulter der Toten«, meinte Hinrich und zog das Tuch beiseite. Im grellen Licht wirkten die nackten Überreste wachsartig. Margot musste sich selbst klarmachen, dass das hier ihr Job war. Nichts, wobei sie auch nur den Ansatz von Emotionen zulassen sollte. Was beim Anblick des abgetrennten Kopfes nicht eben einfach war.

Horndeich wandte sich sogar ab.

Hinrich hatte die Körperteile genauso abgelegt, wie sie zur Leiche gehörten. Um den Polizisten zu präsentieren, was er zu zeigen hatte, musste er in diesem Fall den Leichnam nicht umdrehen. Er nahm einfach den linken Arm in die Hand.

»Hier«, meinte er und deutete auf eine Tätowierung am Oberarm, einen Schmetterling. »Das sollte Ihnen helfen.«

Horndeich hatte sich wieder umgedreht. »Ein Schmetterling«, benannte Horndeich das Offensichtliche.

»Das Symbol der Unsterblichkeit – nun, hat leider nicht geklappt«, stellte Hinrich fest. »Bei einigen Völkern Mittelamerikas gilt der Schmetterling jedoch auch als Todesbote. Schon passender«, fügte er hinzu, während er den Arm wieder auf den Stahltisch legte.

Als er das Tuch darüberzog, fragte Margot: »Wie wäre es mit einem Foto?«

Hinrich strich eine Falte des Tuches glatt, während er erwiderte: »Werte Kollegin, ist doch schon längst bei Ihnen. Ein elektronischer Schmetterling hat Ihnen das Bild bereits auf den Server gelegt.«

»Und warum haben Sie uns hier antanzen lassen?« So langsam registrierte Margot auch bei Horndeich einen gewissen Unmut. In seiner Stimme schwang bereits das leise Grollen eines entfernten Gewitters mit.

Hinrich strahlte: »Den persönlichen Eindruck kann nichts ersetzen.«

Horndeich sah Margot an, aber die wusste auch nicht, was sie von dem seltsamen Auftritt halten sollte.

»Wann erfahren wir etwas über die beiden Leichen von heute?«

»Ich bitte Sie, wir wollen uns diesen schönen Sonnentag doch nicht mit verwesten Leichen verderben, nicht wahr?«

Margot sah auf ihre Uhr. Kurz vor fünf. Ein bisschen hätte sich Hinrich schon noch der Arbeit widmen können.

»Sie machen Feierabend?« Horndeichs Grollen wurde lauter.

»Ja. Und das würde ich Ihnen auch empfehlen. Sehen Sie, es sind die letzten Tage, die Sie noch im Freien verbringen können. Eine schnuckelige Apfelweinkneipe in Sachsenhausen wäre mein Tipp. Leider kann ich Sie nicht einladen, denn ich habe bereits eine Verabredung.« Mit diesen Worten ging Hinrich auf die Tür zu, öffnete sie und schaltete die Beleuchtung aus.

»Geht's noch?« Jetzt schnappte Horndeich nach Luft. Hoffentlich würde er nichts Unüberlegtes tun, dachte Margot. Den überheblichen Mediziner etwa ins Auge pieken. Schließlich brauchten sie ihn noch.

Horndeich drückte seinen Zeigefinger gegen Hinrichs Brust: »Morgen. Morgen bekommen wir Ihren Bericht über die Aaners. Sonst …«

Mit Drohungen, die man nicht umsetzen kann – oder umsetzen darf –, sollte man vorsichtig sein, dachte Margot.

Hinrich schob Horndeichs Hand zur Seite und sah Margot an: »Fahren *Sie,* und gönnen Sie Ihrem Kollegen ein Schöppchen.«

Auch Margots Geduldsskala war langsam im roten Bereich. »Morgen. Keine Ausflüchte.«

»Tztztz, so ungehalten. Dabei wollte ich Ihnen nur einen Gefallen tun.«

Margot und Horndeich gingen wieder in Richtung Parkplatz, und Hinrich folgte.

Als sie die Autotür öffnete, sah Margot den Wagen sowie die Brünette, die sich lässig daran anlehnte. Sie hielt einen Zigarillo in der Hand und nickte den Beamten zu. Der Wagen war ein Crossfire. Aber in Schwarz. Mit viel Chrom und Niederquerschnittsreifen auf Alufelgen. Margot verstand nicht.

Dann sah sie Horndeichs Gesichtsausdruck – in dem kein Fragezeichen, sondern ein Ausrufezeichen stand.

Hinrich ging auf die Brünette zu und begrüßte sie mit einem Kuss, der definitiv jede Verwandtschaftsbeziehung ausschloss.

Die Szenerie wirkte auf Margot irgendwie surreal. Und Horndeichs Miene, die sich verfinstert hatte wie ein Abziehbild des Hau-drauf-und-Schluss-Schauspielers Steven Seagal.

Hinrich öffnete der Barbie galant die Tür und ging dann um den Wagen herum. Bevor er selbst einstieg, tippte er mit der Hand an die Schläfe. Sekunden später brüllte der Motor auf, und ein paar Steinchen prasselten durch die Luft, als Hinrich Gummi gab.

»Die Potenz im Vergaser«, grunzte Horndeich.

»Ich habe immer noch keine Ahnung, was das soll. Seine Freundin ist doch blond.«

»Jetzt nicht mehr. Also wahrscheinlich immer noch, aber sie ist nicht mehr seine Freundin. Er hat jetzt etwas Rassiges, unser Hengst.«

»Und deshalb hat er uns nach Frankfurt bestellt?«

Die beiden Beamten stiegen ein. Horndeich schüttelte den Kopf. »Nein, er wollte mir nur zeigen, dass er den Größeren hat.«

Margot starrte Horndeich an. »Wie bitte?« Sie startete den Motor.

»Crossfire SRT 6. Der bessere Mercedes SLK 32 AMG. 3,2 Liter. 335 PS. Und so weiter und so fort.«

Margot legte den Gang ein. Mit dem kleinen Polizei-Benz würde sie sicher keine Steinchen dem Kampf gegen die Gravitation aussetzen.

»Was für ein Spinner. Lässt uns hier anrauschen als Publikum für seine Dellen im Ego.«

»Tja, vielleicht ist schon mehr vom Lack ab, als er sich eingestehen möchte.«

Horndeich grinste.

Na also. Stimmung besser. Aber wenn Hinrich morgen nicht die Untersuchungsergebnisse der Aaners lieferte, dann konnte er was erleben.

»Und ich kenn die Tussi. Ich hab die irgendwo schon mal gesehen.«

Auf dem Weg nach Darmstadt schwieg Horndeich zunächst.

»Was ist los?«

»Was soll schon los sein?«

»Gestern im Wald, dass du da abgehauen bist. Und gerade die komische Reaktion im Sektionssaal. Was ist?«

Horndeich sah seine Kollegin an. »Das geht mir mehr an die Nieren, als ich das gern hätte.«

»Und warum?«

Horndeich zögerte. »Das reißt eine Erinnerungskiste auf, die ich gern geschlossen gelassen hätte. Du weißt ja, dass ich als Jugendlicher in Hamburg in der Drogenszene kein Fremder war.«

»Ja. Hast du schon mal erzählt.«

»Ich hab dir auch erzählt, dass ich die Kurve gekriegt hab, nachdem mein bester Kumpel Peter an einer Überdosis gestorben ist.«

Margot erinnerte sich. War schon ein paar Jahre her, dass Horndeich seine kleine Beichte abgelegt hatte. Aber sie hatte es nicht vergessen.

»Aber es gab noch einen zweiten Grund: Madeleine. Wir sind damals immer zu dritt losgezogen, Peter, Madeleine und ich. An dem Abend wollten wir sie zum Zug bringen, sie musste noch nach Poppenbüttel. Wir haben den Weg abgekürzt. Über die Gleise. Und zugedröhnt, wie wir waren – nun, Madeleine hat es nicht geschafft. Sie wurde von der S-Bahn erwischt. Sie sah nicht so schlimm aus wie diese Frau hier. Madeleine sah eher aus wie eine Puppe. Sie ist einfach vom Zug zur Seite geschleudert worden.

Ich hab mir Vorwürfe gemacht. Und zwei Wochen später ist dann auch Peter … Also – das Ganze geht einfach nicht ganz spurlos an mir vorbei.«

»Muss es auch nicht, Kollege, muss es auch nicht.«

Wenigstens da hat Hinrich mal mitgemacht, dachte Horndeich, als er sich die Bilder auf dem Server ansah. Hinrich hatte das Tattoo fotografiert und auch die Kleidungsstücke der Frau. Das zerrissene Kleid hatte er sogar so drapiert, dass man erst auf den zweiten Blick sah, dass es nicht mehr am Stück war. Auch die Unterwäsche hatte er abgelichtet, die Strumpfhose und die Jacke – ebenfalls als zusammengesetztes Puzzle – sowie die Schuhe. Die waren ziemlich extravagant. Sie passten nicht so recht zum Kleid, das sah sogar er, der als Mann immer erstaunt war, wenn Sandra ihre Garderobe komponierte. Er fand alles schick, aber sie konnte sich manchmal vier Paar Schuhe anziehen, bis sie der Meinung war, dass sie nun mit den restlichen Teilen der Montur harmonierten.

Doch dass die schwarzen Laufschuhe mit den orangefarbenen Streifen und Schnürbändern nicht zu dem hellgrünen Kleid passten, das sah sogar Horndeich.

Er klickte die Bilder weg. »Was meinst du – sollen wir uns zur Identifizierung der Toten von den Gleisen an die Presse wenden? Mit dem Tattoo und der Bekleidung?«

Margot sah von ihrem Schreibtisch auf. »Ist ja schon sechs Uhr – ich denke, das kriegen wir jetzt eh nicht mehr rein. Warten wir bis morgen – dann kann die Presseabteilung noch einen netten Text dazu schreiben.«

»Gut. Ich gehe dann jetzt heim.«

»Mach das. Ich bleibe noch ein bisschen.«

Horndeich sagte nichts dazu. Seit Wochen schon verschanzte sich seine Kollegin hinter dem Schreibtisch, während sein eigenes Überstundenkonto gegen null lief. Das Kind forderte seinen Tribut. Seit Margot aus dem Sommerurlaub zurückgekommen war, hatte sie sich verändert. Sie hatte ein paar Bilder gezeigt von ihrer Rundreise durch die Staaten, hatte dabei aber die rechte Begeisterung vermissen lassen. Bei jedem dritten Bild hatte Horndeich ihr die Worte aus der Nase ziehen müssen, um zu erfahren, wo es aufgenommen worden war. Und seitdem hatte er oft den Eindruck, dass sie am liebsten im Büro übernachten würde. Offensichtlich lief es gerade nicht so gut zwischen ihrem Rainer und ihr. Es hatte auch kein einziges Bild gegeben, auf dem die beiden mal Arm in Arm in die Kamera gelacht hätten.

Er wollte gerade aufstehen, da klingelte das Telefon auf seinem Schreibtisch. Die Zentrale. Er seufzte und nahm ab. »Ja?«

»Hallo, Herr Horndeich. Hier ist eine Dame, die sagt, dass sie eine Vermisstenanzeige aufgeben möchte.«

»Jetzt?«, fragte Horndeich und sah vor seinem geistigen Auge, wie das Abendessen abhob und sich in Luft auflöste.

»Nein, erst übermorgen. Ich wollte Ihnen aber schon mal Bescheid sagen.« Kurze Pause. »Natürlich jetzt!«

»Schicken Sie sie hoch«, sagte Horndeich. »Vermisstenanzeige«, wandte er sich an Margot.

»Geh du ruhig. Ich mach das.«

»Das ist nett von dir, merci«, sagte Horndeich. Er griff zu seiner Jacke, die er über die Stuhllehne gehängt hatte. Dann hörte er das Reißen.

»Mist!«, fluchte er laut. »Schon das dritte Mal.« Die Seitentasche befand sich, wenn er die Jacke über den Stuhl hängte, genau auf Höhe der zweiten Schublade des kleinen Rollschränkchens, das schräg hinter seinem Stuhl stand. Und wenn Horndeich die Lade nicht ganz schloss, blieb die Tasche hängen. Und riss, wenn man sie ungeschickt anhob.

Horndeich sah sich die Bescherung an. Wieder dreißig Euro für den Änderungsschneider. Sandra konnte viel – aber Nähen war nicht ihr Ding. »Ich habe lieber Computer gelernt – da sind die Stundenlöhne besser«, hatte sie ihm einmal erklärt.

Horndeich zog den Schlüsselbund aus der Tasche. Dann nahm er die Jacke in die Hand. »Bis morgen«, verabschiedete er sich.

Es klopfte an der Tür. »Kommissar Horndeich?«

»Ja«, sagte er und deutete auf Margot. »Und das ist meine Chefin. Margot Hesgart. Sie wird sich um Ihr Anliegen kümmern.«

Margot stand auf und reichte der Besucherin die Hand. Diese war etwa dreißig Jahre alt. Und ziemlich korpulent. Das kurze dunkle Haar wirkte ungekämmt. In ihrer Nase glitzerte ein Stein – ob Brilli oder Strass, war nicht zu sagen. Sie trug Jeans, eine helle Bluse und darüber einen dünnen Sommermantel.

»Meine Freundin Susanne Warka ist verschwunden.«

Als Frau Zupatke von der Zentrale von einer Vermisstenmeldung gesprochen hatte, hatte Horndeich spontan an einen Opa mit Alzheimer gedacht, der aus dem Heim verschwunden war. Er setzte sich wieder.

»Seit wann vermissen Sie sie?«

»Seit gestern. Sie wollte mich anrufen, was sie aber nicht getan hat. Auf meine Anrufe hat sie nicht reagiert, und heute ist sie nicht zur Arbeit gekommen.«

»Bitte, setzen Sie sich doch«, forderte Margot sie auf. Die Dame ließ sich auf einem Plastikstuhl neben Margots Schreibtisch nieder, der in seiner Orangefärbung wie ein Museumsstück aus den Siebzigern wirkte.

»Wie heißen Sie?«

»Sonja Leibnitz. Ich bin Susannes beste Freundin.«

»Lebt Ihre Freundin allein?«

»Nein, sie lebt mit ihrem Freund zusammen.«

»Und der vermisst sie nicht?«

»Nein. Ich habe angerufen, aber er sagt, Susanne habe gestern Nachmittag das Haus verlassen und sei noch nicht wiederaufgetaucht.«

Das ist dann doch etwas seltsam, fand Horndeich, und Margots Gesichtsausdruck verriet, dass sie Ähnliches dachte. »Kaffee?«, fragte er.

Sowohl Margot als auch Frau Leibnitz nickten. Das würde noch ein bisschen dauern. Er ging zur Kaffeemaschine.

Margot fragte weiter. »Und der Freund – er macht sich keine Sorgen?«

»Weiß ich nicht. Er klang sehr seltsam am Telefon. Als ob er unter Beruhigungsmitteln stehe. Ich mach mir echt Sorgen. Die beiden hatten mächtig Stress in den vergangenen Wochen.«

»Wie alt ist Ihre Freundin? Haben Sie ein Foto von ihr?«

»Ja, ich habe ein paar Bilder auf dem Handy. Sie ist genauso alt wie ich. Sechsundzwanzig.«

Horndeich und Margots Blicke trafen sich.

»Hat Ihre Freundin eine Tätowierung?«

Sonja Leibnitz musste sich umdrehen, um Horndeich anzusehen. Dann richtete sie ihren Blick wieder auf Margot. »Das habe ich befürchtet«, sagte sie tonlos. »Die Frau, die Sie heute Nacht auf den Schienen gefunden haben, nicht wahr?«

»Hat Ihre Freundin eine Tätowierung?«, wiederholte Margot die Frage.

»Ja. Einen Schmetterling. Auf dem linken Oberarm. Das ist die einzige Tätowierung, die sie hat.«

Margot rief die Bilddatei auf, die Hinrich ihnen geschickt hatte. Sie drehte den Monitor so, dass Frau Leibnitz das Foto sehen konnte. Die nickte nur stumm. »Der Typ hat sie umgebracht. Diese Sau!«

»Würden Sie sich bitte auch die Kleidungsstücke anschauen?«

Sonja Leibnitz' Finger zitterten, als Margot das Bild mit dem Kleid zeigte. Wieder nickte die Freundin, auch als das Foto der Schuhe den Bildschirm ausfüllte.

»Ja, sie hatte so ein Kleid und auch solche Schuhe. Aber das hätte sie nie zusammen angezogen. Geht ja wohl gar nicht, oder?«

Als Margot diese Aussage nicht kommentierte, sprach Sonja Leibnitz weiter. »Sie müssen den Typen einkassieren. Reinhard hat sie umgebracht. Ich bin ganz sicher.«

»Frau Leibnitz, bitte geben Sie uns die Adresse von Ihrer Freundin. Wie war ihr Name gleich?«

»Susanne Warka. Und das Arschloch, das sie umgebracht hat, heißt Reinhard Zumbill. Riedeselstraße.«

Horndeich sah zu Margot hinüber. Seine Kollegin beherrschte, wenn es darauf ankam, das perfekte Pokerface. Doch er hatte in den Jahren gelernt, in ihrem Gesicht zu lesen: Ihre linke Augenbraue zuckte ganz, ganz leicht, wenn sie überrascht war. Und genau das war jetzt der Fall.

»Danke, Frau Leibnitz. Wir werden uns jetzt gleich zur Wohnung von Herrn Zumbill und Ihrer Freundin auf den Weg machen. Sollen wir Sie nach Hause bringen?«

»Nein, danke«, sagte Sonja Leibnitz. »Ich glaube, ich möchte jetzt lieber ein bisschen spazieren gehen. Nehmen Sie den Kerl gleich mit. Er hat ihr noch nie gutgetan mit seiner krankhaften Eifersucht.«

Margot erhob sich und verabschiedete Frau Leibnitz. »Wir melden uns bei Ihnen.« Sie gab der Frau ihre Visitenkarte.

Als sie hörten, dass die Tür zum Treppenhaus ins Schloss fiel, fragte Horndeich: »Was ist denn los?«

»Nimm deine Jacke und ruf Sandra an, dass es später wird. Reinhard Zumbill ist der Lokführer, der gestern die Frau überfahren hat. Die hat sich vor seinen Zug geworfen.«

»Zumbill/Warka«, stand auf der Klingel, die Horndeich nun betätigte.

»Keine Gegensprechanlage«, stellte Margot fest.

Horndeich drückte nochmals auf den Klingelknopf. Der Türsummer schwieg. »Keiner da«, meinte Horndeich.

Margot drückte nun ihrerseits auf die Klingel.

»Na gut, dann morgen«, murmelte sie Sekunden später. Die beiden Beamten drehten sich gerade um, als der Türsummer doch noch ging. Margot drückte gegen die Haustür.

Sie betraten das Haus. Ein typischer Fünfzigerjahreblock. Niedrige Decken, insgesamt vier Stockwerke. Im Rahmen der Wohnungstür stand eine drahtige, dunkelhaarige Dame um die sechzig, die unter der Küchenschürze mit Snoopy-Aufdruck Jeans und eine orangefarbene Bluse mit Rüschen trug. »Ja?«, fragte sie. Die Stimme war nicht wirklich freundlich, sodass der Kochlöffel in der Hand auch als Waffe durchgegangen wäre. Noch bevor Margot oder Horndeich antworten konnten, schob sich ein kleines Mädchen in blauem Kleid mit dunkler Hautfarbe und schwarzer Afrofrisur neben die Beine der Dame.

»Oma, wer sind die?«, fragte sie und zeigte mit dem Finger der rechten Hand auf die beiden Polizisten.

»Man zeigt nicht mit dem Finger auf Leute«, sagte die Oma barsch. Das Mädchen ließ die Hand sinken.

Die beiden Beamten hatten inzwischen die Stufen zur Wohnungstür im Hochparterre erklommen und standen nun direkt vor der Dame.

»Was wollen Sie?«, fragte nun auch sie.

Margot zückte den Ausweis. War immer noch ungewohnt, der neue Ausweis im Scheckkartenformat, den sie seit November mit sich trugen. »Kommissare Margot Hesgart und Steffen Horndeich. Wir möchten gern mit Herrn Zumbill sprechen.«

»Was wollen Sie von meinem Sohn?«

Okay, damit waren die Familienverhältnisse zumindest im Groben geklärt, dachte Horndeich.

»Können wir ihn bitte sprechen?«, fragte Margot und verlieh ihrer Stimme deutlich mehr Bestimmtheit.

»Ihm geht es nicht gut. Sie wissen ja, was gestern passiert ist.«

»Ja. Und genau deshalb müssen wir mit ihm reden.«

»Wer ist da, Mama?«, hörten sie nun die Stimme von Zumbill irgendwo aus der Wohnung.

»Polizei«, rief sie.

»Sie sind die Polizei?«, fragte das kleine Mädchen.

»Klar«, sagte Horndeich und lächelte es an.

»Haben Sie eine Pistole?«

»Sophie, geh wieder rein«, befahl Frau Zumbill.

Das Mädchen gehorchte und verschwand. Margot fragte sich, woher sie die Frau kannte. Sie war sich sicher, das Gesicht schon ein paarmal gesehen zu haben. Aber ihr fiel nicht ein, wo.

Zumbill tauchte im Flur auf. »Ah, die Kommissarin von gestern.« Der Mann trug eine graue Jogginghose und ein Feinripp-Unterhemd, das sich aus Solidarität farblich der Hose angepasst hatte. Sein Gesicht, die Augen und die Stimme verrieten, dass er seit der vergangenen Nacht nicht nur Wasser getrunken hatte. Klarstes Indiz dafür war jedoch die Tequilaflasche, die er in der Hand hielt.

»Reinhard, doch nicht vor der Kleinen!«, tadelte ihn die Mama.

Zumbill machte mit der freien Hand eine wegwerfende Handbewegung. »Kommen Sie rein.«

Die Frau in der Küchenschürze trat zur Seite. »Gehen wir ins Wohnzimmer«, sagte Reinhard Zumbill und geleitete die Polizisten durch den kurzen, schmalen Flur.

Im Wohnzimmer nahm ein großer Wohnzimmerschrank eine ganze Wand ein und erdrückte den Raum. Ein abgewetztes Sofa und zwei Sessel, die schon längst den Ruhestand verdient hätten, standen um einen Glastisch. Darauf ein übervoller Aschenbecher. Die neueste Anschaffung im Raum war offensichtlich der Flachbildfernseher. Auf dem Bildschirm schlug gerade eine Frau mit einem Pantoffel auf einen Herrn ein, der mit heruntergelassener Hose versicherte, dass alles ganz anders sei, als es aussehe.

Mit einer Handbewegung bedeutete Zumbill den Beamten, sich zu setzen. Dann schaltete er das Fernsehgerät aus.

»He, Reinhard, ich hab das gerade geguckt!«, protestierte die Kleine.

»Geh, hilf Oma in der Küche!«, raunzte der Angesprochene. Seine Mutter war nicht mit ins Wohnzimmer gegangen.

Die Dame mit Snoopy war die Oma, Reinhard ihr Sohn, aber offensichtlich nicht der Vater der kleinen Schwarzen. In Gedanken zeichnete Horndeich einen Stammbaum auf, aber so richtig wollten Äste und Stamm nicht zusammenpassen.

Das Mädchen verschwand.

Neben dem Aschenbecher stand ein Wasserglas, gefüllt mit dunkelbrauner Flüssigkeit. Sah aus wie abgestandene Cola. Daneben ein leeres Schnapsglas, dessen luftigen Inhalt Reinhard Zumbill gerade durch Tequila ersetzte. »Sie auch?«, fragte er.

Die beiden winkten ab.

»Herr Zumbill, wo ist Susanne Warka?«

Zumbill sah zu Margot, dann zu Horndeich. »Die sollte bei ihrer Tochter sein. Ist sie aber nicht. Keine Ahnung, wo sie steckt. Ich überfahr eine Frau, und sie – sie ist nicht da. War nie da, wenn ich sie gebraucht habe, die …«

Schlampe, ergänzte Horndeich in Gedanken auf gut Glück. Mit hoher Trefferwahrscheinlichkeit.

Horndeich und Margot wechselten einen Blick. »Wer sagt es ihm?«, fragte dieser. Horndeich hatte keine Lust. Nein, er fühlte sich nicht in der Lage dazu. Er war dünnhäutiger geworden, seit er vor einem Dreivierteljahr angeschossen worden war. Aus kaum zwei Metern Entfernung. Er war ihr in die Schussbahn gesprungen, um einem Menschen das Leben zu retten. War ihm gelungen. Nur hätte er seines fast dafür hergegeben. Erst hatte er es locker weggesteckt. Verdrängt. Gedacht, er käme damit durch. Und jetzt? Er war einfach nicht mehr so belastbar.

»Herr Zumbill, stimmt es, dass Ihre Freundin Susanne Warka heißt?«, übernahm Margot das Ruder.

»Ja. So heißt sie«, antwortete Zumbill, aber seine Stimme war kraftlos.

»Wann haben Sie Ihre Freundin zum letzten Mal gesehen?«

»Gestern. Bevor ich zu dem verdammten Dienst gegangen bin, zu diesem beschissenen Dienst, und das nur, weil Fritz krank war, weil ich gesagt habe, ja, ich übernehme deinen gottverdammten Dienst, weil ich …« Er schlug mit der flachen Hand auf den Tisch, sodass Cola und Tequila einen Sprung machten.

»Entschuldigen Sie. Gestern. Nachmittags. Gegen siebzehn Uhr. Warum?«

»Und Sie wissen nicht, wo Ihre Freundin jetzt ist? Können Sie sie anrufen?«

»Sie hat ihr Handy vergessen. Liegt im Schlafzimmer. Habe heute früh schon versucht, sie zu erreichen. Da klingelte es in einer Jacke an der Garderobe.«

Margot sah abermals zu Horndeich. Er sagte nichts. Und spürte kaum, dass er ganz leicht den Kopf schüttelte.

»Herr Zumbill, hat Ihre Frau eine Tätowierung?«

Zumbill starrte Margot an. »Was ist mit ihr?«

Margot antwortete nicht sofort, weshalb Zumbill seine Gedanken einfach laut weiterspann.

»Nein. Bitte nicht. Sie sind von der Polizei, von der Mordkommission, richtig, Frau Hesgart? Susanne lebt nicht mehr.« Den letzten Satz hauchte er kaum mehr hörbar.

Margot nahm ihr Smartphone aus der Tasche und zauberte das Bild des Tattoos auf den kleinen Bildschirm. »Herr Zumbill, ist das die Tätowierung Ihrer Frau?«

Er sah hin. Dann nickte er. Goss sich einen weiteren Tequila ein. Kippte ihn weg, nur um Platz zu schaffen für den nächsten. »Ja. Das ist das Tattoo von meiner Verlobten.«

Horndeich hasste diese Szenen. Es war schon schlimm genug, einem Menschen eine Hiobsbotschaft überbringen zu müssen. Aber wenn dieser Mensch dann auch noch im Alkoholnebel umherwatete …

»Was ist passiert?«, frage Zumbill.

Wieder sah Margot Horndeich an. Und der merkte, dass nicht nur er an seine Grenzen stieß. Auch Margot war am Ende. »Sie ist die Frau, die sich gestern vor Ihren Zug geworfen hat«, sagte er mit kalter Stimme. Es war raus. Es war gesagt. Das Unaussprechliche hatte akustisch Gestalt angenommen, war somit zur unabwendbaren Realität geworden. Und die Worte würden jetzt wie Geröll auf Zumbill niedergehen.

Der sah von Horndeich zu Margot und wieder zurück. Dann heulte er auf. Wie ein Wolf in Richtung Mond. Nur lauter. Das Heulen ging nahtlos über in ein gebrülltes, lang gezogenes »Neiiiiiiin«.

Zumbills Mutter stürmte in den Raum, erkannte, dass offenbar doch niemand abgestochen worden war, ging neben seinem Sessel in die Knie, nahm ihren Sohn in den Arm.

Sophie stand in der Wohnzimmertür. Starrte mit weit aufgerissenen Augen auf die Szene, die sie nicht verstehen konnte.

Margot suchte ihren Blick. Die Kleine ging zögernd auf Margot zu, erklomm die Couch und kroch zu ihr. Margot hielt das kleine Mädchen fest.

Zwei Minuten später schien der erste Sturm vorüber. Zumbills Mutter ließ ihren Sohn los, er hatte sich gefasst.

Schon erstaunlich, wie unterschiedlich die Menschen auf Todesbotschaften reagierten. Einige zeigten keinerlei Regung, andere schüttelten sich in Weinkrämpfen – aber so eine heftige Reaktion, die nach zwei Minuten wieder in scheinbare Gelassenheit mündete, das hatte Horndeich noch nicht erlebt. Vielleicht sollte er sich die Marke dieses Tequilas merken.

Zumbill sah seine Mutter an. »Nimm die Kleine. Mach das Essen fertig.«

Sophie schaute ängstlich zu ihrer Oma: »Ist jetzt wieder alles gut?«

Frau Zumbill nickte. »Ja, Sophie, komm mit in die Küche, wir machen das Abendessen.«

»Isst du mit?«, fragte Sophie Margot.

»Sophie!«, rief die Oma ihre Enkelin zur Räson. Die kroch vom Sofa und ging auf die Großmutter zu. Die hielt ihr die Hand hin. Sophie ergriff sie, und beide verließen den Raum.

»Entschuldigen Sie«, sagte Zumbill. Nur noch ein paar Tränen erinnerten an seinen Ausbruch. Wieder ein Tequila.

»Herr Zumbill, dürfen wir Ihnen noch ein paar Fragen stellen?«, fragte Margot.

»Ja. Machen Sie ruhig.«

»Hat Ihre Freundin etwas darüber gesagt, dass sie ihr Leben beenden wollte?«

»Nein.« Er machte eine Pause. »Nicht direkt.«

»Was meinen Sie mit ›nicht direkt‹?«

»Nun, sie war schon irgendwie anders in den letzten Wochen. Manchmal traurig. Aber – aber ich hab mir keine Gedanken gemacht, dachte, das sei einfach nur so ’ne Phase. Man denkt doch nicht, dass jemand sich gleich ...«

»Sophie – ist sie die Tochter Ihrer Freundin?«

»Ja. Aber nicht meine, wie Sie wohl gesehen haben. Ist von ihrem letztem Freund. Amerikanischer Soldat. Ist wieder nach Amerika. Ist aber okay. Wir haben es gut hier. Und sie versteht sich prima mit meiner Mutter.«

»Haben Sie sich nicht gewundert, dass Ihre Freundin nicht da war, als Sie heute Nacht nach Hause kamen?«

»Nein. Nicht wirklich. Sie hat wieder rumgezickt. Also, ich dachte, es sei einer ihrer normalen Anfälle. Wir hatten uns gestritten. Kam oft vor. In letzter Zeit verdammt oft. Sie ist raus, war wütend. Ich dachte, sie geht zu 'ner Freundin. Und von dort aus zur Arbeit. Als es geklingelt hat, da hab ich erst gedacht, sie wäre es. Sie hat ja alles hiergelassen, Handtasche und Handy. Vielleicht hätten da bei mir schon die Alarmglocken klingeln müssen. Haben sie aber nicht. Ich war nur sauer, dass ich meine Mutter anrufen musste, damit sie auf die Kleine aufpasst, wenn ich im Führerstand sitze. War auf den letzten Drücker, ich musste ja zum Dienst. So war Susanne. Ihr Kind war ihr ...«

»Wir würden gern noch mit Ihrer Mutter sprechen?«, schaltete sich Horndeich in das Gespräch ein, zu dem er bislang nicht wirklich viel beigetragen hatte.

»Klar.« Eine Träne rann über Zumbills Wange. »Ich fass es nicht. Ich fass es einfach nicht. Ich meine, wir hatten es doch gut miteinander. Was wollte sie denn? Ich kapier's nicht.«

Margot und Horndeich gingen in die Küche. Sophie sah sie mit großen Augen an. »Wo ist meine Mama?«, fragte die Kleine.

Horndeich war froh, dass er ihr darauf keine Antwort geben musste.

Auch Margot antwortete nicht. Sie ging vor dem Mädchen in die Hocke und sagte: »Gehst du noch mal zu deinem Papa?«

»Das ist nicht mein Papa«, stellte Sophie mit Nachdruck klar.

»Gehst du dann noch mal zu Reinhard?«,

»Nein. Der stinkt. Wenn der so stinkt, dann mag ich nicht zu ihm gehen.«

»Sophie!« Der strenge Ton der Großmutter wirkte. Sophie warf ihrer Stiefoma zwar einen bösen Blick zu, verließ dann aber die Küche.

»Ich habe es kommen sehen«, sagte Frau Zumbill. »Susanne hat in den vergangenen Wochen immer mehr den Bezug zur Realität verloren.«

»Wie meinen Sie das?«, fragte Margot.

»Sie fing einfach so an zu weinen, ohne jeden Grund. Und sie vernachlässigte ihre Tochter. Und meinen Sohn. Ich bin nicht zu ihr vorgedrungen. Aber ich war auch immer nur die böse Schwiegermutter. Sozusagen. Ich bin froh, dass die beiden nie geheiratet haben. Sie war nichts für Reinhard. Er verdient jemanden, der sich um ihn kümmert. Und nicht jemanden, der so sprunghaft und launisch ist, dem man's nie recht machen kann.«

Sie rührte im Gulasch, das es offensichtlich bald geben würde.

»Sie hat sich immer aufgeführt wie die Prinzessin auf der Erbse.« Frau Zumbill sah Margot direkt an: »Und sie war wirklich nicht in der Position dafür. Ich meine, sie hat das Kind am Bein, keinen Mann, der Unterhalt zahlt. Nichts. Ohne meinen Sohn hätte sie ganz schön blöd dagestanden. Sie musste erst mal einen Dummen finden, der sie mit dem Kind genommen hat. Auch noch mit einem schwarzen Kind, von dem jeder auf den ersten Blick sieht, dass es kein gemeinsames ist.«

Horndeich sah, wie Margot tief Luft holte, doch bevor sie etwas sagen konnte, sprach Frau Zumbill weiter: »Ich hab nichts gegen die Kleine, verstehen Sie mich nicht falsch. Ich liebe die kleine Maus, wahrscheinlich mehr, als es ihre Mutter je getan hat. Aber die Hautfarbe macht es nicht einfacher. Auch wenn es nicht so sein sollte – es ist so, egal, wie alle es schönreden. Dadurch, dass man etwas leugnet, verschwindet es nicht.«

Darauf entgegnete Margot nichts.

»Was wird aus der Kleinen?«, fragte Frau Zumbill. »Rufen Sie jetzt das Jugendamt? Nehmen Sie sie mir weg? Ich könnte mich weiter um sie kümmern. Ich meine, ich bin seit fast eineinhalb Jahren ihre Bezugsperson.«

Die Tür zur Küche flog auf. Eine sichtlich verwirrte Sophie kam herein, stürmte auf Frau Zumbill zu. »Reinhard ist komisch. Er weint. Was ist los? Wo ist meine Mama?«

Margot sah Frau Zumbill an. »Ich spreche mit dem Staatsanwalt. Vielleicht kann sie wirklich erst mal bei Ihnen bleiben.«

»Wo ist meine Mama?«

Sophie sah jetzt zu Margot und dann zu ihrer Oma auf.

»Die Polizisten sollen jetzt gehen, Oma«, sagte Sophie.

»Ich werde es ihr erklären«, sagte Frau Zumbill.

Margot nickte Horndeich zu. Das Zeichen zum Aufbruch. Abflug. Und Horndeich war froh, dass er nicht dabei sein musste, wenn Frau Zumbill der kleinen Sophie beibrachte, dass ihre Mutter nie wieder nach Hause kommen würde.

Einer dieser Abende.

Margot saß allein auf ihrer Couch. Vor ihr stand ein Glas Rioja mit feiner Barriquenote. Aus den Lautsprechern drang leise die Musik von Dolly Parton. Sie hatte eine CD mit von Dolly gecoverten Songs aufgelegt.

Während Dolly sang »Those were the days, my friend«, merkte sie wieder, wie sehr ihr ihr Mann fehlte. Rainer war nun bereits seit über einem halben Jahr in den Staaten. Seit bei einem ihrer Fälle vor einem Dreivierteljahr ein mittelalterliches Pergament mit dem Grundriss des Kölner Doms gefunden worden war, war er quasi übergesiedelt. Der Plan hatte den Kunsthistoriker von Anfang an fasziniert. Sie hatten ihn im anderen Darmstadt entdeckt, einem kleinen gleichnamigen Ort in Indiana, USA. Und Rainer hatte damit offensichtlich die Aufgabe seines Lebens gefunden. Nun war er der wissenschaftliche Leiter einer kleinen elitären Akademikerrunde, die den Plan Quadratmillimeter für Quadratmillimeter untersuchte. Die Uni Köln kooperierte dabei mit der Uni in Evansville, einer Großstadt unweit von Darmstadt in den USA. Margot konnte nicht nachvollziehen, dass so ein bisschen Vergangenheit so viele Menschen so lange beschäftigen konnte.

Rainer hingegen hatte einen neuen Akustikschalter in seinem Körper. Man musste nur das Zauberwort »Plan« sagen, und schon leuchteten seine Augen. Im letzten Sommer hatte sie ihren Jahresurlaub genommen. War extra in die USA geflogen, um den ganzen Juli über mit ihrem Mann eine Reise durchs Land der unbegrenzten Möglichkeiten zu machen.

Es war eine Katastrophe. *Nein, keine Katastrophe,* sagte das leise Stimmchen, das die Angewohnheit hatte, mit jedem Schluck Wein lauter zu werden. *Doch, eine Katastrophe. Und du hast mit deinem Mann nach dem Urlaub kaum mehr ein Wort gewechselt,* meldete sich das zweite leise Stimmchen, das sich jetzt offensichtlich auf ein Rededuell mit dem ersten einlassen wollte.

Aber Margot wollte nicht. Sie wollte nicht an Rainer denken, an diesen vermaledeiten Urlaub.

Rainer würde ja zu Besuch kommen. Am Sonntag. Also in sieben Tagen.

Aber, verdammt noch mal, er fehlte ihr. Jetzt.

Die kleine Tochter der Selbstmörderin kam ihr in den Sinn. Wie konnte eine Mutter es fertigbringen, sich vor den Zug zu werfen und ihr Kind allein zurückzulassen?

Allein. Das war das Stichwort. Auch sie saß hier gerade gänzlich allein auf ihrer Couch.

Nicht einmal Rainers Tochter Dorothee war mehr hier. Vor gut fünf Monaten war sie siebzehn geworden. Margot hatte am Tag zuvor Kuchen gebacken. Hatte in der Nacht noch einen Geburtstagstisch gerichtet. Samt iPad, nachdem der Geburtstag vor zwei Jahren Doro einen iPod beschert hatte und der vorige einen iMac. Das nennt man Markentreue, dachte Margot, die ihrerseits der ganzen Ei-Familie nichts abgewinnen konnte. Doros Vater hatte die Dollars dazu angewiesen, gekauft hatte Margot den flachen Computer. Doro hatte sich bedankt – und die Geburtstagsfeier war äußerst kurz ausgefallen. So lange man halt braucht, um ein Stück Kuchen herunterzuschlingen. Wenige Tage später war Doro dann ins Schwesternwohnheim gezogen.

Margot hatte Rainer gefragt, ob sie nicht Doro mitnehmen sollten, auf ihrem Trip durch die Staaten. Aber Rainer war der Meinung gewesen, dieser Urlaub sollte nur ihnen beiden gehören. Doro war dann in Darmstadt geblieben. Und der Urlaub mit Rainer …

Irgendwie war ihr Leben ein wenig aus den Fugen geraten. Auch ihren Sohn Ben sah sie kaum noch. Er war vor einem halben Jahr mit seiner Frau Iris und den beiden Kindern nach Hamburg gezogen. Ben war Kunsthistoriker wie sein Vater. War aber etwas realistischer und fand dementsprechend auch immer gut dotierte Jobs. Derzeit bei einem großen Chemiekonzern. War dort für das Kultursponsoring verantwortlich. Sie telefonierten einmal pro Woche. Vor vier Wochen war die ganze Familie für ein Wochenende bei ihr zu Besuch gewesen. Rainer hatte dabei natürlich gefehlt. Das Wochenende war für Margot kaum erträglich gewesen. Nicht weil sie sich gestritten hätten. Sondern weil Margot sich wie das fünfte Rad am Wagen vorgekommen war. Iris und Ben waren ein eingespieltes Team, das auch immer nach außen demonstrierte, wie nah es sich war. Das Duzzi-Wuzzi hier und Schnucki-Schnucki dort hatte sie den letzten Nerv gekostet. Zu ihrer Enkelin Zoey hatte sie kein wirklich vertrautes Verhältnis, da sie sie kaum kannte. Und Kevin, der zweite Spross, war gerade vier Monate alt. Zoey war fast vier und ging seit Kurzem in den Kindergarten. Ben und Iris lebten die klassische Familienaufteilung: Er arbeitete und fuhr das Geld ein, sie kümmerte sich um die Kinder. Zoey war daher völlig auf Iris fixiert. Und Margot und Iris hatten zwar nichts gegeneinander, aber auch nichts füreinander.

Margot trank einen weiteren Schluck Wein.

Auch Cora, ihre beste Freundin, lebte nicht mehr in Darmstadt. Vor drei Monaten hatte sie einen Mann kennengelernt, übers Internet, und beschlossen, dass es die große Liebe war. Also hatte sie ihre Siebensachen gepackt, ihr Haus aufgegeben und war zu ihrem Scheich in die Eifel gezogen. Hillesheim. Margot hatte zunächst gedacht, sie hätte sich verhört, und Cora lebte nun in Hildesheim. Das wäre ja wenigstens noch Zivilisation gewesen. Margot hegte keinen Zweifel daran, dass Cora zurückkommen würde. Aber das würde eine Weile dauern.

Noch einen Schluck Wein. »Hold me close, melt my heart like April snow.« – *Halte mich fest, lass mein Herz schmelzen wie Schnee im April.* – Dolly Parton wieder ... *Du denkst noch ab und zu an ihn* – Stimmchen Nummer zwei. Und ja, es stimmte. Hin und wieder dachte sie an Nick Peckard. Seines Zeichens Captain der Polizei in Darmstadt, Indiana, USA. Sie hatte ihn bei dem Fall vor einem Dreivierteljahr kennengelernt, bei dem sie auch den Plan entdeckt hatten. Ein Bürger des amerikanischen Darmstadts war in Darmstadt, Germany, ermordet worden. Gemeinsam hatten sie den Fall gelöst. Diesseits und jenseits des Atlantiks. Und Nick war ihr von Anfang an sympathisch gewesen. Und mit Nick...

Nein, sie weigerte sich, an ihn zu denken. Es war Zeit, ins Bett zu gehen. Margot stand auf, nahm Weinglas und Flasche in die Hand, um sie in die Küche zu tragen. Dolly sang nun ihre Version von »Me and Bobby McGee«. Klar war der Erotikfaktor von Kris Kristoffersons Stimme höher, aber Dolly hauchte dem Lied so viel Gefühl ein.

»One day near Salinas, I let him get away, he's lookin for a home and I hope he finds it ...« – Eines *Tages in der Nähe von Salinas ließ ich ihn gehen, er sucht ein Zuhause, und ich hoffe, er wird es finden.*

Eine Welle der Sehnsucht schlug über Margot zusammen. *Jetzt nicht heulen ...*

»... I'd trade all of my tomorrows for a single yesterday.« – *Ich würde alle meine Morgen gegen ein einziges Gestern tauschen.*

Doch heulen.

In diesem Augenblick leuchtete das Display ihres Handys auf. Eine SMS. Hatte Rainer sich tatsächlich dazu durchgerungen, ihr eine Gute-Nacht-SMS zu schreiben?

Sie stellte Glas und Flasche wieder ab, nahm das Handy in die Hand.

»Komme bald nach Deutschland. Freue mich, dich wiederzusehen.«

Margot ließ sich wieder in den Sessel sinken.

Goss sich noch ein Glas Wein ein.

Die SMS war nicht von Rainer. Sie war von Nick. Und Margot war sich nicht sicher, ob sie sich darüber freuen sollte oder nicht.

DIENSTAG

»Hab ihn!«, rief Horndeich und vollführte mit dem rechten Arm die »Strike!«-Bewegung.

»Was hast du?«

»*Wen* habe ich, muss die Frage lauten.«

Margot hatte in der Nacht nicht wirklich viel geschlafen. Und während der wenigen Stunden Schlaf, die ihr vergönnt gewesen waren, hatte das Traumkino B-Filme des Horror-Genres im Triple-Feature gespielt. »Sag's einfach.« Das waren die Worte, die dem Kollegen signalisierten, dass er sich von nun an besser in einer humor- und ironiefreien Zone bewegte.

»Ich habe ihn gefunden. Alexander Aaner, der Bruder des Toten. Er lebt in Aschaffenburg. Und wir können gleich vorbeikommen.«

Hinrich hatte ihnen am gestrigen späten Abend noch per Mail zukommen lassen, dass der DNA-Vergleich von Haaren und Leichen bestätigt hatte, dass es sich bei den Toten um das Ehepaar Aaner handelte.

»Jetzt?«

»Jetzt. Er hat sich extra kurzfristig den Vormittag freigenommen.«

»Gut, dann lass uns aufbrechen.« Die letzten Silben von Margots Worten wurden vom Klingeln ihres Telefons übertönt. Auf dem Display sah sie, dass es ein Kollege vom ersten Revier war. Sie nahm ab. »Hesgart.«

»Oppwert, vom ersten Revier. Wir sind vorhin zu einer Schlägerei gerufen worden. Und eine der Beteiligten will unbedingt mit Ihnen sprechen.«

»Wer ist das?«

»Eine gewisse Sonja Leibnitz. Hat in der Wohnung von einem Reinhard Zumbill randaliert. Der hat eine geprellte Nase und sie ein Veilchen. Sie behauptet steif und fest, Zumbill hätte seine Freundin umgebracht.«

»Haben Sie die Sache mit der Schlägerei schon aufgenommen?«

»Ja. Frau Leibnitz könnte gehen. Aber sie will unbedingt mit Ihnen reden.«

»Ist gut, ich bin gleich da«, sagte Margot und legte auf.

»Was ist?«, fragte Horndeich.

»Diese Freundin von der Zugleiche hat deren Freund, den Lokführer, vertrimmt. Und will jetzt mit mir reden. Ich geh zu ihr und hoffe, dann ist ein für alle Mal vom Tisch, dass er angeblich seine Freundin ermordet hat. Er hat sie überfahren, aber Mord kann man daraus wirklich nicht machen.«

»Gut«, meinte Horndeich, »dann fahr ich allein zu dem Bruder.«

Zwanzig Minuten später saß Margot in einem der Verhörräume im ersten Revier, ihr gegenüber Sonja Leibnitz.

»Danke, dass Sie mit mir sprechen«, sagte sie. Ihr Blick ging an Margot vorbei, sie wirkte verlegen.

»Warum haben Sie Reinhard Zumbill angegriffen?«, eröffnete Margot das Gespräch ohne jede Höflichkeitsfloskel.

Die Verlegenheit blieb, als die Angesprochene antwortete: »Weil er meine Freundin auf dem Gewissen hat.«

»Frau Leibniz, ich möchte das gern endgültig mit Ihnen klären: Reinhard Zumbill hat seine Freundin mit dem Zug überfahren. Das ist richtig. Aber es handelt sich nicht um Mord. Es ist wohl eher tragisch, dass Susanne Warka ausgerechnet diesen Zug für ihren Selbstmord gewählt hat.«

Nun sah Sonja Margot direkt an. »Nein. Sonja hat sich nicht umgebracht. Sie wurde ermordet.«

»Frau Leibnitz, bevor ich hierhergekommen bin, habe ich extra noch mit der Gerichtsmedizin telefoniert. Sie haben nun die Laborergebnisse. Um es kurz zu machen: Es gibt keinen Hinweis darauf, dass Ihre Freundin sich nicht selbst umgebracht hat. In ihrem Blut gab es keine Hinweise auf irgendwelche Drogen. Und ihr Promillewert lag exakt bei 0,0.«

»Er hat sie trotzdem ermordet.«

Margot seufzte. »Nein. Er hat den Zug gefahren, vor den sich Ihre Freundin geworfen hat.«

Sonja Leibnitz sah Margot direkt an. »Frau Hesgart, Susanne hat sich nicht umgebracht. Vielleicht hat er sie erst getötet und dann auf die Gleise gelegt.«

»Kaum. Denn er war ja schon seit sechs Uhr im Dienst. Und erst vom letzten Zug wurde sie überfahren. Dazwischen sind noch eine ganze Reihe andere Züge diese Strecke entlanggerauscht.« Auch wenn Margot den Fahrplan der Odenwaldbahn nicht im Kopf hatte – selbst sonntags fuhren die Züge mehr als einmal am Abend, dessen war sie sich sicher. Zumal die Strecke am Ort des Selbstmordes eingleisig war und die Züge in beide Richtungen fuhren.

»Wenn es nicht Reinhard gewesen ist, dann war es jemand anderes in seinem Auftrag. Vielleicht ist sie doch irgendwie gestoßen worden.«

»Nein, Frau Leibnitz, sie ist nicht gestoßen worden. Zumbill hat ausgesagt, sie habe auf den Schienen gesessen …«

»Klar hat er das gesagt – er wird jeden Mörder decken. Oder hat mit ihm gemeinsame Sache gemacht!«

»… und es gibt keine der typischen Blutergüsse am Rücken, die darauf hindeuten, dass sie gestoßen worden wäre.«

»Frau Hesgart. Darf ich Ihnen ein wenig von Susanne Warka erzählen?«

Margot wusste nicht recht, ob sie sich diese Geschichte von Sonja Leibnitz anhören sollte. Es gab im Fall Susanne Warka nichts mehr zu unternehmen, denn es war gar kein Fall. Im Gegensatz zu dem der Aaners, die eindeutig ermordet worden waren. Darauf mussten Horndeich und sie sich nun konzentrieren. Aber wenn sie der Leibnitz jetzt nicht zuhören würde, würde die wahrscheinlich wieder zu Zumbill rennen. War nicht ihr Problem. Aber vielleicht würde es der Frau vor ihr ein wenig innere Ruhe zurückgeben, wenn sie ihr jetzt noch diese paar Minuten schenkte. *Und gestern noch hast du dich selbst gefragt, ob diese Mutter wirklich einfach so ihr Kind zurückgelassen hat*, erinnerte sie ihr inneres Stimmchen an die vergangene Nacht. In der Nick ihr die SMS geschickt hatte. Woran sie jetzt gar nicht denken wollte.

Ihr kurzes Zögern fasste Frau Leibnitz wohl als Aufforderung auf: »Ich habe Susanne vor zehn Jahren kennengelernt. Wir haben zusammen bei der Post am Luisenplatz angefangen. Es gab einen Crash-Lehrgang von drei Monaten, dann haben wir am Schalter losgelegt. Und – sie hatte eine echt beschissene Kindheit.«

Oh nein, jetzt nicht diese Nummer, dachte Margot. »Können wir das ein bisschen abkürzen?«

Sonja schien für einen Moment beleidigt, dann sagte sie jedoch: »Okay, ich verstehe, Sie haben keine Lust, dass ich Ihnen Sonjas Lebensgeschichte erzähle. Hab ich auch gar nicht vor. Geben Sie mir zehn Minuten. Wenn ich Sie dann nicht davon überzeugen konnte, dass sich Susanne nicht selbst umgebracht hat, dann werde ich Sie nicht mehr belästigen. Aber das bin ich ihr schuldig. Und Sie wollen doch auch nicht, dass jemand mit einem Mord durchkommt, oder?«

»Bitte«, sagte Margot nur und sah auf die Uhr. Zehn Minuten. Wenn es denn sein musste.

»Mit schwerer Kindheit meine ich, dass Susanne sich, seit sie fünf war, allein durchgeschlagen hat. Ihr Vater war schwer krank, bettlägerig, ihre Mutter hat ihn gepflegt, vierundzwanzig Stunden am Tag, sieben Tage die Woche. Das hat sie fertiggemacht. Das Geld war knapp. Und der Vater wurde mit zunehmendem Alter plemplem und dann aggressiv. Die Mutter auch. Und die ließ ihren Frust an Susanne aus. Die ertrug das, irgendwie, verbarg die blauen Flecke. Und als sie zwölf war, fing sie an mit Selbstverteidigung. Ein Jahr später landete die Mutter im Krankenhaus, weil Susanne ihr zwei Rippen gebrochen hatte. Susanne kam ins Heim. Schaffte die Realschule und fing mit mir bei der Post an. Denn das bedeutete sofort Geld auf die Kralle.

Sie wollte eigentlich noch eine Ausbildung machen, hatte Geld auf die Seite gelegt. Doch dann hat sie vor sechs Jahren James kennengelernt, einen GI, einen Bär von Mann. Anfangs war alles eitel Sonnenschein. Sie verbrachten eine schöne Zeit, er hat sie sogar einmal mit in die Staaten genommen. Zurück in Darmstadt, sind sie zusammengezogen. Und von da an ging's bergab. Ihre Vorstellungen vom Zusammenleben gingen ziemlich weit auseinander. Er wollte eine Frau, die das Haus in Schuss hält, viele Kinder kriegt – und das war's dann auch. Susanne aber war immer ihr eigener Herr gewesen. Als sie sich nicht fügen wollte, schlug er sie. Nach wie vor wusste sie sich zu verteidigen – aber nicht gegen einen im Nahkampf ausgebildeten Zwei-Meter-Schrank.

Dann wurde sie schwanger. Er wollte sie heiraten. Sie ihn nicht. Und »wilde Ehe« mit Kind – das ging für ihn gar nicht. Also verließ er sie. Susanne verbrachte ein Drittel der Schwangerschaft im Bett, weil sie immer wieder Blutungen bekam. Die Geburt selbst war auch eine Quälerei, Sophie war vierundfünfzig Zentimeter groß und wog vier Kilo – ganz der Papa. James interessierte sich nicht für das Kind, hatte jetzt eine andere Freundin. Doch auch das klappte nicht. Dann wurden die amerikanischen Soldaten aus Darmstadt abgezogen. Er fragte Susanne noch einmal, ob sie ihn heiraten und mit ihm in die Staaten gehen würde. Aber sie blieb – zweimal Krankenhaus wegen gebrochener Knochen war genug.«

Sonja machte eine Pause. Dann fuhr sie fort: »Auch in dieser Zeit hat Susanne nicht eine Sekunde an Selbstmord gedacht – und glauben Sie mir, es gab Momente, da hat mich das gewundert.«

Margot musste zugeben, dass Sonja Leibnitz' Schilderungen nicht das Bild einer Frau zeichneten, die schnell aufgab.

»Dann lernte Susanne Reinhard kennen, vor etwa zwei Jahren. Auch hier wieder das große Glück. Ich und Helmuth – das ist mein Mann – haben immer wieder die Kleine genommen, wenn die beiden mal ein Wochenende allein wegfahren wollten. Na, dann sind sie zusammengezogen. Und wieder nahm das Drama seinen Lauf. Reinhard war krankhaft eifersüchtig. Er dachte, jeder Mann sei hinter Susanne her, und auch sie schien in seinen Augen auf jeden abzufahren. Seit der Schwangerschaft hatte Susanne nicht mehr trainiert. Und war seinen Attacken ziemlich hilflos ausgeliefert.«

»Reinhard Zumbills Mutter meinte, dass sich Susanne in den vergangenen Wochen verändert habe. Ist da was dran?«

»Das hat Veronika Zumbill gesagt? Diese Frau ist nur eins: ein großes Problem. Ihr war Susanne von Anfang an ein Dorn im Auge. Bis Reinhard und Susanne zusammengezogen sind, hat er noch zu Hause gelebt. Und ich bin ziemlich sicher, dass keine Freundin von Reinhard in Veronikas Augen gut genug gewesen wäre. Allein schon deshalb, weil sie ihr ihren Liebling weggenommen hat. Aber Sophie, die Kleine, die verstand sich von Anfang an gut mit Veronika, und Veronika bestand darauf, dass sie sie Oma nennt.«

»Und hatte sich Susanne nun verändert in den vergangenen Wochen?« Margot wurde das Gefühl nicht los, dass Sonja Leibnitz der Frage auswich.

Sonja zögerte. »Ja. Sie hat sich verändert. Aber nicht so, wie Veronika gemeint hat.«

»Was hat denn Veronika Ihrer Meinung nach gemeint?«

»Nun, ich bin sicher, dass sie gesagt hat, Susanne hätte psychische Probleme gehabt. Dass sie aggressiv gewesen ist, vielleicht auch depressiv – wie auch immer. Aber Susanne wollte einfach nur ihr Leben neu sortieren.«

»Wie meinen Sie das?«

Sonja Leibnitz sah Margot jetzt mit offenem Blick an: »Ich glaube, Susanne hatte einen neuen Freund, einen Liebhaber. Es ist richtig, dass sie sich verändert hat. Aber sie war nicht depressiv. Im Gegenteil. Ich hatte vielmehr den Eindruck, dass sie Pläne schmiedete. Sie hat nichts darüber gesagt, aber ich kenne sie ja nun schon lange – ich *kannte* sie lange. Sie war nicht traurig, sie war nicht depressiv, sie war auf dem Sprung. So würde ich es nennen.«

»Kennen Sie ihren vermeintlichen neuen Freund?«

»Nein.«

»Woher wollen Sie dann wissen, dass es ihn gibt?«

»Ich glaube, es ist der Rosenkavalier.«

»Der Rosenkavalier?«

»Ja. Er kam vor gut einem halben Jahr zum ersten Mal in unsere Filiale. Sah Susanne, und es war um ihn geschehen. Eine halbe Stunde später kam er nochmals und schenkte Susanne eine Rose. Es war ihm völlig egal, dass das jeder mitkriegte. Susanne war ganz perplex, nahm die Rose aber an.«

»Und daraufhin begannen die beiden ein Verhältnis?«

»Keine Ahnung, ab wann. Er kam ganz unregelmäßig und schenkte ihr immer eine Rose.«

»Wie heißt dieser Mann?«

»Auch keine Ahnung. Er hat immer nur Briefmarken gekauft oder ein paar Briefumschläge, hat immer bar bezahlt.«

»Und wie kommen Sie darauf, dass die beiden etwas miteinander hatten?«

»Nun, auf einmal kam er nicht mehr. Ich habe Susanne darauf angesprochen. Und sie hat nur gegrinst, aber keinen Ton gesagt.«

»Sie hat also Ihnen, ihrer besten Freundin, nichts davon erzählt?«

»Nein. Ich hab sie direkt gefragt. Aber sie hat nur gesagt, dass sie ein paar Veränderungen in Planung hat.«

»Veränderungen – was meinte sie damit?«

»Das weiß ich nicht. Vielleicht weiß der Rosenkavalier mehr. Aber in einem Punkt bin ich mir ganz sicher: Mit ›Veränderungen‹ meinte sie nicht ›Selbstmord‹. Dazu war sie eine zu starke Kämpferin, die sich bislang allen Problemen in ihrem Leben gestellt hat, ohne sich zu ducken. Und noch eines: Sie hätte ihre Tochter niemals allein zurückgelassen. Sophie war ihr ein und alles.«

Margot war also nicht die Einzige, die in diese Richtung gedacht hatte. Und das Bild, das diese Freundin von Susanne Warka zeichnete, deutete nicht auf die psychische Verfassung einer Selbstmörderin hin.

»Susanne hat Ihnen gegenüber nie etwas erwähnt, was es uns erleichtern könnte, den ›Rosenkavalier‹ zu finden?«

»Nein. Susanne hat mit mir nicht über ihn geredet. Ich kann ihn Ihnen beschreiben: Er ist groß, schlank, gut aussehend, vielleicht so um die vierzig. Mit strahlendem Lächeln. Wie ein Versicherungsvertreter, aber nicht so schleimig. Ein bisschen wie Richard Gere in *Pretty Woman.*«

»Und sonst? Eine Ahnung, wo er wohnen könnte? Oder wissen Sie, ob Susanne eine E-Mail-Adresse von ihm hatte?«

»Nein, leider kann ich Ihnen da nicht weiterhelfen.«

Margot hätte gern mit dem Mann gesprochen. Aber das schien vorerst nicht möglich. Also sagte sie: »Frau Leibnitz, ich werde den Gerichtsmediziner anweisen, sich Susanne Warka nochmals genauestens anzuschauen. Aber wenn dabei nichts rauskommt, dann müssen wir den Fall zu den Akten legen.«

Sonja Leibnitz griff nach Margots Hand. »Danke. Ich danke Ihnen, dass Sie mir zugehört haben. Und dafür, dass Sie den Gerichtsmediziner noch mal anrufen. Das ist mehr, als ich gehofft habe.«

»Und Hände weg von Zumbill.«

Die Angesprochene nickte verhalten.

Die beiden Frauen verließen den Vernehmungsraum. Im Vorzimmer saß ein schlaksiger Mann, der nun mit besorgtem Gesichtsausdruck auf Sonja Leibnitz zukam. Offenbar ihr Mann.

Margot griff zum Handy. »Hinrich, schauen Sie sich bitte die Warka noch mal genau an.«

»Werte Kollegin, soll das ein Witz sein?«, entgegnete Hinrich gereizt. »Im Moment kümmere ich mich um die Aaners. Sie wollten den Bericht doch unbedingt heute haben.«

»Ich möchte, dass Sie Susanne Warkas Körper noch einmal Zentimeter für Zentimeter danach untersuchen, ob es nicht doch etwas gibt, das einen Selbstmord ausschließt.«

Hinrich seufzte am anderen Ende der Leitung. »Frau Hesgart, ich habe mir Susanne Warkas Puzzle genauestens angesehen. Es gibt keinen Hinweis auf Fremdverschulden.«

»Dann puzzeln Sie noch mal von vorn. Schauen Sie sich jedes Teilchen ganz genau an. Ich will, dass Sie mir zu jedem Krümel eine Geschichte erzählen. Ich will alles ganz genau wissen.«

»Hallo? Welchen Teil von ›Ich habe mir Susanne Warkas Puzzle genauestens angesehen‹ haben Sie nicht verstanden?«

»Und welchen Teil von ›Ich will alles ganz genau wissen‹ haben Sie nicht kapiert?«

»Ich wette mit Ihnen um eine Flasche *Piper Heidsieck*, dass wir nichts finden.«

»Gut, wenn das der Preis ist, meinetwegen.« Sie legte auf. Sie hatte keine Ahnung, wer oder was dieser Piper war. Sie tippte auf Wein. Oder etwas Ähnliches. Das Männer immer erst einen Anreiz brauchten ... Egal. Hauptsache, Hinrich machte seinen Job.

Sie musste zugeben, dass Sonja Leibnitz' Schilderungen sie nicht unberührt gelassen hatten. Es war ärgerlich, dass sie mit diesem Rosenkavalier nicht gleich reden konnte. Sie überlegte, ob sie die anderen Mitarbeiter der Postfiliale befragen sollte. Aber aufgrund welcher Indizien? Wenn ein Selbstmord eindeutig war, dann doch wohl dieser, oder? Es war sicher besser, sich jetzt in die Schule aufzumachen, in der Regine Aaner unterrichtet hatte. *Das* war der Mordfall.

Das Navi lotste Horndeich durch die Innenstadt Aschaffenburgs. Alexander Aaner wohnte in einem gepflegten Viertel. Als die Dame aus dem Navigationsgerät säuselte, Horndeich habe sein Ziel erreicht, fiel ihm gleich der schwarze Wagen im Carport neben dem Einfamilienhaus auf. Ein russischer Wolga, genauer ein GAZ-24, wie Horndeich sogleich erkannte. Wirkte wie ein massiger Opel Rekord A. Mit Aschaffenburger H-Kennzeichen für historische Fahrzeuge. Aber definitiv gut in Schuss. Horndeich war bei seiner Reise nach Moskau vor ein paar Jahren mehrfach beim Taxifahren in solch einem Auto umherkutschiert worden. Doch dieses Gefährt sah aus, als wäre es erst im vergangenen Jahr vom Band gelaufen. Obwohl es mindestens zwanzig Jahre auf dem Buckel hatte.

Horndeich parkte den Dienstwagen und drückte auf die Klingel, die in die Steinmauer neben der Gartentür eingelassen war. Auf dem Namensschild stand »Aaner/Duger«.

Der Summer ertönte, die Gartentür ließ sich öffnen. Horndeich ging die zehn Meter bis zur Haustür. Das Haus war nicht groß, über dem Erdgeschoss begann gleich das Dach, das jedoch so steil nach oben ragte, dass über dem ersten Stock noch ein Dachboden Platz fand.

Der Mann in der Haustür trug einen grauen Vollbart und war elegant in einen anthrazitfarbenen Anzug mit roter Krawatte gekleidet.

»Kommissar Horndeich?«, fragte der Mann und reichte Horndeich die Hand. Seine Stimme war überraschend hoch, fast ein wenig fistelig.

»Ja. Der bin ich. Alexander Aaner?«

Der Angesprochene nickte und bat Horndeich mit einer Geste ins Haus. Er geleitete ihn in ein geschmackvoll eingerichtetes Wohnzimmer. Ein großer Fernseher und eine schick designte Hi-Fi-Anlage nahmen viel Raum ein. Die Sofagarnitur stammte ebenso wie die antiken Schränke nicht aus dem Katalog des Monopol-Möbelhauses aus Schweden. Auf dem Wohnzimmertisch stand ein weißes Kaffeeervice, dessen Teile alle merkwürdig eckig waren, gleichzeitig aber sehr filigran wirkten.

Alexander Aaner bot Horndeich Platz an, schenkte sogleich Kaffee ein und fragte: »Was führt Sie zu mir, Herr Kommissar?«

Horndeich wollte eigentlich gar keinen Kaffee trinken. Es erschien ihm ziemlich pietätlos, eine Todesnachricht mit der Kaffeetasse in der Hand zu verkünden. Aber den Kaffee nun abzulehnen wäre unhöflich gewesen.

Er entschied sich für die Pietätlosigkeit. »Herr Aaner, ich habe schlechte Nachrichten für Sie.«

»Sie meinten, es gehe um meinen Bruder? Ist ihm etwas

zugestoßen? Sie kommen von der Kriminalpolizei, sagten Sie am Telefon.«

Todesnachrichten zu überbringen war Horndeich immer ein Gräuel. Er entschied sich, es ohne Umschweife hinter sich zu bringen. Paul Aaners Bruder wirkte nicht so, als ob er für Euphemismen empfänglich wäre. »Herr Aaner, Ihr Bruder wurde ermordet. Ebenso seine Frau.«

Aaner sah ihn für einen Moment fassungslos an, dann nickte er nur. »Tot. Ermordet. Wann? Von wem?«

Es folgten Standardantworten auf diese Fragen. »Das wissen wir noch nicht, aber wir möchten es möglichst bald herausfinden. Deshalb würde ich Ihnen gern ein paar Fragen stellen.«

Wieder nickte Aaner nur.

Horndeich sah sich in dem Raum um. Im Büfettschrank standen ein paar gerahmte Fotografien. Auf den meisten Bildern war Alexander Aaner mit einem anderen Mann zu sehen. »Ist das Ihr Bruder?«

»Ihrer Frage entnehme ich, dass Sie meinen Bruder nicht sofort identifizieren konnten?«

Anfängerfehler, dachte Horndeich. Weia. »Ihr Bruder lag schon eine Zeit lang tot in seinem Haus, bevor er gefunden wurde.«

Wieder nickte Alexander Aaner. Das wiederholte Nicken erinnerte Horndeich an die legendären Wackeldackel. »Das …«, Aaner deutete mit einem etwas ausholenderen Nicken auf die Bilder, »… ist mein Lebensgefährte. Heinz Dugert.« Er schien sich innerlich zu straffen. »Sie sagten, Regine sei auch ermordet worden?«

»Ja. Beide.«

»Gut. Dann stellen Sie Ihre Fragen. Vielleicht kann ich meinen Teil dazu beitragen, dass Sie den Mörder meines Bruders und meiner Schwägerin finden. Mein Bruder und ich – wir hatten kein enges Verhältnis. Aber fragen Sie einfach.«

Horndeich trank einen Schluck des Kaffees und stellte fest, dass er vorzüglich war.

»Herr Aaner, wir wissen bisher nur wenig über Ihren Bruder. Was genau machte er beruflich? Wie war seine Ehe? Hatte er Feinde? Hatte er Probleme?«

Aaner seufzte. »Ich werde versuchen, Ihre Fragen in der richtigen Reihenfolge zu beantworten. Von Beruf war mein Bruder Autohändler. Aber kein Händler für gängige Autos, sondern für alte Autos. Er hat zwei Autohäuser. Beide in Wiesbaden. Das eine heißt *PA-Automobile,* das andere *PA-Automobile Ost.*«

»Gingen die Geschäfte gut?«

Aaner sah Horndeich an und lächelte: »Mein Bruder ist – er war mehrfacher Millionär.«

»Durch den Handel mit Gebrauchtwagen?«

»Nun, durch den Handel mit restaurierten Oldtimern.«

»War Ihr Bruder Automechaniker?«

»Nein. Er war Bankkaufmann. Er hatte gerade mit der Ausbildung angefangen, als unser Onkel starb. Der hatte einen Hof in Babensham, im tiefen Bayern. Seine Frau war schon vor ihm gestorben, und die Ehe war kinderlos geblieben. Meine Eltern erbten den Hof. Als wir damals nach Babensham gefahren sind, haben wir festgestellt, dass mein Onkel in seinem Leben offenbar nichts, aber auch gar nichts weggeworfen hatte. Ich erinnere mich noch genau. In der Scheune entdeckten wir zwei Fahrzeuge. Die waren auf den ersten Blick völlig verrottet: einen Traktor, ein Lanz HL aus dem Jahr 1923, und einen BMW 321 von 1939. Während mein Vater wegen des ganzen Chaos die Hände über dem Kopf zusammenschlug, sah mein Bruder nur die beiden Fahrzeuge. Er begann sofort, ganz vorsichtig mit einem Tuch, die Patina der vergangenen Jahrzehnte zu entfernen. Er schlug meinem Vater einen Deal vor: Er würde sich um das Entrümpeln des Grundstücks kümmern, wenn mein Vater ihm dafür die beiden Fahrzeuge überlassen würde. Mein Vater stimmte zu. Paul nahm sich eine Woche Urlaub und demonstrierte seinen einmaligen Geschäftssinn: Über einen Freund organisierte er einen Antikwarenhändler, der das komplette Anwesen meines Onkels leer räumte. Dafür durfte der Händler alles verkaufen, mein Bruder erhielt dann einen gewissen Anteil des Erlöses. Mit dem Geld bezahlte Paul den Transport der beiden Fahrzeuge nach Gießen, wo wir damals wohnten. Er mietete sich in einer Werkstatt ein, und in jeder freien Minute bastelte er an den Fahrzeugen. Die waren, nachdem man sie gründlich gereinigt hatte, in einem wesentlich besseren Zustand, als es zunächst schien.

Was mein Bruder nicht selbst reparieren konnte, gab er in Auftrag. Schnell knüpfte er Kontakte in die Oldtimerszene und sog das Wissen förmlich auf. Zuerst verkaufte er den Traktor und dann den BMW. Und von dem Geld, das er dafür bekam, kaufte er vier andere Oldtimer, die er ebenfalls restaurierte. Er beendete die Banklehre, machte den Führerschein. Ich glaube, seine erste Million hatte er nach fünf Jahren. Und der Laden in Wiesbaden brummt. Direkt in der Nachbarschaft ist jetzt ein Ferrari-Laden. Mein Bruder hat mir erzählt, er hat schon zweimal erlebt, dass jemand dort seinen Ferrari in Zahlung gegeben hat, um dann in seinem Laden einen perfekt restaurierten E-Type oder einen Mercedes 300 SL zu kaufen.«

»Und hatte er Feinde?«

»Feinde? Ich denke, nicht wegen des Autohauses. Der Ferrari-Laden, der hat schon mal ein paar Farbbeutel kassiert, von Jungs bei einer linken Demo. Aber nicht wenige der Demonstranten haben dabei sehnsüchtige Blicke in den Verkaufsraum meines Bruders geworfen. Nein, jeder liebte seine Autos – und alle liebten meinen Bruder. Er hat sich sein Imperium mit seinen Händen, seinem Sachverstand und mit Geschäftssinn aufgebaut. Und ohne Schiebereien.«

»Sie sagten, er hatte noch einen zweiten Laden. Weshalb?«

»Ganz einfach: Er hatte den richtigen Riecher. Als die Mauer fiel, zog er durch den Osten. Und kaufte ein. All die Wagen, die er später, während der Ostalgie-Welle, an den Mann brachte. Er mietete bei Potsdam eine riesige Halle. Nach zwei Jahren war die Halle voll. Sicher an die hundert Trabbis, sogar einen der drei Trabant P 800 RS, die extra für den Rallyesport gebaut worden sind. Dann einige Wartburgs, einige Barkas, polnische Warszawas und Syrenas. Aber auch drei russische Tschaikas, einen ZIS-110, quasi ein russischer Packard. Den Wagen, der draußen steht, den Wolga, den habe ich auch über ihn. Die osteuropäischen Wagen, die wurden zu seinem Steckenpferd, und das Geld machte er mit den Oldtimern aus Europa und den USA.«

»Und auch in dem zweiten Laden keine Feinde?«

»Nicht dass ich wüsste.« Aaner überlegte kurz. »Nein, wirklich nicht. Sie sollten sich mal mit seinem Geschäftsführer unterhalten. Das operative Geschäft hatte Paul schon lange abgegeben. Er ist nur noch auf der Suche nach seltenen, gut erhaltenen Stücken herumgereist. Als Polen und die Baltik-Staaten 2004 zur EU kamen, war er auch viel unterwegs. Nein, wenn man nicht betrügt, macht man sich in dem Job wahrscheinlich eher Freunde als Feinde.«

»Wie war denn seine Ehe?«

»Gut. Glaube ich. Wie gesagt, der Kontakt zu meinem Bruder war nicht besonders intensiv. Wir waren schon immer sehr unterschiedlich. Er hat Regine vor sechs Jahren kennengelernt und schnell geheiratet. Ich war auf der Hochzeit. Und danach nur noch zweimal bei ihnen. Einmal, als sie in das Haus gezogen sind, und einmal vor zwei Jahren, Weihnachten. Regine hat darauf bestanden, sie wollte den Kontakt verstärken. Heinz und sie hatten einen guten Draht zueinander. Aber mein Bruder und ich – wir haben uns nie so gut verstanden. Meine Welt sind die Bücher. Ich arbeite in der Hofbibliothek hier im Schloss.«

»Wissen Sie, ob Ihr Bruder Probleme hatte? Persönlicher oder finanzieller Art?«

»Geld hatte er immer genug. Persönlich? Ich weiß es nicht. Ich glaube kaum, aber hundertprozentig sicher bin ich mir nicht.«

Aaners Antworten wirkten reserviert. Horndeich war nicht traurig darüber, dass der Mann nicht in Tränen ausgebrochen war, als er die Nachricht vom Tod des Bruders und dessen

Frau erhalten hatte. Aber derart kühl und verhalten – das war eine Spur zu distanziert für seinen Geschmack.

Nach dem üblichen Abschiedsritual – »Wenn Ihnen noch etwas einfällt, melden Sie sich bitte« – verließ Horndeich das Haus. Er drehte noch einmal eine Runde um den Wolga. Horndeich konnte die Begeisterung für diese alten Automobile gut nachvollziehen. Der Anblick des Balkentachos zauberte ein breites Lächeln auf sein Gesicht.

Er schlenderte zu seinem Dienstwagen – ein Opel Insignia.

Kein Balkentacho.

Schade eigentlich.

Der vergangene Sommer war wettermäßig eine Katastrophe gewesen. Entweder hatten die Temperaturen versucht, den Wettstreit mit dem Herbst zu gewinnen, oder die tropische Luftfeuchtigkeit hatte die Klamotten am Leib kleben lassen. Zum Ausgleich strahlte jetzt, im Herbst, schon seit Tagen die Sonne vom blauen Himmel, und das bunte Laub zauberte romantische Stimmungen in den Tag.

Die Mittagspause gehörte Horndeich und seiner Frau, das hatten sie beschlossen, als Sandra mit dem dicken Schwangerschaftsbauch nicht mehr arbeiten gegangen war. Jetzt sorgte Sandra dafür, dass er etwas zu essen bekam, dann gingen sie gemeinsam spazieren, eine Runde um die Häuser. Stefanie lag dabei im Kinderwagen, und Che, der Mitbewohner auf Zeit, konnte die Umgebung beschnüffeln und Platz schaffen für sein Futter, das er am Nachmittag bekommen würde.

Sie gingen Hand in Hand, Horndeichs Linke lag auf dem Griff des Kinderwagens, und Sandra hielt die Hundeleine in der Rechten.

»Oh, was für ein schönes Wetter heute«, sagte Sandra leichthin, und Horndeich konnte ihr nur zustimmen. Bilderbuchwetter einer Bilderbuchfamilie bei einem Bilderbuchspaziergang. Er erinnerte sich kurz an die Zeit, als er fünfzehnjährig durch den Altonaer Volkspark geheizt war. Mit seinem frisierten Mofa. Er hatte seine Mutter mit einem anderen Kerl erwischt; der Vater war ausgezogen, obwohl er todkrank war. Als kleiner Junge war er mit den Eltern durch den Park spaziert. Mit fünfzehn war er dann der Rächer, der das verlogene Bild der elenden Spießer enttarnen wollte. Und Pärchen mit Kinderwagen und Hund waren für ihn der Inbegriff dieser zur Schau gestellten Spießigkeit. Mehrmals hatte er solche Keimzellen der verlogenen Gesellschaft ins Visier genommen und attackiert. Mit dem Mofa drauflos, knapp am kläffenden Köter vorbei, beim nächsten Angriff den Kinderwagen knapp gestreift. Da fiel sie dann, die Maske der Spießerpapas, die ihn wüst beschimpften und mehr als einmal die Bullen riefen, wenn die unflätigen Schimpfkanonaden verebbt waren.

Nun war er selbst so ein Spießerpapa geworden, mit Kinderwagen, Hund und einer Frau, die sagte: »Oh, was für ein schönes Wetter heute.« Und er wusste, wenn ihn heute so ein Mofafahrer attackieren würde, er würde genauso reagieren wie die Familienpapas seinerzeit. So änderten sich die Zeiten und die Perspektive. Doch in einem hatte er als Jugendlicher recht gehabt: Oft war es ziemlich marode hinter der schönen Fassade.

Che schlug sich in die Büsche, und Horndeich beobachtete den kleinen Kerl. Er hatte nie einen Hund haben wollen. Doch Che hatte es geschafft, sich einen Platz in Horndeichs Herz zu buddeln. Sandra hatte sich immer schon einen Hund gewünscht, wenn auch eher ein Basset ihre Wunschrasse gewesen wäre.

Ihre Runde dauerte immer etwa fünfundzwanzig Minuten. Mein Gott, entsetzte sich Horndeich, das ist ja wohl der Gipfel der Spießigkeit, dass ich meine Uhr nach meinem Spaziergang stellen kann? Darüber wollte er lieber nicht weiter nachdenken.

Er wollte nicht mehr mit ins Haus gehen, verabschiedete sich von Sandra mit einem Kuss. Doch die zog ihn in Richtung Hauseingang.

»Ich habe noch ein bisschen Zeit.«

»Du hast Zeit? Ich bin doch der, der gleich wieder im Präsidium antanzen muss.«

»Und ich will Doro und ihren Freund nachher zum Flughafen fahren.« Sandra sah auf die Uhr. »Wir haben noch dreiundzwanzig Minuten.«

Das hatte Horndeich völlig vergessen. Hatte er gestern nicht noch zu Margot gesagt, dass die ein oder andere weitere Leiche sie davon abhalten könnte, zum Flughafen zu fahren? Manchmal holte die Realität die Gedanken ein.

Aber dreiundzwanzig Minuten waren dreiundzwanzig Minuten.

Die Abteilung saß wieder in Margots und Horndeichs Büro gequetscht.

»Hi«, grüßte Horndeich.

Da alle eine mehr oder weniger volle Tasse Kaffee in der Hand hielten, nahm Horndeich an, dass sie noch nicht allzu lange zusammensaßen. Also steuerte auch er zunächst auf die Kaffeemaschine zu.

»Sitzung?«, fragte er.

Margot nickte.

Seit ein paar Wochen war die Frage angebracht, denn Besprechungen konnten derzeit so gut wie nie in den dafür vorgesehenen Räumen stattfinden. Stück für Stück und Stockwerk für Stockwerk wurde das Gebäude renoviert. Im Moment waren die Besprechungsräume an der Reihe. Neuer Boden, neue Farbe, neue Fenster. Geballter Informationsaustausch fand nun also auch in den Büros statt.

»Du bist zu spät«, tadelte Margot ihren Kollegen.

»Sorry«, sagte der. »Stau auf der Rheinstraße.«

»Und vor Langeweile hast du dir das Hemd auf- und zugeknöpft?«, fragte Baader breit grinsend.

Horndeich schaute an sich hinab und erkannte, warum sich das Hemd so komisch anfühlte. In der Hektik, neunzehn Minuten nachdem ihn Sandra in den Hauseingang gezogen hatte, hatte er das Hemd falsch zugeknöpft. Als ob Sandra seine Gedanken erraten hätte, hatte sie ihm deutlich vor Augen geführt, dass ihnen zum Spießertum doch noch ein paar Schritte fehlten.

»Trägt man jetzt so, alter Biedermann«, erwiderte Horndeich.

Bevor Baader mit einer weiteren Bemerkung den verbalen Schlagabtausch ausweiten konnte, fragte Margot: »Also, was haben wir bei den Aaners?«

»Zuallererst: Es sind die Aaners«, sagte Ralf Marlock. »Hinrich hat gestern Abend noch das Ergebnis verkündet: Der DNA-Vergleich von den Spuren aus dem Bad und von den Zellen der Leichen hat bestätigt, dass es sich um das Ehepaar Aaner handelt. Damit aber auch der letzte Zweifel ausgeräumt ist, habe ich auch noch den Zahnarzt der beiden kontaktiert. Hätte ja sein können, dass uns ein ganz geschickter Täter mit den DNA-Spuren im Bad in die Irre führen wollte. Man weiß ja nie. Hinrich hat den Zahnstatus in die Praxis des Zahnarztes gemailt. Ergebnis: Treffer in beiden Fällen. Also absolut kein Zweifel mehr an der Identität der Toten möglich.«

»Gut«, sagte Margot. »Dann mach ich mal weiter. Ich war in der Schule und habe mit den Lehrern und der Rektorin gesprochen. Drei Stunden. Das Fazit ist recht dünn. Also: Die Lehrerschaft ist eine einzige große Familie. Ohne jeden Konflikt. Da war, zumindest in Bezug auf Regine Aaner, nichts. Kein Seitenhieb, keine Andeutung, kein Verhältnis mit dem einzigen männlichen Lehrer des Kollegiums, keines mit dem Hausmeister. Regine Aaner war im Kollegium beliebt und sehr geschätzt, besonders, weil sie sich immer auch für die benachteiligten Kinder eingesetzt hat. Das hat die Rektorin zwar auch geschätzt, musste aber auch immer mal wieder Wogen glätten. Man ruft keine Eltern an und sagt ihnen, dass ihr Kind nach Urin stinkt. Und dass das Kind deswegen immer mehr zum Klassendeppen abgestempelt wird. Und dass gewaschene Klamotten da Wunder bewirken können. Es gibt ein Ehepaar, das ziemlich den Larry gemacht hat, weil ihr Kind keine Empfehlung fürs Gymnasium bekommen hat, obwohl mehrere Tests belegt haben, dass es prinzipiell zur Hochbegabung fähig ist, oder so ähnlich. Aber die Familie war im Urlaub in Italien, als die Aaners umgebracht wurden. Wir werden das noch checken, aber es scheint glaubhaft.

Also, wie weit sind wir mit der Auswertung der Spuren? Haben die Arbeitszimmer schon was ergeben?«

Baader meldete sich zu Wort. »Zoschke ist noch im Haus – er schaut sich die ganzen Leitz-Ordner an, ob er da auf etwas stößt. Bislang hat er nichts, aber das er ist noch längst nicht fertig.«

Margot sah auf die kleine Liste, die vor ihr auf dem Tisch lag. Hinter »Büro« machte sie einen Strich – was so viel hieß wie »noch in Bearbeitung«. Sie sah auf den nächsten Punkt. »Irgendwelche biologischen Spuren?«

Baader nickte. »Wir haben Haare gefunden, die nicht von den Aaners sind. Aber die können natürlich auch von der Putzfrau, von Freunden oder Nachbarn stammen. Dann habe ich mit Fasset, dem Fliegenexperten, gesprochen. Von der Seite aber auch nicht viel Neues. Also auch die Fliegen bestätigen, dass die beiden seit mindestens acht Tagen tot sind, jedoch nicht länger als drei Wochen. So ungefähr.«

Der nächste Punkt. »Schon irgendwas zu dem Computer von Frau Aaner?«

Nun war Bernd Riemenschneider an der Reihe. Er war für alles zuständig, was mit Computer zu tun hatte. Margot trauerte immer noch ein wenig Horndeichs Frau Sandra nach, die bis vor zwei Jahren diesen Posten innehatte. Das LKA in Wiesbaden hatte sie dann abgeworben. Ihr Nachfolger, Riemenschneider, machte seinen Job gut, aber bei Weitem nicht so schnell und souverän wie zuvor Sandra. Bernd Riemenschneider begann mit seinen Ausführungen. »Ich habe Regine Aaners Laptop noch in der Mangel. Ist auf den ersten Blick völlig unverfänglich. Ich habe Zugriff auf sämtliche Mails – alles entweder Mails wegen des Jobs an Kollegen oder private Mails, meist an oder von ihrer Freundin Jasmin Selderath. Ich bin noch nicht ganz durch, aber der Rechner scheint keine

Hinweise auf Motiv oder Täter zu verraten. Interessant ist aber, dass definitiv ein Computer fehlt. Im Router waren drei Geräte eingetragen. Der Rechner von Regine Aaner, dann ein NAS und noch ein Rechner.«

»Ein Router? Ein NAS? Was ist das denn?«, sprach Heribert Zoschke das aus, was Margot gerade gedacht hatte. Was die Konversation mit Riemenschneider immer so anstrengend machte, war sein Hang zu ausführlichen technischen Erklärungen – mit dem entsprechenden Vokabular.

»Router – na eben dein DSL-Modem mit Switch und WLAN.«

»Er meint die kleine Kiste, mit der du ins Internet kommst«, brachte es Marlock auf den Punkt.

»Das ist jetzt aber ein wenig vereinfacht ausgedrückt«, murrte Riemenschneider.

»Okay, das habe ich kapiert«, lenkte Zoschke ein, »du meinst meine Fritz-Box. Aber was ist ein *NAS*?«

»Ein NAS steht für Network Attached Storage, also einen netzgebundenen Speicher. Um es ganz simpel zu formulieren …«, Riemenschneider warf Marlock einen giftigen Blick zu, »… das ist ein einfach zu verwaltender Dateiserver«, dozierte Riemenschneider.

»Er meint eine Festplatte, auf die alle Rechner im Haus zugreifen können«, übersetzte Marlock und griente zurück.

»So kann man das jetzt nicht sagen.« Riemenschneider fühlte seine Deutungshoheit bedroht. »Es können ja auch mehrere Platten sein. Klar können die nach außen wie eine einzelne Platte wirken, wenn sie etwa über ein RAID-System die Daten spiegeln, um Datenverlust vorzubeugen.«

Margot ertappte sich und Zoschke dabei, wie ihre Blicke dem Dialog der beiden folgten wie dem Ball bei einem Tennisspiel.

Marlock sah die beiden überforderten Zuhörer an und erklärte: »Er meint eine Festplatte, auf die alle Rechner im Haus zugreifen können.«

Bevor Riemenschneider etwas noch Verwirrenderes sagen

konnte, hakte Margot nach: »Und was ist auf dieser Festplatte?«

»Es sind zwei Platten«, korrigierte Riemenschneider.

»... und auf denen ist was drauf?«

»Wenig. Ein paar Fotos. Ein paar Filme, Musik.«

»Und was ist jetzt mit dem Computer, der fehlt?«

Riemenschneider wollte zu einer Antwort ansetzen, doch Marlock kam ihm zuvor: »In der Internetkiste stehen drei Geräte drin, die untereinander Daten tauschen können. Regine Aaners Laptop, die externe Festplatte. Und eben ein dritter Rechner. Der ist aber nicht da. Also scheint sich unsere erste Vermutung zu bestätigen, dass Aaners Laptop entwendet wurde, denn im Haus haben wir keinen weiteren Rechner gefunden.«

»Na ja, so ähnlich«, grummelte Riemenschneider.

Margot hakte die Frage nach dem Computer ab. »Sonst noch etwas gestohlen oder beschädigt?«

»Na ja, interessant ist, was *nicht* geklaut wurde«, fuhr Marlock fort. »Im Schlafzimmer haben wir im Kleiderschrank eine Schmuckschatulle gefunden. Darin Schmuck. Zwar nicht die Kronjuwelen, aber auch ein paar Tausender wert, soweit wir das bisher sagen können. Der Dieb schien nichts durchwühlt zu haben. Also hat er offenbar nur den Inhalt des Tresors mitgenommen. Und den Rechner von Paul Aaner. Und das war's.«

»Oh, ein genügsamer Raubmörder«, witzelte Zoschke.

»Dann ist es vielleicht doch etwas Persönliches zwischen Paul Aaner und sonst jemandem. Handys?« Margots Blick fiel auf Joachim Taschke.

Der untersetzte Vollbartträger schaute auf einen Notizblock, der vor ihm lag. »Wir haben zwei Handys sichergestellt, eines auf ihn registriert, eines auf sie. Die letzten Telefonate wurden vor zwei Wochen geführt. Wir bekommen die Auswertung vom Provider. Bislang haben wir nur den Gesprächsverlauf aus seinem Handy. In ihrem war er gelöscht. Paul Aaner hat über sein Handy meist mit seiner Frau telefoniert und dann immer wieder mit zwei Autoläden in Wiesbaden.«

»Und die gehören ihm«, schaltete sich Horndeich ein und skizzierte kurz, was Paul Aaners Bruder gesagt hatte.

»Haben die Fingerabdrücke noch was ergeben?«

Otto Fenske, der ungekrönte König der Papillar-Untersuchung, hatte bislang nur zugehört. »Gestern konnten wir ja bereits über die Badutensilien die Fingerabdrücke der beiden Eheleute bestimmen. Wie gesagt finden sich die Fingerabdrücke auch überall im Haus. Auffällig ist die Klinke innen an der Terrassentür. Da sind keine Fingerabdrücke dran. Die hat jemand abgewischt. Dann haben wir noch andere Abdrücke gefunden, darunter die des Mörders, nehme ich an. Am interessantesten sind dabei die Fingerabdrücke am Telefon, die habe ich heute früh ausgewertet.«

Alle Gesichter waren nun auf Fenske gerichtet.

»Dieses Mobilteil lag auf dem Boden vor dem Sofa. Der Akku war komplett leer. Könnte sein, dass es Regine Aaner aus der Hand gefallen ist. Aber sie hat es nicht selbst aus der Basisstation genommen.«

Schweigen in der Runde.

»Es gab mehrere Fingerabdrücke am oberen Teil des Mobilteils. Ein Daumenabdruck vorn auf dem Display, drei auf der Rückseite. Die Lage dieser Fingerabdrücke lässt den Schluss zu, dass jemand mit dem Mobilteil nicht telefoniert, sondern es jemandem gereicht hat. An der linken und rechten Seite des Telefons sind ebenfalls Abdrücke: ein Handabdruck links und Fingerabdrücke rechts am Gehäuse. Das waren die blutigen Abdrücke von Regine Aaner. Auch auf der »1« hat Regine Aaner einen Fingerabdruck hinterlassen, ebenfalls mit etwas Blut. In der Nähe der Basisstation und auf dem Weg zur Basisstation war jedoch keinerlei Blut zu finden. Ich habe also den Eindruck, dass unser Mörder der sterbenden Frau das Telefon in die Hand gedrückt hat. Und die wollte die 112 wählen. Bis zur zwei hat sie es aber nicht mehr geschafft. Die Fingerabdrücke vom oberen Teil des Telefons haben wir übrigens auch an der Haustür gefunden. Außen am Türblatt ist ja so ein quadratisches Metallteil. Etwa so groß wie eine CD-Hülle. Darauf und am Türgriff innen waren die gleichen Abdrücke wie an der Rückseite des Mobilteils zu finden. Und die stimmen wiederum mit denen am Tresor überein.«

»Und das heißt?«, fragte Zoschke.

»Dass der Mörder die Haustür aufgedrückt und zugezogen hat«, folgerte Margot.

»Genau. So sehe ich das auch. Das Interessante ist: Unser Mörder hat demzufolge keine Handschuhe angehabt. Und ihr werdet nicht überrascht sein, wenn ich euch nun sage, dass wir die Abdrücke nicht im System haben. Offenbar war sich unser Mörder dessen bewusst.«

»Aber warum hat er dann den Griff an der Terrassentür abgewischt, als er zum zweiten Mal ins Haus gekommen ist? Und warum ist er überhaupt noch mal gekommen?« Wieder war es Zoschke, der Margots Gedanken aussprach.

»Vielleicht ist er zurückgekommen, um die Tatwaffe zu holen. Die haben wir nämlich nirgends entdeckt.«

»Apropos ›Noch mal gekommen‹. Wer immer das war, er hat sich verewigt: Ein dunkelgrüner Fussel ist an einer der Scherben von der Terrassentür hängen geblieben«, sagte Baader.

»Was meine Fragen nicht beantwortet«, insistierte Zoschke.

»Aber die Möglichkeit eröffnete, sie irgendwann überhaupt zu beantworten«, sicherte sich Baader das letzte Wort.

»Nicht schon wieder«, grunzte Horndeich.

»Doch«, entgegnete Margot.

»Manchmal nervt er.«

»Ja. Aber wir wollen die Ergebnisse ja möglichst schnell. Also hopp.«

Horndeich war wenig begeistert davon, abermals ins Rechtsmedizinische Institut nach Frankfurt zu fahren. Warum konnte Hinrich nicht einfach einen verständlichen Bericht schreiben, ihn zumailen oder auf dem Server ablegen – und gut wär's? Aber nein, immer wieder beorderte er die Beamten in sein Reich. Natürlich würden sie einen Bericht bekommen. Aber wenn sie jetzt nicht gleich in Frankfurt auf der Matte standen, dann würde das noch ein Weilchen dauern.

Horndeich seufzte, ergab sich seinem Schicksal – und ließ Margot hinters Steuer. Auf der A5 war der Verkehr moderat, sodass sie die gut dreißig Kilometer in dreißig Minuten schafften – das Nadelöhr war wie immer der Verkehr in Darmstadt.

Margot parkte den Insignia neben Hinrichs neuem schwarzem Spielzeug. Daneben stand ein Nissan Cube in Grünmetallic. Das Fahrzeug war eine Hommage an die Form des Quaders. Aber wenigstens mit abgerundeten Ecken. Sandra hatte sich mal für den Wagen begeistert, so als Kinderkutsche. Auf der Rückbank waren zwei Kindersitze montiert. Schien also nachwuchstauglich zu sein.

Hinrich begrüßte die Kommissare im großzügigen Flur mit Holztäfelung und Jugendstilornamenten mit kräftigem Handschlag, als empfinge er alte Freunde. »Wie schön, dass Sie es einrichten konnten. Bitte begleiten Sie mich ins Reich der Erkenntnis.«

Horndeich warf Margot einen fragenden Blick zu und erhielt einen ebenso fragenden Blick als Antwort.

Der von Hinrich vorgegebene Weg führte nicht ins Souterrain, sondern in den kleinen Hörsaal am Ende des Flurs.

»Was wird das denn jetzt?«, fragte Margot. Auch ihr Geduldsfaden schien im Moment ein wenig strapaziert.

»Lassen Sie sich überraschen.«

Er öffnete die Tür.

Im Raum hantierte eine junge Frau an einem Laptop. Sie wandte sich den Eintretenden zu.

»Darf ich Ihnen vorstellen – Frau Anke Zilitt. Sie ist meine neue Assistenzärztin. Frau Zilitt, darf ich Sie mit Frau Kriminalhauptkommissarin Margot Hesgart und ihrem Kollegen Hauptkommissar Steffen Horndeich bekannt machen? Sie sorgen immer wieder für Kundschaft.«

Die Angesprochene reichte Margot die Hand. Sie trug eine

große Brille, Hornmodell aus den Siebzigern. Ihr kurzes Haar war feuerrot, und sie war etwa so groß wie Horndeich.

»Sehr angenehm«, sagte sie mit einer tiefen Stimme, die Horndeich an Zarah Leander erinnerte und die eher zu einer Fünfzigjährigen gepasst hätte. Dabei war sie wohl gerade einmal halb so alt. Genauso unvereinbar schien ihr Händedruck mit ihren filigranen Spinnenhänden, denn der war äußerst kräftig.

»Nehmen Sie bitte Platz«, bat Hinrich seine Gäste.

Horndeich sah zu Margot, und die zuckte nur mit den Schultern. Beide nahmen in der ersten Reihe der Hörsaalbestuhlung Platz.

»Ich möchte Ihnen die Ergebnisse der Untersuchungen der beiden Toten Regine und Paul Aaner zeigen.«

Über einen Beamer warf Hinrich nun zwei Umrissskizzen eines weiblichen Menschen auf den Leinwandbereich an der Stirnseite des Raumes. Eine zeigte den Körper von vorn, die andere von hinten. Hinrich betätigte erneut die Taste seiner Fernbedienung, und unter der Skizze erschien der Name *Regine Aaner*.

»Zunächst zu den Stichwunden von Frau Aaner. Genauer zu der Stichwunde von Frau Aaner. Soweit es überhaupt noch möglich war, sie zu untersuchen – die Verwesung hat bereits einen großen Teil des Gewebes verändert.«

Ein Tastendruck zauberte einen roten Strich auf die Vorderseite der Frau, im Bereich knapp unterhalb des Bauchnabels.

»Regine Aaner hat nur eine Stichwunde abbekommen. Ihr wurde in den Unterbauch gestochen. Dabei wurde die Arteria mesenterica inferior getroffen.«

Hinrichs darauf folgendes Schweigen beendete Margot mit der vom König erwarteten Nachfrage: »So so, die Arteria irgendwas inferior. Und die ist wer oder was?«

Hinrich lächelte süffisant. »Die Arteria mesenterica inferior ist eine Arterie, also eine vom Herzen wegführende Ader mit sauerstoffreichem Blut. Im Speziellen ist sie eine der Schlagadern der Bauchhöhle. Sie entspringt beim Menschen aus der

Hauptschlagader und versorgt den absteigenden Dickdarm und den oberen Teil des Mastdarms mit dem sauerstoffreichen Blut. Und diese Ader ist bei Regine Aaner bei dem Stich verletzt worden. Als Schlagader pumpt sie ja das Blut – daher der Name. Und jetzt pumpte sie es aus dem Blutkreislauf durch die Wunde hinaus. Regine Aaner ist verblutet. Dabei floss ein Großteil des Blutes in den Bauchraum. Deshalb war auch auf der Couch und drumherum wenig Blut zu finden. Den Stich muss sie aber im Stehen abbekommen haben. Wahrscheinlich hat sie sich dann auf das Sofa gesetzt und ist dort gestorben. Nach wenigen Minuten.«

Horndeich sah Margot an: »Das würde das mit dem Telefon erklären: Der Mörder reicht ihr den Apparat. Sie versucht noch, den Notruf zu wählen. Aber dann hat sie keine Kraft mehr und lässt das Mobilteil fallen.«

»Ja, das ist möglich. Nur, warum reicht der Mörder ihr das Telefon? Wollte er sie eigentlich nicht ermorden? Wollte er beide nicht ermorden? Hat er sich nur gewehrt?«

Noch bevor Horndeich einen weiteren Gedanken äußern konnte, sprach Hinrich weiter: »Das ist eher unwahrscheinlich. Schauen wir uns mal Herrn Aaner an. Alles, was ich Ihnen jetzt sage, habe ich mit dem Fachmann für Blutspritzer vom LKA besprochen. Seinen Bericht bekommen Sie selbstverständlich auch.«

Wieder drückte Hinrich auf die Taste, nun zeigte der Beamer die Umrisse eines männlichen Körpers mit Aaners Namen darunter.

»Auch Paul Aaner bekam zunächst einen Stich in den Unterbauch.« Ein roter Strich markierte die Stelle auf der Skizze.

»Daraufhin hat er sich gewehrt.«

Mehrere rote Striche erschienen auf den Unterarmen und den Händen, vorn und hinten.

»Dann gab es noch einen Stich von vorn. Der traf die Hauptschlagader. Aaner kippte um, auf den Boden.«

Hinrich machte eine Pause.

»Und das war's? Was spricht dagegen, dass der Mord eigentlich nicht geplant war?«

»Das«, sagte Hinrich. Und auf der Skizze mit der Ansicht des Rückens erschienen zahlreiche rote Striche.

»Wer auch immer das getan hat, hat Aaner dreiundzwanzig Mal in den Rücken gestochen. Dabei war allein der Stich in den Bauch schon tödlich. Aaner ist innerhalb weniger Sekunden verblutet.«

Horndeich und Margot konnten den Blick nicht von der Wand abwenden.

»Das war offenbar etwas ganz Persönliches«, brachte es Horndeich auf den Punkt.

»Das herauszufinden ist nun Ihr Job«, sagte Hinrich und schaltete den Beamer aus. »Der Bericht ist schon an Sie raus.«

»Moment«, sagte Margot, »nur deshalb haben Sie uns aus Frankfurt herzitiert?«

Hinrich grinste. Und nun regte sich auch die Mimik der Dame mit der Brille, durch die sie eine gewisse Ähnlichkeit mit Nora Tschirner in *Keinohrhasen* verband.

»Habe ich das gesagt?« Hinrich huschte an Ihnen vorbei und öffnete die Tür des Hörsaals. »Darf ich bitten?«, fragte er.

Doch Margot blieb noch sitzen und wandte sich zu Hinrich um: »Wie war der Gesundheitszustand der beiden?«

»Nun, wie gesagt, waren die Organe nicht mehr ganz taufrisch – aber es war nichts Außergewöhnliches festzustellen, Tumore, Fettleber oder Ähnliches.«

»Ist die Schwangerschaft von Regine Aaner normal verlaufen? Konnten Sie da noch etwas erkennen?«

»Schwangerschaft? Nein. Regine Aaner war nicht schwanger. Wie kommen Sie denn darauf?«

»Weil eine Freundin von ihr gesagt hat, sie sei es. Und die Schulrektorin. Und ihre Kolleginnen.«

»Nein, das war sie definitiv nicht. Es ist auch unwahrscheinlich, dass sie schon einmal geboren hat. Ob sie mal eine Fehlgeburt hatte, kann ich nicht sagen. Das Gewebe war – ich wiederhole mich – schon ziemlich zersetzt. Aber schwanger war sie ganz eindeutig nicht.«

»Das verstehe ich nicht«, brachte Horndeich Margots Gedanken auf den Punkt.

Hinrich machte eine ausladende Handbewegung in Richtung Flur, die jeder Tänzerin gut zu Gesicht gestanden hätte. »Können wir?«

Horndeich erinnerte das alles an eine Inszenierung im Theater. Doch Hinrich war im besten Falle ein zweitklassiger Schauspieler. Und als Dramaturg taugte er gar nichts.

»Wenn Sie mir bitte in das Souterrain folgen würden?«

Die Brillenschlange hatte das Grinsen nicht mehr abgelegt, seit sie den Hörsaal verlassen hatten. In ihrer offensichtlich leicht verschrobenen Art passten sie und ihr Chef hervorragend zusammen.

Als sie das Souterrain erreicht hatten, öffnete Hinrich die Tür zum Sektionssaal. Auf dem vorderen Stahltisch standen drei Sektflaschen. Ist Hinrich unter die Surrealisten gegangen?, fragte sich Horndeich.

»Ta-taaa«, machte Hinrich – womit die Szenerie noch schräger wirkte.

Noch bevor irgendjemand etwas sagen konnte, fuhr Hinrich fort: »Werte Kollegin im Geiste, wenn ein Mann einen Fehler macht, so muss er dies auch zugeben können. Zum Glück bin ich ein Mann, dem das nicht schwerfällt.«

Wieder eine bühnentaugliche Handbewegung. »Und Spielschulden sind Ehrenschulden.«

Gleich fange ich an zu gähnen, dachte Horndeich.

Hinrich ging auf die Flaschen zu, nahm eine in die Hand und trat damit auf Margot zu: »Sie hatten den richtigen Riecher«, sagte Hinrich und reichte ihr die Flasche. Horndeich konnte das Etikett nun lesen: *Piper Heidsieck.* Nett. Wenn man Sekt mochte.

»Susanne Warka ist tatsächlich keines natürlichen Todes gestorben – vielleicht sollte ich besser sagen, sie hat keinen Suizid begangen.«

»Was soll das denn jetzt heißen?«, fragte Margot.

»Einen Moment«, sagte Hinrich und hob die Hand. Wieder ging er zum Tisch, nahm eine weitere Flasche und gab sie seiner jungen Kollegin: »Ihnen gebührt die Ehre, den wahren Grund für Susanne Warkas Tod gefunden zu haben. Und damit meine These widerlegt zu haben – was nicht oft vorkommt.«

Anke Zilitt strahlte.

»Nun, für gewöhnlich habe ich auch gar nicht die Möglichkeit, mich derart ausführlich mit den Teilen eines Suizidopfers auseinanderzusetzen.«

Zilitts Strahlen erlosch. Sie war gerade dabei, die nicht so netten Seiten ihres Bosses kennenzulernen. Offenbar erst nach eineinhalb Arbeitstagen. Kein schlechter Schnitt.

»Aber es war sicher eine gute Übung für Sie«, meinte er, an die junge Kollegin gewandt. Dann fuhr er fort. »Und ich bin ja nicht knausrig.« Mit diesen Worten reichte er auch Horndeich eine Flasche.

Nun war es an ihm, die Mundwinkel entgegen der Schwerkraft zu ziehen: »Herzlichen Dank. Gerne profitiere ich von Fehlern, die andere gemacht haben.« Er zwinkerte Frau Zilitt zu.

»Ihr Part«, sagte Hinrich im Tonfall eines Stürmers, als überließe er es großzügig dem Torwart, auch mal einen Ball in den Kasten zu befördern.

»Bitte kommen Sie mit«, sagte Anke Zilitt zu den beiden Beamten. Offensichtlich wollte sie Margot und Horndeich ersparen, sich die einzelnen Teile der Leiche nochmals ansehen zu müssen.

Neben dem Sektionssaal befanden sich die Arbeitsräume der Präparatoren. An einem der Tische stand ein Rechner mit einem großen Monitor. Sie muss ihre Präsentation am lokalen Rechner durchführen. Der Hörsaal bleibt dem Chef vorbehalten, dachte Horndeich.

»Also, ich habe die Leiche von Susanne Warka nochmals Zentimeter für Zentimeter untersucht. Ich habe bei den Füßen angefangen und mich bis zum Kopf hochgearbeitet.«

»Okay. Sie sagten bereits, es sei kein Suizid gewesen. Was war es dann?«

Zilitt hatte wohl in epischer Breite erzählen wollen, welchen Quadratzentimeter sie wann untersucht hatte, um dann zum Schluss – »Ta-taaa«, wie Hinrich das einzuleiten pflegte – den Hasen aus dem Hut zu zaubern.

Sie war gnädig und kürzte ab. »Der Körper ist ja von dem Zug regelrecht zerfetzt worden. Es gibt kaum eine Stelle, die nicht versehrt wurde – Sie haben es ja gesehen. Und dann gab es da diesen Ritz – auf den ersten Blick kaum erkennbar. Zwischen den Rippen unterhalb der linken Brust.«

Anke Zilitt zauberte ein Bild der Stelle auf den Monitor. Der Ritz war tatsächlich kaum zu erkennen, denn unmittelbar daneben befand sich eine offene Wunde, die ganz sicher von irgendeinem nicht gerade stromlinienförmigen Teil des Zuges hervorgerufen worden war.

»Das ist ein Messerstich. Ich habe das dann genau untersucht. Das Herz ist getroffen worden. Die Frau ist erstochen worden, bevor man sie auf die Gleise gesetzt hat.«

»Können Sie da sicher sein?«

Hinrich schaltete sich ein. »An der Stelle hat Frau Zilitt mich zurate gezogen. Und ja, es ist sicher.«

Zilitt war anzusehen, dass sie, nachdem sie den Ball ins Tor befördert hatte, nicht davon angetan war, dass der Stürmer sie wieder auf den Platz in den hinteren Reihen schickte.

»Wir haben Frau Warka danach noch gemeinsam obduziert«, meinte Hinrich, und seine Kollegin übernahm sofort: »Um es kurz zu machen: Susanne Warka war zum Zeitpunkt ihres Todes kerngesund, soweit das noch festzustellen war. Und sie war schwanger. Etwa im vierten Monat.«

»Susanne Warka war schwanger?«, echote Margot.

Auch Horndeich staunte. Es war ja nichts Ungewöhnliches, dass eine Frau schwanger war, aber der Freund des Opfers, Reinhard Zumbill, hatte das bisher noch nicht erwähnt. Das fand Horndeich schon seltsam.

»Kein Zweifel?«

Anke Zilitt wandte sich Margot zu und sagte mit einer Stimme, die Gift verspritzte: »Doch. Die Wahrscheinlichkeit liegt ungefähr bei 50/50.«

»Sorry«, meinte Margot nur. »Ist nur verrückt. Die eine soll schwanger sein, ist es aber nicht, die andere ist es, und wir wissen nichts davon. Mädchen oder Junge?«

»Mädchen.«

»Und können Sie etwas zu dem Messer sagen?«

Hinrich schaltete sich wieder ein: »Wahrscheinlich einfach ein Küchenmesser. Einseitige, glatte, scharfe Klinge. Der Täter war Rechtshänder, so wie der Einstichkanal verläuft.«

»Und wie kam es, dass Sie das nicht gleich gesehen haben?«, wandte sich Margot an Hinrich.

»Ach, Frau Hesgart. Wenn Sie einen Verdächtigen festnehmen, der es dann doch nicht gewesen ist – frage ich Sie dann, wie das passieren konnte?«

Sekt hin, Sekt her, Margot wollte es offensichtlich wissen: »Aber damit wäre fast ein Mord unentdeckt geblieben.«

Hinrichs Gesichtsfarbe wandelte sich zu einem leichten Rotton. »Werte Frau Hesgart. Schauen Sie sich das doch mal an.« Er nahm Frau Zilitt die Maus aus der Hand und klickte einen anderen Ordner auf der Festplatte an. »Das ist die Leiche, nachdem wir alle Teile sortiert hatten – und froh waren, Ihnen mitteilen zu können, dass auch wirklich alles vollzählig war und niemand mehr Gefahr lief, auf dem Waldweg über ein Ohr zu stolpern.«

Er klickte sich durch die Bildergalerie, und Horndeich war froh, dass sein Magen leer war.

»So sah die Leiche aus, nachdem wir sie gewaschen hatten.«

Die gleiche Galerie, jetzt mit den nackten Körperteilen. Nicht witzig, dachte Horndeich.

»Diese Frau hat, abgesehen davon, dass ihr Körper als Puzzle eingeliefert worden ist, unzählige Wunden und Verletzungen. Verzeihen Sie, wenn man das zunächst als das Ergebnis eines Suizids einschätzt.«

»Schon gut«, sagte Margot, der die Bildergalerie offenbar auch heftig zugesetzt hatte.

Horndeich überlegte kurz. Die Mordrate in Darmstadt lag bei vielleicht zehn Tötungsdelikten im Jahr. Bezogen auf das ganze Gebiet des Polizeipräsidiums Hessen Süd. Und nun waren innerhalb von zwei Wochen drei Menschen in Darmstadt durch Messerstiche ums Leben gekommen. Zufall? »Sagen Sie, Dr. Hinrich« – die Chancen auf eine qualifizierte schnelle Antwort waren immer höher, wenn man den Doktor mit seinem Titel ansprach – »könnte es sich bei dem Mord an den Aaners und dem an Susanne Warka um dasselbe Tatwerkzeug handeln?«

»Das kann ich nicht mit Bestimmtheit sagen. Beide Klingen waren sicher gut zwanzig Zentimeter lang. Beide waren nicht gezackt, und beide waren nur einseitig geschliffen. Keine der Klingen war breiter als drei Zentimeter. Das ist alles, was ich sagen kann. Aber das trifft im Grunde auf jedes bessere Küchenmesser zu. Es kann also sein. Aber es muss nicht.«

Margot sah Horndeich an. »Die Aaners sind erstochen worden, die Warka auch. Regine Aaner soll schwanger sein, Susanne Warka ist es – irgendwie schon seltsam.«

Horndeich musste nur kurz seine Gedanken sortieren. »Vielleicht sollten wir Herrn Zumbill nochmals einen Besuch abstatten.«

»Ob das kleine Mädchen auch wieder da ist?«, fragte Horndeich.

Margot fädelte sich durch den frühabendlichen Verkehr, bemühte sich, auf die Rechtsabbiegerspur in die Neckarstraße zu gelangen, ohne den Fahrradfahrer umzufahren, der rechts neben ihr auf dem Fahrradweg fuhr.

»Welches kleine Mädchen meinst du?«

Der Radler pedalierte exakt in der gleichen Geschwindigkeit wie Margot. Sie bremste, der Wagen hinter ihr hupte.

»Na, die kleine Farbige.«

Margot zog nach rechts. »Sie heißt Sophie. Und *Farbige,* das sagt man nicht.«

»Warum denn das nicht?«

»Na, dann könnte sie auch rot oder gelb sein.«

»Super. Was soll ich denn sonst sagen, wenn ich ihren Namen vergessen habe? Negerin? Mohrenkind?«

»Geht gar nicht.«

»Eben. Also.«

»Du musst schon eine Bezeichnung nehmen, die politisch korrekt ist.«

Horndeich seufzte. »Was meinst du, ist das kleine Mädchen mit Kolorationshintergrund auch da? Oder ist sie bei der Oma?«

»Keine Ahnung. Wir werden es sehen.«

Als Margot gerade den Wagen geparkt hatte, hielt auf dem Parkplatz vor dem Haus ein roter Smart. Heraus stiegen Zumbills Mutter und Sophie.

»Guck mal, Oma, die Polizei«, sagte Sophie und zeigte mit dem Finger auf die beiden Beamten.

»Sophie!«, ermahnte Frau Zumbill die Kleine, die sofort den Finger sinken ließ.

»Meine Mama ist tot«, sagte das Mädchen. »Aber Oma sagt, dass ich jetzt immer bei ihr sein kann.«

Margot ging in die Hocke, reichte dem Mädchen die Hand. »Das ist ja prima.« Natürlich war es nicht prima, aber Margot würde das Mädchen jetzt nicht darauf aufmerksam machen, dass die Oma die Mutter wohl kaum würde ersetzen können. Doch realistisch betrachtet: Im Kinderheim hätte die Kleine es auch nicht besser. Veronika Zumbill kam um den Wagen herum auf die Beamten zu, reichte ihnen die Hand.

»Frau Zumbill, ist Ihr Sohn zu Hause?«

»Ja. Was gibt es denn noch?« Veronika Zumbill öffnete den Kofferraum des Smarts. Der Name passte: Er bot Raum für einen Koffer. Oder eben zwei Einkaufstüten, die Frau Zumbill gerade herausnahm.

»Können wir mit reinkommen?«

»Kommen Sie mit«, sagte sie.

Vom Parkplatz des Wagens zur Haustür waren es keine fünfzehn Meter.

Als die Frau vor ihr herging, fiel Margot plötzlich ein, woher sie sie kannte. Veronika Zumbill war eine von ihren Laufkolleginnen beim Lauftreff. Sie hatte sie am Gang erkannt. Lag wohl daran, dass man den Menschen beim Lauftreff deutlich weniger ins Gesicht sah als auf die Beine. Reinhard Zumbill begrüßte die Polizisten, als sie die Wohnung betraten. Er hatte immer noch – oder wieder – eine leichte Fahne, und er sah ungepflegt aus. Unterhemd und Jogginghose waren offenbar noch die vom Vortag, die Bartstoppeln wuchsen aus dem Gesicht. Und unter seinen Augen lagen tiefe Schatten.

»Was wollen Sie?«, fragte er, und seine Stimme klang gleichgültig. Veronika Zumbill bemühte sich um ihren Sohn, als wäre er im selben Alter wie Sophie.

»Können wir bitte mit Ihnen allein sprechen?«

»Klar«, sagte Zumbill und führte sie ins Wohnzimmer.

»Gehen wir wieder kochen?«, fragte Sophie Frau Zumbill. Die nickte. Und machte durch die hochgezogene Augenbraue sehr deutlich, dass sie lieber bei ihrem Sohn geblieben wäre.

Horndeich schloss die Tür.

»Herr Zumbill, es gibt neue Erkenntnisse zum Tod Ihrer Freundin.«

»Sagen Sie nicht immer ›Freundin‹. Sie war meine Verlobte. Wir wollten heiraten. Was gibt es Neues?«

»Ihre Verlobte hat sich nicht selbst umgebracht. Bevor sie auf den Schienen abgelegt wurde, ist sie ermordet worden.«

Zumbills Blick wanderte von Margot zu Horndeich und dann wieder zu Margot zurück: »Ermordet? Wie denn das?«

»Sie war schon tot, als sie auf die Gleise gelegt wurde.«

»Das ist ja furchtbar.« Während er das sagte, lachte er, karikiert durch ein Rinnsal Tränen, das seine Wangen hinablief. »Sie hat sich also nicht selbst umgebracht?«

»Nein. Hat sie nicht.«

Zumbill vergrub das Gesicht in den Händen, weinte nun hemmungslos.

»Herr Zumbill, sagen Sie uns doch bitte noch einmal genau, wann Sie Ihre Frau zuletzt gesehen haben.«

Er sah auf, wischte die Tränen mit dem Ärmel ab. Schniefte.

»Am Nachmittag. Es war gegen fünf. Wir haben uns in der Küche unterhalten. Nein, wir haben gestritten. Dann rauschte sie ab, aber das habe ich Ihnen ja gestern schon gesagt. Ich rief meine Mutter an, die kam fünfzehn Minuten später. Dann bin ich zur Arbeit gefahren. Mit dem Rad.«

»Und Ihre Verlobte? Ist sie mit dem Auto gefahren?«

»Wir haben beide kein Auto. Sie hat auch ein Fahrrad. Mit Kindersitz auf dem Gepäckträger. Aber das Rad ist da. Sie muss also zu Fuß gegangen sein. Oder jemand hat sie abgeholt. Ich weiß es nicht.«

»Wann hat Ihr Dienst angefangen?«

»Um 17.48 Uhr. Ich habe am Ostbahnhof den Zug nach Erbach übernommen. Habe Peter Bühler abgelöst. Fritz Picht war krank, seit Freitag. Er sollte eigentlich am Wochenende fahren. War alles nicht einfach, weil der reguläre Bereitschaftsmann, Martin Prigge, am Freitag die Treppe runtergefallen ist. War ein ganz schönes Rumgeeier, die Züge pünktlich fahren zu lassen.«

»Und Sie waren den ganzen Abend unterwegs?«

Trotz des Alkoholpegels maß Zumbill Margot nun mit einem Blick, den Bauknecht sofort für seine Gefrierschränke eingekauft hätte. »Was wollen Sie andeuten? Ich habe das Leben sozusagen in leeren Zügen genossen. Bis zu dem Moment, in dem meine Verlobte auf den Gleisen lag.« Er machte eine kurze Pause. »Dann hat sie wohl jemand dort auf die Gleise gelegt, weil er wusste, dass ich da langfahren würde. Das ist ja pervers.«

Dieser Gedanke war Margot auch schon gekommen. »Dann meinen Sie, dass es kein Zufall war, dass Ihre Freundin genau vor Ihren Zug gelegt wurde? Haben Sie Feinde, Herr Zumbill. Oder hatte Susanne Feinde?«

Zumbill schaute mit glasigem Blick ins Nichts. »Nein. Ich meine, wir hatten nur wenige Freunde. Ein paar Bekannte. Ich habe ein paar Kumpels, und Susanne hat sich immer mal wieder mit dieser Sonja getroffen. Aber Feinde? Leute, die Susanne hassten? Oder mich? Nein. Wieso auch. Ich versteh das nicht. Wie wurde sie denn nun getötet, wenn ich es nicht mit dem Zug war?«

Margot wunderte sich, dass er das jetzt erst fragte. Sehr oft stammen Mörder ja aus der Familie oder dem unmittelbaren Umfeld des Getöteten. Aber Zumbill hatte das beste Alibi überhaupt.

»Sie wurde erstochen«, sagte Horndeich, gab aber keine weiteren Details preis.

Zumbill schüttelte den Kopf. »Ich verstehe das nicht. Ich meine, ich hab auch nicht verstanden, warum sie sich selbst umgebracht haben sollte. Aber dass jemand sie ermordet hat? Furchtbar.«

»Das Kind – es war Ihr Kind?«

Zumbill schaute Margot an. Wieder mit dem Gefrierschrankblick. »Was wollen Sie damit andeuten?«

Margot blickte ganz neutral zurück: »Gar nichts. Ich frage nur.«

»Natürlich war das Kind von mir. Das war ja letztlich der Grund, weshalb wir heiraten wollten. Das Kleine sollte in geordneten Verhältnissen aufwachsen.«

»Wussten Sie etwas von einem Freund, den sie möglicherweise hatte?«

»Von was für einem Freund? Sie war mir treu.«

»Es gab einen Mann, der ihr in der Post immer Rosen geschenkt hat. Hat sie je von ihm erzählt?«

»Nein. Hat sie nicht.«

»Und woher wollen Sie dann wissen, dass sie Ihnen treu war?«

»Frau Hesgart, wir hatten eine gute Beziehung. Ja, wir haben uns gestritten, wie das alle Paare irgendwann tun, aber wir haben uns geliebt und wollten heiraten. Ich war manchmal eifersüchtig, ja, aber Susanne bekam ein Kind von mir. Sie hatte alles, was sie brauchte: einen Mann, einen Daddy und eine Oma für ihre Kleine, und bald wäre noch ein Kind von mir, ihrem zukünftigen Ehemann, dazugekommen. Nein, sie hatte keinen anderen.«

Gestritten, wie das alle Paare mal tun. Margot ertappte sich bei dem Gedanken, dass sie sich gern mal wieder mit ihrem Rainer gestritten hätte. Aber der weilte ja in Amiland. Und von da kam nun auch noch Nick. Mit dem sie noch nie gestritten hatte. Das Leben war kompliziert. *Und du konzentrierst dich jetzt besser auf deinen Fall,* unkte die Kontrolletti-Stimme in ihrem Inneren. »Wir möchten jetzt bitte noch mit Ihrer Mutter sprechen.«

»Wieso denn das?«

»Herr Zumbill, wir müssen den Mord an Ihrer Freundin – an Ihrer Verlobten aufklären. Das sollte doch auch in Ihrem Sinne sein.«

Zumbill antwortete nicht. Er stand auf. »Kommen Sie mit.«

Er führte Margot und Horndeich in die Küche.

»Mama, die beiden Polizisten wollen noch mit dir sprechen.«

»Mit mir auch?«, fragte Sophie.

Margot sah Zumbill und dann seine Mutter an. »Ja.«

»Prima.« Sophie lächelte Horndeich an. Von dem wusste sie ja, dass er eine Pistole hatte, dachte Margot.

»Klar«, sagte Horndeich.

»Aber zuerst müssen wir mit deiner Oma sprechen, Sophie.«

Die hatte wieder die Snoopy-Küchenschürze umgebunden.

»Komm, wir gehen fernsehen«, grummelte Reinhard. Sophie trottete hinter ihm aus der Küche und sah Horndeich an. Das Lächeln war verschwunden.

Margot hörte noch, wie das Mädchen im Flur sagte: »Darf ich *Ice Age* gucken?«

Veronika Zumbill drehte die Hitze des Herdes herunter, schob den Topf auf eine andere Platte. Offensichtlich kochte sie eine Kartoffelsuppe. Dann setzte sie sich an den Küchentisch. Und schwieg.

Margot sah sich um. Auf einem Brett im Küchenschrank stand ein großes gerahmtes Foto. Margot erkannte Sophie und Reinhard. Daneben eine hübsche Frau. Auf einem zweiten Foto war eine weitere Familie zu sehen, ein Mann, der Reinhard leicht ähnelte, mit Frau und zwei Kleinkindern.

»Ist das Susanne neben ihrem Sohn?«, fragte Margot und zeigte auf das Bild.

»Ja. Und die Familie daneben, das ist mein jüngerer Sohn Franz und seine Familie. Die wohnen aber nicht hier, sondern in Eberbach. Ist auch ein guter Junge. Die Kinder sind Zwillinge.«

»Dürfen wir uns das Bild ausleihen? Wir brauchen noch ein Foto von Susanne.«

Veronika Zumbill nickte. Dann sagte sie: »Ich wusste nicht, was ich Sophie sagen sollte. Ich konnte ihr doch nicht erzählen, dass sich ihre Mutter das Leben genommen hat.«

»Frau Zumbill, das hat sie auch nicht. Sophies Mutter hat sich nicht umgebracht. Sie wurde erstochen, bevor jemand sie auf die Gleise gelegt hat.«

Veronika Zumbill sah die beiden Beamten mit großen Augen an. »Ermordet? Das ist doch Quatsch.«

»Nein. Das ist eine Tatsache. Weshalb wir von Ihnen nun auch wissen müssen, was genau vorgestern Nachmittag passiert ist.«

»Das kann ich Ihnen nicht sagen, ich kam ja erst, als Susanne schon nicht mehr da war.«

»Wann war das?«

»Das muss so um Viertel nach fünf gewesen sein, plus minus drei Minuten. Reinhard war sauer, dass Susanne einfach gegangen war. Er musste zum Dienst, und die Kleine war ja hier.«

»Wissen Sie, warum Susanne einfach gegangen ist?«

»Nein. Ich meine, die beiden hatten Streit. Das passiert hin und wieder in einer Beziehung.«

»Hat Susanne sich öfter so verhalten?«

»Es war nicht das erste Mal. Reinhard hat mich schon mehrmals angerufen. Sophie ist ja unter der Woche in der Kita. Aber Susanne ist auch schon mal am Wochenende oder abends einfach gegangen. Sollte Reinhard sehen, wie er mit dem Kind klarkam. Da war sie ziemlich verantwortungslos. Und ein Kind braucht seine Mutter. Reinhard ist ein Mann. Seine Aufgabe ist nicht die Kindererziehung. Ich habe Susanne geraten, etwas weniger zu arbeiten, ich meine, bei der Post ist das ja möglich. Aber da hat sie sich quergestellt.«

Margot verkniff sich einen Kommentar. Sie selbst hatte ihren Sohn allein großgezogen, nachdem ihr erster Mann gestorben war. Ben war damals vier, und Margot hatte noch nicht gewusst, dass Rainer der leibliche Vater des Kindes war. Wäre sicher nett gewesen, wenn sie einen Mann an ihrer Seite gehabt hätte, der sie bei der Erziehung unterstützt hätte. Aber sie hätte auch niemals auf ihren Job verzichtet.

»Sie kamen also um Viertel nach fünf hier an. Was haben Sie dann gemacht?«

»Ich habe dem Mädchen einen Kakao gekocht, danach haben wir uns vor den Fernseher gesetzt und haben ihr geliebtes *Ice Age* geschaut. Anschließend auch noch den zweiten und den dritten Teil.«

Margot kannte *Ice Age*, sie hatte den Film einmal nachts im Fernsehen gesehen. Den ersten Teil. In dem Manfred, das Mammut, Sid, ein Faultier, Diego, ein Säbelzahntiger, und das verrückte Säbelzahneichhörnchen Scart ein Findelkind zu seinem Dorf zurückbringen müssen. Und an einigen Stellen hatte sie herzlich gelacht, besonders wenn Scart seiner Nuss hinterhergerannt war.

»Zwischendrin hab ich uns was zu essen gemacht. Während des dritten Teils ist Sophie dann eingeschlafen, ich habe sie in ihr Bett gelegt. Das muss so um zehn gewesen sein. Dann habe ich meinen Mann angerufen, dass ich hier übernachte, weil Susanne ja immer noch nicht aufgetaucht war.«

»Wo wohnen Sie?«

»In Nieder-Ramstadt, in der Bergstraße. Also mit meinem kleinen Smart etwa fünfzehn Minuten entfernt.«

»Da kann Sophie ja froh sein, dass sie eine solche Oma hat, die sich so liebevoll um sie kümmert.«

Ein Lächeln hellte Veronika Zumbills Gesicht auf. »Ja. Danke.« Auch wenn die Ansichten dieser Dame in Margots Augen etwas angestaubt waren, so war sie es doch, die jetzt hier in der Küche stand und Sohn und Quasi-Enkelin bekochte.

»Wir würden gern mit Sophie sprechen. Wenn Sie dabei sind.«

Margot war froh, dass sie mit Staatsanwalt Relgart gesprochen hatte. Der hatte sich dafür ausgesprochen, dass Sophie erst mal in ihrer vertrauten Umgebung bleiben sollte.

»Klar. Einen Moment.« Veronika Zumbill verließ die Küche und kam eine Minute später mit der kleinen Sophie wieder herein. Das Mädchen setzte sich auf einen der Stühle.

»Sophie, du hast vorgestern *Ice Age* geschaut?«

»Ja, mit der Oma zusammen. Erst Teil eins und dann noch Teil zwei. Ich wollte auch noch Teil drei. Aber da bin ich dann eingeschlafen.«

»Und deine Mama?«

»Der Reinhard hat sich mit der Mama gestritten. In der Küche. Da hab ich auch schon *Ice Age* geschaut. Dann ist die Mama weggegangen. Dann kam die Oma. Und ich habe *Ice Age* noch mal angefangen mit der Oma, und ich hab einen Kakao getrunken. Und dann ist die Mama nicht mehr zurückgekommen.«

Horndeich schluckte. »Ja, Sophie, deine Mama ist jetzt im Himmel.«

»Kann man den dann vielleicht tauschen?«, fragte Sophie und sah ihre Oma an.

»Wie – tauschen?«, fragte Frau Zumbill. Und ihr Blick war ähnlich verwirrt wie der der Beamten.

Sophie schaute wieder zu Horndeich. »Na, wenn ihr das nächste Mal einen bösen Mann fangt, dann muss der in den Himmel, und die Mama kommt wieder?«

Eine gute Idee, dachte Margot.

Eine sehr gute Idee.

»Ihr Sohn sagte, dass Susanne ihr Handy nicht mitgenommen hat – können wir das Gerät mitnehmen?«

»Ja, natürlich«, sagte Frau Zumbill.

Sophie interpretierte den Themenwechsel richtig. »Man kann nicht tauschen«, sagte sie tonlos.

Die Oma nahm die Kleine in den Arm. Sie weinte lautlos.

»Reinhard wird Ihnen zeigen, wo das Handy liegt.«

Frau Zumbill holte ihren Sohn. Er führte die Beamten ins Schlafzimmer, in dem auch ein kleiner Schreibtisch stand. Darauf ein Laptop.

»Ist das Ihr Computer?«

»Nein, der gehörte Susanne. Ich habe keinen eigenen – aber ich nutze ihn auch.«

»Wir würden den Rechner gern mitnehmen. Sie bekommen ihn bald wieder.«

Reinhard Zumbill zuckte nur abwesend mit den Schultern.

»Dürfen wir uns hier noch ein wenig umsehen?«

Zumbill nickte. »Klar. Der rechte Kleiderschrank ist der von Susanne. Und der rechte Nachtschrank. Natürlich auch die rechte Bettseite. Ich mache alles, was ich kann, damit Sie das Schwein finden, das sie umgebracht hat. Schauen Sie sich also ruhig um.« Dann verließ er den Raum.

Margot und Horndeich durchsuchten das Schlafzimmer, fanden jedoch nichts Auffälliges. Susanne Warkas Kleiderschrank war gut gefüllt. Praktische Garderobe überwog, aber Margot entdeckte auch ein paar modische Kleider. Mit Handschuhen an den Fingern tastete sie sich durch Schubladen und Fächer. Doch außer Bekleidung fand sich nichts im Kleiderschrank.

Horndeich hatte sich des Nachtschränkchens und des Bettes angenommen. »Hier ist nichts Ungewöhnliches«, stellte er wenig später fest.

Margot sah sich auch noch in Sophies Zimmer um, danach

in der Küche und im Wohnzimmer. In der spartanisch eingerichteten Wohnung schien nichts versteckt.

Margot und Horndeich nahmen schließlich nur den Rechner und das Handy mit. Horndeich setzte sich hinters Steuer, als sie wieder am Wagen waren.

»Hoffentlich kann Riemenschneider morgen etwas aus dem Rechner zaubern. Wäre doch nett, wenn wir zum Beispiel erfahren würden, wie der merkwürdige Rosenkavalier heißt«, sagte Margot.

»Wer weiß, vielleicht gab es ja noch mehr Blumen in ihrem Leben«, meinte Horndeich.

In diesem Moment meldete sich Margots Handy. Sie nahm das Telefon in die Hand. Eine SMS. Sie las sie. Und sie wurde bleich.

»Alles okay?«, fragte ihr Kollege.

Das wusste Margot in diesem Moment selbst nicht so genau. »Ich komme morgen früh etwas später.«

»Gut. Aber ist alles in Ordnung?«

Margot beantwortete die Frage nicht.

Sie musste nachdenken.

MITTWOCH

Eine Blume? Einen Strauß Blumen? Oder gar nichts?

Margot war nervös. Was brachte man einem Mann mit, den man vom Flughafen abholte. Margot musste sich eingestehen, dass sie sich diese Frage nicht gestellt hätte, wenn sie im Abholbereich des Frankfurter Flughafens auf Rainer gewartet hätte. Aber es war nicht Rainer, der gleich durch diese Tür treten würde. Es war Nick.

Rainer war erst kommenden Sonntag an der Reihe.

Der Flieger war pünktlich gelandet. 8.30 Uhr. Nick hatte es ihr gestern gesimst, als er in Evansville auf dem Flughafen auf seinen Flieger gewartet hatte. »Holst du mich ab?«, hatte er gefragt.

Margot hatte in der vorigen Nacht nicht gut geschlafen. Immer wieder hatte sie darüber nachgedacht, ob sie Nick überhaupt abholen wollte. Sie hatten sich im Sommer zum letzten Mal gesehen, als sie zu Rainer in die USA geflogen war, um mit ihm den Urlaub zu verbringen.

Seitdem hatten sie ein paarmal telefoniert, sich ein paar Mails geschrieben.

Um halb sechs war sie endlich richtig eingeschlafen. Um sieben hatte der Wecker geklingelt.

Sie war aufgestanden. Es sprach ja wohl nichts dagegen, einen Freund vom Flughafen abzuholen. Und sie war sich sicher, wäre sie in Evansville gelandet, hätte Nick sie ebenfalls abgeholt. Also, wenn nicht Rainer …

Als Nick schließlich mit seinem Kofferkuli durch die Schiebetür trat, konnte Margot ihrem Herzen nicht Einhalt gebieten. Es klopfte, als sollte es einem Materialtest unterzogen werden.

Nick strahlte sie an. Er sah mindestens so gut aus wie im Sommer. Ein Dreitagebart, einen echten Western-Stetson auf dem Haupt, die obersten Knöpfe des Hemdes geöffnet. Der Bauch war ein wenig dicker geworden, aber auch das stand Nick Peckard gar nicht schlecht.

Sie ging auf ihn zu.

Er ließ den Wagen einfach stehen und nahm sie in den Arm. Sie ihn auch. Auf jeden Außenstehenden musste es wirken, als begrüßte Margot ihren Mann, der von einer dreimonatigen Expedition zurückkam.

»Hallo«, sagte er nur, »da bin ich.«

»Nicht zu übersehen«, sagte Margot, die ihm ganz automatisch einen Kuss auf die Wange drückte. »Warum bist du hier, wie lange – du hast mir gar nichts Genaues gesagt.« Ein wenig Ärger schwang in ihrer Stimme mit. Sie mochte solche Überraschungen nicht.

»Ich soll dich ganz herzlich von deinem Vater grüßen«, sagte Nick und lachte. »Er und Chloe haben mich gestern zum Flughafen gefahren.«

Ihr Vater, Sebastian Rossberg, lebte seit einem Dreivierteljahr im anderen Darmstadt in Amerika, gemeinsam mit seiner Jugendliebe Chloe Manfield.

»Warum bist du hier?«, wiederholte Margot ihre Frage, als sie in ihrem Wagen saßen.

»Die Kollegen von eurem Landeskriminalamt in Wiesbaden haben mich gefragt, ob ich nicht etwas über unseren Fall erzählen will, den wir gemeinsam gelöst haben. Sie wollen wissen, wie die deutsch-amerikanische Zusammenarbeit in der Praxis funktioniert, wo man noch was verbessern kann und so weiter. Es gibt da ein paar Workshops, und die International Police Association hat kurzfristig das Geld lockergemacht. Deshalb bin ich jetzt hier.«

»Und wo wohnst du?«

»Keine Angst, ich habe ein Zimmer in der Polizeiakademie in Wiesbaden. Sogar mit eigener Dusche und Balkon, haben mir die deutschen Kollegen geschrieben.«

Margot war enttäuscht und erleichtert zugleich, dass Nick sie nicht gefragt hatte, ob er in ihrem Haus wohnen könne. »Und da möchtest du jetzt hin?«

»Ja, wenn es dir nichts ausmacht.«

Darüber war sich Margot absolut nicht im Klaren. Aber während sie darüber nachdachte, konnte sie ja schon mal in Richtung Wiesbaden fahren.

»Ich habe auch mit Rainer gesprochen. Er wird ja am Wochenende auch kommen. Wir waren vor zwei Wochen gemeinsam essen. Leider muss ich Sonntag schon wieder zurück. Wahrscheinlich in dem Flieger, der Rainer hierherbringt.«

Super, dachte Margot, Nick ging mit ihrem Mann essen. Wann hatte sie selbst doch gleich das letzte Mal mit ihrem Mann gegessen?

»Die nächsten zwei Tage habe ich volles Programm – aber ab Freitag habe ich Zeit. Ich würde mich sehr freuen, dich dann zu sehen.«

»Ja, gern«, sagte Margot. Und ärgerte sich gleich darauf schon wieder über sich selbst.

»Ich habe einen Riesenhunger«, sagte Nick. »Hast du Lust, noch mit mir zu frühstücken? Oder bist du unabkömmlich?«

»Na, schön, dass du auch noch kommst«, raunzte Horndeich. Demonstrativ sah er auf seine Armbanduhr. Es war bereits elf Uhr.

»Was ist der Stand der Dinge?«, fragte Margot, und Horndeich wollte so gar keine Spur von Schuldbewusstsein in ihrer Miene entdecken. Viel eher ein verschmitztes, nein, entrücktes Lächeln.

Bernd Riemenschneider saß in ihrem Büro. »Ich habe heute Morgen das Notebook von der Warka untersucht. Nichts. Also rein gar nichts. Sie hat ein paar E-Mails mit ihrer Freundin Sonja ausgetauscht. Ansonsten alles klinisch rein. Als ob sie davon ausgehen muss, dass alles, was sie auf dem Rechner hat, von anderen gelesen wird. Ein paar Briefe, Kündigung der *Gala* – was man ja verstehen kann.«

»Sonst nichts?«, hakte Margot nach.

»Wir warten noch auf die Telefonliste des Handys. Die vom Festnetzanschluss, die haben wir schon. Aber auch da – tote Hose. Ein paar Anrufe bei Zumbills Mutter, ein paar von Zumbills Mutter. Dann zwei Adressen von Männern – Kollegen von Zumbill – und noch zur OWB-GmbH, dem Arbeitgeber.«

»OWB?«

»Odenwaldbahn GmbH.«

Horndeich sah auf seinen Bildschirm. »Ah, da kommt die Liste mit den Handydaten von Susanne Warka.«

Er klickte. Riemenschneider und Margot traten hinter ihn, als er die Liste auf den Bildschirm zauberte. Bei einigen wenigen Handynummern stand ein Name dahinter. Bei den meisten Verbindungen standen nur die Nummern.

»Hat ja nur wenig mit Leuten gesprochen, die beim selben Handyprovider sind«, stellte Horndeich fest. Da nur bei diesen Nummern auch die Namen danebenstanden, würden Sie wegen der Namen zu den anderen Nummern bei den jeweiligen Telefonfirmen einzeln nachfragen müssen.

»Gut«, sagte Riemenschneider, »ich geh dann mal wieder.«

»Prima«, meinte Margot, »Horndeich schickt Ihnen gleich die Liste. Bitte kümmern Sie sich drum, dass wir die fehlenden Namen und Anschriften von den übrigen Gesprächspartnern bekommen.«

»Ist das mein Job?«, fragte Riemenschneider.

»Ja. Das ist Ihr Job.«

Riemenschneider grummelte etwas in den Bart, dann trottete er davon. Wie Horndeichs Pflegehund Che, wenn er in sein Körbchen geschickt wurde, weil er der Versuchung nicht widerstanden und doch ein Stück Schinken gemopst hatte.

»Ich kümmere mich darum, die Adressen zu den Namen hier auf der Liste herauszufinden«, sagte Horndeich.

Margot sah auf die Liste. »Riemenschneider wird nicht viel zu tun haben. Schau, es sind immer die gleichen Nummern.« Margot ging wieder zu ihrem Schreibtisch. »Ist da eine Nummer der Telekom dabei, die mit 6689 beginnt?«

Horndeich überflog die Liste. »Ja.«

»Das ist die Handynummer von Sonja Leibnitz.«

Horndeich hatte die Liste inzwischen in eine Tabelle konvertiert, sortierte sie nach Nummern und tippte hinter die genannte Nummer den Namen *Sonja Leibnitz,* ins danebenstehende Feld: *Freundin.* »Den Namen *Reinhard Zumbill* können wir auch schon zuordnen.«

Margot öffnete die Liste ebenfalls auf ihrem Bildschirm.

»*Frederik Schaller* – der Name sagt mir was«, meinte Margot und tippte ihn ins lokale Telefonbuch ein.

Jetzt war es an Horndeich, an den Tisch hinter seine Chefin zu treten.

»Bingo, ich wusste doch, dass ich den Namen schon mal gehört habe«, freute sich Margot.

»Dr. med. Frederik Schaller, Gynäkologe«, stand über einer Adresse und der dazugehörigen Nummer des Festnetzanschlusses. Margot griff zum Telefon und wählte die Handynummer, die auf der Liste stand. Nach wenigen Sekunden legte sie den Hörer auf. »Meldet sich nur die Mailbox.«

»Und nun?«, fragte Horndeich.

»Fahren wir hin. Ich bin dankbar für jeden Externen, der uns was zu Susanne Warka sagen kann.« Margot rief in der Praxis an und erhielt die Auskunft, dass Herr Dr. Schaller mittwochs nicht praktiziere, sie aber in einer halben Stunde empfangen könne.

Das Haus von Frederik Schaller lag in der Straße »Am Elfengrund«, zwischen Darmstadt und dem südlichen Vorort Eberstadt. Die Villenkolonie hatte, im Gegensatz etwa zu dem ebenfalls villenträchtigen Paulusviertel, den Zweiten Weltkrieg unbeschädigt überstanden. So war sie ein perfektes Anschauungsobjekt für die unterschiedlichen Baustile der Epoche zwischen der Jahrhundertwende und dem Zweiten Weltkrieg. Margot erinnerte sich daran, dass Rainer ihr mal bei einem gemütlichen Spaziergang einen Vortrag über das nördliche Eberstadt gehalten hatte. Schallers Haus lag auf der linken

Seite. In der direkten Umgebung befanden sich fast ausschließlich Ein- oder Zweifamilienhäuser, in denen die Familien komfortabel wohnen konnten. Das Haus von Frederik Schaller war eines, in dem eine Familie mehr als komfortabel residierte.

Margot lenkte den Wagen direkt auf den Bürgersteig vor dem Gebäude.

»Nette Hütte«, sagte Horndeich.

»Ja«, erwiderte Margot.

Schallers Refugium glich dem Haus, in dem die Aaners gewohnt hatten, auf verblüffende Weise. Margot erinnerte sich, dass Rainer ihr dieses Haus als ein Beispiel für die heimatliche Bauweise gezeigt hatte. Auch hier zog sich ein spitzes Dach über zwei Stockwerke. Margot hatte bei dem Spaziergang damals nicht vermutet, dass sie das Haus auch einmal von innen sehen würde. So betrachtet, musste ein Praktikum bei der Kripo Traumziel eines jeden Architekturstudenten sein … Offensichtlich war das Haus in den vergangenen fünf Jahren komplett restauriert worden. Auch der Rasen wirkte gepflegt.

Margot drückte auf die Klingel mit der Aufschrift »Schaller«, direkt über der Klingel mit der Aufschrift »Praxis«.

»Hallo?«, tönte es aus der Gegensprechanlage. Eine Frauenstimme.

»Kripo Darmstadt. Wir möchten mit Herrn Dr. Schaller sprechen. Bitte.«

Der Türsummer ertönte. Margot und Horndeich gingen durch den Garten auf das Haus zu.

Die Haustür öffnete sich. Im Türrahmen stand eine Blondine, von der Margot annahm, dass sie die Schwester oder zumindest die Cousine von Bo Derek wäre.

»Sie wünschen?«, fragte die Dame.

»Herrn Dr. Schaller zu sprechen.«

»In welcher Angelegenheit?« Die Frau schien so etwas wie eine Vorzimmerdame zu sein.

»Können wir bitte einfach mit ihm reden?«, hakte Margot nach.

Die Dame zögerte. »Sicher. Treten Sie bitte ein. Ich bin Hannelore Schaller. Frederiks Frau.«

Hannelore Schaller geleitete Horndeich und Margot in einen Raum, der ein Arbeitszimmer zu sein schien. Zumindest sprachen der Schreibtisch und der Computer dafür.

Drei Regalbretter waren jedoch nicht von Büchern in Beschlag genommen, sondern von Automodellen.

»Was ist denn das?«, tuschelte Margot in Richtung ihres Kollegen.

Horndeich ließ seinen Blick über die Modellautosammlung gleiten, dann sagte er: »James Bond.«

»Wieso ›James Bond‹?«, fragte Margot, die mit dieser Information überhaupt nichts anfangen konnte.

»Aston Martin DB5, ein Z8 von BMW, ein Toyota 2000 GT Cabrio, ein AMC Matador – wenn das keine Sammlung von Fahrzeugen des besten Geheimagenten Ihrer Majestät ist –, dann weiß ich auch nicht.«

»Toyota was?«

»Toyota 2000 GT Cabrio. ›Man lebt nur zweimal‹. 1967 mit Sean Connery. Und Karin Dor übrigens. Und das Cabrio wurde nur für den Film gebaut. Den Toyota gab es sonst nur als geschlossenes Coupé.«

Margot war beeindruckt. »Woher weiß man so was?«

Horndeich grinste: »Jugendträume.«

Schaller betrat den Raum, kam auf die Beamten zu. Sein gewinnendes Lächeln wirkte ein wenig von oben herab – was wohl daran lag, dass Schaller deutlich über 1,90 Meter groß war. »Die Herrschaften von der Polizei. Was kann ich für Sie tun?«

Obwohl Schaller sehr schlank war, bis in die Fingerspitzen, war sein Händedruck kräftig. Er ging um den Schreibtisch herum und ließ sich in dem bequemen Sessel dahinter nieder.

Margot eröffnete das Gespräch ohne Umschweife. »Herr Schaller, kennen Sie eine gewisse Susanne Warka?«

Auf der Stirn des etwa Sechzigjährigen mit vollem, bereits

ergrautem Haar, erschien eine Falte, die sich über die ganze Breite der Stirn erstreckte. »Sollte mir der Name etwas sagen?«, fragte er.

»Nun, sagen Sie es uns.«

»Ich bin in Gesichtern besser als in Namen. Aber Susanne Warka – ja, ich glaube, so heißt eine meiner Patientinnen. Was ist mit ihr?«

»Frau Warka ist tot.«

»Oh. Ist sie die Tote von den Bahngleisen, von der die Zeitung berichtet hat?«

»Ja«, antwortete Margot. »Was können Sie uns über sie sagen?«

»Nun, über sie als meine Patientin darf ich gar nichts sagen.«

»Herr Schaller, Frau Warka ist tot. Sie ist keines natürlichen Todes gestorben, und wir ermitteln, wie es dazu kam«, schaltete sich Horndeich ein.

Schaller sah Horndeich direkt an. Seine Miene war nicht unfreundlich, als er sagte: »Und Sie wissen wie ich ganz genau, dass die Schweigepflicht nach Paragraph 203 Absatz 4 des Strafgesetzbuches nicht mit dem Tod des Patienten endet. Dass ich Ihnen gesagt habe, dass Susanne Warka meine Patientin war, ist genau genommen schon nicht korrekt.« Er sprach in dem typisch belehrenden Ärztetonfall, in dem er sonst wohl einer Schwangeren mitteilte, nun erst einmal auf die drei Sektchen am Tag verzichten zu müssen.

Doch Margot war nicht gewillt, auf dieses Spielchen einzugehen. »Und Sie wissen, dass wir einen richterlichen Beschluss bekommen können und dass Sie uns dann die Akten über Frau Warka zeigen müssen. Vielleicht können wir ja jetzt hier im Vorfeld klären, ob das überhaupt nötig ist.«

Patt, dachte Margot, als Schaller die Hände hob. »Was wollen Sie wissen? Dann kann ich immer noch entscheiden, ob ich antworten werde.«

»Können Sie hier auf Ihre Patientendaten zugreifen?«

Schaller antwortete nicht, sondern klickte mit der Maus

und schaute auf den Bildschirm – offensichtlich waren die Akten elektronisch abgelegt.

»Frau Warka war schwanger«, sagte Margot. »Gab es in diesem Zusammenhang irgendwelche Besonderheiten? Komplikationen?«

Schallers Blick huschte über den Bildschirm. »Ja, Susanne Warka war schwanger. Vierter Monat. Aber es gab keinerlei Komplikationen. Keine Krankheiten. Am Freitag war sie noch bei mir, und ich habe sie untersucht.«

»Gab es außerhalb der Schwangerschaft irgendwelche gesundheitlichen Probleme.«

Schaller sah auf. Schien nachzudenken. Dann meinte er: »Nein. Susanne Warka war gesund.«

»Und warum haben Sie sie am Samstag angerufen?«

»Habe ich?«

»Ja, haben Sie.«

»Dann muss das vormittags gewesen sein. Ich habe den Vormittag genutzt, um zu arbeiten. Es bleibt ja doch immer was liegen. Eine meiner Arzthelferinnen ist krank. Und Gundula kann nicht für zwei arbeiten.«

»Das beantwortet meine Frage nicht.«

Schaller sah wieder auf den Bildschirm. »Ich habe sie angerufen, weil ich ihr mitteilen wollte, dass auch die Blutwerte okay sind. Das hätte ich bereits Freitagabend machen sollen, habe es aber vergessen.«

»Und dafür rufen Sie von Ihrem Handy aus auf Susanne Warkas Handy an?«

Schaller seufzte. »Ja.«

»Warum?«

»Warum was?«

»Warum Sie von Ihrem Handy auf Susannes Handy angerufen haben.«

»Ich habe in der Akte ihre Handynummer als erste Nummer eingetragen – ich frage meine Patientinnen immer, welche Telefonnummer wir als primäre Kontaktnummer speichern sollen. Also habe ich diese Nummer angerufen.«

»Und warum von Ihrem Handy aus?«

»Ich kann es Ihnen nicht sagen. Wahrscheinlich, weil es einfacher war, da ich so nicht die ganze Nummer mit der Hand eingeben musste.«

»Haben Sie alle Patientennummern in Ihrem Handy gespeichert?«

»Nein. Natürlich nicht alle.«

»Und Sie sind vierundzwanzig Stunden am Tag zu erreichen?« Horndeich ließ nicht locker.

»Hören Sie, was soll das jetzt? Sie wollen mit mir doch nicht ernsthaft diskutieren, welche Nummer ich auf meinem Handy gespeichert habe und welche nicht? Ich glaube nicht, dass ich Ihnen darüber Rechenschaft schuldig bin. Susanne Warka war meine Patientin, schon sehr lange, sie war schwanger, und sie war gesund. Alles, was Sie darüber hinaus wissen möchten, werde ich Ihnen nur gegen einen richterlichen Beschluss mitteilen. Sind wir damit durch?«

Er erhob sich. Auch Margot und Horndeich standen auf. »Herzlichen Dank für Ihre Zeit und dass Sie uns so unkompliziert geholfen haben«, sagte Margot, während sie Schallers Hand schüttelte.

Horndeich gab Schaller auch die Hand, nickte aber nur.

Als sie auf ihren Wagen zugingen, sagte Horndeich: »Das stinkt doch.«

»Was stinkt?«

»Also bitte, hat dich dein Gynäkologe schon mal samstags angerufen, um dir Blutwerte mitzuteilen?«

Margot wusste selbst, dass das nicht gerade gewöhnlich war.

»Wie oft hat Sandra versucht, ihren Gynäkologen zu erreichen? Und wie oft hat der zurückgerufen? Handynummer? Vergiss es. Der Schaller, der kannte die Warka nicht nur als Arzt.«

»Mag sein, Kollege. Aber das hilft uns im Moment nicht weiter.«

»Klar. Wir müssen nur ein Auge auf ihn haben. Also, meine erste Theorie: Susanne Warka hatte was mit Schaller. Vielleicht ist sogar das Kind von ihm. Er ruft sie Samstag an. Will sich am Sonntag mit ihr treffen. Sagt, es ist wichtig. Sie treffen sich Sonntagabend. Er will mit ihr Schluss machen. Das will sie nicht und sagt ihm, dass es sein Kind ist. Da sticht er zu. Und entsorgt sie auf den Schienen, um den Mord zu vertuschen. Wäre ja auch fast geglückt.«

Margot musste schmunzeln: »Du solltest dein Glück als Drehbuchautor versuchen. Schaut ihr eigentlich nur Krimis im Fernsehen?«

»Aber es ist doch eine brauchbare Theorie, oder?«

»Wohl keine verwendbare Arbeitshypothese.«

»Du meinst, eher eine Kaffeesatz-Idee.«

»So in etwa.« Margot war erleichtert. Sie hatte schon lange nicht mehr mit ihrem Kollegen rumgeblödelt.

Zoschke erwartete sie bereits, als sie ins Büro kamen. »Endlich. Ich habe eine gute und eine schlechte Neuigkeit für euch!«

»Also?«

»Na, welche zuerst?«

Horndeich mochte solche Ratespiele wie Fußpilz. »Egal.«

»Na, ihr müsst doch wohl wissen, was ihr zuerst hören möchtet.«

»Nein. Sag es uns einfach.«

Margot intervenierte. Und kürzte den Dialog damit ab. »Die schlechte zuerst, dann haben wir sie hinter uns.«

»Okay. Ich war mit zwei Kollegen bei den beiden Autohäusern von Aaner. Ich habe mit dem Geschäftsführer gesprochen. Klaus Friedrichsen. Und mit den Angestellten. Bis auf eine Dame in der Buchhaltung, die gerade in Urlaub ist, haben wir uns mit allen unterhalten. Die Kurzfassung: Paul Aaner war ein Superchef, streng, aber gerecht und meistens mit einem freundlichen Wort für seine Mitarbeiter. Wer gut arbeitete, wurde gut behandelt. Zwei Mitarbeitern hat er sogar schon einmal einen kleinen Privatkredit gegeben.«

Horndeich zog eine Augenbraue nach oben.

»Vergiss es. Ist alles zurückbezahlt. Also: Aaner hatte keine Feinde, weil er einen Heiligenschein über dem Haupt schweben hatte. Und das schon immer. Und die Dame, die in Urlaub ist, ist schon seit vier Wochen mit ihrem Göttergatten auf Weltreise. Wovon bereits die ersten Postkarten zeugen. Was die Alibis der anderen angeht – nichts Spektakuläres. Aber da war keiner, der auch nur ein negatives Wort geäußert hat. Und – leider – wirkte das bei allen ziemlich aufrichtig.«

Zoschke machte eine Pause.

»Und? Das war's?«

»Nöö. Das war nur die schlechte Nachricht. Denn ich habe eine echt tolle Neuigkeit für euch. Der Hammer. Echt ein Motiv, wie's aussieht.«

»Es gibt eine Überwachungskamera, die Schaller und die Warka knutschend auf dem Luisenplatz zeigt.«

»Horndeich, lass es gut sein«, meinte Margot.

Zoschke sah die beiden nur mit einem Fragezeichen in den Augen an. »Warka? Nein, ich hab noch was über unseren feinen Herrn Aaner.«

»Lass hören«, meinte Margot.

Zoschke zeigte auf einen Ordner, aus dem an einigen Stellen bunte Post-its herausragten. »Die Angestellten halten ihn vielleicht für einen richtigen Jesus, aber er hatte auch richtig Zoff«, meinte er.

»Mit wem?«, fragte Horndeich

»Na, mit seinem Bruder.«

»Wieso das?«

»Es geht um ein Familienerbstück. Eine Bibel.«

»Eine Bibel? Wie kann man sich denn um ein Buch streiten? Nächste Buchhandlung links, die haben so viele Bibeln, dass sie sie sogar verkaufen.«

»Nicht diese Art Bibel. Hier ist eine ellenlange Korrespondenz zwischen einer Horde von Anwälten, die sich darüber streiten, ob Paul Aaner eine bestimmte Bibel verkaufen darf oder nicht.«

»Und worum handelt es sich genau?«

»Eine Gutenberg-Bibel.«

»Was ist das?«, fragte Horndeich.

Margot sagte nur: »Das ist ein Motiv.«

Zoschke nickte. »Allerdings. Das Teil ist über fünfhundertfünfzig Jahre alt. Wir sprechen hier über ein paar Millionen Euro.«

Auf dem Gang vernahm Margot ein Klackern. Der Bürobote Klewes und sein Wägelchen waren im Anmarsch. Bis vor Kurzem hatte es noch gequietscht, aber seit es die neuen Rollen hatte, hörte man nur noch das Klackern des defekten Kugellagers. Klewes war im vergangenen Jahr lange krank gewesen. Und obwohl er manchmal nervte, konnte man sich im Präsidium ein Leben ohne das wandelnde Faktotum nicht vorstellen.

»Fraa Hesgard, da iss was für Sie abgegewe worde«, sagte er und reichte ihr eine Laufmappe. Noch bevor Margot sich bedanken konnte, war Klewes samt Wagen bereits davongeklackert.

Margot öffnete die Mappe. »Ah, wunderbar, da ist die ärztliche Bescheinigung aus der Schule über die Schwangerschaft von Regine Aaner.« Margot las laut: »Dr. Benedikt Kostner. Kommt aus Frankfurt.« Sie sah zu Zoschke: »Könnten Sie Kontakt zu ihm aufnehmen? Am besten, Sie machen einen Termin mit ihm aus. Er soll herkommen. Bin gespannt, wie er uns diese Bescheinigung erklärt. Und vielleicht finden Sie noch heraus, bei welcher Kasse die Aaners versichert waren. Scheint eine Private zu sein, sonst sähe der Zettel hier anders aus.«

Eine halbe Stunde später saß Horndeich wieder auf dem bequemen Sofa in Alexander Aaners Wohnung. Dieser hatte erneut Kaffee gekocht. Wieder stand das elegante Service auf dem Tisch. Horndeich hatte gegoogelt – das Service nannte sich *Swan,* Schwan, von *Ritzenhoff.* Mein lieber Schwan, hatte er sich auch gedacht, als er dann den Preis gesehen hatte.

Der Anzug von Alexander Aaner war heute beigefarben, die Krawatte grün. Horndeich fragte sich, ob Aaner wohl immer Krawatten in seinen Wunsch-Koalitionsfarben trug.

»Herr Horndeich – was kann ich für Sie tun?«, fragte Aaner freundlich.

»Nett, dass Sie sich nochmals für mich Zeit nehmen – aber es sind ein paar neue Fragen aufgetaucht, zu denen Sie mir vielleicht etwas sagen können.«

»Gern, jederzeit.«

Horndeich überlegte kurz, ob er einen Frontalangriff starten oder ob er noch eine Weile die freundliche Variante der Befragung wählen sollte. Er entschied sich für Letzteres. Fast zumindest.

»Herr Aaner, Ihr Bruder, er besaß eine Gutenberg-Bibel. Was hat es damit auf sich?« Horndeich wollte zuerst ein paar Hintergrundinformationen, bevor er Aaner mit dem Rechtsstreit konfrontierte.

»Oh, Sie sind auf diesen unerfreulichen Briefwechsel gestoßen. Nun, das musste früher oder später passieren.«

»Warum haben Sie mir bei unserem letzten Gespräch nichts darüber erzählt?«

»Ach, Herr Horndeich. Ich habe es kurz erwogen. Aber man muss kein Polizist sein, um in dieser Auseinandersetzung ein Motiv zu entdecken. Ich habe mich mit meinem Bruder um die Bibel gestritten. Jetzt ist er tot, seine Frau auch – und damit erbe ich diesen Schatz.«

»Ja, so sieht es aus.«

»Wenn Sie die Korrespondenz aufmerksam studieren, dann werden Sie schnell sehen, dass ich die Bibel nicht für mich allein haben wollte.«

»Wie kommt man an so eine Bibel?«

Alexander Aaner goss seinem Gegenüber eine weitere Tasse Kaffee ein, dann sich selbst.

»Mein Bruder und ich, wir sind die letzten Glieder einer langen Pfarrerdynastie. Die nun zu Ende ist. Ich werde keine Kinder haben …«, er blickte kurz in Richtung des Fotos von ihm und seinem Lebensgefährten, »… und Paul hat keine hinterlassen. Ich habe in den vergangenen drei Jahren sehr gründlich Ahnenforschung betrieben. Die Bibel wird das erste Mal in einem sehr alten Brief erwähnt. Sie gehörte einem Pfarrer, Siegfried Aaner, der nach der Reformation zum Protestantismus konvertierte und heiratete. Nun, dieser Aaner war der Urvater einer langen Linie von protestantischen Pfarrern. Und die gaben die Bibel immer an den erstgeborenen Sohn weiter. 1850 brach der älteste Sohn mit der Tradition, Pfarrer zu werden, und wurde Unternehmer. Der Gründer der Spedition »Sebastian Aaner«. Sein Sohn stieg später in die Firma ein. Und der letzte Sohn, der von seinem Vater dieses Geschäft übernahm, war unser Vater Frank, der bis kurz vor seinem Tod vor zwei Jahren dem Unternehmen vorstand. Er hat die Firma verkauft, nachdem klar war, dass weder mein Bruder noch ich das Unternehmen weiterführen würden.

Als mein Vater starb, vermachte er sein Vermögen zu gleichen Teilen an uns beide. Und er folgte der Tradition, die alte Bibel, die in den vergangenen Generationen einfach nur ein durchlaufender Posten gewesen war – so unglaublich das klingt –, dem Ältesten zu vererben. Aber keiner wusste mehr, wo sie war.

Mein Bruder kümmerte sich um die Haushaltsauflösung. Er stand plötzlich mit der Bibel unter dem Arm vor mir und fragte mich, ob ich ihm sagen könne, was das Teil wert sei. Ich habe in Stuttgart Bibliothekswesen studiert und danach noch ein paar Semester Ältere Deutsche Philologie in Würzburg. Vor zwanzig Jahren habe ich die Stelle als Bibliothekar an der Hofbibliothek hier in Aschaffenburg bekommen. Und wir haben hier eine Gutenberg-Bibel. Deshalb wusste ich sofort, was ich da vor mir hatte, wenn ich es auch kaum glauben konnte. Es gab bis dahin genau neunundvierzig bekannte Gutenberg-Bibeln auf der Welt. Von hundertachtzig ehemals gefertigten Exemplaren. Hier war nun die fünfzigste. Es ist zudem eine Bibel aus Pergament. Davon wurden nur dreißig Stück hergestellt, wovon derzeit noch zehn existieren. Das Buch ist eine Sensation. Und mehrere Millionen wert.«

»Was hat Ihr Bruder dazu gesagt?«

»Er war völlig aus dem Häuschen. Fand es cool, dass das

Buch so viel mehr wert war, als er erwartet hatte. Großzügig bot er mir dreißig Prozent des Erlöses an. Nun, darüber haben wir uns dann richtig in die Haare gekriegt.«

»Über Ihren Anteil?«

»Quatsch. Darüber, was mit dem Buch geschehen sollte. Paul wollte sofort Sotheby's in London anrufen. Ein Buch stellt für ihn keinen Wert dar. Aber er hat schon glänzende Augen bekommen, als er nur daran dachte, welche Autos er dafür bekommen würde. Er hatte ein Auge auf einen Duesenberg geworfen. Der ihn sicher eine Viertelmillion gekostet hätte.«

Ein Auto für eine Viertelmillion Euro. Für einen Moment fragte sich Horndeich, was er mit einer Viertelmillion machen würde. Er würde sich wahrscheinlich einen SRT6 kaufen, um mit Hinrich gleichzuziehen. Seiner Frau ebenfalls 20 000 Euro geben. Und den Rest anlegen, in der Gewissheit, dass die Ausbildung seiner Tochter gesichert wäre.

Alexander Aaner sprach weiter: »Ich bin Paul in die Parade gefahren. Und habe ihm gesagt, dass ich das für keine gute Idee hielte. Er solle noch ein paar Nächte darüber schlafen. Und ich würde im Gegenzug mal die Fühler ausstrecken, was man für die Bibel erzielen könne. Tat ich aber nicht, sondern ich rief meinen Anwalt an. Seitdem stritt ich mit Paul um das Buch. Ich wollte die Bibel auf keinen Fall auf dem freien Markt verkaufen. Ich wollte sie eher einem Museum zukommen lassen. Oder eine Stiftung gründen, damit sichergestellt würde, dass dieses fantastische Exemplar nicht in irgendeinem Safe verschimmeln würde.«

»Und – wie war der letzte Stand der Dinge?«

»Ich habe tatsächlich eine einstweilige Verfügung durchsetzen können, sodass die Bibel nicht verkauft werden durfte, bevor nicht eine gerichtliche Einigung erzielt worden ist. Und vor einer Woche war die Vorverhandlung für die zweite Instanz. In der ersten habe ich nämlich verloren. Das Urteil des Richters besagte, dass mein Bruder mir zwar einen Anteil geben müsse, aber er sei der alleinige Eigentümer der Bibel und könne damit machen, was er wolle. Nun, in der Vorverhandlung letzte Woche haben die drei Richter gesagt, dass sie das ähnlich sehen und der Prozess keine Aussicht auf Erfolg habe.«

»Das ist ein Motiv. Das wissen Sie.«

»Ja und nein. Mir war der Erlös nicht wichtig, den wir für die Bibel erzielen würden. Mir war nur wichtig, dass die Bibel zu einer wissenschaftlichen Institution kommt. Mein Bruder hatte ohnehin Geld wie Heu. Und mir hat Geld nie wirklich viel bedeutet. Ich hatte immer genug, um gut zu leben.

Aber ich habe meinen Bruder nicht umgebracht. Und seine Frau schon gar nicht.«

»Wo waren Sie am Wochenende vor zwei Wochen?«

»Da, wo ich meistens an den Wochenenden bin. Zu Hause.«

»Kann das jemand bezeugen?«

»Klar. Heinz, mein Lebensgefährte. Es war gutes Wetter. Wir sind mit dem Fahrrad gefahren. Waren im Biergarten. Haben abends ›Titanic‹ auf DVD geschaut und mit Kate Winslet gelitten. Aber das ist natürlich alles kein belastbares Alibi. Dennoch: Ich habe es nicht getan.«

»Wann haben Sie Ihren Bruder zum letzten Mal gesehen?«

»Das war vor dem Termin bei Gericht. Ist jetzt sicher vier Wochen her.«

»Würden Sie mich bitte ins Präsidium nach Darmstadt begleiten? Wir würden gern Ihre Fingerabdrücke nehmen.«

»Selbstverständlich. Das wird Ihnen zeigen, dass ich nicht der Täter bin.«

Man hatte Margot das Büro der Abteilungsleiterin zur Verfügung gestellt, um mit den Angestellten der Postfiliale am Luisenplatz zu sprechen, in der Susanne Warka gearbeitet hatte. Das Büro war hell, aber nicht groß. Die Abteilungsleiterin trug noch einen Stuhl ins Büro, damit neben Margot auch noch der jeweils befragte Mitarbeiter Platz nehmen konnte.

Sie hatte bereits mit zehn Arbeitskollegen von Sonja Leibnitz gesprochen, doch nicht mehr erfahren als das, was auch die Abteilungsleiterin ihnen schon gesagt hatte. Susanne Warka war bei ihren Kollegen beliebt gewesen – zumindest hatte keiner das Gegenteil behauptet. Zuverlässig, pünktlich, freundlich zu den freundlichen Kunden, gelassen bei den Nörglern und Keifern. Sie zeichneten auch ein Bild der fürsorglichen Mutter, die manchmal Dienste tauschte, wenn sie mit der Kleinen zum Arzt musste.

Über ihr Privatleben konnte kaum jemand etwas sagen, denn sie war den Kollegen gegenüber eher verschlossen. Die Meinungen über sie waren einhellig. Und der Rosenkavalier, der war einigen aufgefallen.

»Hach, wer däd sisch dess nedd ach amool wünsche?«, brachte es Gisela Kraft, die dienstälteste Kollegin, auf den Punkt. Zur Identität des Rosenkavaliers konnte jedoch niemand mit wirklich nützlichen Hinweisen beitragen. Jeder hatte ihn beschrieben, und demnach sollte Margot sich am besten als Nächstes an die großen Schauspieleragenturen wenden, um nachzufragen, wie Richard Gere, Sean Connery und Daniel Craig dazu kämen, Susanne Warka Rosen zu schenken.

Margot bat die Abteilungsleiterin, Sonja Leibnitz noch einmal zu ihr zu schicken.

»Bin ich froh, dass Sie mich da rausgeholt haben!«, sagte sie anstatt einer Begrüßung, als sie, noch mit den Armen rudernd, in den Raum trat. »Manche Leute ...« Sie sprach nicht weiter.

Margot konnte diese Entrüstung gut verstehen. Sie wunderte sich oft über die Respektlosigkeit der Kunden gegenüber dem Schalterpersonal, geriet jedoch auch selbst in Rage, wenn ihr zum hundertsten Mal ein Konto oder eine Versicherung angetragen wurde, wenn sie nur ein paar Briefmarken kaufen wollte ...

Sonja setzte sich an den Tisch.

»Sie hatten recht«, sagte Margot. »Susanne hat sich nicht umgebracht. Sie ist ermordet worden.«

Sonja Leibnitz' Miene verfinsterte sich. »Und? Haben Sie Zumbill schon festgesetzt?«

»Nein. Denn er saß im Führerstand einer Lokomotive, als Susanne Warka umgebracht und auf den Schienen abgelegt wurde. Aber das hatten wir ja schon. Wir versuchen jetzt, mehr über das Umfeld von Susanne Warka herauszufinden. Sie können uns wahrscheinlich inzwischen auch nichts Neues über den Rosenkavalier mitteilen?«

»Nein. Sieht aus wie Richard Gere in *Pretty Woman* mit Dreitagebart. Aber das habe ich Ihnen ja schon gesagt.«

»Hat Ihnen Susanne von ihrer Schwangerschaft erzählt?«

»Nein. Susanne war schwanger?«

»Ja. Im vierten Monat.«

»Wow. Das wundert mich. Denn sie hat mir immer gesagt, sie würde am Tag lieber drei Pillen fressen, als von ihrem Reinhard schwanger zu werden. Sie habe bereits ein Kind von einer ›Flachschippe‹. Zitat Ende.«

»Klingt nicht nach großer Liebe.«

»Sag ich doch.«

»Meinen Sie, das Kind ist von jemand anderem?«

»Bestimmt. Ich kann mir nicht vorstellen, dass sie bei Reinhard so leichtsinnig gewesen wäre.«

»Wollte sie sich von ihm trennen?«

»Ich weiß es nicht. Ich bin mir nicht sicher. Ich habe ihr schon tausendmal dazu geraten, dem Typen den Laufpass zu geben. Bei ihm einzuziehen, war von Anfang an Schwachsinn. Er war ja schon vorher eifersüchtig. Aber seit sie bei ihm wohnte – eine Katastrophe. Es gibt ja immer wieder Frauen, die es aus irgendeinem Grund nicht schaffen, ihren prügelnden Partner zu verlassen. Zweimal war sie bereits beim Dok wegen diesem Depp.«

»Gab es finanzielle Gründe für sie, bei ihm zu bleiben?«

»Sicher. Wir werden hier alle nicht zu Rockefeller. Und mit dem Kind – einfach ist was anderes. Ich habe ihr sogar angeboten, eine Weile bei mir zu wohnen. Aber das hat sie kategorisch abgelehnt.«

»Halten Sie es für möglich, dass sie einen Freund hatte?«

»Mir gegenüber hat sie nie entsprechende Andeutungen gemacht. Höchstens den Rosenkavalier. Aber sie hat mir ja auch von der Schwangerschaft nichts erzählt und war trotzdem schwanger. Keine Ahnung.«

Es klopfte an der Tür.

»Ja?«, sagte Margot.

Die Tür öffnete sich einen Spalt, und Gisela Kraft schaute herein. »Fraa Kommissarin, da iss jedsd jemand da – des könnd Sie indresiern.«

»Einen Moment, ich rede gerade noch mit Ihrer Kollegin.«

»Aber – de Mann mit dene Rose iss wiede da. Unn der hadd schon geseje, dass die Susanne nedd da iss. Der geed gleisch wiede!«

Na, manchmal haben wir doch auch Glück, dachte Margot und sprang auf. Frau Kraft führte sie in den Schalterraum.

Margot sah den Mann. Die Anrufe bei den Agenten von Sean Connery und Daniel Craig konnte sie sich sparen. Und Richard Gere würde sie gleich selbst wegen der Rosen fragen. Der Mann hielt eine gelbe Rose in der Hand. Er drehte sich gerade um, um die Postfiliale zu verlassen.

Margot ging auf ihn zu.

»Entschuldigen Sie, Hesgart von der Kripo Darmstadt.« Sie zeigte ihm ihren Ausweis. »Ist diese Rose für Susanne Warka?«

Richard Gere, der auch auf den zweiten Blick noch so aussah wie sein berühmteres amerikanisches Gesichtsdouble, raunzte: »Ich glaube nicht, dass Sie das etwas angeht.«

»Würden Sie mich bitte auf das Revier begleiten? Ich hätte ein paar Fragen an Sie.«

»Nein. Ich wüsste nicht, warum ich das tun sollte. Erstens habe ich dazu jetzt keine Zeit und zweitens keine Lust.«

»Susanne Warka ist tot. Wir können das jetzt auf die freundliche, kooperative Art und Weise angehen, oder wir …« Weiter kam Margot nicht.

»Tot? Susanne ist tot?«

»Ja. Und genau deshalb würde ich mich gern mit Ihnen unterhalten.«

Aus Richard Geres Gesichts war jeder Widerstand gewichen. »Hat ihr Typ sie umgebracht?«

»Ich würde mit Ihnen lieber auf dem Revier sprechen als hier in der Post.«

»Ja. Ich komme mit.«

Horndeich wunderte sich etwas, als Margot mit Richard Gere im Schlepptau im Präsidium ankam. Aber der Mann, der nun vor ihnen in ihrem Besprechungsraum saß, hieß Julius Breklau. Er war vierzig Jahre alt und kam aus Zwingenberg an der Bergstraße.

»Herr Breklau, wie lange kannten Sie Frau Warka?«, begann Margot die Befragung.

»Ein gutes Jahr. Ich bin beruflich immer wieder in Darmstadt.« Julius Breklau rutschte unruhig auf dem Stuhl hin und her.

»Und was machen Sie beruflich?«

»Ich bin selbstständiger Handelsvertreter.«

»Aha. Und mit was handeln Sie so?«, hakte Horndeich nach.

»Mit hochwertigem Kochgeschirr. Und Haushaltsreinigungsgeräten.«

»Sie klingeln also an den Haustüren und versuchen, Töpfe und Staubsauger an den Mann beziehungsweise an die Frau zu bringen?«, versuchte Horndeich, den Mann richtig zu verstehen.

»Nein. Ich mache keine Haustürgeschäfte. Ich verabrede mich telefonisch mit meinen Kunden. Und die meisten rufen mich an, damit ich zu ihnen komme.«

Horndeich war diese Art des Verkaufs zuwider. Aber Sandra stand auf so was. Er war einmal bei einer Kerzenverkauf-Party zugegen gewesen. Die bemüht heitere Stimmung, bei der es nur darum ging, dass die bemüht Heiteren möglichst bemüht viele Kerzen kauften, deren Vorteile ihnen eine bemüht Vorteilskundige schmackhaft machen wollte – das war ihm einfach nur auf den Keks gegangen. Kerzen waren für Horndeich alle gleich, und seine herausfordernden Fragen an die Kerzenexpertin hatten ihm nicht nur von Sandra böse Blicke eingebracht. Die hatte dann, wohl auch als Wiedergutmachung für sein Fehlverhalten, für zweihundert Euro Kerzen gekauft.

Und Horndeich hatte beschlossen, dass er, um den häuslichen Frieden zu wahren, an keiner dieser Pseudopartys mehr teilnehmen würde. Es reichte völlig aus, dass sie nun einen Vorrat an Kerzen hatten, mit dem ihre Tochter noch die zukünftigen Enkel würde beglücken können.

»Warum Staubsauger und Töpfe?«, wollte Horndeich wissen.

»Ganz einfach: Der Markt für Haushaltsreinigung ist ein Tagsüber-Markt. Die Vorteile unseres Kochgeschirrs hingegen lassen sich am Abend in entspannter Atmosphäre besser zeigen.«

»Das klingt nicht nach einem Achtstundentag«, fuhr Horndeich leicht provozierend fort und fragte sich, ob er das Wort *Tagsüber-Markt* wohl im Duden fände.

»Haben Sie auch nicht, nehme ich an.«

Touché, dachte Horndeich.

»Man muss eben ein bisschen Zeit investieren, denn in meinem Job ist Zeit wirklich Geld.«

»Und Frau Warka wollte bei Ihnen Töpfe und einen Staubsauger kaufen?«

»Nein. Ich habe Susanne Warka in der Post gesehen.«

»Und sich sogleich in sie verliebt?«

Margot warf Horndeich einen giftigen Blick zu. Ja, er sollte wohl etwas neutraler sein. Aber er erinnerte sich daran, dass ein Staubsaugervertreter einmal Dreck auf dem Teppich ihrer Familienwohnung ausgekippt hatte, just in dem Moment, als ein Stromausfall das Viertel drei Stunden lang in die Steinzeit befördert hatte. Der Vertreter konnte nichts dafür. Aber er hatte den Dreck auch nicht weggemacht. Meinte, das könne Horndeichs Mutter ja dann wegsaugen. Mit dem alten Staubsauger, der dafür wohl gerade noch gut genug gewesen wäre. Okay, die Gegenfrage mit dem Liebeswahn von Richard Gere light war zugegebenermaßen vielleicht ein wenig plump gewesen.

»Ja, so doof das klingen mag. Ich sah sie, und ihr Lächeln hat mich bezaubert. Ich habe meine Briefmarken gekauft und ihr danach eine Rose gebracht. Nennen Sie es kitschig – aber so war es.«

»Haben Sie sich mit Susanne anschließend dann privat getroffen?«

»Ja. Aber erst ein paar Monate später. So vor einem guten halben Jahr. Im März. Aber wir sind extra nach Zwingenberg gefahren. Sie wollte nicht, dass jemand sie sieht.« Julius Breklau hielt inne. »Woran ist sie denn gestorben?«

»Sie wurde ermordet«, sagte Horndeich nur und fügte sogleich an: »Und – sind Sie sich nähergekommen?«

Breklau blitzte Horndeich an. Die Antipathie schien auf Gegenseitigkeit zu beruhen. »Wenn Sie meinen, ob wir zusammen im Bett waren, dann nein. Wenn Sie meinen, dass wir uns gut unterhalten und einander zugehört haben, dann ja.«

»Frau Warka war also nicht von Ihnen schwanger?«

»Sie war schwanger? Das wusste ich nicht. Und nein, wenn sie schwanger war, dann nicht von mir.«

»Sicher?«

Breklaus Gesichtshaut nahm nun einen tiefen Rotton an. Aber nicht aus Scham, sondern vor Wut. »Herr Horndeich, hören Sie mir nicht zu? Wir waren nicht intim miteinander. Und was nötig ist, damit eine Frau schwanger wird, das wissen Sie doch, oder?«

Margot übernahm wieder. Gute Idee, dachte Horndeich. »Wie oft haben Sie sich gesehen?«

»Anfangs nur ab und zu, und so seit zwei Monaten etwa einmal pro Woche.«

»Was hat Frau Warka Ihnen erzählt? Hatte sie Sorgen? Hatte sie Feinde? War sie anders in letzter Zeit?«

»Sie sagte, dass es ihr finanziell nicht so gut gehe. Dass der Vater ihres Kindes keinen Unterhalt zahle, dass ihr Freund auch knausrig sei und es Probleme gebe. Von Feinden hat sie nie etwas erzählt.« Er hielt inne. »Ja, sie hat sich anders verhalten in letzter Zeit. Sie war – optimistischer.«

»Haben Sie eine Ahnung, weshalb?«

»Nein, sie hat nicht darüber gesprochen.«

»Könnte es noch einen anderen Mann gegeben haben?«

»Ich weiß es nicht. Ich glaube nicht, aber ich weiß es nicht. Ich wollte sie für mich gewinnen. Und ich wusste, dass ich nichts überstürzen durfte. Ich hatte immer den Eindruck, dass ich eine Chance hätte, wenn sie ihren Typen verlassen würde. Und in den vergangenen Wochen habe ich mir größere Hoffnungen gemacht. Aber ich hatte keine Ahnung, dass sie schwanger war. Und so, wie sie über ihren Freund gesprochen hat, kann ich mir kaum vorstellen, dass das Kind von ihm war.«

»Und Sie, sind Sie verheiratet?«

Horndeich rechnete mit einer spitzen Bemerkung, doch Breklau antwortete einfach: »Ich war verheiratet. Fünfzehn Jahre lang. Bis vor fünf Jahren. Danach hatte ich erst mal genug von den Frauen. Aber Susanne – die wäre es gewesen.«

Horndeich konnte das Pilcher-Getue dieses Mannes kaum ertragen.

»Herr Breklau, würden Sie uns bitte Ihre Telefonnummern geben?«

»Wozu?«

»Wir möchten sie mit der Telefonliste von Susanne Warka abgleichen«, gab Margot preis – was Horndeich wunderte. »Haben Sie mit ihr telefoniert?«

»Ja, aber nicht oft. Wenn, dann hat sie mich angerufen. Wegen ihres Freundes. Meistens haben wir uns nur eine SMS geschickt. Oder gemailt.«

SMS? Mails? Horndeich wunderte sich. Auf Susanne Warkas Laptop hatten sie keine Mail an Julius Breklau entdeckt und auf dem Handy keine entsprechende SMS. Aber vielleicht hatte Susanne Warka alles immer zuverlässig gelöscht.

Margot reichte Breklau einen Zettel und einen Stift. Er schrieb zwei Nummern darauf. Eine Festnetznummer und eine Handynummer.

Margot nahm den Zettel. »Bin gleich wieder da.«

Nun saß Horndeich allein mit dem Mann im Raum. »Und Ihre Staubausauger, sind die wirklich gut?« Er konnte sich die Frage nicht verkneifen. Sein Job im Haushalt war das Saugen. Und es verging kein Tag, an dem er sich nicht über gerissene Staubbeutel aufregte oder über zugeklebte Mikrofilter, deren Wechsel allein so viel Mikrostaub in die Luft beförderten, dass der nächste Filter allein davon schon wieder komplett zugesetzt war.

»Ja. Ich würde nie etwas verkaufen, von dem ich selbst nicht hundertzehnprozentig überzeugt wäre.«

Horndeich tippte darauf, dass dieser Satz auf Seite drei im »Handbuch für Staubsaugervertreter« stand.

»Unsere Modelle arbeiten mit einem Wasserfilter anstatt mit Papiertüten. Die sind gut und schön, wenn sie noch leer sind. Aber kaum hängt ein wenig Staub drin, saugen die sich einen Wolf. Was die Luft dreckig macht und unnötig Energie verbraucht. Von der Wissenschaft, den richtigen Staubsaugerbeutel zu bekommen, mal ganz abgesehen.«

Zumindest im letzten Punkt musste Horndeich dem Mann sofort zustimmen. Die Vielfalt und Fülle im Regal mit den Staubsaugerbeuteln wurde nur noch von dem mit Schokolade übertroffen.

»Sind das wirklich Ihre Nummern?« Margot war wieder in den Raum getreten, die Telefonliste von Susanne Warka in der Hand.

»Ja. Natürlich. Und wir haben vergangene Woche mindestens zweimal miteinander telefoniert.«

»Sie stehen da aber nicht drauf.«

Breklau zuckte mit den Schultern.

Horndeich hakte nach: »Wie lautet denn Ihre E-Mail-Adresse?«

Breklau wurde rot. Dann nannte er sie: »richard.gere@dmz.de«.

Horndeich brauchte nicht nachzusehen. Diese Adresse stand definitiv nicht auf der Liste von Bernd Riemenschneider. »Wie oft haben Sie sich geschrieben?«

»Vielleicht einmal pro Woche?«

Horndeich sah Margot an. Warum tauchte der Typ nicht auf der Liste auf, wenn er so offen bekannte, Kontakt zu Susanne Warka gehabt zu haben? War da nur der Wunsch der Vater des Gedankens?

»Könnten Sie uns bitte die E-Mail-Adresse von Susanne Warka nennen? Und ihre Handynummer?«

»Klar«, sagte Breklau, zog sein Smartphone hervor und wischte ein paarmal über die Glasfläche.

Horndeich hatte inzwischen auch so ein Teil. Aber ihm war als Kind beigebracht worden, dass man mit Fingern nicht auf Glas herumdatscht. Und dieses Geschmiere auf dem schönen Glas war ihm auch jetzt noch zuwider.

»Auch Susanne hatte eine dmz-Adresse: scarlett.ohara@dmz.de. Und als ich ihre Handynummer zum ersten Mal gesehen habe, war mir klar, dass es Schicksal war, dass wir uns getroffen hatten. Ihre Nummer war fast die gleiche wie meine eigene. Nur, die letzte Ziffer war nicht 6, sondern 8.«

Damit war Horndeich einiges klar. Susanne Warka hatte nicht nur einen weiteren E-Mail-Account gehabt, sondern offensichtlich auch ein zweites Handy. Er griff zu seinem Handy, tippte die von Breklau genannte Nummer von Susanne Warka ein, und nach achtmaligem Erklingen des Freizeichens sprang die Mailbox an. Allerdings nur in der vom Provider vorinstallierten Version, in der eine elektronische Stimme – offensichtlich eine Schwester der Dame aus dem Navi – die Anschlussnummer herunterbetete und bat, eine Nachricht nach dem Signal zu hinterlassen.

»Herr Breklau, wo waren Sie vergangenen Sonntag zwischen siebzehn und dreiundzwanzig Uhr?«

Breklau schnaubte. »Das ist jetzt nicht wahr!«

»Was soll daran nicht wahr sein?«, fragte Horndeich, gespannt darauf, was nun folgen würde.

»Sonntag früh rief sie mich an. Sagte, sie wolle mich sehen. Am Montag. Ich hab sie noch gefragt, ob wir uns nicht vielleicht schon am Sonntag sehen können. Sie sagte, das sei nicht möglich, im Moment gehe alles drunter und drüber. Montag. 15 Uhr. Am Postamt. Ich sollte auf dem Parkplatz warten. Okay, hab ich mir gesagt, dann eben nicht am Sonntag. Ich hatte auch keine Topf-Präsentation irgendwo. Also habe ich mich aufs Sofa geknallt, meinen Biervorrat geleert, mir zwei Pizzen kommen lassen und mir bis in die Nacht DVDs reingezogen. *Lethal Weapon.* Alle vier Teile. War geil. Ist aber absolut nicht alibitauglich.« Breklaus Miene verfinsterte sich. »Das heißt, ich habe mir Mel Gibson reingezogen, während ihr Typ meine Susanne umgebracht hat?«

»Ihr Typ? Wie kommen Sie darauf?«

»So eifersüchtig, wie der war? Sie hat gesagt, dass sie wegen ihm schon mal im Krankenhaus war.«

»Was fahren Sie für ein Auto?«, frage Margot.

Horndeich verstand. In einem Smart konnte man kaum eine Leiche unbemerkt durch die Landschaft gondeln. Und schon gar nicht quer durch den Wald.

»Ich fahre einen Ford Flex. Darin ist genug Platz für Staubsauger und Topfsets. Einfach praktisch.«

Das Modell kannte Horndeich. Hatte mit Sandra auch schon mal darüber nachgedacht. Sandra hatte gesagt, dass der Wagen aussehe wie Margots Mini Clubman – nur in XXL. Und in einem Ford Flex wäre auch genug Platz, um eine tote Susanne Warka in einen Wald zu fahren und sie dort auf den Gleisen abzulegen.

»Herr Breklau, würden Sie uns eine Speichelprobe geben?«

»Wozu?« Breklau schien wirklich erstaunt.

»Dann können wir sicher ausschließen, dass Sie der Vater des Kindes von Susanne Warka sind.«

»Gern. Gebe ich Ihnen gern. Ich bin nicht der Vater. Aber das werden Sie mir wohl erst glauben, wenn Sie diese Probe abgeglichen haben. Sei's drum. Nur wird Sie das ihrem Mörder nicht näher bringen.«

Margot antwortete nicht, sondern zauberte aus dem Nichts ein DNA-Kit.

Minuten später brachten die Beamten den Zeugen zum

Ausgang. Ein Kollege in Uniform würde ihn zurück zur Tiefgarage unter dem Luisenplatz bringen, in der Breklaus Ford stand.

»Was meinst du?«, fragte Horndeich seine Kollegin.

»Er hat sie wirklich geliebt«, sagte diese.

Und Horndeich dachte darüber nach, aufgrund welcher ihm verborgen gebliebenen geheimen Zeichen sie das herausgefunden zu haben glaubte.

Horndeich packte gerade die leere Brotbox und die fast leere Keksbox in seine Tasche, als Zoschke im Türrahmen erschien.

»Na, noch etwas zum Abschluss des Tages?«, fragte Horndeich.

»Ja. Das ist ziemlich seltsam. Es gibt keinen Gynäkologen mit dem Namen Dr. Benedikt Kostner.«

»Das ist der Gynäkologe von Regine Aaner, oder?«

»Ja. Ich habe ewig rumtelefoniert, gemailt, gefaxt – der Mann existiert nicht in Deutschland. Auch die Arztnummer und die Betriebsstättennummer auf der Schwangerschaftsbescheinigung sind reine Phantasie. Die Arztnummer führt zu einem Psychotherapeuten in Nürnberg, die Betriebsstättennummer zu einer urologischen Gemeinschaftspraxis in Heilbronn. Ich habe auch herausgefunden, wo die Aaner versichert war. Privat. Aber die Kasse wusste nichts von einer Schwangerschaft.«

»Wieso sollte die Aaner sich eine ärztliche Bescheinigung basteln, die besagt, dass sie schwanger ist? Bescheuert.«

»Sie und ihren Mann können wir leider nicht mehr fragen. Aber morgen können wir noch mal mit Jasmin Selderath sprechen. Vielleicht weiß die mehr über diese Scheinschwangerschaft«, schlug Margot vor.

»Genau. Morgen. Jetzt hab ich nämlich Feierabend«, sagte Horndeich.

»Noch was vor?«, fragte Margot. Sie wusste, dass sie selbst nichts mehr vorhatte an diesem Abend. Sie hatten die DNA-Probe von Breklau noch zur Gerichtsmedizin nach Frankfurt geschickt. Mit der Bitte, dass man den Vaterschaftstest für das Baby von Susanne Warka möglichst zügig angehen sollte. Was Hinrich sicher nicht gern hören würde.

»Nein. Abgesehen davon, meine Frau in den Arm zu nehmen. Stefanie wird sich im Leben sicher durchbeißen können, denn sie hat jetzt schon zwei Zähne, und das mit gerade mal zwei Monaten. Schnell, was? Und vor allem: laut! Nun, heute Nacht bin ich dran, außer wenn es ums Stillen geht. Freu mich schon.« Ein wenig Resignation in seiner Stimme war nicht zu überhören.

Margots Sohn Ben war nicht so schnell gewesen. Er hatte sich elf Monate Zeit gelassen, bis die ersten Zähne erschienen waren. Dann aber auch gleich sechs auf einmal. Wie lange das schon her war!, dachte Margot. Und wie kurz es sich anfühlte …

Horndeich griff gerade nach seiner Tasche, als Zoschke erneut auftauchte. »Das glaubt ihr nicht!«

Margot seufzte. *Das glaubt ihr nicht* war nur die Umschreibung für *Jetzt geht ihr nicht.* »Was glauben wir nicht?«

»Der Bentley ist aufgetaucht.«

Margot wollte gerade nachfragen, von welchem Bentley die Rede sei, als Horndeich meinte: »Der Bentley von den Aaners?«

»Jepp. Hellblauer Bentley Turbo R. Baujahr '89. Und das Kennzeichen passt. Wer immer den gefahren hat – der hat nicht mal ein geklautes Kennzeichen drangeschraubt.«

»Und wo haben sie den Wagen gefunden? In Dieburg?«

»Nicht ganz.« Zoschke grinste, als ob er selbst den Wagen entdeckt hätte. »In Leer. Oben im wilden Ostfriesland. Die Spusi untersucht ihn gerade. Morgen erfahren wir mehr.«

Margot kannte das Städtchen, das rund fünfhundert Kilometer nördlich von Darmstadt lag. Sie hatte einmal einen Kurzurlaub dort verbracht. Und früher war sie öfter mit ihren Eltern in die Region gereist.

»Na, das ist ja schon mal was«, sagte Horndeich. Und sein Tonfall verriet, dass er sehr froh darüber war, dass man erst morgen mehr erfahren würde.

Zoschke verabschiedete sich, und Horndeich hatte gerade erneut nach seiner Tasche gegriffen, als Riemenschneider in den Raum trat. »Das glaubt ihr nicht!«, sagte der. Horndeich legte mit einem Anflug von Resignation seine Tasche wieder auf den Schreibtisch, behielt aber den Riemen noch in der Hand. »Was glauben wir nicht?«

»Was ich auf der Platte von Aaner gefunden habe. Lauter Russinnen.«

Jetzt war auch Margots Interesse erwacht. »Was für Russinnen?«

»Das weiß ich auch nicht. Aber lauter schöne Frauen und kyrillische Buchstaben. Keine Ahnung, was das bedeutet. Vielleicht kriegen wir morgen einen Übersetzer. Der Aaner hat sich nach einer Frau umgeschaut. Wohl so zum Poppen nebenher.«

Margot sah ihren Kollegen an. Horndeich seufzte und ließ nun auch den Riemen los. Denn er sprach Russisch. Vielleicht nicht mehr so gut wie zu der Zeit, als er mit Anna, einer Arzthelferin aus Moskau, zusammen gewesen war. Aber Riemenschneiders Aussage von »schönen Frauen und kyrillischen Buchstaben« würde er sicher vertiefen können. War Aaner wirklich auf der Suche nach einer russischen Gespielin gewesen? Oder auf der Suche nach einer Partnerin, die die besonderen Wünsche seiner Frau ... – Margot gebot dem Gedankenkarussell Einhalt.

Horndeich erwiderte Margots Blick. »Na gut, ich schau mal schnell drauf.«

Gemeinsam gingen sie in Riemenschneiders Büro. Der Raum war sicher doppelt so groß wie das Büro von Margot und Horndeich. Dafür musste sich Riemenschneider den Platz mit sicher zehn Rechnern teilen.

»Hier, schauen Sie«, sagte Riemenschneider zu Horndeich, sichtlich beeindruckt davon, dass der nicht nur die Mädchen betrachten, sondern auch die Texte lesen konnte, die neben den Fotografien standen. »Es sind drei Dateien. Alle von der gleichen Art: Bilder von Frauen und daneben kurze Texte.«

»Und die waren auf der Platte gespeichert?«

»Nicht direkt. Er hatte die Datei abgespeichert und hat sie später gelöscht.«

»Und wieso können wir sie dann sehen?«

»Zauberei.«

Horndeich sah den Kollegen fragend an.

»Okay, ich versuche, es einfach zu erklären.«

Offenbar hatte der Mann seit dem Gespräch vom Vortag etwas gelernt.

»Wenn Sie eine Datei löschen, dann werden nicht alle Daten vernichtetet. Vielmehr wird quasi im Inhaltsverzeichnis einfach der Eintrag gelöscht. Die Datei ist grundsätzlich noch da, aber man kann nicht mehr auf sie zugreifen. Ich habe jedoch ein Programm, mit dem man solche Dateien wieder lesbar machen kann.«

»Heißt das, dass alle gelöschten Dateien prinzipiell noch zu lesen sind?«

»Nein, leider nicht. Denn wenn die Datei im Inhaltsverzeichnis gelöscht ist, können die Bereiche, in denen die Daten stehen, wieder mit neuen Daten überschrieben werden. Von den gelöschten Dateien bleiben dann nur noch Fragmente übrig.«

»Und auf die können wir dann nicht mehr zugreifen?«

»Jein. Auch da gibt es Programme, mit denen man noch etwas retten kann. Aber das dauert eine Weile – und ob es klappt, ist nicht sicher. Meist findet man nur noch Reste. Nach Textschnipseln kann man suchen. Aber Bilddateien sind meistens Schrott.«

Horndeich klickte jede der Dateien an. »Diese drei Dateien hier, das sind also Internetseiten, die Aaner aufgerufen, gespeichert und dann irgendwann gelöscht hat?«

»Ja.«

Horndeich überflog die Texte.

»Und, was steht da?«, wollte Riemenschneider wissen.

»Scheint so was wie eine Partnerbörse zu sein. Unter jedem Bild stehen ein Vorname und eine laufende Nummer. Die

Zahlen neben den Fotos benennen Alter, Größe und Gewicht. Und цвет глаз – das heißt Augenfarbe. Цвет волос – das ist die Haarfarbe. Einen Moment.«

Riemenschneider grinste süffisant. »Na, der hat sich wohl tatsächlich nach einer Gespielin umgesehen«, mutmaßte Riemenschneider. Die Daten hätte ich auch gelöscht auf dem Familienserver …«

Horndeich scrollte nach unten. Jede der Seiten enthielt genau zwanzig Profile. »Es scheint noch mindestens eine mehr von diesen Seiten zu geben«, sagte Horndeich. »In der ersten Datei gehen die laufenden Nummern von 1 bis 20, dann von 21 bis 40. In der dritten Datei dann von 61 bis 80. Die Seite 41 bis 60 fehlt also. Und vielleicht gibt es ja noch mehr als 80.«

Riemenschneider nickte.

Horndeich scrollte nun in der zweiten Datei langsam nach unten.

Ein Bild zeigte eine hübsche dunkelhaarige Frau im strahlend weißen Hochzeitskleid neben ihrem Ehemann. Ihr Name war mit »Larissa« angegeben. Die Frau und ihr Mann strahlten in die Kamera. »Ich glaub's ja nicht!«, fasste Riemenschneider das Erstaunen aller in Worte.

»Suchen die ein Paar für vergnügliche Stunden, oder was soll das?«

Horndeich scrollte zu den nächsten Bildern.

»Was bedeutet das alles denn nun?«, wollte Riemenschneider wissen.

Horndeich kopierte den Text neben dem Bild einer blonden Schönheit namens »Lena«, öffnete eine Übersetzungsseite im Internet und ließ den Text ins Deutsche übertragen.

»Und?« Riemenschneider wurde ungeduldig und wollte endlich wissen, was er entdeckt hatte.

Horndeich las die Übersetzung und sah Margot irritiert an. »*Ausbildung: hoch*, steht dort, darunter: *Blutgruppe: A, Rhesusfaktor +*.«

»Kann man sich seine Blutspender jetzt schon im Katalog bestellen?«

Horndeich scrollte die Seite wieder nach oben. Über der Tabelle mit den Frauen stand nur eine kurze Überschrift, die Horndeich zunächst ignoriert hatte, weil er sie nicht auf Anhieb übersetzen konnte: Донор яйцеклетки. Er ließ auch diesen Text über die Internetseite übersetzen. »Spenderin der Eier.«

»Die Aaners haben also eine Eizellenspenderin gesucht«, stellte Riemenschneider fest.

»Ja. Aber warum in Russland?«, fragte Horndeich.

»Na, hier ist das ja wohl verboten«, meinte Margot.

»Klar, aber ich würde eine künstliche Befruchtung eher in Holland oder Frankreich machen lassen. Da ist die Eizellenspende nicht verboten oder wird zumindest geduldet.«

»Woher weißt du das denn?«

»Eine Freundin von Sandra und ihr Mann haben das ewig durchgespielt. Die Eierstöcke der Freundin haben keine Eizellen mehr produziert – nach irgendeiner heftigen Entzündung. Die sind dann nach Frankreich gefahren. Dort hat man eine fremde Eizelle im Reagenzglas mit seinen Spermien befruchtet, und Sandras Freundin hat das Kind dann in ihrem Körper ausgetragen.« Horndeich wandte sich Riemenschneider zu: »Können Sie die Seiten speichern und mir schicken?«

»Klar, mache ich.«

»Merci.« Horndeich ging in sein Büro. Er wollte nach Hause und nahm die Tasche ein letztes Mal an diesem Tag vom Schreibtisch.

»Ciao«, rief ihm Margot zu, die nun auch nach Hause wollte.

DONNERSTAG

Es war ihr peinlich. Margot kam über eine Stunde zu spät.

Wegen Nick. Aber das würde sie Horndeich nicht erzählen. Und sonst auch niemandem.

Er hatte um sieben Uhr mit Brötchen vor ihrem Haus gestanden. »Frühstück?«

Sein Tag sei komplett verplant, hatte er gestern noch gesagt. Wie auch immer – es war ihr egal gewesen. Sie hatte den Tisch gedeckt, Frühstückseier zubereitet, endlich mal wieder Kaffee für mehr als eine Person gekocht.

Sie hatten nur geplaudert, brav den Sicherheitsabstand eingehalten. Aber Margot wusste, dass ihr Rainer gut daran tat, sich am kommenden Wochenende endlich mal wieder blicken zu lassen.

Horndeich hatte sie angerufen und gefragt, ob alles in Ordnung sei. Sie hatte gesagt, sie hätte verschlafen. Müsse noch unter die Dusche, käme dann gleich.

»Na, doch ein bisschen länger geduscht?«, fragte Horndeich süffisant, als sie das Büro betrat.

Margot antwortete nicht und setzte sich an ihren Schreibtisch.

Horndeich hakte nicht weiter nach, sondern rückte gleich mit den Neuigkeiten raus. »Wir haben die Fotos vom Bentley und auch die Fingerabdrücke.«

»Und?«

»Es sind die gleichen, die wir auch in der Wohnung gefunden haben. Am Türgriff, am Mobilteil des Telefons, am Tresor. Da hat sich jemand keine Mühe gegeben, Abdrücke zu vermeiden.«

»Weil er weiß, dass wir ihn nicht im System haben.«

»Richtig. Kein Treffer. Nada.«

»Haben die Kollegen noch andere Spuren gefunden?«

»Ja. Fasern im Polster des Wagens. Und ein gefärbtes Haar. Dunkelbraun. Blond gefärbt. Ist schon beim LKA. Bei den Haaren, die wir bei den Aaners im Wohnzimmer gefunden haben, war auch ein blond gefärbtes langes dabei. Wir kriegen nachher Bescheid.«

»Ein langes, blond gefärbtes Haar. Ist unser Täter eine Frau? Ein Raubüberfall mit Messer, Übertöten des männlichen Opfers – das soll die Handschrift einer Frau sein? Ich meine, um jemanden zu erstechen, da braucht man schon ganz schön Kraft. Und als Aaner auf dem Boden liegt, sticht sie noch mehrfach nach?«

»Keine Ahnung.«

Fenske klopfte am Türrahmen: »Treffer!«

Margot winkte ab: »Wissen wir schon.«

Fenske sah seine Kollegin fragend an. »Was wisst ihr schon?«

»Na, dass die Fingerabdrücke aus dem Bentley identisch sind mit denen aus der Wohnung.«

»Das meine ich doch gar nicht. Ich meine Treffer, was den Bruder angeht.«

»Alexander Aaner?«

»Ja. Seine Fingerabdrücke sind auf dem Sofatisch. Und an der Haustürklingel.«

»Sollen wir ihn festsetzen?«, fragte Margot ihren Kollegen.

»Warum? Ich meine, er hat den Bentley nicht gefahren und den Tresor nicht berührt.«

»Das stimmt schon. Dennoch: Wir haben einen Täter beziehungsweise eine Täterin, die ganz sicher keine Handschuhe getragen hat.«

»Ja und?«

»Warum ist dann nicht ihr Fingerabdruck auf der Klingel? Entweder hatte sie einen Schlüssel. Oder aber Alexander Aaner war nach ihr nochmals da.«

»Wahrscheinlich Letzteres. Ich rufe ihn gleich an.«

Fenske hob die Hand zum Gruß, dann gab er den Türrahmen frei.

Horndeich hatte sich gerade dem Telefon zugewandt, da klopfte es wieder an der Tür. Diesmal stand Hinrich höchstpersönlich im Türrahmen.

»Hallo, was verschafft uns denn die Ehre?«, fragte Margot. Hinrich liebte es, die Beamten zu sich nach Frankfurt zu zitieren, daher konnte sich Margot überhaupt keinen Reim darauf machen, dass er nun selbst hier in ihrem Büro erschien.

»Das Ergebnis meiner Nachtschicht.«

»Einen Kaffee?«, fragte Horndeich.

Nun fiel es auch Margot auf: Hinrich hatte Ringe unter den Augen. Hatte er tatsächlich eine Nacht durchgearbeitet?

»Ich habe mich gestern gleich noch darangemacht, den Vater von Susanne Warkas ungeborenem Kind festzustellen.«

»Prima. Wer isses?«, fragte Horndeich. »Ich tippe auf den Rosenkavalier.«

»Quatsch«, widersprach Margot. »Sie hat Zumbill nicht betrogen. Die mögen immer wieder Streit gehabt haben, aber sie hätte ihn nicht betrogen.«

Hinrich und Horndeich sahen sich an, und Margot hatte den Eindruck, die beiden seien sich das erste Mal im Leben spontan einig.

»Tztztz«, machte Hinrich, »Werte Chefermittlerin, nicht jeder ist von so edler Gesinnung.«

Margot errötete und fühlte sich ertappt. Wieder dachte sie an Nick, an das Frühstück.

»Also, wer ist jetzt der Vater? Reinhard Zumbill?«

Hinrich schüttelte den Kopf. »Nein.«

»Ha!« Horndeich machte wieder einmal die Strike-Geste. »Also doch der kochende Staubsaugervertreter!«

Hinrichs schüttelte abermals den Kopf. »Ich muss Sie enttäuschen, Herr Horndeich – der auch nicht.«

Nun sahen beide Hinrich fragend an.

»Also hat sie ihren Freund mit jemand ganz anderem betrogen.«

»So würde ich es nicht nennen.«

»Sondern?«

»Nun, der Grund dafür, dass ich die ganze Nacht daran gearbeitet habe, ist, dass das Ergebnis mehr als überraschend ist.«

»Ich hab's! Der Vater ist der Gletscher-Ötzi.«

Nun verdrehte Hinrich die Augen. »Ein bisschen mehr Ernst, bitte. Zumbill ist nicht der Vater. Und auch Breklau ist nicht der Vater. Aber – und jetzt kommt's – Susanne Warka ist auch nicht die Mutter.«

»Der war gut«, Horndeich klopfte sich demonstrativ auf die Schenkel. »Super, den muss ich mir merken.«

»Das ist kein Scherz, Horndeich. Ich habe es dreimal gecheckt. Susanne Warka ist nicht die Mutter des kleinen Mädchens, das in ihr wuchs.«

»Und wie soll das gehen?«, fragte Horndeich. »*Mater semper certa est,* die Mutter ist immer sicher – heißt es nicht so?«

Den Satz hatte Horndeich mal von Margots Vater aufgeschnappt. Dieser war bis damals noch mit einer Lateinprofessorin liiert gewesen und hatte allen zu erklären versucht, wie wichtig es auch heute noch sei, diese tote Sprache zu beherrschen. Ob die ihm jetzt in den USA wirklich nützte?

»Susanne Warka war eine Leihmutter«, sagte Margot.

»Richtig«, entgegnete Hinrich, »das ist die einzige Erklärung.«

»Das ist in Deutschland aber verboten. Genauso wie die Eizellenspende.«

»Ja«, sagte Hinrich. »Während die Geräte im Labor gearbeitet haben, habe ich mal die Rechtslage sondiert. Susanne Warka hat sich damit nicht strafbar gemacht. Aber jeder Arzt, der der leiblichen Mutter die Eizellen entnommen hat, um sie einer anderen Frau einzupflanzen, der schon. Und wenn er die Zellen tatsächlich einpflanzt, ist das ebenfalls gesetzwidrig. Der Arzt riskiert bis zu drei Jahre Knast und seine Zulassung. Danach kann er dann höchstwahrscheinlich Fritten verkaufen, aber nicht mehr als Gynäkologe arbeiten.«

»Aber wie blöd muss man denn als Arzt sein, um so ein Risiko einzugehen?« Horndeich verstand es nicht. »Und welche Eltern machen das? Das Risiko ist doch viel geringer, wenn man dafür ins Ausland geht. Meine Bekannten haben von einer Klinik in Georgien gehört. Oder auch von einer in Indien.«

»Oder in den USA«, warf Margot ein. »Sarah Jessica Parker und Nicole Kidman sind ja wohl die Paradebeispiele. Ganz legal.« Endlich zahlte es sich mal aus, dass sie beim Arzt und beim Friseur immer die *Gala* las.

»Das ist sicher richtig«, sagte Hinrich. »Es gibt aber ein Problem. Nach deutschem Recht ist die Frau die Mutter, die das Kind geboren hat. Anfang 2010 gab es mal einen Fall in Indien, da ging es genau darum. Die deutschen Behörden stellten Zwillingen, die von einer indischen Leihmutter ausgetragen worden waren, keine deutschen Dokumente aus. Und für die Behörden in Indien – wo Leihmutterschaft legal ist – waren die Kinder wegen der deutschen Eltern deutsche Bundesbürger. Daher gab's auch keine indischen Reisedokumente.«

»Woher wissen Sie denn das?«

»Oh, die Nacht war lang … Deswegen mache ich mich jetzt auch vom Acker. Erst ein paar Stunden Schlaf nachholen. Und mich dann fürstlich bekochen lassen. Rheinischer Sauerbraten mit Kartoffelklößen und Blaukraut.« Er zwinkerte Horndeich zu.

Als Hinrich das Büro verlassen hatte, sagte Horndeich: »Da stimmt doch was nicht.«

»Wieso? Zweifelst du an der Sache mit der Leihmutter?«

»Nein, Hinrich hat seinen Job sicher richtig gemacht. Aber warum kommt er nach Darmstadt?«

Margot zuckte nur mit den Schultern.

Horndeich verließ das Büro und ging über den Flur schnurstracks in Fenskes Büro. Margot folgte ihm.

»Hallo? Anklopfen?«, empörte sich Fenske.

Horndeich ignorierte den Einwurf und ging ans Fenster.

Das erlaubte ihm einen Blick auf den Bogen der Klappacher Straße und auf den Parkplatz.

Dort stieg Hinrich gerade in seinen neuen schwarzen Crossfire. Die brünette Beifahrerin, diesmal im Kleid mit Leopardenmuster, begrüßte ihren Rechtsmediziner mit einem dicken Kuss.

»Woher kenne ich die?«, fragte sich Horndeich laut.

»Darüber kannst du auf dem Weg zu Schaller nachdenken. Ich finde, wir sollten Susanne Warkas Gynäkologen gleich noch einen Besuch abstatten.«

Während sie zum Auto gingen, dachte Horndeich laut nach: »Meinst du, die beiden Fälle haben etwas miteinander zu tun? Die eine Frau hat so getan, als ob sie schwanger wäre, und die andere ist eine Leihmutter.«

»Aber die Aaners waren ja offensichtlich auf der Suche nach einer Eispenderin. Nicht nach einer Leihmutter.«

Die Praxis von Frederik Schaller war modern und praktisch eingerichtet. Resopal war die vorherrschende Oberfläche an der Empfangstheke. Die Sprechstundenhilfe, eine junge Frau mit rothaarigem Pferdeschwanz, hatte die beiden Beamten um ein wenig Geduld gebeten. »Der Herr Doktor ist gerade bei einer Untersuchung. Nehmen Sie doch bitte im Wartezimmer Platz.«

Horndeich und Margot gehorchten. Lächelnde werdende Mütter lachten von irgendwelchen Werbeplakaten, im Hintergrund stets ebenso breit lächelnde Männer. Echte lächelnde Menschen gab es keine in dem Raum. Auch keine nicht Lächelnden: Margot und Horndeich waren die einzigen Anwesenden.

Margot griff automatisch zu einer *Gala,* Horndeich schwankte zwischen *Spiegel* und *Auto-Bild*. Der *Spiegel* machte das Rennen. Denn es gab keine *Auto-Bild.* Er war schließlich beim Gynäkologen, nicht beim Urologen. Was ihn daran erinnerte, dass er seine Krebs-Vorsorge auch schon eine Weile verschleppt hatte.

Wenig später bat die Sprechstundenhilfe die beiden Beamten ins Sprechzimmer mit der Nummer 1. Ein wuchtiger Schreibtisch aus Metall und Holz dominierte den Raum. Eine Wand mit Regalen war gefüllt mit Büchern, dazwischen fanden sich immer wieder afrikanische Kunstgegenstände. Drei aus Holz geschnitzte Masken von der Größe eines Gitarrenkorpus hingen an der dem Schreibtisch gegenüberliegenden Wand. Nach rechts gingen zwei Türen ab, offenbar zu den Umkleidekabinen, von denen aus man auf der anderen Seite wohl in die Untersuchungsräume gelangte. James-Bond-Modellautos entdeckte Horndeich nicht.

Sekunden später betrat Schaller den Raum. »Sie schon wieder«, begrüßte Schaller Margot und Horndeich.

»Ja. Wir schon wieder.«

Schaller sah demonstrativ auf die Uhr. »Viel Zeit habe ich nicht.«

Klar, weil das Wartezimmer ja aus allen Nähten platzt, dachte Horndeich, ohne es auszusprechen.

»Herr Dr. Schaller«, begann Margot ganz förmlich, »wann hat Susanne Warka Sie zum ersten Mal kontaktiert?«

»Sie haben inzwischen einen richterlichen Beschluss?«

Margot zauberte das Dokument aus ihrer Tasche. »Ja. Ich möchte Sie bitten, uns die Akte Susanne Warka komplett mitzugeben.«

»Wieso benötigen Sie die Akte?«

»Weil Susanne Warka ermordet worden ist.«

»Ich dachte, sie habe sich vor einen Zug geworfen?«

»Nein. Sie ist zuvor umgebracht worden. Wie lange ist Susanne Warka schon Ihre Patientin?«

Schaller schien irritiert. Er griff zum Telefonhörer. »Moment, bitte«, sagte er. Er tippte eine Kurzwahl, dann sprach er in den Hörer: »Gundula, würden Sie bitte die Akte Susanne Warka einmal komplett kopieren? Bitte auch die Daten der elektronischen Ablage ausdrucken und mit in die Akte legen. Danke.«

Er legte auf, tippte etwas in die Tastatur auf seinem Schreibtisch. Dann drehte er den Monitor zur Seite, sodass Margot und Horndeich auch einen Blick darauf werfen konnten. »Susanne Warka kam das erste Mal zu mir, als sie fünfzehn wurde. Sie kam damals nur, um sich untersuchen zu lassen. Später war sie nur unregelmäßig da.«

»Wann kam sie zu Ihnen wegen ihrer letzten Schwangerschaft?«

Schaller scrollte ein paar Zeilen auf dem Bildschirm nach unten. »Das war vor gut einem Monat. Sie war im dritten Monat schwanger.«

»Hat sie Ihnen gesagt, wer der Vater war?«

»Nein, wieso auch? Ich wusste, dass sie in einer festen Beziehung lebt. Und wenn ihr Lebensgefährte nicht der Vater gewesen wäre – dann wäre mich das nichts angegangen.«

»Susanne Warka hat Ihnen also nicht mitgeteilt, wer der Vater des Kindes war?«

»Nein. Das sagte ich doch gerade. Sie war meine Patientin. Wir haben kaum über Persönliches gesprochen.«

»Sie hat Ihnen auch nicht mitgeteilt, wer die Mutter war?«, wagte Margot den Ausfallschritt nach vorn.

»Die Mutter? Was soll das denn? Die Mutter von Susanne Warkas Kind war Susanne Warka. Oder habe ich Ihre Frage irgendwie falsch verstanden?«

»Nein, Sie haben durchaus richtig verstanden. Denn Susanne Warka war nicht die biologische Mutter ihres Kindes.«

Schaller schwieg kurz. »Dann müsste Sie sich ja als Leihmutter zur Verfügung gestellt haben. Das kann ich mir kaum vorstellen.«

»Sie haben also Susanne Warka keinen fremden Embryo eingepflanzt? Und zuvor eine künstliche Befruchtung durchgeführt?«

»Das meinen Sie nicht im Ernst, oder?« Jegliche Freundlichkeit war aus Schallers Gesicht gewichen.

»Beantworten Sie doch bitte einfach meine Fragen.«

»Nein. Ich habe ihr keinen Embryo eingepflanzt«, zischte

Schaller. »Und ich habe auch keine künstliche Befruchtung durchgeführt. Herrgott, ich würde eine Gefängnisstrafe riskieren und meine Approbation aufs Spiel setzen! Ich bin doch nicht bescheuert!«

»Haben Sie irgendeine Vorstellung, wo Frau Warka sich den Embryo hätte einpflanzen lassen können?«

»Na, nicht in Deutschland. USA? Ukraine, Georgien? Wird ihr Reisepass Ihnen vielleicht verraten. Wenn es in der EU war, dann vielleicht in Spanien oder in Belgien. Keine Ahnung. Dass es in Deutschland geschehen ist, kann ich mir beim besten Willen nicht vorstellen.«

»Kennen Sie eine Frau Namens Regine Aaner?«

»Regine Aaner? Nein. Sollte ich?«

»Sagen Sie es uns. Nicht zufällig eine Patientin von Ihnen?«

»Aaner mit einem oder zwei A?«

»Zwei.«

Schaller hackte den Namen in die Tastatur, als ob er einen Belastungstest für die Stiftung Warentest durchführen wollte.

»Nein. Keine Aaner.«

»Und sagt Ihnen der Name eines Kollegen, Benedikt Kostner, etwas?«

»Nein.«

»Praktiziert in Frankfurt. Klingelt nichts?«

»Nein. Klingelt nichts.«

»Wo waren Sie vergangenen Sonntag zwischen 17 Uhr und 22 Uhr?«

»Sie wollen von mir jetzt ein Alibi für den Abend, an dem Susanne umgebracht worden ist?«

»Ja. Wo waren Sie?«

Schaller schnaubte. »Mit meiner Frau im Kino. In der Vorstellung um halb neun. Ging bis elf. *Restless* – mit dem Sohn von Dennis Hopper. Geht um ein Mädchen mit Krebs. Nicht meins, aber da die Kinogeschmäcke von meiner Frau und mir sehr unterschiedlich sind, wechseln wir uns mit der Auswahl immer ab. Das war definitiv ein Hannelore-Film …«

Die Sprechstundenhilfe brachte die Akte herein.

»Danke, Gundula.« Er stand auf und nahm der Frau die Akte ab. »Wir sind jetzt auch fertig, nicht wahr?«

»Ja«, meinte Margot, und die Beamten standen auf.

»Sie finden allein hinaus?«

Im Flur schaute Horndeich nochmals ins Wartezimmer. Leer.

Als sie wieder im Wagen saßen, fragte Horndeich: »Warum hast du ihn nach einem Alibi gefragt?«

»Ganz einfach. Die offensichtlichste Erklärung ist doch die: Er fragt Susanne Warka, ob sie nicht die Leihmutter für irgendeine andere Patientin von ihm spielen will. Sie geht darauf ein. Und erpresst ihn dann. Was immer er ihr als Summe geboten hat, sie kann mehr verlangen, denn sie hat ihn in der Hand. Susanne Warka wird nicht bestraft, aber für Schaller steht alles auf dem Spiel.«

»Hm«, meinte Horndeich.

»Überzeugt dich nicht?«

»Die einfachen Lösungen sind zwar meist die besten. Aber bei der Warka – ich weiß nicht. Ich wüsste gern noch mehr über ihr Privatleben. Und auch, wer die Spendereltern waren. Vielleicht kannten die sich ja alle.«

Margot kuppelte aus. »Du meinst, dass Susanne Warka das Kind für die Aaners ausgetragen hat? Dass sich alles hier, in diesem kleinen Umfeld, abgespielt hat?«

»Vielleicht sollten wir Hinrich genau diesen Test mal fahren lassen. Und Zoschke soll sich mal den guten Schaller vorknöpfen. Mal sehen, ob sein Lebenslauf was Interessantes offenbart.«

Margot lenkte den Wagen auf die Straße. Und Horndeich telefonierte bereits mit Zoschke.

Marlock stellte die Kaffeetasse auf Margots Schreibtisch ab. »Die Videokonferenz mit den Kollegen in Ostfriesland steht.«

»Na, dann wollen wir mal«, sagte Margot und nahm einen Notizblock mit, auf dem sie ein paar Fragen notiert hatte.

Horndeich folgte ihr.

Im großen Besprechungsraum, in dem es noch nach Farbe roch, hatte das Polizeipräsidium die technischen Möglichkeiten für eine Videokonferenz eingerichtet – mit großem Bildschirm. Margot fand es gut, andere Kollegen auf dem Bildschirm sehen zu können. Gerade wenn mehrere Menschen miteinander sprachen, war das besser als eine Telefonkonferenz. Die hasste sie, denn es gab dabei immer zwei Menschen, die gleichzeitig losredeten. Margot und Horndeich nahmen an einem Tisch Platz. Über dem Monitor war eine Kamera angebracht.

»Hallo«, sagte einer der Konferenzteilnehmer mit norddeutschem Dialekt. Er war vielleicht vierzig Jahre alt, etwas untersetzt. »Ich bin Polizeikommissar Ludwig Berner. Hier sitzt Torben Wankel, der Schüler, der uns auf den blauen Bentley aufmerksam gemacht hat.«

Der junge Mann hob die Hand. Er trug Rastalocken und ein T-Shirt mit dem Aufdruck »Occupy«. Darunter stand: »NY – Leer«. Die Zeilen darunter konnte man nicht entziffern.

Torben Wankel wurde immer wieder von einem Mann verdeckt, den Margot und Horndeich nur von hinten sehen konnten. Er stöpselte offensichtlich noch ein paar Kabel in einen Rechner. Dann drehte er sich um.

»Und ich bin Polizeihauptkommissar Ole Greven.« Zuerst schaute der Mann im grauen Rolli etwas mürrisch in die Kamera, was auch an den buschigen Augenbrauen liegen konnte, die ihm ein wenig das Aussehen einer Eule verliehen.

Diese hoben sich gleichzeitig: »Margot?«

Die erkannte Ole erst auf den zweiten Blick. Seit sie ihn während ihres Nordseeurlaubs vor vier Jahren kennengelernt hatte, hatte er sicher zehn Kilo zugenommen.

»Na, das ist ja ein Zufall! Wie geht es dir?« Ole Greven schien sich im Augenblick nicht bewusst zu sein oder sich nicht darum zu kümmern, dass er nicht allein mit Margot im virtuellen Raum war.«

»Gut, danke«, sagte Margot leicht errötend.

Horndeich grinste.

»Weißt du noch, unser Abend in den ›Schönen Aussichten‹? War lecker. Dazu der Blick auf den Hafen. Und du warst …«

»… satt«, vollendete Margot den Satz. Sie war Ole an dem einzigen Tag ihres Urlaubs begegnet, an dem es in Strippen gegossen hatte. Sie war mit einem Leihfahrrad unterwegs gewesen, und unmittelbar neben der Polizeiinspektion Leer hatte es angefangen zu schütten. Ole war gerade ins Gebäude gegangen, hatte sich der nassen Margot erbarmt und ihr einen Kaffee zubereitet. Abends waren sie in Leer zusammen essen gegangen. Und hatten geredet, bis der Laden zugemacht hatte. Ole hatte sie dann mit dem Wagen in ihr Hotel nach Ditzum gebracht. Nicht mehr, nicht weniger.

»Ich bin Kommissar Steffen Horndeich – meine Kollegin Margot Hesgart kennen Sie offensichtlich ja schon.«

Margots Handy gab Laut. Sie schaute aufs Display. Eine SMS. Von Nick. »Zeit heute Abend?« Sie schaltete das Handy stumm und steckte es weg.

»Tja, das ist also unser junger Held«, sagte Ole Greven und schlug dem heranwachsenden Mann freundschaftlich auf die Schulter. »Er hat uns wegen des Wagens angerufen. Und wir haben dann festgestellt, dass ihr den Wagen sucht.« Ole Greven hatte im Gegensatz zu seinem Kollegen einen leichten Hamburger Akzent.

»Was steht denn da auf Ihrem T-Shirt?«, fragte Horndeich.

Torben zog sein T-Shirt ein wenig in die Höhe. »Die Wahrheit«, sagte er knapp.

»Sorry, ich kann das nicht lesen«, erklärte Horndeich. So weit reichte die Qualität von Kamera und Bildschirm dann doch nicht.

»›Wäre die Welt eine Bank, hättet ihr sie längst gerettet‹«, las der friesische Kollege vor.

Margot hatte von der Occupy-Wall-Street-Bewegung gehört, jener Protestbewegung gegen einen menschenverachtenden Kapitalismus. Auf der Wall Street konnte sie sich den Protest noch erklären. In Leer wirkte er ein wenig befremdlich auf sie. Obwohl ihr der Spruch auf dem T-Shirt nicht unsympathisch war.

»Ist das nicht ein bisschen naiv?«, fragte Horndeich.

Torben zuckte nur mit den Schultern. Und grinste. So, als ob er noch ein oder zwei Trümpfe im Ärmel hätte.

»Ihnen ist der Bentley aufgefallen?«, fragte Margot, um das Gespräch auf das eigentliche Thema zurückzubringen.

»Ja. Ist er.«

»Und gestern haben Sie die Polizei benachrichtigt.«

»Ja.«

»Wieso gestern?«

»Nun, der Wagen stand schon eine ganze Weile da. Ich war mir nicht sicher, ob die Tussi nicht einfach hier Urlaub macht.«

»Die Tussi?«, wiederholte Horndeich ungläubig.

»Der junge Mann hat den Wagen schon vor einiger Zeit zum ersten Mal gesehen«, versuchte Ole Greven etwas Ordnung in die Befragung zu bringen. »Vielleicht können Sie den Kollegen in Darmstadt der Reihe nach erzählen, wie das mit dem Bentley war.«

»Klar.« Torben Wankel grinste. »Den Kollegen aus Darmstadt sowieso.«

»Sie kennen Darmstadt?«, fragte Horndeich.

»Nö. Nicht persönlich. Aber Georg Büchner kam ja von da.«

Horndeich schien ebenso überrascht wie Margot. Der Schriftsteller und Revolutionär war tatächlich einer der berühmtesten Söhne der Stadt.

»War klug, der Typ. Vielleicht wäre ein Georg-Büchner-T-Shirt heute passender gewesen. Zum Beispiel mit der Aufschrift: ›Das Volk hasst die Genießenden wie ein Eunuch die Männer‹ oder, ein bisschen bekannter: ›Friede den Hütten! Krieg den Palästen!‹«

Ole klopfte dem jungen Mann nochmals auf die Schulter. »Wir wissen, dass du ein schlauer Kopf bist. Der Bentley, bitte.«

Margot sah Grevens schelmisches Grinsen.

»Also, der Bentley. Ich habe ihn zum ersten Mal am Montag, dem 11., gesehen. Ist also gut zwei Wochen her.«

»Wo war das, und warum ist Ihnen der Wagen aufgefallen?«

»Das war in der Straße, in der meine Schule ist. Das Teletta-Groß-Gymnasium. Der Wagen ist mir aufgefallen, weil ein hellblauer Bentley Turbo R nicht jeden Tag hier herumfährt. Ich hätte ihn aber nicht mehr weiter beachtet, wenn die Tussi den Wagen nicht auch noch direkt an der Schule abgestellt hätte. So viele Kids, deren Eltern sich einen Turbo R leisten können, gibt's hier nicht. Höchstens einige Touristen. Aber die parken nicht vor unserer Schule.«

Greven unterbrach kurz: »Der Wagen stand im Harderwykensteg, einer kleinen Stichstraße.«

»Wer ist da ausgestiegen?«

»Eine junge Frau. Tippe so ungefähr Mitte zwanzig. Ziemlich aufgedonnert. Hatte einen roten Mantel an und langes blondes Haar. Und wenn ich ›lang‹ sage, meine ich richtig lang. Bis zum Po. Zu einem Zopf gebunden.«

»Haben Sie gesehen, wohin die Dame gegangen ist?«

»Klar. Hab ihr ja nachgeschaut. Das Schlimme ist, dass die Schwerkapitalistinnen immer viel besser aussehen als die Tussen im Occupy-Camp. Doch unser Ziel ist das richtigere.«

Richtig kann man nicht steigern, dachte Margot. Und der innere Kampf zwischen Sex oder Politik war für den jungen Mann wohl noch nicht final entschieden. Nun musste auch Margot lächeln. »Also, wo ist sie hin?«

»Sie ging zu dem Juwelier. Schräg gegenüber von unserer Schule.«

»Und dann?«

»Dann war die Pause zu Ende, und ich hatte Mathe.«

»Haben Sie die Frau danach noch einmal gesehen?«

»Ja. Aber nicht an dem Tag. In der nächsten Pause war der Bentley weg. Aber zwei Tage später kam er wieder, fast zur gleichen Zeit. Diesmal stieg aber auch ein Typ mit aus.«

Ole Greven unterbrach. »Von dem haben wir auch Fingerabdrücke. Sind auch nicht im System. Unbescholten. Oder zumindest unerwischt.«

»Was haben die Frau und der Mann gemacht?«

»Das weiß ich natürlich nicht.« Torben grinste. »Aber ich kann Ihnen sagen, wohin sie gegangen sind.«

Margot seufzte. Postpubertät war manchmal schwer zu ertragen. Sie war sehr froh, dass Ben diese Phase hinter sich hatte und erwachsen war. »Toller Witz. Wo sind sie hingegangen?«

»Na, wieder zu dem Juwelier. Aber dann sind sie nicht mehr zu dem Bentley zurückgekommen, sondern Richtung Innenstadt gegangen.«

»Und dann war der Bentley weg?«

»Nein, der stand da. Bis zum Ende der Woche. Dann hatte ich Herbstferien. Und als ich gestern zufällig mit dem Rad da langgefahren bin, da stand der immer noch da. Inzwischen von Vögeln vollgeschissen. War nicht so schlau, ihn unter den Bäumen abzustellen.«

»Und warum haben Sie dann die Polizei verständigt?«

»Nun, es war schon verdächtig, dass ein so toller Wagen so lange hier herumsteht. Inzwischen war schon die Kühlerfigur abgebrochen. Das stilisierte B mit den Flügeln. Da dachte ich, bevor der Wagen noch mehr demoliert wird, gebe ich lieber mal Laut.«

»Kluge Entscheidung, den Wagen zu retten«, sagte Horndeich. Für Torben war sicher nicht klar, ob Margots Kollege das ironisch meinte oder nicht. Nur Margot wusste, dass das sein voller Ernst war.

»Habt ihr schon ein Phantombild von den beiden?«

»Ja, Torben hat vorhin mit dem Kollegen vom LKA zwei Phantombilder gefertigt.«

»Sagt mal, der Juwelier – hat der nicht vielleicht eine Überwachungskamera in seinem Laden?«

»Das wissen wir nicht. Noch nicht. Aber er kommt morgen wieder.«

»Wie *wieder*?«

»Urlaub. Was glaubst du, werte Kollegin, was wir hier tun? Wir telefonieren uns die Finger wund. Der Inhaber des Juweliergeschäfts heißt Salomon Tramer. Er hat den Laden für eine Woche zugemacht. Die fahren von Leer in den Hochsauerlandkreis, um Urlaub zu machen. Fahren völlig auf Winterberg ab. Keine Ahnung, wo das ist, aber wenn man ihm am Telefon glauben darf, muss es direkt neben dem Paradies sein. Morgen können wir dem guten Herrn Tramer einen Besuch abstatten. Dann macht er extra für uns den Laden auf. Wollte er eigentlich erst am Montag machen. Aber nachdem das Wort ›Mord‹ gefallen war, hat er gesagt, er bricht den Urlaub ab.«

Na, das waren mal Zeugen nach Margots Geschmack. »Prima. Könnt ihr uns schon mal die Phantombilder rübermailen?«

»Klar. Für dich tun wir alles.« Ole Greven grinste.

»Das ist alles kein Zufall«, sagte Margot.

»Was jetzt?«

»Na, dass unsere große Unbekannte nach Leer fährt. Der Junge sagte doch, dass da noch ein Mann mit ihr im Bentley saß. Das kann ja dann nur jemand sein, den sie dort kannte oder von hier aus mitgenommen hat.«

»Okay. Und was heißt das für uns?«

Margot hielt kurz inne. Gedankenverloren spielte sie mit ihrem Handy. Sah auf das Display. Dann sagte sie: »Das heißt, dass ich jetzt nach Leer fahre.«

»Nach Leer? Du spinnst«, erwiderte Horndeich spontan.

»Nein. Morgen nehmen die sich den Juwelier vor. Ich denke, dann haben wir ein Bild von der Frau. Wenn wir Glück haben, auch von dem Mann. Dann gehen die Ermittlungen in Leer weiter.«

Horndeich seufzte. »Was willst du denn da oben? Die haben doch wohl genug Leute, um selbst zu recherchieren.«

»Sicher. Aber die haben keine Ahnung von unserem Fall hier. Da muss jemand die richtigen Fragen stellen.«

»Willst du wegen diesem Kerl gen Norden?«, nuschelte Horndeich.

»Welchem Kerl?«

»Diesem Ole Greven. Der, der dich via Webcam angemacht hat.« Horndeich hatte keine Lust, vor Ort allein weiterermitteln zu müssen. Vor knapp einem Jahr war Margot schon einmal ins Ermittlungsexil gegangen. Nach Darmstadt in Amerika, als der Amerikaner hier, vor ihrer Haustür, ermordet worden war. Margot hatte damals beschlossen, mit dem amerikanischen Captain gemeinsam ermitteln zu müssen. Zwar hatte sich das im Nachhinein als richtig erwiesen. Aber Horndeich hatte sich des Verdachts nicht erwehren können, dass dieser Captain Nick Peckard für Margots Flug über den Teich irgendwie mitverantwortlich gewesen war.

»Greven? Hast du sie noch alle? Was willst du damit sagen? Dass ich meinem Mann untreu bin? Dass ich nach anderen Typen Ausschau halte?«

»Hallo? Habe ich das gesagt?«

»Nein, aber so laut gedacht, dass ich es deutlich hören konnte. Allerdings liegst du da völlig falsch. Ich fahre dahin, weil es für unsere Ermittlungen wichtig ist.«

Horndeich konnte sich ein Auflachen nicht verkneifen.

»Arsch!«, sagte Margot.

Das war gemeinhin nicht die Ebene, auf der sie miteinander kommunizierten. Horndeich hatte keine Ahnung, was auf einmal in seine Vorgesetzte gefahren war.

»Ich melde mich morgen aus Leer«, zischte sie und rauschte ohne weiteren Gruß aus dem gemeinsamen Büro.

»Was ist denn mit Margot los?«, fragte Marlock, der in dem Augenblick mit einer Liste in der Hand ins Büro kam.

Horndeich zuckte nur mit den Schultern. »Keine Ahnung«, sagte er und verkniff sich den Zusatz: Wahrscheinlich klimakterische Hysterie.

»Hier ist die Auswertung von der Telefonnummer, die uns Breklau von der Warka gegeben hat.«

»Wer?« Horndeich war mit den Gedanken nicht ganz bei

der Sache. Dass ihn Margot mit *Arsch* tituliert hatte, war noch nie vorgekommen. Und es sagte eine Menge über ihren Gemütszustand aus. Entweder hatte er unverhofft ins Schwarze getroffen. Oder eben gänzlich danebengelegen.

»Der Rosenkavalier. Die Daten von der zweiten Handynummer von der Warka.«

»Irgendwas Interessantes?«

»Aber hallo! Mit dem Handy hat sie nicht nur telefoniert, sondern auch gesurft – ich hab mir nämlich auch den Vertrag schicken lassen. Das ist zwar ein Prepaid-Vertrag, aber das Konto wurde mehrfach für Internetflat gebucht. Susanne Warka hat den Vertrag vor vier Monaten abgeschlossen. Und sie hat damit viel telefoniert. Nummern im ganzen Bundesgebiet angerufen.«

»Schon irgendwas herausgefunden, was uns weiterbringt?«

»Nun, auf die Schnelle: Mit dem Rosenkavalier hat sie regelmäßig telefoniert und auch SMS ausgetauscht. Außerdem hat sie sehr viel in die Region Gießen telefoniert. Und auch viel in die Region Bodensee. Konstanz und weiterer Umkreis.«

»Sind die Nummern schon alle zugeordnet?«

»Nein. Aber Riemenschneider ist schon dran. Und da ist noch was: Mit dem Handy hat sie weder mit der Freundin telefoniert, dieser Sonja Leibnitz, noch mit ihrem Freund. Sie scheint zwei komplett getrennte Leben geführt zu haben.«

»Und wo ist das Handy jetzt?«

»Nun, in ihrer Wohnung habt ihr es ja nicht gefunden – aber wir haben die Wohnung auch noch nicht richtig auf den Kopf gestellt. Ich weiß aber, wo es zuletzt eingeloggt war. Ein Handymast mitten in der Stadt.«

»Was uns auch nicht wirklich weiterhilft.«

»He, wie wär's mit einem *Danke, Kollege Marlock, gut gemacht*?«

»Sorry, hast ja recht. Danke.« Horndeich musste aufpassen, dass Margot nicht im Nachhinein noch seine Stimmung versaute. Nur weil ihr eine Laus über die Leber gelaufen war. Eine Laus mit Fernweh Richtung Ostfriesland …

Bevor er weiter nachgrübeln konnte, entschied er sich, nach Hause zu gehen. Sandra hatte ein gutes Schnitzel angekündigt. Und er wollte sich nicht bei einer weiteren Frau in seinem Leben unbeliebt machen.

Das Schnitzel war wunderbar zart.

Stefanie tat Sandra und Horndeich den Gefallen und schlief, während sie aßen. Horndeich sah, dass Sandra müde war. Sie gab es nicht zu, aber die dunklen Schatten unter ihren Augen sprachen eine deutliche Sprache. Nachdem Stefanie die Nacht über wieder unter ihren wachsenden Zähnen gelitten hatte – lautstark –, war sie erst eine halbe Stunde vor Horndeichs Ankunft eingeschlafen.

Horndeich erzählte Sandra von Margots unfeinem Abgang.

»Sie ist weg?«

»Ja. Nach Ostfriesland. Angeblich, um zu ermitteln.«

»Wie – angeblich?«

Horndeich berichtete von ihrem Erfolg bei der Suche nach dem Bentley und der Videokonferenz. »Jetzt meint Frau Hesgart, sie müsse dort vor Ort ermitteln. Und wenn ich eines weiß, dann, dass sie nicht wegen der Ermittlungen dort hochfährt.«

Er sagte Sandra, dass sie sich ein wenig ausruhen solle, er würde mit Stefanie und Che eine Runde spazieren gehen.

Sandra nahm das Angebot gern an.

So räumte Horndeich den Tisch ab und dann die Küche auf. Dafür nutzte er die Zeit, in der Stefanie noch schlief.

Dann nahm er die Leine vom Garderobenhaken, ein Geräusch, das Che innerhalb von zwei Sekunden in den Flur lockte. Horndeich packte seine Tochter in den Kinderwagen und hakte den Hund an die Leine.

Während Che den Spuren der anderen Revierbewohner nachschnüffelte, dachte Horndeich über Margot nach. So gut er Rainer leiden konnte, war der nun seit fast einem Dreivierteljahr in Amerika. Würde mir auch nicht gefallen, wenn Sandra so lange weg wäre, dachte er. Sicher, es mochte für Rainer beruflich wichtig sein, dass er die Chance ergriffen hatte, gemeinsam mit den Amerikanern den alten Kirchenplan zu untersuchen. Doch Horndeich schwor sich, dass er Sandra nie so lange allein lassen würde.

Als er wieder zu Hause war, gab er Che frisches Wasser und wollte sich selbst noch einen Kaffee zubereiten.

Er hörte ein Geräusch und drehte sich um.

In der Tür stand Sandra. »Steffen. Ich glaube, ich habe einen riesigen Fehler gemacht.«

Kaum saß Horndeich wieder am Schreibtisch, klingelte das Telefon. Eine Frankfurter Nummer.

»Steffen Horndeich, Kripo Darmstadt K10, guten Tag«, sagte er gewandt. Langte ja, dass er die Kollegen vergraulte. Mussten ja nicht auch noch Fremde sein.

»Hallo, Zilitt am Apparat.«

»Äh, ja?«

»Anke Zilitt. Die neue Kollegin von Martin Hinrich.«

»Ah, ja, natürlich. Was kann ich für Sie tun?«, fragte Horndeich.

Anke Zilitt lachte auf. Dabei wurde ihre Stimme noch tiefer, als sie schon beim Sprechen war. »Ich glaube eher, dass ich etwas für Sie tun kann.«

»Wunderbar. Was?«

»Sie haben heute Morgen angerufen, damit wir die DNA der Aaners mit der des Embryos von Susanne Warka vergleichen.«

»Ja. Haben Sie das Ergebnis schon?«

»Ja. Der Vergleich ist ja kein Problem. Eher die Aufbereitung der Proben. Aber das hatten wir ja vorher schon erledigt. Und für nette Kollegen machen wir doch immer so schnell, wie es die Physik zulässt.«

Horndeich ignorierte das Kompliment, zumal er nicht wusste, wie er es sich in der kurzen Zeit des persönlichen Kontakts verdient hatte. »Und wie lautet das Ergebnis?«

»Regine und Paul Aaner sind die biologischen Eltern des Mädchens in Susanne Warkas Bauch.«

»Kein Zweifel?«

»Kein Zweifel. Es sei denn, eine Wahrscheinlichkeit von eins zu ichweißnichtwieviel Millionen sät einen solchen in Ihnen.«

»Nein, ich glaube nicht. Danke. Dafür, dass es so schnell ging.«

»Gern geschehen. Hilft Ihnen das Ergebnis weiter?«

Horndeich war ehrlich: »Im Moment wirft es mehr Fragen auf, als es Antworten gibt. Aber auf jeden Fall stellt es eine nachweisliche Verbindung zwischen den Mordfällen her. Danke nochmals.«

Sie verabschiedeten sich, und Horndeich legte auf.

Margot war auf dem Weg in den hohen Norden – und gerade jetzt hätte er sich gern mit ihr besprochen. Er überlegte, ob er Margot am Telefon mitteilen sollte, was Sandra ihm nach seinem Spaziergang mitgeteilt hatte. Doch er entschied sich dagegen. Margot würde morgen wieder in Darmstadt sein. Dann könnten sie zu dritt immer noch über diese Geschichte reden. Und wenn Horndeich sich recht erinnerte, würde auch Rainer am Wochenende hier eintreffen. Das wäre ein bedeutend besserer Zeitpunkt, sich über Doros Fehlverhalten auszutauschen …

Horndeich holte tief Luft und stieß einen Seufzer aus. Er ging zu der Tafel, auf der sie immer wieder versuchten, Struktur in verzwickte Fälle zu bringen. Die war magnetisch, um Fotos mit Magnetpins festzuhalten. Aber man konnte auch mit Edding darauf schreiben.

Er malte drei Kreise an die Tafel. Darunter schrieb er die Namen von Susanne Warka, Regine und Paul Aaner. Auf die dazugehörigen Polizeifotos der Opfer verzichtete er. Schließlich sagten sie in allen drei Fällen wenig über die Physiognomie der Menschen aus. Um die drei Kreise herum platzierte er die Nebenfiguren. Zumbill, den Freund der Warka. Dann Frederik Schaller. Bei den Aaners malte er einen Kreis für Alexander Aaner, Pauls Bruder, hin. Einen für Klaus Friedrichsen, den Geschäftsführer des Autohauses. Das war's dann aber auch schon. Außer dem Kind in Susanne Warkas Bauch gab es keine Verbindung.

Horndeich malte eine gestrichelte Linie von den Aaners zu Susanne Warka, die über Frederik Schaller führte. Dann malte er eine zweite gestrichelte Linie, die einen Kreis kreuzte, den er extra malte und mit »Ausländische Klinik« beschriftete.

»Was machen Sie da?«

Bernd Riemenschneider stand im Türrahmen.

»Ich versuche, zwei Fälle miteinander zu verbinden.«

»Gibt es eine Verbindung?« Riemenschneider betrat das Büro.

Okay, wenn Margot schon nicht da war, vielleicht konnte Riemenschneider als Mr Watson für ihn herhalten. »Ja. Susanne Warka trug das Kind der Aaners aus. Als Leihmutter. Aber mehr haben wir dazu noch nicht herausgefunden.«

»Hm. Schon komisch, dass Menschen diesen Weg gehen«, sagte Bernd Riemenschneider. Er setzte sich auf Margots Stuhl und schaute auf die Tafel.

»Sie meinen, den der Leihmutterschaft?«

»Ja. Wir haben es nicht mal ernsthaft in Erwägung gezogen.«

»Sie und Ihre Frau?«

»Ja. Wir haben darüber gesprochen, klar. Aber wir haben es nicht gemacht.«

Horndeich sah auf die Tafel und fand bestätigt, dass er außer den vagen gestrichelten Linien tatsächlich keine weitere Verbindung erkennen konnte. Und er erkannte, dass er bislang nichts aus dem Leben des Kollegen Riemenschneider wusste. Und es eigentlich auch nicht vermisst hatte.

Doch der sprach weiter. »Wir können keine Kinder bekommen. Fragen Sie nicht nach den ganzen Untersuchungen, die wir über uns ergehen lassen mussten. Ich wusste bis dahin gar nicht, dass auch Spermien unter Leistungsdruck stehen. Dreimal haben wir die künstliche Befruchtung versucht, dreimal ist der Embryo nach zwei Monaten abgegangen.«

»Das tut mir leid«, sagte Horndeich unbeholfen. Was hätte er auch sonst sagen sollen?

»Na, wir haben das mit der Leihmutterschaft nur kurz angesprochen. Wissen Sie, wenn der Kinderwunsch so stark wird, dass er alles andere in den Schatten stellt … Aber eine Mutter ist eben der Mensch, in dessen Körper ein Kind wächst. Das kann man doch nicht einfach ignorieren.«

Obwohl Horndeich eigentlich keine weiteren Details aus Riemenschneiders Eheleben hören wollte, fragte er fast automatisch: »Wie meinen Sie das?«

»Das ist doch offensichtlich. Sehen Sie, meine Frau und ich, wir lieben Klassik. Also eigentlich eher Barock. Telemann, Vivaldi oder Purcell. Bei einer Aufführung von *Dido und Aeneas* haben wir uns kennengelernt. Schon komisch, wie das Schicksal ein Paar zusammenführt. Zwei Sitze im Theater, jeder ist nur da, weil er die Abo-Karte eines Freundes übernommen hat, nur damit sie nicht verfällt. Wir haben uns gleich verstanden, Karin – so heißt meine Frau – spielt sogar Cello. Ich spiele kein Instrument außer HiFi-Anlage. Wir sind auch beide überzeugte Vegetarier. Und nun stellen Sie sich vor, unser Kind wird von einer Frau ausgetragen, die den ganzen Tag Alice Cooper und AC/DC hört – oder, noch schlimmer, irgendwelche Alpenjodler, die meinen, sie würden mit ihren Kehlkopfattacken deutsche Volksmusik pflegen. Und während dieser Un-Schall auf das Baby einprasselt, zieht sich die Mutter einen Burger nach dem anderen rein. Ich bin sicher, dass die Monate im Bauch der Mutter einen Menschen prägen.«

Horndeich schwieg. Stefanie hatte, während sie in Sandras Bauch herangewachsen war, oft Juta gehört, Horndeichs Lieblingssängerin aus Russland. Sandra mochte Ludovico Einaudi, einen begnadeten Komponisten und Pianisten. Wenig Vivaldi, aber zumindest auch wenige Jodler. Was würde Stefanie wohl später gern hören?

»Na ja, wir haben uns dann entschieden, eine Pflegschaft für ein Kind anzunehmen. Da sind die Bedingungen klar, das

Kind weiß, dass wir nicht seine Eltern sind. Und dennoch sind wir das Beste, was dem Kind passieren kann.«

Horndeichs Neugier war geweckt. »Pflegschaft? Keine Adoption?«

»Ach, das lag an mir. Ich wollte kein Kind, dem ich irgendwann mal erklären muss, dass seine Eltern nicht seine Eltern sind. Bei einer Pflegschaft, da weiß das Kind, woran es ist. Wir sind die Alternative zum Heim. Es klappt ganz gut.«

»Ihr habt also ein Pflegekind?«

»Ja, Sabrina. Sie ist jetzt neun. Sie war fünf, als sie zu uns kam. Vorher war sie im Heim.«

»Und sie kennt ihre Eltern?«

»Jein. Die Mutter. Der Vater ist nicht bekannt. Und die Mutter ist ein Junkie. Sie lebt in Darmstadt auf der Straße. Ja, die beiden haben sich unter Aufsicht schon getroffen. Aber Sabrina war danach immer ziemlich verstört. Ihre Mutter ist nicht unsympathisch. Aber ihr Gehirn fault unter H und Crack weg. Es ist schwierig. Aber ich bin zutiefst davon überzeugt, dass es einfacher ist als ein Geständnis von Adoptiveltern, nicht die leiblichen Eltern zu sein.«

»Kommt Sabrina damit zurecht?« Horndeich ärgerte sich ein wenig über sich selbst, dass er jetzt echtes Interesse am Privatleben von Bernd Riemenschneider hatte.

»Ja. Sie hat Mama, und sie hat ihre Mutter. Und ich bin Papa, und Vater gibt's nicht. Sie spielt Geige – und das richtig gut. Wenn sie so weitermacht, dann wird aus ihr einmal eine zweite Anne-Sophie Mutter. Und diese Chance hätte sie ohne uns nicht gehabt.«

Horndeich musste lächeln. Wenn Stefanie schrie, musste man nur Sandras Einaudi anstellen. Und das Kind beruhigte sich. Und vor ein paar Tagen hatte Horndeich gesehen, dass sich sogar Che direkt vor einen der Lautsprecher gelegt hatte, als Einaudi mit *Una mattina* zu hören war.

»Nein, es ist nicht einfach«, sagte Riemenschneider mehr zu sich selbst. »Aber es gibt Momente, in denen weiß man, dass man etwas richtig macht. Sie hatte vor Kurzem ihr erstes

Solokonzert. Und nachdem sie sich vor dem Publikum verbeugt hat, hat sie durch den ganzen Saal gerufen: ›Danke, Mama und Papa!‹«

»Hut ab, Bernd.« Der Vorname war Horndeich einfach so über die Lippen gerutscht.

»Wir sind keine Heiligen. Aber ich glaube, dass Adoption und Pflegschaft besser sind als diese Leihmuttergeschichten. Wie viele Kinder wünschen sich Eltern …«

Bernd hielt kurz inne. Dann sagte er: »Du sagtest, bei dieser komischen russischen Seite mit den russischen Frauen auf dem NAS von Aaner ging es um Eizellenspenderinnen.«

»Ja.«

»Na, dann würde ich darauf tippen, dass die Aaners genau das schon mal ausprobiert haben. Vielleicht konnte Regine Aaner keine eigenen Eizellen produzieren. Also kauften sie sich die beiden Eizellen auf dem Markt.«

»Auf dem Markt? Das klingt so nach Kaufhof oder Stadtmarkt. Ist das nicht ein wenig überspitzt?«

»Nein, überhaupt nicht. Es gibt eine Nachfrage und ein Angebot. Knallhart. Da zählen Preis und Service. Es gibt Kliniken, die werben ganz offensiv im Internet. Mit Preislisten. Da kannst du dir genau ausrechnen, was es dich kostet, ein Kind zu kriegen.«

Horndeich reichte Riemenschneider die Hand. »Lassen wir das vielleicht doch mit dem Sie. Ich bin Horndeich.«

»Bernd. Aber du heißt doch Steffen?«

»Horndeich passt schon.«

»Okay. Aber spinnen wir das doch mal weiter. Die beiden kaufen sich in der Ukraine oder sonst wo Eizellen. Die werden mit dem Samen von Paul Aaner befruchtet. Und bei Regine Aaner eingepflanzt. Dann läuft was schief. Sie verliert das Kind und wird gänzlich unfruchtbar. Vielleicht eine unsaubere Ausschabung – irgendetwas in der Richtung. Nun bleibt nur noch die Option auf eine Leihmutterschaft durch eine andere Frau.«

Horndeich sah Bernd Riemenschneider in die Augen. »Das

heißt aber, dass Regine Aaner schon einmal schwanger gewesen ist.«

»Ja. Wenn meine Theorie stimmt, dann schon.«

»Na, dann schauen wir mal.«

Horndeich suchte kurz nach Jasmin Selderaths Nummer, fand sie und wählte.

Jasmin Selderath meldete sich.

»Hallo, Frau Selderath, hier ist noch mal Steffen Horndeich von der Kripo in Darmstadt. Ich hätte da noch eine Rückfrage.«

»Ja. Was kann ich für Sie tun?«

»Sie haben uns gesagt, dass Regine Aaner schwanger war.«

»Ja. Das hat sie mir erzählt. Und mir sogar ein Ultraschallbild gezeigt.«

Horndeich war befremdet. Wie weit musste die Verklärung reichen, um das Bild eines Fötus herumzuzeigen, der gar nicht im eigenen Körper heranwuchs?

»Wissen Sie, ob Regine Aaner vorher schon einmal schwanger war? Und vielleicht eine Frühgeburt hatte? Oder eine Totgeburt?«

Das Erstaunen in Jasmin Selderaths Stimme war nicht zu überhören. »Ja. Sie war tatsächlich schon einmal schwanger.«

»Und wann war das?«

Kurzes Schweigen am anderen Ende der Leitung. »Ist ein Dreivierteljahr her. Weihnachten. Genau. Kurz vor den Weihnachtsferien hat sie's mir gesagt. Da war sie im dritten Monat schwanger. Und dann, im Januar, hatte sie eine Fehlgeburt. Es hat sie sehr mitgenommen. Die Arme.«

»Ja. Sicher.« Horndeich wusste nicht, wie er die Bemerkung ansonsten kommentieren sollte. Dann bedankte er sich und verabschiedete sich.

»Und?«, fragte Bernd Riemenschneider.

»Treffer. Vor einem Dreivierteljahr.« Horndeich klickte sich durch diverse Ordner auf der Festplatte. Dann öffnete er eine Datei.

»Ah, das ist eine Seite von der Liste mit den Eizellenspenderinnen, richtig?«

»Ja.« Horndeich drückte eine Kombination von zwei Tasten und bewegte sich damit an das Ende der Seite. Dann zeigte er auf die Fußzeile.

»Was steht da?«

»Актуальная дата: Август 2010«, sagte Horndeich und übersetzte sogleich: »Aktueller Stand: August 2010.«

»Das heißt, es passt. Offenbar haben die beiden sich dort eine Eizellenspenderin gesucht. Dann einen Versuch gewagt. Der misslungen ist. Und dann haben sie sich eine Leihmutter gesucht. Warum in Deutschland? Warum nicht noch mal über die Klinik?«

»Nun, wahrscheinlich haben sie den Leuten vor Ort die Schuld am Scheitern des ersten Versuchs gegeben. Und wollten das Kind nun lieber im klinisch reinen Deutschland austragen lassen.«

Riemenschneider schwieg. »Also, für mich hat das was Gruseliges. Schönen Feierabend.«

»Dir auch.« Das »Du« ging Horndeich noch etwas mühsam über die Lippen. Aber in der Sache gab er Bernd recht. Er überlegte, ob er nicht jemanden, der besser Russisch sprach als er, bitten sollte, herauszufinden, zu welcher Klinik oder zu welchem Institut diese Seite gehörte. Dann dachte er sich, dass das wohl auch nichts nützen würde. Schließlich war Susanne Warka die Leihmutter und nicht irgendeine namenlose Slawin.

Horndeich wollte gerade wieder zu seiner Tasche greifen und nach Hause gehen, als Zoschke anklopfte und eintrat.

»Ja?«, fragte Horndeich.

»Du wolltest doch etwas über den guten Frauendoktor von Susanne Warka wissen.«

»Ja. Wollte ich. Und? Hast du was?«

»Jepp. Hab ich.«

Horndeich starrte auf die dicke Akte, die Zoschke unterm Arm hielt. »So viel in vier Stunden? Wie hast du denn das gemacht?«

Zoschke strahlte wie der Igel am Ende des Feldes. »Gewusst, wo.«

»Und? Mach's nicht so spannend. Wo hast du das her?«

»Willst du gar nicht wissen, was drinsteht?«

»Klar. Also, gib rüber.«

Zoschke reichte Horndeich die Akte. Der sah sofort, dass sich darin drei Mappen befanden. Eine war eine dünne Klemmmappe, die zweite ein unwesentlich dickeres Modell. Die dritte Mappe war eine Akte der Staatsanwaltschaft. Horndeich schlug Letztere auf. »Wow!«

»Das habe ich auch gedacht. Der gute Mann hat ein Verfahren am Hals. Er wird beschuldigt, bei einer OP gepfuscht zu haben. Die Frau hat ihn verklagt, weil sie davon überzeugt ist, durch seinen Eingriff unfruchtbar geworden zu sein. Die beiden anderen Mappen sind Infos, die öffentlich zugänglich sind. Eine von irgendeiner Ärztevereinigung. Und die andere von so einer Businessplattform im Internet.«

»Danke«, sagte Horndeich.

»Passt schon. Ich mach mich dann mal heim.«

»Ciao«, erwiderte Horndeich. Und musste schmunzeln. Der Hesse im Allgemeinen und der Darmstädter im Besonderen kamen im Grunde für jede Art der Fortbewegung mit einem Verb aus: »machen«. Bei dem Satz »Ich mach dann mal ins Bett« würde man sofort merken, wenn ein Hesse im Raum war, weil er der Einzige im Raum wäre, der nicht errötet oder zu lachen beginnt.

Horndeich lehnte sich zurück. Zuerst studierte er die beiden schmalen Dossiers. Er wollte zunächst wissen, mit wem er es zu tun hatte, bevor er die Akte der Staatsanwaltschaft in Angriff nahm. Frederik Johannes Schaller war 1950 in Marburg geboren worden. Ging dort zur Schule. Verpflichtete sich zunächst bei der Bundeswehr und war in der Steubenkaserne in Gießen stationiert.

Von dort aus ging Schaller direkt an die Uni. Wieder Marburg. Medizin. Dann vor knapp dreißig Jahren Facharzt für Gynäkologie. Die ersten zehn Jahre in Frankfurt an der Uni-

Klinik. Dann nach Landau an die Pro-filio-Klinik, eine Klinik, die sich auf künstliche Befruchtung spezialisiert hatte, eine sogenannte Kinderwunschklinik. Dort war Schaller erfolgreich, wie die Liste der Veröffentlichungen belegte. Im Jahr 2000 wurde die Klinik dann privatisiert. Er war einer von vier Ärzten, die gehen mussten. Zwischen den Zeilen konnte man lesen, dass er wohl eine gute Abfindung bekommen hatte. Er zog nach Darmstadt und machte seine eigene Praxis auf, hatte auch ein paar Belegbetten im Darmstädter Bezirkskrankenhaus.

Von da an nichts mehr über ihn, bis eine Frau ihn vor zwei Jahren verklagte. Horndeich überflog den Sachverhalt, aber seine Kenntnisse in Gynäkologie waren eher rudimentärer Natur. Was er jedoch verstand, war, dass da wohl eine Menge Gutachter auf beiden Seiten um das fochten, was sie für die Wahrheit hielten. Horndeich musste die medizinischen Details nicht verstehen, um zu kapieren, dass es um richtig viel Geld ging. Und dass ein Gutachter seine Zeilen auch nicht für einen Appel und ein Ei schrieb, war ebenfalls klar.

Eine illegale Leihmutterschaft einzuleiten und zu betreuen – das durfte durchaus lukrativ sein. Wenn Schallers Bude immer so voll war, wie sie es selbst erlebt hatten, dann konnte er von dem, was die Praxis abwarf, wohl kaum leben. Horndeich überflog die Akte mehrmals. Aber der Name Aaner tauchte nirgends auf.

Er ging zur Tafel, nahm den blauen Edding, malte eine gestrichelte Linie zwischen Paul Aaner und Frederik Schaller. Er malte ein Fragezeichen daneben. Eigentlich passte alles ganz gut zusammen. In Gedanken spann Horndeich ein mögliches Szenario: Die Aaners wollten eine Leihmutterschaft. Sie beauftragten und bezahlten Frederik Schaller, der eine junge Leihmutter auftreiben konnte: Susanne Warka. Die offenbar ein Doppelleben führte und deren Verhältnis zu ihrem Freund, wie es schien, alles andere als ungetrübt war. Dann bestellten die Aaners Schaller zu sich nach Hause und erklärten, sie wollten das Kind nicht mehr. Vielleicht hatte es das falsche Geschlecht. Es kam zum Wortgefecht. Die Aaners hatten ihn in der Hand, denn sein Tun war das Einzige, das rechtlich belangt werden konnte. Im Affekt brachte er beide um. Ließ es nach Raubmord aussehen und nahm den Inhalt des Tresors mit. Dann erzählte Schaller Susanne Warka, dass die Aaners ihr Kind nicht haben wollten. Susanne war aber ebenfalls nicht bereit, das Kind zu behalten – und auch sie konnte Schaller in den Knast bringen. Also brachte er auch sie um.

Horndeich musste sich eingestehen, dass die Theorie noch zahlreiche Lücken aufwies. Etwa die Fingerabdrücke der unbekannten Frau im Haus und im Bentley der Aaners – der dann in Leer herumsteht. Und dass Schaller nach der Tat den Wagen gestohlen haben könnte, machte wenig Sinn – und erklärte ebenfalls nicht das Vorhandensein der Frau, die der junge Weltrevolutionär gesehen hatte. Aber vielleicht war Schaller der zweite Mann? Der Drahtzieher im Hintergrund?

Horndeich sah auf die Tafel.

Eine weitere Frage war, wie Schaller und die Aaners zusammengekommen waren? Waren sie sich in Darmstadt zufällig über den Weg gelaufen?

Er hielt inne. Dann zeichnete er eine ebenfalls gestrichelte Linie zwischen Regine Aaner und Frederik Schaller. Der Kerl war Frauenarzt. Wahrscheinlich war es also sie gewesen, die Schaller kannte.

Und vielleicht sollten sie sich nun um einen Durchsuchungsbeschluss bemühen, um seine Praxisräume auf den Kopf stellen zu können.

Außerdem sollte er jetzt wohl noch mal Zumbill aufsuchen. Hatte der von der Leihmutterschaft gewusst? Sie vielleicht sogar unterstützt?

Die Fahrt nach Leer war anstrengend gewesen. Auf der Autobahn schien die nächste Völkerwanderung begonnen zu haben, und obwohl kein längerer Stau an ihren Nerven gezerrt hatte, fühlte sich Margot wie gerädert. Sozusagen.

Der Grund dafür konnte allerdings auch sein, dass das

Gedankenkarussell in ihrem Kopf nicht hatte anhalten wollen. Sie schämte sich dafür, dass sie ihren Kollegen mit *Arsch* tituliert hatte. Obwohl es Margot wirklich nicht darauf abgesehen hatte, Ole Greven hier zu treffen. Es war ihr viel mehr darum gegangen, sich nicht mit Nick Peckard treffen zu müssen.

Es hatte sie ein wenig aus der Bahn geworfen, dass Nick plötzlich sein Kommen angekündigt hatte. Noch verwirrender war es gewesen, als sie ihm dann gestern tatsächlich gegenübergestanden hatte. Und das gemeinsame Frühstück war alles andere als entspannt gewesen. Was nicht daran gelegen hatte, dass er versucht hätte, ihr die Klamotten vom Leib zu reißen. Vielleicht irritierte es sie aber auch, dass er genau das nicht versucht hatte, nicht mal im Ansatz. Fand er sie nicht mehr attraktiv?

Hatte er sie überhaupt jemals attraktiv gefunden?

War das, verdammt noch mal, in irgendeiner Weise für irgendjemanden relevant, ob er sie attraktiv gefunden hatte oder fand?

Wieder schossen ihr all die Gedanken durch den Kopf, die sie seit dem letzten Sommer mehr oder weniger erfolgreich zu verdrängen versuchte. Seit sie Nick damals in Amerika wiedergesehen hatte, als sie mit Rainer in Urlaub gefahren war. Fahren wollte. Denn dazu war es ja nicht gekommen. Kein Urlaub. Die gemeinsamen vier Wochen einfach abgesagt, weil eine neue Maschine nur für diese vier Wochen zur Verfügung stand. Mit der sie eine ganz besondere Untersuchung machen konnten, die man so noch nie hatte machen können, die man so nie wieder würde machen können. Rainer hatte ihr haarklein erklärt, was das Besondere daran war. Unter gestenreicher Unterstützung von Rhonda, der jungen Assistentin. Und Margot hatte sich etwas eingestehen müssen, nämlich dass sie auf einen beschissenen mittelalterlichen Kirchenplan eifersüchtig war. Schließlich war sie dann ohne Rainer in Urlaub gefahren.

Auf dem Weg nach Leer hatte Margot an einer Raststätte eine kurze Pause eingelegt, war auf die Toilette gegangen, hatte einen Kaffee getrunken und danach Nick eine SMS geschickt: »Bin dienstlich in Norddeutschland, melde mich.«

Nachdem sie nun ihren Zielort erreicht hatte, beschloss sie, zuerst zur Polizeistation zu fahren. Sie hatte Ole von unterwegs angerufen und ihm mitgeteilt, dass sie heute noch in Leer eintreffen würde. Ganz Gentleman, hatte er sich um ein Zimmer im Hotel *Am Markt* bemüht – und ihr eine Viertelstunde später die Bestätigung per SMS geschickt.

Margot lenkte ihren Wagen auf den Parkplatz vor dem fünfstöckigen Backsteinquader. Sie wollte die Polizeiinspektion eben durch den Haupteingang betreten, als ihr Ole entgegenkam.

»Margot?« Er umarmte sie zurückhaltend und gab ihr einen Kuss auf die Wange. »Ich freue mich, dass du hier bist.«

»Danke. Ich freue mich auch, dich zu sehen.« Sie hatte bewusst nicht gesagt: *dich wiederzusehen.*

»Du kommst gerade richtig. Ich bin auf dem Weg zu Salomon Tramer. Der hat uns eben angerufen, dass er wieder zu Hause ist. Er hat gefragt, ob wir nicht noch heute Abend vorbeikommen könnten, damit er morgen ausschlafen kann.«

»Nun, uns soll es recht sein, nicht wahr«, bemühte sich Margot um einen lockeren Ton.

»Kommst du mit? Warst du schon im Hotel? Oder willst du zuerst noch dorthin?«

»Nein, ich komme mit.«

»Prima.«

Ole Greven ging auf einen Opel Omega zu. »Malte kommt auch mit«, sagte er, als wäre damit alles erklärt. Er entriegelte den Wagen, dann hielt er Margot die Tür auf der Beifahrerseite auf. Die stieg ein und konnte sich ein Schmunzeln nicht verkneifen. Nick hielt ihr auch immer die Türen auf.

Ole setzte sich hinter sie auf den Rücksitz.

Eine halbe Minute später kam Malte. Der bullige Mann mit dem knappen hellblonden Bürstenhaarschnitt ließ sich hinter das Steuer gleiten. Womit die Gewichtsverteilung wieder einigermaßen ausgeglichen war. »Moin«, brummelte er.

»Malte, das ist Hauptkommissarin Margot Hesgart aus Darmstadt. Margot, das ist Polizeikommissar Malte Idler. Aus Jemgum. Kann er aber nix dafür.«

Margot musste schmunzeln. Sie kannte Jemgum. Eine Schwester ihrer Mutter hatte es nach dem Krieg dorthin verschlagen. Ein kleines Örtchen direkt bei Leer. Die kleine Margot hatte es immer gehasst, wenn sie die Tante besucht hatten, die mit ihrem Mann einen Bauernhof bewirtschaftete. Am schlimmsten war der Gestank der Kühe gewesen. Ein Kumpel in der Schule hatte mal von Ferien auf dem Bauernhof geschwärmt. Das hatte Margot nie nachvollziehen können: Kuhfladen auf dem Hof, Milch mit Haut, Kikeriki, das einen um den Schlaf brachte, und der Hund, der besser war als jede Alarmanlage und immer äußerst bedrohlich die Zähne fletschte. Interessant war einzig und allein die Kirche mit dem schiefsten Turm der Welt in Suurhusen, schiefer als der Turm von Pizza, wie Margot als Kind immer verstanden hatte. Amüsant waren auch die Namen der ganzen anderen Käffer gewesen: Hatzum, Ditzum, Petkum und eben besonders: Jemgum. Erinnerte sie immer an Kaugummi.

Idler grummelte noch etwas Unverständliches, während er bereits den Motor anließ und den Wagen vom Parkplatz lenkte.

Margot kannte die Namen der Straßen nicht, die sie entlangfuhren. Doch an die einspurige Brücke erinnerte sie sich, bei der man wie an einer Baustelle immer warten musste, bis die Fahrt darüber freigegeben wurde. Auch das alte Rathaus erkannte sie. Und stellte wieder einmal fest, dass ihr die Backsteinarchitektur gut gefiel.

Wenig später parkte Malte Idler den Wagen unmittelbar vor dem Geschäft des Juweliers.

Der Motor war noch nicht abgestellt, da öffnete sich auch schon die Eingangstür zu dem offensichtlich nicht sehr großen Laden. Im Türrahmen stand ein grauhaariger Mann im Anzug mit Fliege.

Ole Greven ging auf ihn zu: »Salomon Tramer?«

Der Mann nickte. »Sehr nett, dass Sie es heute noch einrichten konnten.«

Ole machte alle Anwesenden miteinander bekannt, dann betraten Sie den Verkaufsraum.

Margot sah sich um. Der Raum war rund vierzig Quadratmeter groß. Vitrinen zogen sich die Wände entlang. Rund die Hälfte der Ware bestand aus Uhren. Von der Firma Rolex wusste auch Margot, dass sie zum hochpreisigen Segment gehörte. Aus den Augenwinkeln entdeckte sie den großen Bruder ihrer Damenversion der Tissot PR 100. Die war zwar auch nicht billig, aber mit ihrem Gehalt bezahlbar.

Die Vitrinen waren wie die Verkaufstheke aus dunklem, glänzend lackiertem Holz gefertigt und passten so ausgezeichnet zum Gentleman-Auftreten des Inhabers. Für Margots Geschmack war der Raum zu wuchtig. Aber sie musste sich hier ja nicht wohlfühlen.

Der Juwelier war hinter den Tresen getreten.

Ole gab Margot ein Zeichen, mit dem er sie aufforderte, ihre Fragen zu stellen. Schließlich ging es hier um ihren Fall. Zumindest so, wie es aussah.

»Herr Tramer, wir ermitteln in einem Mordfall, der sich in Darmstadt ereignet hat.«

»Ah, in der Stadt des Jugendstils. In der der Hochzeitsturm derzeit hinter einem Gerüst versteckt wird.«

»Sie kennen Darmstadt?«

»Nun, da ich mich sehr für die Kunst des Jugendstils interessiere, komme ich an Darmstadt nicht vorbei. Vor allem das Jugendstilmuseum mag ich sehr.«

Margot kannte das Museum. Rainer und ihr Vater hatten sie einmal dorthin geschleppt. Mit der Kunst konnte sie sich nicht wirklich anfreunden. Die filigranen Plastiken von Bernhard Hoetger waren ihr jedoch im Gedächtnis geblieben.

»Wir suchen in diesem Zusammenhang eine junge Frau. Sie ist vielleicht fünfundzwanzig Jahre alt, hat langes blondes, vielleicht zu einem Zopf gebundenes Haar. Sie wurde zweimal gesehen, wie sie Ihren Laden betreten hat. Einmal allein und zwei Tage später in Begleitung eines Mannes. Das war …«

»… in der Woche, bevor wir in Urlaub gefahren sind. Am Montag.« Samuel Tramer sah auf einen Wandkalender, der gleichzeitig Werbung für Glashütte-Uhren machte. »Montag, den achten. Ich erinnere mich gut an die Dame. Und ich muss gestehen, dass es mich nicht erstaunt, dass Sie sich nach ihr erkundigen. Ich hatte gleich so ein ungutes Gefühl.«

»Können Sie uns erzählen, was sie von Ihnen wollte?«

»Einen Moment«, sagte Salomon Tramer. Dezent von einer Vitrine verdeckt, stand ein flacher Computermonitor. Die Tastatur und die Maus waren unsichtbar für den Kunden etwas tiefer hinter der Theke platziert. Salomon Tramer tippte etwas ein, dann sagte er: »Wenn Sie einfach um die Theke herumkommen würden, bitte.«

Die Beamten taten, wie ihnen geheißen. Alle Augenpaare richteten sich auf den Bildschirm. Darauf war ein Schmuckstück zu sehen. Ein fein ziselierter goldener Armreif mit Rubinen. Tramer klickte auf eine Maustaste, es folgte ein weiteres Bild. Das zum Armreif passende Collier. Dann klickte Tramer schneller durch die Bilder.

»Es waren insgesamt vierundzwanzig Stücke, die diese Dame mitgebracht hatte und hier vor mir ausbreitete. Sie hatte sie in einer billigen Schmuckschatulle aufbewahrt. Die Schatulle war neu. Sah nach Ein-Euro-Shop aus.« Die Stimme des Juweliers konnte seinen Ekel nicht verbergen, als er das Wort aussprach. »Der Schmuck passte nicht zur Schatulle. Oder eher umgekehrt.«

»Was wollte die Dame von Ihnen? Nannte sie einen Namen?«

»Sie nannte sich Irina Lambert und sagte, sie wohne bei Oldenburg. Sie hatte einen starken slawischen Akzent. Ich tippe auf Russisch, aber polnische oder tschechische Muttersprache ist auch möglich. Sie erzählte etwas von einer Erbschaft – sie hätte die Stücke aus dem Tresor eines Onkels ausgeliehen. Und der ganze Schmuck müsste in zwei Tagen abends wieder dort liegen, sonst hätte sie ein Problem. Ihr

Cousin würde keine Sekunde zögern, sie anzuzeigen. Aber es wäre wichtig, den Schmuck schätzen zu lassen. Das wäre sie ihrer Cousine schuldig. Ihr Cousin wolle seine Schwester ausboten. Ihr selbst, so sagte sie, gehörten zwei Stücke. Ein Armband aus Weißgold mit vielen Brillanten.«

Tramer klickte ein paar Bilder zurück: »Dieses hier. Und dann das Collier dazu, hier.«

Der Juwelier hatte die Schmuckstücke auf einer blauen Samtunterlage fotografiert. »Sie bot mir für das Schätzen einen guten Preis und eine Zulage für den Expressservice.«

»Haben Sie ihr die Story abgekauft?«

Tramer lächelte. »Wissen Sie, ich habe diesen Laden jetzt seit fünfunddreißig Jahren. Seit fünfundvierzig Jahren arbeite ich hier. Es gibt kaum etwas, was ich noch nicht gesehen oder gehört habe.«

»Das beantwortet meine Frage nicht.«

»Nun, es war eine wilde Geschichte. Aber sie war so wild, dass sie schon fast wieder möglich erschien. Und die junge Dame – ich nehme nicht an, dass ›Lambert‹ ihr richtiger Name war – hatte ja auch nur um eine Schätzung gebeten. Die meisten, die mit gestohlenen Sachen kommen, wollen sie so schnell wie möglich zu Geld machen.«

»Sie waren also nicht skeptisch, haben nicht befürchtet, dass es sich um gestohlenen Schmuck handelte.«

»Doch. Ich bin immer skeptisch. Das gehört zum Beruf. Deshalb habe ich die Schmuckstücke auch in der Datenbank abgefragt. Es gibt ja inzwischen den Juwelier-Warndienst. Da hat uns das Internet schon einen Segen beschert. Vor zwanzig Jahren war das noch nicht möglich. Aber der Schmuck war dort nirgendwo als vermisst gemeldet. Der Schmuck war nicht nur schön, sondern auch wertvoll. Alles zusammen rund eine halbe Million Euro.«

»Was passierte dann?«

»Die Dame kam zurück. Diesmal in Begleitung des Mannes. Sie stellte ihn mir nicht vor. Er wirkte sehr verschüchtert. Sagte kein Wort. Offensichtlich fühlte er sich nicht sehr wohl in seiner Haut. Und er war ziemlich verliebt in die junge Dame. Nun, die sagte, sie habe damit gerechnet, dass der Schmuck sehr viel mehr wert sei, als der Cousin behauptete.«

»Dann bezahlte sie und ging?«

»Ja. Und Sie werden mir jetzt erzählen, dass der Schmuck tatsächlich gestohlen ist, nicht wahr?«

»Höchstwahrscheinlich.«

Abermals seufzte der Mann. »In was sie da wohl reingeraten ist.«

Margot kommentierte das nicht.

»Wissen Sie, sie machte auf mich nicht den Eindruck einer professionellen Diebin. Sie gab sich zwar kalt und entschlossen, aber gleichzeitig schwang etwas Trauriges, fast Verzweifeltes in ihrer Ausstrahlung mit.«

»Sie haben nicht zufällig eine Kamera installiert, die Ihre Räume überwacht?«, brachte sich nun Ole Greven ins Gespräch ein.

»Aber natürlich habe ich das. Und um Ihrer Frage zuvorzukommen: Ja, ich kann Ihnen Fotos geben. Von beiden. Kommen Sie bitte mit.«

Der Juwelier führte die Beamten in einen der rückwärtigen Räume. Es handelte sich unverkennbar um das Büro des Chefs. Auch hier dominierte dunkles Holz bei allen Einrichtungsgegenständen.

Auf dem großen Schreibtisch stand ein riesiger Monitor. Die Beamten nahmen Platz auf den vor dem Schreibtisch stehenden Stühlen. Tramer setzte sich hinter den Tisch. Er schob die Tastatur und die Maus an den richtigen Platz, dann drehte er den Monitor so, dass auch die Beamten einen Blick darauf hatten.

Tramer rief ein Programm auf. Margot erkannte, dass es sich um die Steuerung der Überwachungsanlage handelte. Auf dem Monitor waren acht Fenster zu sehen, die jeweils einen Raumausschnitt zeigten, den eine Kamera lieferte. In einem der Fenster erkannte Margot sich selbst.

Tramer gab Datum und Uhrzeit in die vorgegebenen Felder ein. »Na, da hat es sich ja fast bezahlt gemacht, dass ich vor einem Jahr die neue Anlage installiert habe. Hat mein Schwiegersohn gemacht. Wir haben vier Monate davor einmal zusammen ›Aktenzeichen XY … ungelöst‹ geschaut. Und er hat sich darüber aufgeregt, was denn die ganzen Raumüberwachungen in Banken oder bei Juwelieren bringen sollten, wenn man im Ernstfall darauf dann nur Klötzchenkino, grau in grau, bekäme. Nun, wenig später hat er meine Anlage komplett neu aufgesetzt. Ist jetzt alles in HD.«

Er klickte noch ein paarmal auf der Maus herum, dann sagte er nur: »Jetzt.«

Eine der Kameras war in Augenhöhe auf die Eingangstür gerichtet und erfasste das Gesicht der vermeintlichen Irina Lambert auf einem der Kamerafenster auf dem Monitor. Tramer klickte auf den Pause-Button, zoomte das Bild größer. Die Frau hatte ein fein geschnittenes Gesicht und hohe Wangenknochen. Sogar die blaue Augenfarbe konnte man dank der Qualität der Aufzeichnung erkennen. Sie trug einen roten Mantel, so wie Torben Wankel gesagt hatte.

»Können Sie das speichern?«, fragte Margot.

»Schon geschehen. Soll ich es komplett durchlaufen lassen?«

»Gern.«

Alle schauten gebannt auf den Stummfilm, der sich auf dem Monitor aus mehreren Perspektiven zeigte. Nachdem die Frau nach ungefähr zehn Minuten den Laden wieder verlassen hatte, hatte Margot nicht den Eindruck, noch um irgendeine Erkenntnis reicher geworden zu sein. Aber allein das Bild ihres Gesichts würde ihnen sicher weiterhelfen. Margot hatte wenig Zweifel daran, dass der Schmuck aus dem Tresor der Aaners stammte. Vielleicht war die Frau nicht die Mörderin. Aber sie war auf jeden Fall am Tatort gewesen.

»Jetzt zeige ich Ihnen den Mann.«

Wenige Klicks später war auch das Bild des jungen Mannes auf Festplatte gebannt.

»Ich gebe Ihnen alle Bilder vom Schmuck und die Bilder des Pärchens mit«, sagte Tramer.

»Dürften wir Sie bitten, das auf eine CD zu brennen?«

Tramer hantierte kurz am Computer, dann hielt er Greven einen Speicherstick hin.

»Super, danke«, meinte Greven, »den bringen wir Ihnen zurück, wenn die Ermittlungen abgeschlossen sind.«

»Nicht nötig«, meinte Tramer. »Ist ein Werbegeschenk. Können Sie behalten. Ich habe auch noch die Filme draufgepackt, auf denen die beiden zu sehen sind.«

Margots Blick fiel auf den Stick. Sie erkannte den Aufdruck »16 GB« und dass die Außenhülle des Sticks offenbar aus gebürstetem Alu bestand. Okay, war ja auch das Werbegeschenk eines Juweliers. Aber Geschenk hin oder her – die Kollegen würden das Teil auf jeden Fall wieder zurückbringen.

Die Beamten bedankten sich bei Tramer, verabschiedeten sich und gingen zum Wagen.

»He, magst du heute Abend mit mir essen gehen?«

Margot schaute Greven in die Augen. »Sei mir nicht böse, aber das ist keine gute Idee.«

»Äh – was ist an Nahrungsaufnahme keine gute Idee?«

Margot fasste Greven am Unterarm. »Nein. Danke.«

Greven zuckte mit den Schultern. Und es war ihm anzusehen, dass er Margot nicht verstand.

Verlangt ja auch niemand von ihm, dachte Margot. Tat sie ja selbst oft nicht.

Margot hatte etwas gegessen. In einem Restaurant hatte sie sich eine Scholle bestellt – wenn sie nun schon mal so nah an der Nordsee residierte. Dazu Bratkartoffeln und ein wenig Gemüse. Alles lecker.

Nun saß sie bei einem Cappuccino und schickte via Laptop die Ergebnisse des Besuchs bei dem Juwelier nach Darmstadt. Als das erledigt war, gönnte sie sich einen Linie Aquavit. Zu Hause hatte sie etwas so Hochprozentiges nicht im Regal. Und Aquavit gehörte für sie in den Norden.

Ihr Handy meldete sich. Sie zog es aus der Schutzhülle. Eine

SMS. Von Nick. »Schade. Abend wäre schöner mit dir. Wann kommst du zurück?«

Sie schaltete das Handy aus und steckte es ein.

Sie mochte Nick wirklich gern. Aber sie wollte ihn im Moment einfach nicht sehen und erinnerte sich daran, wie sie mit ihm in Evansville essen gegangen war. Nachdem Rainer ihr verkündet hatte, er könne nicht mit ihr in Urlaub fahren, und man würde das nachholen – blablabla –, hatte sie sich mit Nick zum Abendessen getroffen. Nick hatte ihr wieder einmal erzählt, wie schön seine Heimat Indiana sei. Indianapolis mit der berühmten Rennstrecke, der Gateway Arch in St. Luis oder Opryland in Nashville – der Ort, an dem die Countrymusic zu Hause war.

»Dann zeig mir doch all diese Dinge«, hatte Margot im Scherz gesagt.

Und Nick hatte sie mit großen Augen angeschaut.

Sie lenkte ihre Gedanken wieder in die Gegenwart. Und wusste, dass es besser gewesen war, Nick jetzt aus dem Weg zu gehen.

Wieder piepte das Handy. Wieder eine Nachricht. Abermals nahm sie das Gerät aus der Hülle.

»Nicht doch noch Lust auf einen gemeinsamen Absacker? Ole.«

Heute bin ich echt gefragt, dachte Margot. Sie schrieb auch an Ole keine Antwort und schmunzelte. So nett er auch war – ihr war nicht nach einem Abend mit einem anderen Mann.

Vielleicht würde Rainer ihr ja auch mal wieder eine SMS schreiben? Es war wirklich höchste Zeit, dass sie sich wieder einmal sahen. Sie steckte das Handy weg und bestellte sich noch einen Linie.

»Deine Ehe ist ernsthaft in Gefahr.« Der Gedanke stand in leuchtenden Lettern auf der großen Leinwand in ihrem Kopf.

Quatsch, rief sie sich zur Räson. Es war nicht immer einfach, es wird auch in Zukunft nicht einfach sein. Aber die Wurzeln ihrer Beziehung würden sie auch über die kommenden Stürme hinwegtragen.

Wieder das Handy. Noch eine Nachricht?

Horndeich?

Oder tatsächlich Rainer?

Rainer!

Sie tippte abermals auf das »Nachrichten«-Symbol.

»Hallo, mein Schatz, schaffe es nicht am Sonntag. Muss umbuchen. Melde mich. Kuss Rainer.«

Sie las die SMS noch einmal.

Und noch einmal.

Eine Träne tropfte auf das Display und ließ die Buchstaben davonschwimmen.

»Mein Schatz«, das hatte er seit Wochen nicht geschrieben. »Kuss« auch nicht. Woraus Margot einen Schluss zog: Rainer wollte sicher umbuchen. Aber nicht auf den folgenden Tag, wahrscheinlich auch nicht auf die folgende Woche. So, wie sich die Dinge in den vergangenen Monaten entwickelt hatten, war sie sich nicht einmal sicher, ob es sich um den kommenden Monat handelte. Oder nicht eher doch um ein kommendes Leben.

Als Margot in der angenehm warmen Abendluft durch die Fußgängerzone vom Restaurant in Richtung Hotel lief, klingelte das Handy.

Es war bereits nach zehn Uhr. Horndeich.

»Hi, Kollege – was ist?«

»Margot – wir müssen mit dir reden.«

»Wer ist wir? Und weshalb?«

Sie kannte ihren Kollegen gut genug, um auch nach dem Wein und den zwei Aquavit seine Stimmlage interpretieren zu können. Horndeich wollte ihr etwas Unangenehmes berichten, aber nichts Bedrohliches. Wenn er nach zehn anrief, handelte es sich wahrscheinlich um etwas Privates.

»Sandra und ich.«

»Sorry, Horndeich, mein Bedarf an Hiobsbotschaften ist für heute gedeckt.«

Sie drückte das Gespräch weg.

Wenn jemand gestorben oder verletzt war, würde Horndeich gleich wieder anrufen. Wenn nicht, dann würden sie morgen miteinander telefonieren.

Margot tat etwas, was sie kaum je getan hatte: Sie gab dem Handy noch sechzig Sekunden. Und nachdem Horndeich nicht noch einmal angerufen hatte, schaltete sie es auf stumm.

FREITAG

Horndeich öffnete seine Mails. Auch wenn es erst 7.15 Uhr war. Er hatte in der Nacht nicht gut geschlafen. Und mit Fug und Recht machte er seine Chefin dafür verantwortlich.

Immer noch dachte er darüber nach, was seine Frau ihm erzählt hatte. Doro. Mit dem England-Trip stimmte wohl einiges nicht. Aber eigentlich ging ihn das nichts an. Oder zumindest nicht so viel wie Margot oder besser Rainer. Aber beide meldeten sich nicht. Das wird unserem Kind niemals passieren, dachte Horndeich.

Er zwang seine Gedanken zurück zu dem Fall. Sah noch mal auf die Notiz des Gesprächs vom Vortag, das er mit Reinhard Zumbill geführt hatte. Der war fast zusammengeklappt, als Horndeich ihm eröffnet hatte, dass seine Freundin sich als Leihmutter zur Verfügung gestellt hatte. Er hatte behauptet, nichts davon gewusst zu haben. Er hatte gesagt, er sei davon ausgegangen, dass er der Vater eines gemeinsamen Kindes wäre. Wenn das stimmte, dann fragte sich Horndeich, wie und wann Susanne Warka ihm die Wahrheit hatte erklären wollen. Fragen über Fragen in einem Puzzle, in dem nichts zusammenpasste.

Er schaute auf eine Mail, die ihm Margot geschickt hatte. Mit dickem Anhang. Fotos und Filme. Von der Fahrerin des Bentley und ihres Kompagnons.

Wenn diese Frau in Darmstadt bei den Aaners war, dann musste sie irgendwo gewohnt haben, bevor sie mit dem Schmuck nach Norddeutschland gefahren war, mutmaßte Margot.

Horndeich sah sich die Fotos der Frau an. Konnte diese junge, zierliche Frau die Aaners umgebracht haben? Es fiel ihm schwer, das zu glauben. Und komischerweise hatte er das Gefühl, sie schon einmal gesehen zu haben, ganz vage. Aber wahrscheinlich verwechselte er sie einfach mit jemandem.

Horndeich leitete eines der Bilder weiter an den Führungs- und Lagedienst – die konnten organisieren, dass die Kollegen vom Streifendienst sich mal die Darmstädter Hotels vornahmen, um herauszufinden, ob sich jemand dort an die Dame erinnerte. Er schrieb dazu, dass er sich die größeren Hotels in Darmstadt selbst vornehmen würde. *Maritim. Welcome Hotel. Ibis, Etap* und *Contel.*

Dann druckte er die Bilder der vermeintlichen Irina Lambert und des unbekannten Begleiters mehrfach aus.

Horndeich nahm sich einen Dienstwagen und fuhr zunächst zum *Welcome Hotel.* Es war keine drei Jahre alt und lag direkt am Karolinenplatz. Auch wenn ihm der Bau als solcher nach wie vor nicht gefiel, hatte er sich inzwischen an das Ensemble von Hotel, Hochschule und Kongresszentrum gewöhnt. Horndeich fragte sich durch drei Ebenen der Hotelhierarchie. Das Ergebnis: Diese Frau und dieser Mann hatten niemals im *Welcome Hotel* übernachtet.

Als Nächstes fuhr Horndeich zum *Maritim Hotel.* Auf dem Weg dorthin musste er erneut daran denken, wie Dorothee nicht nur ihn, sondern auch Sandra, Rainer und Margot hintergangen hatte. Er musste so schnell wie möglich mit Margot reden. Am besten Auge in Auge. Und es würde ihre Rückkehr sicher beschleunigen, wenn er den Weg der Irina Lambert in Darmstadt dokumentieren könnte.

Horndeich lenkte den Wagen die Rheinstraße entlang. Kurz überlegte er, ob er nach rechts zum Veteran der Maritim Hotels in Darmstadt abbiegen sollte oder ob der Schlenker nach links zum Komplex des *Maritim Rhein-Main-Hotels* erfolgversprechender war. Er entschied sich für die Tradition.

Als er das Hotel betrat, wandte er sich direkt an die Rezeption. Hinter der Theke stand eine junge Frau mit Kolorationshintergrund.

»Wie kann ich Ihnen helfen«, fragte sie.

»Steffen Horndeich. Kripo Darmstadt.« Er wies sich aus, dann zeigte er das Foto der blonden Frau. »Kennen Sie diese Dame?«

Die Hotelangestellte betrachtete das Foto. »Wann könnte sie hier gewesen sein?«

»Ich denke, so um den 7. Oktober herum.«

Die Dame zögerte. »Ich glaube, ich habe sie hier gesehen. Aber ich habe sie nicht ein- oder ausgecheckt. Ich werde meine Kollegin fragen.«

Horndeich hatte Glück, dass die Kollegin in derselben Schicht arbeitete wie die junge Schwarze. Eine Minute später kam sie zu Horndeich. »Sie sind von der Polizei?«

»Ja. Es geht um diese Frau. Oder diesen Mann. Hat einer von den beiden bei Ihnen ein Zimmer gemietet?«

Die Frau antwortete schnell: »Die Frau, die kenne ich. Die war hier. Der Mann, glaube ich, nicht.«

»Unter welchem Namen ist sie hier abgestiegen?«

»Einen Moment«, sagte die Dame auf der anderen Seite der Theke.

»Ich habe mir das Gesicht der Frau gemerkt, weil sie so lange Haare hatte. Sie hat am 4. Oktober eingecheckt. Ich erinnere mich wieder. War nach dem Feiertag, dem 3. Oktober.«

»Welchen Namen hat sie angegeben? Wie lang hat sie hier gewohnt?«

»Sie kam aus der Ukraine, aus Odessa. Ihr Name war Nadeschda Pirownika. Sie war vom 4. bis zum 8. Oktober hier. Als sie abgereist ist, hat sie bei mir ausgecheckt.«

»Sind Sie ganz sicher?«

»Ja. Frau Pirownika wirkte ein wenig zerstreut, als sie auscheckte. Ich hatte ihr gesagt, dass die Zimmer bis zwölf Uhr geräumt sein müssen. Aber sie kam erst um vierzehn Uhr zu mir. Sie schien verwirrt, war ganz blass. Aber sie wollte auschecken, egal, was es kostete, sie war auch bereit, noch eine Nacht zusätzlich zu zahlen.«

»Haben Sie eine Kopie des Reisepasses?«

»Nein. Das machen wir nicht. Aber wir haben die Meldekarte. Und da steht auch die Passnummer drin. Aber die Daten darf ich Ihnen nicht so einfach geben. Richterlicher Beschluss, Sie kennen das ja sicher.«

Ja, Horndeich kannte das. Er sah auf die Uhr. Kurz vor acht. Es kostete ihn drei Telefonate, und eine Viertelstunde später kam die Anordnung per Fax. Die Dame an der Rezeption hatte einen Ausdruck der Daten bereits für Horndeich fotokopiert.

Nadeschda Sikorska Pirownika war fünfundzwanzig Jahre alt und kam aus Odessa in der Ukraine.

Bernd Riemenschneider war bereits im Büro, als Horndeich vom Hotel zurück ins Präsidium kam.

»Bernd, ich weiß jetzt, wie unsere Unbekannte heißt.«

»Gratuliere. Und?«

»Sie kommt aus der Ukraine.«

»Und was hat das mit mir zu tun?«

»Wir sollten Aaners Datenspeicher noch mal checken. Du hast gesagt, dass du auch bei beschädigten Dateien noch nach Textfragmenten suchen kannst, nicht wahr? Vielleicht taucht ihr Name irgendwo zwischen den Datentrümmern auf seiner Festplatte auf.«

»... auf seinem NAS.«

»... meinetwegen auch dort. Könntest du mal danach suchen?«

»Ja. Wenn du mir den Namen aufschreibst.«

»Hier steht er«, sagte Horndeich und zeigte Bernd Riemenschneider die Kopie des Meldebogens aus dem Hotel.

Riemenschneider nickte. Dann schaltete er die Tastatur auf Kyrillisch um.

»Am besten schreibe ich dir die möglichen Namen auf, dann kannst du sie einfach kopieren und in deinen Suchprogrammen an der richtigen Stelle wieder einfügen«, schlug Horndeich vor.

»Wieso ›Namen‹? Hat sie mehrere?«

»Ich füge noch die Verkleinerungsformen hinzu. Kein

Mensch würde Nadeschda nur Nadeschda nennen. Wahrscheinlich eher Nadja. Darf ich?«

Bernd Riemenschneider stand auf, und Horndeich setzte sich. Er öffnete ein kleines Textprogramm und gab die Namen ein.

»Du kannst das blind schreiben?«, wunderte sich Riemenschneider.

»Ja. Hab ich gleich mitgelernt, als ich mich mit der Sprache beschäftigt hab.«

Nachdem Horndeich die Namen auf Kyrillisch aufgeschrieben hatte, setzte er noch die jeweiligen Varianten in lateinischer Schreibweise darunter. Er wollte schon wieder aufstehen, als er innehielt und sagte: »Kannst du noch mal diese drei Dateien mit der Liste von den Eizellenspenderinnen öffnen?«

Bernd griff von der Seite zur Maus, und nach wenigen Klicks konnte Horndeich auf die Liste zugreifen. Er gab im Suchfenster den Namen »Nadja« ein und erzielte in zwei Dateien jeweils einen Treffer. Doch unter den abgebildeten Nadjas war definitiv nicht die, die den Juwelier in Ostfriesland beehrt hatte.

»Okay, dann grase mal die Festplatten nach dem Namen ab. Vielleich haben wir ja Glück.«

Horndeich stand auf, und Riemenschneider ließ sich wieder in seinem Bürostuhl nieder. »Ich geh da gleich dran, aber es kann eine Weile dauern.«

»Sag mir einfach Bescheid, wenn du was hast. Und – danke!«

»Ich habe das Alibi von dem Typ mit den Rosen gecheckt«, sagte Marlock, der sich gerade an der Kaffeemaschine zu schaffen machte. Er war ein erklärter Freund der Maschine.

»Rosen?«, fragte Horndeich nach, der sich, nachdem er wieder in sein eigenes Büro gegangen war, bereits eine wahre Telefonschlacht geliefert hatte. Er wollte herausfinden, wann und wo Nadeschda Pirownika nach Deutschland eingereist und wann sie ausgereist war. Zwar hatte er ihre Daten und die Passnummer, aber keine Daten über das Visum. Er hatte sich gerade durch drei Abteilungen in der Deutschen Botschaft in Kiew telefoniert. Um dann wieder an die Dame verwiesen zu werden, mit der er das Telefonat begonnen hatte. Sie hatte ihn gebeten, in einer Viertelstunde nochmals anzurufen.

»Julius Breklau, der Verehrer von Susanne Warka. Der Topf- und Staubsaugerheini.«

»Ah ja. Und was ist mit dem?«

»In seiner Aussage stand, er hätte sich an dem Abend zwei Pizzen kommen lassen. Das stimmt. Bei Pizza-Quick in Bensheim. Er hat die Pizzen um 19.30 Uhr bestellt, sie sind um Viertel nach acht ausgeliefert worden. Damit hat er zumindest den Hauch eines Alibis.«

»Wir haben da eine verdammte Lücke. Laut Reinhard Zumbill und seiner Mutter ist Susanne Warka gegen 17 Uhr gegangen. Der Zug hat sie um zehn vor elf erwischt. Da ist also ein Zeitfenster von sechs Stunden, in dem wir nicht wissen, was passiert ist.«

»Ich habe mir die Aussagen ihrer Arbeitskolleginnen nochmals durchgelesen. Gestern habe ich mit den Erzieherinnen in dem Kindergarten gesprochen, in den die Tochter geht. Hat sich nichts Neues ergeben. Es scheint, dass Susanne Warkas soziale Kontakte nicht sehr ausgeprägt waren. Kind, Job, Freund – fertig. Und keiner hat eine Vorstellung, wo sie zwischen fünf und elf gewesen sein könnte.«

»Und sie kann ja nicht länger als eine Stunde auf den Gleisen gelegen haben. Denn eine Stunde bevor ihr Freund sie mit dem Zug erwischt hat, ist ja der vorige Zug da langgefahren.«

»Nein. Nur eine Dreiviertelstunde. Denn da kam der Gegenzug. Und die Strecke ist da ja einspurig.«

»Ich kann mir auch nicht vorstellen, dass sie da lange gelegen hat. Sicher, da sind um die Uhrzeit wahrscheinlich nicht so viele Spaziergänger. Aber das Risiko, dass jemand sie zu früh entdeckt – das ist schon groß.«

»Also? Wer war's? Die Freundin? Der große Unbekannte?

Oder doch der Rosenkavalier? Hat sie erstochen, in den Wagen gepackt, ist nach Hause gefahren, hat zwei Pizzen geordert und gemampft, hat sie dann zurückgefahren und auf die Schienen gelegt? Klingt irgendwie völlig absurd. Und wo ist das Motiv?«

Horndeich musste nicht lange überlegen: »Das Motiv könnte die Schwangerschaft sein. Entweder ist er sauer, weil er glaubt, das Kind ist von ihm, und es nicht in seine Lebensplanung passt. Oder er ist stinkig, weil sie ihm sagt, das Kind ist nicht von ihm. Oder sie gibt zu, dass es ein Leihkind ist – nennt man das so? Leihkind?«

»Keine Ahnung«, erwiderte Marlock. »Aber wenn das Kind der Grund ist, dann hat der Frauenarzt zehnmal mehr Motive. Wenn er ihr das Kind eingepflanzt hat, dann hat sie ihn vielleicht erpresst. Und das hat er beendet.«

»Es muss auf jeden Fall jemand sein, der einen Wagen hat, mit dem er die Tote rumkutschieren konnte. Womit der Rosenkavalier nach wie vor im Rennen ist. Was für ein Auto fährt eigentlich der Dottore?«

»Das kläre ich über das Kraftfahrtbundesamt ab.«

»Gut. Und ich geb die Bilder von der Warka und der Pirownika noch mal ans *Echo*. Vielleicht hat jemand Susanne Warka an dem Abend noch gesehen. Und vielleicht ist jemandem unsere Nadeschda Pirownika in Darmstadt aufgefallen. Sie hat sich ja immerhin vier Tage lang hier aufgehalten.«

Horndeich telefonierte mit der Presseabteilung, die sich an den Redakteur des *Darmstädter Echos* wenden sollte. Er formulierte die Fragen, die sie zu den beiden Damen auf den Bildern hatten, und mailte das Ganze an die Kollegen. Dann griff er wieder zum Telefonhörer. War schon gut, dass es Wahlwiederholungstasten gab.

Nach mehrmaligem Erklingen des Freizeichens hörte er wieder die Stimme der Dame in der Deutschen Botschaft. »Guten Tag, hier spricht noch mal Kommissar Steffen Horndeich. Haben Sie etwas über die Visumsdaten von Nadeschda Pirownika herausfinden können?«

»Ja. Ich habe die Visumsdaten von der Dame. Aber Sie wissen, dass ich Ihnen das jetzt nicht so einfach schicken kann.«

Horndeich seufzte. Bürokratie. War nicht sein Ding. Er fühlte sich gerade wie der Esel mit der Möhre. Er ging einen Schritt nach vorn, und die vor ihm schwebende Möhre kam nicht näher, weil die Rute, von der sie hing, an seinem Geschirr befestigt war.

»Und was muss ich tun, damit ich von Ihnen die Daten bekommen kann?«

»Dann sollte Ihr Vorgesetzter innerhalb der kommenden fünfzehn Minuten den persönlichen Referenten des deutschen Botschafters anrufen. Ich habe ihn gebeten, auf diesen Anruf zu warten.«

Horndeich hatte keine Ahnung, wie diese Frau, deren Namen er sich nicht einmal gemerkt hatte, den persönlichen Referenten dafür hatte gewinnen können. Es war ihm auch ziemlich egal. Aber er hätte sie dafür küssen können.

»Prima, wird gleich passieren. Welche Nummer soll er wählen?«

»Meine. Ich stelle dann durch.«

Horndeich verabschiedete sich und telefonierte mit Relgart, dem Staatsanwalt. Der war zum Glück direkt zu erreichen und versprach, sofort in der Botschaft anzurufen.

Zehn Minuten später sprang das Faxgerät an. Horndeich sprang auf. Er sah auf das erste Blatt. Kyrillische Schriftzeichen. Bingo.

Wenig später hielt er den kompletten Aktenvorgang in den Händen. Nadeschda Pirownika hatte Anfang August das Touristenvisum beantragt. Es war ab dem dritten Oktober zwei Wochen lang gültig gewesen. Allerdings war nicht zu erkennen, wann sie tatsächlich nach Deutschland gereist war.

Dennoch war Horndeich nicht unzufrieden. Zwei Seiten des Faxes waren nicht in kyrillischen Lettern, sondern auf Deutsch geschrieben. Es handelte sich um eine Verpflichtungserklärung, in der jemand bestätigte, die Kosten für den

Gast aus dem Ausland zu übernehmen. Auch eine Krankenversicherung für Nadeschda Pirownika lag bei.

Horndeich waren diese Dokumente nicht fremd. Er dachte an Anna, mit der er vor ein paar Jahren zusammen gewesen war. Sie war nach Russland zurückgegangen. Ihre Mutter war krank geworden. Aber Horndeich wusste, dass ihre ständige Sehnsucht nach der Heimat den Ausschlag gegeben hatte, nicht mehr nach Deutschland zurückzukehren. Früher hatte jeder Gedanke an Anna ihm einen Stich versetzt. Heute überfiel ihn manchmal noch ein Anflug von Wehmut. Der jedoch schnell verflog, wenn er an seine Frau und an seine Tochter dachte. Mit Anna hatte er solche Einladungsdokumente selbst einmal ausgefüllt, als eine Freundin aus Russland sie für eine Woche besuchen wollte.

Horndeich studierte die Dokumente. Von der Größe der Wohnung bis zum Einkommensnachweis war das Leben des Menschen, der diese Einladung ausgesprochen hatte, hell durchleuchtet. Am interessantesten war jedoch das obere Drittel der Erklärung. Denn dort stand der Name des Mannes, der für Nadeschda Pirownika gebürgt hatte: Hanno Pörgsen. Wohnhaft in Ditzum. Den Namen des Kaffs hatte Horndeich noch nie gehört. Aber er wunderte sich nicht, dass es in der Nähe von Leer lag.

War vielleicht doch nicht so schlecht, dass Horndeich dort im Moment seinen persönlichen Außenposten hatte. Er rief Margot an. »Hi – na, wie geht's im hohen Norden?«

»Passt schon. Ich sitze gerade beim Frühstück.«

»Gut. Vielleicht ist es ja gar nicht so schlecht, dass du noch oben im Norden bist.«

»Hoppla. Woher der Sinneswandel?«

»Nun, ich habe den Namen und die Adresse von der Schmuckdame. Und nicht nur das. Sie kommt aus der Ukraine – und ich weiß auch, wer für sie die Einladung erstellt hat, die sie für das Visum für die Reise nach Deutschland brauchte.«

»Wow. Dann setze ich mich jetzt in den Wagen und komme zu dir – und dann ermitteln wir gemeinsam weiter.«

»Nein. Denn der Kerl, der die Einladung geschrieben hat, der kommt aus Ditzum. Das ist bei dir da oben.«

Margot schwieg kurz. »Ja. Ist keine zwanzig Kilometer entfernt.«

»Siehst du, dann kannst du dem Kerl mit deinen nordischen Freunden doch gleich mal auf den Pelz rücken. Mal sehen, was er zu seiner schmucken Freundin sagt.«

»Na gut. Mail mir mal die Daten, dann sehe ich, was ich hier vor Ort tun kann.«

»Prima. Halt mich auf dem Laufenden.«

»Okay«, sagte Margot und legte auf. Kein Gruß. Und auch keine Entschuldigung für den *Arsch*. Und keine Nachfrage, weshalb er am Abend angerufen hatte. Irgendwie war sie nicht wirklich gut drauf.

Horndeich zuckte mit den Schultern. Dann ging er zum Whiteboard und zeichnete die neuen Erkenntnisse auf die Tafel.

Er trat drei Schritte zurück. Ein wenig Distanz zu den Ereignissen half bei der Beurteilung der Fakten oft. Und wenn die Distanz nur aus einem Meter bestand.

Er starrte auf die beiden neuen Namen: Nadeschda Pirownika und Hanno Pörgsen. Die Fingerabdrücke belegten, dass Nadeschda in der Wohnung der Aaners gewesen war, dass sie den Bentley genommen hatte.

Für Horndeich stellten sich zu Nadeschda Pirownika zunächst zwei Fragen: Wer war sie? Und stammten die Schmuckstücke, die sie Tramer angeboten hatte, tatsächlich aus dem Tresor der Aaners?

Dann sah er auf die andere Seite der Tafel zum Namen Susanne Warka. Sie wussten zwar, dass Susanne Warka das Kind für die Aaners ausgetragen hatte. Aber sie hatten immer noch keine Verbindung zwischen Aaner und dem Frauenarzt entdecken können. Welche Beziehung bestand also zwischen Paul Aaner, seiner Frau und Frederik Schaller?

Die erste Frage schien die schwierigste zu sein. Wer war Nadeschda Pirownika? Da sie in Odessa lebte, konnte er von hier aus kaum selbst Ermittlungen anstellen. Doch dann hatte er eine Idee.

Dazu musste er kurz nach Hause. Denn dort lag seine Schachtel mit den Visitenkarten.

»Ich düse noch mal zu dem Bruder von Aaner, wegen der Schmuckstücke«, rief er Marlock zu, »und danach fahre ich zum Mittagessen.«

Der Kollege brummelte irgendetwas Unverständliches zurück, was Horndeich als ein zustimmendes »Ja, ich habe verstanden« interpretierte.

Horndeich rief bei Alexander Aaner an, als er bereits auf der Landstraße nach Aschaffenburg fuhr. Der meldete sich auf dem Handyanschluss.

»Kommissar Horndeich, was kann ich für Sie tun? Gibt es Neuigkeiten? Haben Sie den Mörder meines Bruders gefasst?«

»Nein, noch nicht, aber ich habe noch ein paar Fragen an Sie.«

»Treffen wir uns im Hotel *Wilder Mann*?«

»Gut, wo ist das?«

Alexander Aaner nannte die Adresse.

»Ich bin in etwa fünfundzwanzig Minuten da«, sagte Horndeich.

Genau eine halbe Stunde später saßen die beiden Männer an einem Tisch. Horndeich hatte sich nur einen Espresso bestellt. Der wurde in einer Tasse serviert, auf der *Wilder Mann* stand. Vielleicht sollte er eine solche Tasse kaufen und mit ins Präsidium nehmen. Damit würde seine Position in der Truppe endlich einmal auf den Punkt gebracht.

»Herr Aaner«, begann Horndeich die Befragung, »wir sind bei unseren Ermittlungen auf ein paar Schmuckstücke gestoßen. Vielleicht kennen Sie diese ja?«

Alexander Aaner nippte an seinem Milchkaffee, während Horndeich Farbausdrucke der Schmuckstücke auf den Tisch legte. Er war froh gewesen, dass das mit den Ausdrucken überhaupt funktioniert hatte. Wenn er für gewöhnlich Bilder brauchte, dann war entweder eine der Farbpatronen leer oder das weiße Papier aufgebraucht. Wenn der Drucker nicht gerade eine Auszeit nahm. Nein, heute hatte alles funktioniert. Vielleicht stand der Tag ja unter einem guten Stern.

Alexander Aaner fischte drei Blätter aus dem aufgefächerten Stapel heraus. Sie zeigten ein Collier, Ohrringe und den passenden Armreif dazu. Horndeich hatte sich zuvor die Expertisen des Leeraner Juweliers durchgelesen. Saphir und Rubin, irgendein exklusiver Schliff, 50 000, 10 000 und 16 000 Euro. Machte ein Paket von 66 000 Euro.

»Diese Stücke kenne ich. Es sind Erbstücke unserer Eltern. Genauer gesagt, gehörten sie meiner Mutter. Die hatte sie bereits von ihrer Mutter, und die wiederum von ihrer Mutter.« Er hielt kurz inne. »Hat Paul versucht, den Schmuck zu Geld zu machen?«

»Nein«, sagte Horndeich nur.

»Zum Glück. Ich glaube, der Schmuck ist sehr wertvoll. Bislang hat ihn niemand schätzen lassen. Auch ich habe etwas von dem Schmuck meiner Mutter geerbt. Sie hat Schmuck geliebt. Mein Vater nannte sie immer seine ›Grace Wilson Vanderbilt‹, weil sie genauso schmuckverliebt war wie die Society-Königin der New Yorker Gesellschaft. Meine Mutter hatte acht Schmuckschatullen. Aber da war auch viel Strass und Modeschmuck dabei. Doch dieser Schmuck hier ist wertvoll.« Er zeigte auf die drei Ausdrucke. »Und dann gibt es noch ein paar wertvolle Stücke, die jetzt in meinem Besitz sind. Manchmal frage ich mich, was ich damit soll. Kinder werden wir keine haben. Und weder ich noch mein Lebensgefährte werden den Schmuck jemals tragen.«

»Wissen Sie, was der Schmuck auf den Bildern wert ist?«

»Nein. 5000 Euro? 10 000? Keine Ahnung.«

»Erkennen Sie noch andere Stücke?«

»Nein.«

»Sehen Sie sie sich in Ruhe an.«

Aaner tat, wie ihm geheißen. Er nahm jedes der Blätter in die Hand. Betrachtete sie. Zwei legte er zur Seite.

»Was ist mit diesen Bildern?«

»Ich bin mir nicht sicher. Aber ich denke, die hat Regine Aaner an dem Weihnachtsfest getragen, als ich bei ihnen war. Die Steine sind Smaragde, nicht wahr?«

Horndeich nickte. Das Collier und die Ohrringe waren aus Platin gefertigt, mit zahlreichen Smaragden. Am unteren Ende des Colliers waren drei große Steine eingefasst. Auch hier lag der Wert der Stücke deutlich über 50 000 Euro.

»Ja, ich glaube wirklich, dass das der Schmuck ist, den Regine trug. Sie hatte ein grünes Kleid an, zu dem die Kette hervorragend passte. Und ich erinnere mich an die großen Steine. Ja, ich denke, das ist der Schmuck.«

Das brachte Alexander Aaner nicht gerade in eine bessere Position. Der Schmuck war zwar nicht so viel wert wie die Bibel. Aber es waren schon Leute für weniger als 100 000 Euro umgebracht worden. Horndeich überlegte, ob er Aaner auch die Bilder von Nadeschda Pirownika und Hanno Pörgsen zeigen sollte. Durch seine Bestätigung, dass der Schmuck den Aaners gehört hatte, war klar, dass Nadeschda Pirownika beim Raub der Steine zumindest dabei gewesen war. Vielleicht arbeitete sie nicht allein? Vielleicht hatte Alexander Aaner ihr den Tipp gegeben, dass sein Bruder solch wertvollen Schmuck besaß? Vielleicht war er der Auftraggeber gewesen? Vielleicht war er um seinen Anteil geprellt worden? Vielleicht auch nicht?

Horndeich musste sich entscheiden. Instinkt. Bauchgefühl. Vielleicht würde das Bild von Nadeschda Pirownika Alexander Aaner überraschen. Und vielleicht würde eine Reaktion des Wiedererkennens ihn verraten.

Zuerst zeigte Horndeich Aaner das Bild von Pörgsen. »Kennen Sie diesen Mann?«

Aaner nahm das Blatt in die Hand. Betrachtete es intensiv. Dann sah er auf. Und die Wut des Mannes war nicht nur in seinem Gesicht zu sehen, sondern förmlich zu spüren.

»Ist das das Arschloch, das meinen Bruder und meine Schwägerin auf dem Gewissen hat?«

»Kennen Sie ihn?« Gegenfragen waren im Zweifelsfalle immer die besseren Antworten.

»Nein. Ich habe diesen Mann noch nie gesehen. Aber wenn er meinen Bruder und Regine auf dem Gewissen hat, soll er bereuen, dass ich sein Gesicht jetzt kenne.«

»Herr Aaner, es ist nicht sicher, dass dieser Mann überhaupt etwas mit dem Tod der beiden zu tun hat.«

»Warum zeigen Sie mir dann die Bilder?«

»Wir ermitteln in alle Richtungen«, sagte Horndeich den Satz, den er inzwischen verinnerlicht hatte, wenn er nichts Näheres sagen, aber auch eine Frage nicht unbeantwortet lassen wollte. Er legte das Bild von Nadeschda Pirownika auf den Tisch. Die Bilder waren so bearbeitet worden, dass man nicht erkannte, dass sie in einem Juwelierladen aufgenommen worden waren.

Aaner schaute auch auf dieses Bild. »Nein, auch die Frau kenne ich nicht. Aber sie heißt wahrscheinlich Bonnie.«

»Bonnie?«

»Und er, er heißt Clyde.«

Horndeich sah selbst noch einmal auf das Bild. Und wieder hatte er das Gefühl, der Frau schon einmal begegnet zu sein. Er hatte das Bild einer Krankenschwester vor Augen oder einer Kellnerin mit weißer Schürze. Unsinn. Die Frau war ja nur ein paar Tage in Darmstadt gewesen, und in der Zeit war sie ihm bestimmt nicht weiß gewandet über die Füße gelaufen.

»Nein, die Dame heißt nicht Bonnie.«

»Sie nennen sie eine Dame? Die Mörderin meines Bruders? Und die Mörderin meiner Schwägerin?«

»Herr Aaner, ich habe mit keinem Wort gesagt, dass es sich um die Mörder Ihres Bruders und seiner Frau handelt.«

Aaner antwortete darauf nichts.

»Beantworten Sie mir bitte noch eine Frage ...« Horndeich wurde jetzt sehr ernst. »Waren Sie kurz vor der Ermordung Ihres Bruders und Ihrer Schwägerin bei ihnen zu Hause.«

»Nein.«

»Nun, wir haben an der Haustürklingel Ihre Fingerabdrücke gefunden. Der Mörder hat die Klingel nicht benutzt. Und auch auf dem Tisch im Wohnzimmer waren Ihre Fingerabdrücke.«

Aaner schwieg lange. Dann atmete er tief durch.

»Ja, ich war dort. In der Woche, bevor die beiden wegfahren wollten. Daher stammen sicher die Abdrücke auf dem Tisch. Ich wollte mit meinem Bruder noch einmal darüber reden, ob wir für die Bibel nicht doch eine einvernehmliche Lösung finden könnten. Mein Freund Heinz war der Meinung, ich solle es noch mal versuchen. Ich tat es mehr für Heinz als für mich.

Wissen Sie, mein Bruder hatte drei charakteristische Eigenschaften. Erstens war er im Grunde ein ruhiger und ausgeglichener Mensch. Meistens. Wenn nicht die zweite Eigenschaft zutage trat, seine extreme Zielstrebigkeit. Wenn ich etwas will, bekomme ich es auch, so lautete seine Devise. Und das war oft verbunden mit seiner dritten Charaktereigenschaft: blindem Jähzorn.

Ich weiß nicht, ob Sie Geschwister haben, Herr Horndeich. Aber einen Bruder wie Paul – das wünsche ich keinem. Ich hatte keine einfache Kindheit. An diesem Jähzorn und dem Glauben, dass er alles bekommen kann, was er will, ist auch seine erste Ehe kaputtgegangen.«

»Moment – Ihr Bruder war schon einmal verheiratet?«

»Ja. Mit Manuela. Bis vor zehn Jahren. Sie hat es knapp zehn Jahre mit ihm ausgehalten. Jetzt ist sie seit vier Jahren wieder verheiratet und lebt mit ihrem neuen Mann in Australien. Er wollte unbedingt Kinder. Das hat leider nicht geklappt. Und fragen Sie nicht, was mein Bruder alles in die Wege geleitet hat. Nach dem vierten Versuch einer künstlichen Befruchtung hat Manuela einen weiteren verweigert. Sie war bereit, ein Kind oder auch mehrere Kinder zu adoptieren. Aber Paul, er wollte den Stammhalter aus seinem eigenen Fleisch und Blut. Na ja, damit war dann die Ehe am Ende.«

Horndeich hatte sich Notizen gemacht. »Haben Sie die Adresse von dieser Manuela?«

»Ja. Aber, wie gesagt, sie wohnt in Australien.«

»Ihr Versuch, sich wegen der Bibel doch noch mit Ihrem Bruder zu einigen, ist also gescheitert. Und nach diesem Besuch waren Sie nicht mehr bei Ihrem Bruder? Wie erklären Sie sich, dass die Klingel über so lange Zeit nicht mehr benutzt wurde?«

»Ich war danach noch einmal dort. Am 8., dem Sonntag. Nachmittags. Aber da war er dann wohl schon tot. Ich wollte ihm persönlich sagen, dass er mit der Bibel machen kann, was er will. Dass ich aber für den Rest meines Lebens keinen Kontakt mehr mit ihm wünsche. Mein Gott. Das wollte ich ihm wirklich so sagen. Man muss, glaube ich, doch sehr vorsichtig sein mit seinen Wünschen. Dass mein Wunsch so definitiv in Erfüllung ging – das macht mir sehr zu schaffen.«

Auf dem Weg von Aschaffenburg nach Hause beschloss Horndeich, noch ein paar Leckereien einzukaufen. Er fuhr mit dem Wagen in die Tiefgarage unter dem Luisenplatz, von der aus er bequem den *Karstadt* erreichen konnte. Er schätzte die dortige Feinkostabteilung. Nicht nur, dass es dort Wildgulasch mit Spätzle gab. In den Jahren bevor er mit Sandra zusammengezogen war, hatte er dort immer wieder Fertiggerichte eingekauft. Seine Leibgerichte, gern für drei Euro mehr, die dann wirklich besonders gut schmeckten, ohne dass er Gefahr lief, das Gericht beim Zubereiten zu ruinieren.

Er gönnte sich ein paar Minuten des Stöberns, griff zu ein paar Gewürzen, über die sich Sandra sicher freuen würde: geräuchertes Paprika und Harissa, eine scharfe Chilimischung.

»Kann ich Ihnen helfen?«, fragte da eine freundliche Stimme. Die Dame hatte eine Schürze umgebunden, aber abgesehen davon brachte er sie irgendwie mit einem schwarzen Crossfire in Verbindung. Dann fiel der Groschen. Die Frau mit dem langen Haar war die neue Freundin von Hinrich.

»Nein, danke, ich schaue mich nur ein wenig um.«

»Wenn ich etwas für Sie tun kann, sagen Sie einfach Bescheid.« Die Dame nickte und wandte sich ab.

Und nun wusste Horndeich auch, woher er Hinrichs Neue

ursprünglich kannte. Sie hatte ihn früher manchmal beraten, wenn er sich aus der Feinkosttheke Fertiggerichte mitnehmen wollte. Die Verkäuferin hatte immer über die derzeit besten Gerichte gut Bescheid gewusst.

Horndeich ging zur Theke. Warf einen Blick hinein. Und musste schmunzeln: rheinischer Sauerbraten mit Kartoffelklößen und Blaukraut. Das war doch genau das Gericht, mit dem sich Gerichtsmediziner Hinrich am Vortag hatte bekochen lassen.

»Jetzt weiß ich, woher ich Sie kenne.« Die Dame stand wieder neben Horndeich. »Sie sind der Kommissar. Der Freund von meinem Martin.«

Meinem Martin? Horndeich konnte sich kaum vorstellen, dass sich Hinrich über das Possessivpronomen freuen würde.

»Ja, der bin ich. Horndeich mein Name.«

»Und ich heiße Danuta. Angenehm.« Sie reichte ihm die Hand.

»Schon lange mit Martin zusammen?«

Ein weiches Lächeln überzog das Gesicht der Frau. War eine schöne Frau, das musste Horndeich nun objektiv zugeben.

»Ach, erst drei Monate. Aber – es ist so, als würden wir uns schon ewig kennen. Er ist ein wirklich toller Mann. Wissen Sie, wir lieben beide klassiche Musik. Er ist ein Mann, mit dem ich zusammen zu Konzerten gehen kann. Toll.«

»Ja. Und er hat auch schon mehrfach erwähnt, wie gut das Essen bei Ihnen ist.«

Danuta errötete. Nickte in Richtung Feinkosttheke. »Da haben Sie früher auch immer mal wieder was gekauft, wenn ich mich richtig erinnere. Na ja, Hauptsache ist doch, dass es schmeckt, oder?«

Horndeich konnte sich ein Grinsen nicht verkneifen. Er war sicher, dass Hinrich einen solchen Schwindel kaum zu verzeihen bereit wäre.

Danuta schien das Grinsen richtig zu interpretieren. »Sie verpetzen mich nicht bei unserem gemeinsamen Freund?«

»Nein, nein, ich kann schweigen wie ein Grab.«

Horndeich zahlte die Gewürze, dann fuhr er nach Hause.

Sandra hatte gekocht. Linsensuppe mit Spätzle und Saitenwürstchen. Hatte er sich gewünscht.

»Hast du mit Margot sprechen können?«

»Nein. Sie ist noch in Ostfriesland und macht einen auf zickig. Ich denke, wir können erst mit ihr reden, wenn sie wieder hier ist.«

Nach dem Essen ging Horndeich in den ersten Stock hinauf, in dem ihr gemeinsames Arbeitszimmer lag.

Sie teilten sich einen Schreibtisch, hatten aber beide einen eigenen Rollcontainer. Horndeich öffnete die unterste Schublade. Das Kästchen mit den Visitenkarten lag erwartungsgemäß ganz hinten.

Er griff nach der grün-silbernen Blechkiste mit der Aufschrift »Echte Langenburger Wibele«. Als Kind hatte er die kleinen Biskuitkekse in Form einer Acht geliebt, die die Kiste als Erste bevölkerten. Danach hatte er die Blechkiste als Schatztruhe in Ehren gehalten.

Nun öffnete er sie. Sie war fast bis obenhin gefüllt mit Visitenkarten.

Horndeich seufzte. Vielleicht sollte er sich einmal ein alternatives Ablagesystem ausdenken.

Die grobe Vorsortierung war nicht allzu schwer. Die Visitenkarte, die er suchte, war mit kyrillischen Buchstaben beschrieben.

Er hatte sie auf einer Hochzeitsfeier bekommen. Als er mit Anna in der Ukraine gewesen war. Drei Jahre war das jetzt her, dass sie in der Nähe von Uschgorod gefeiert hatten. Drei Tage lang. Uschgorod war eine der Partnerstädte von Darmstadt. Und jedes Jahr reiste von dort eine Delegation an, zum Weihnachtsmarkt und manchmal auch zum Heinerfest, Darmstadts großem Stadtfest. Zu dieser Delegation gehörten immer die beiden Schwestern Tatjana und Irina Steschtschowa. Manchmal war die dritte Schwester, Natalija, auch mit von der Partie oder der Bruder Igor. Wenn die Steschtschowas in der Stadt waren, hatten sie sich immer auch mit Anna – und später mit Anna und Horndeich – getroffen. Weshalb Igor sie seinerzeit auch zu seiner Hochzeit eingeladen hatte.

Für Horndeich war es das erste Mal gewesen, dass er die Partnerstadt in der Ukraine besucht hatte. Die eigentliche Hochzeit hatte am Freitagmorgen angefangen. Igors Familie und Freunde waren aus dem ganzen Land angereist. Horndeichs Russischkenntnisse waren in diesen Tagen noch sehr spärlich. Er hatte sich daher zunächst nur mit Wladimir unterhalten, einem Cousin aus der Mitte des Landes. Horndeich erinnerte sich nicht mehr an den Namen der Stadt, aus der er kam, aber Wlad, wie ihn alle nannten, sprach ein bisschen Deutsch und Englisch. Und er war Polizist in seiner Stadt. Horndeich hatte sich bis zum Sonntagabend mehrfach mit ihm ausgetauscht. Seine Frau – Oksana – sprach auch etwas Deutsch, so hatte auch sie sich mit ihm unterhalten. Sie war einmal in Frankfurt gewesen und wollte wissen, wie es dort jetzt aussah. Es hatte ein paar Minuten gedauert, bis Horndeich kapierte, dass sie von Frankfurt an der Oder sprach.

Die Feier war ein rauschendes Fest gewesen. Am Sonntagabend hatte Horndeich das Gefühl gehabt, perfekt Russisch zu sprechen, was vielleicht auch am konstanten Wodkafluss gelegen haben mochte und einer objektiven Betrachtung kaum standgehalten hätte. Er hatte sich mit sicher zehn Menschen verbrüdert. Und sich sauwohl gefühlt.

Wlad war irgendein höheres Tier in der Polizeibehörde seiner Stadt. Aber Horndeich erinnerte sich nicht mehr, wie, wo und was genau Wlad dort war. Doch jetzt konnte ihm der direkte Kontakt zu einem ukrainischen Polizeibeamten vielleicht ein paar Antworten liefern, die er auf dem Wege eines Amtshilfeersuchens nie oder erst in ein paar Wochen, wenn nicht Monaten bekommen würde. Einen Versuch war es wert.

Die Visitenkarte lag natürlich ziemlich weit unten.

Er las: Wladimir Malinow. Oberleutnant bei der Miliz in Krywyj Rih. Als Horndeich den Namen der Stadt las, erinnerte er sich wieder. Er hatte sich mit Wlad auch über die Unterschiede in der Polizeiarbeit unterhalten. Polizei hieß dort Miliz, und die Beamten hatten militärische Ränge, daran erinnerte er sich wieder. Die Stadt Krywyj Rih lag rund zweihundertfünfzig Kilometer nordöstlich von Odessa. Wlad hatte ihm über seinen Urlaub in Odessa erzählt, der schönen Stadt am Schwarzen Meer. Und er hatte auch seine Mobilfunknummer auf die Karte geschrieben.

Mit ein bisschen Glück …

Zwanzig Minuten später saß Horndeich wieder an seinem Schreibtisch im Büro. Er entschied sich, die Mobilnummer von Wlad zu wählen.

Es dauerte ein paar Sekunden, bis Wladimir Malinow verstanden hatte, mit wem er sprach. Horndeich musste ihn zuerst an die Hochzeit erinnern.

»Ah, Steffen! Wunderbar. Wie geht dir?«

»Sehr gut.«

»Und Anna – alles gut? Du auch Hochzeit? Kinder?«

»Nein, Anna ist wieder nach Moskau gegangen. Aber ja, ich bin verheiratet. Und ich habe eine Tochter.«

»Wunderbar! Schön, du rufst an. Du brauchst Hilfe?«

»Ja, Wlad, deshalb rufe ich dich an. Ich habe hier eine Frau, die kommt aus Odessa. Und ich muss mehr über sie wissen. Aber du weißt ja, wie das ist. Wir müssen ein Gesuch auf Amtshilfe stellen.«

»Was?«

»Ach Wlad, Papier, viel Papier. Wir müssen hier einen Mord klären.« Dann erzählte Horndeich Wladimir in groben Zügen, was er über Nadeschda Pirownika wusste.«

»Du Glück, Steffen. Ich fahre heute mit Familie zu Odessa. In drei Stunden wir fahren. Wir machen Wochenende an Meer. Aber ich kann sprechen mit Polizei in Odessa. Sie helfen dich, Steffen. Gib mir E-Mail. Und Telefon. *Mobilna.*«

»Danke, Wlad, das ist sehr, sehr nett.«

Sie unterhielten sich noch ein wenig über Wlad und seine Familie. Oksana, seine Frau, hatte Horndeich auf der Hochzeit ja kennengelernt. Ihre Kinder waren damals bei der Oma in Krywyj Rih geblieben.

Horndeich sah in sein E-Mail-Postfach. Margot hatte ihm geschrieben. Sie hätten Pörgsen gefunden. Und sie würden mittags mit ihm sprechen. Horndeich schrieb eine kurze Mail zurück, in der er berichtete, dass er über Wlad versuchte, noch etwas mehr über Nadeschda herauszufinden.

Dann sah er auf das Whiteboard.

Wer Nadeschda war, würde er hoffentlich über Wlad erfahren. Das mit den Schmuckstücken hatte er auch geklärt. Nun war wieder mal Susanne Warka an der Reihe. Und die Verbindung zwischen Schaller und Aaner, die es geben musste, die er aber noch nicht sah.

Vielleicht sollte er dem Gynäkologen einfach nochmals einen Besuch abstatten. Und wenn es nur den Druck auf den Mann erhöhte. Aber zuerst sollte er sich noch über dieses vermaledeite zweite Handy von Susanne Warka Gedanken machen.

Eine halbe Stunde später hatte Horndeich die dritte Tasse Kaffee in der Hand und starrte auf das Whiteboard. Immer wieder hatte er Begriffe drangeschrieben, dann wieder weggewischt.

Susanne Warka hatte mit ihrem zweiten Handy wild in Deutschland herumtelefoniert. Und offenbar auch im Netz gesurft. Aber das Handy hatten sie nicht gefunden.

Vor zehn Minuten hatte er Susannes Freund Reinhard Zumbill angerufen. Aber auch der wusste nichts von einem zweiten Handy.

Natürlich konnte das auch gelogen sein. Aber warum sollte er das zweite Handy von seiner Freundin verschwinden lassen? Und das Handy war auch nicht entlang des Bahndamms gefunden worden. Und nicht in der Handtasche der Toten.

Horndeich sah nur zufällig auf den Gang, als Bernd Riemenschneider an die Tür klopfte.

»Was Neues?«, fragte Horndeich.

»Ja, aber nichts Gutes. Der Name dieser Nadeschda findet

sich nirgends auf den Festplatten des NAS. Entweder war er nie dort gespeichert oder in Teilen, die wirklich gelöscht sind.«

»Mist. Aber danke.«

»Gern geschehen.«

Der Computerexperte wollte schon weitergehen, da sagte Horndeich: »Hast du noch einen Moment?«

»Klar.« Riemenschneider trat nun ins Büro und ließ sich lässig auf Margots Bürostuhl nieder.

»Ich komme hier nicht weiter: Susanne Warka. Die hat ein Handy, über das sie telefoniert und wahrscheinlich auch ins Internet geht. Mails schreibt. Offenbar ist dieses Gerät ihr Tor zu einer zweiten Welt. In der sie mit ihrem Geliebten kommuniziert und was weiß ich für Pläne schmiedet. Wir finden das Handy nicht. Aber ich halte es für unwahrscheinlich, dass der Mörder es hat verschwinden lassen. Die Handtasche mit allem Sonstigen ist da, und in der Wohnung ist das Handy auch nicht. Was Sinn macht. Wenn sie ein verborgenes Leben führt, dann sicherlich nicht vom heimischen Schlafzimmer aus.«

»Du willst also von mir wissen, wo sie das Handy versteckt hat?«

»Ja. Genau. Wo ist dieses Scheißhandy? Ich bin sicher, wenn wir das Handy haben, dann haben wir auch eine Menge Antworten.«

»Wo hat sie noch mal gearbeitet?«, fragte Bernd Riemenschneider.

»Auf dem Postamt am Luisenplatz.«

»Also, wenn sie das Handy heimlich benutzt und nicht zu Hause, dann bleibt eigentlich nur der Arbeitsplatz. Habt ihr den schon gefilzt?«

Horndeich nickte. Sie hatten weder in ihrem Spind noch am Arbeitsplatz etwas gefunden.

»Und ihr habt die Nummer auch schon angerufen?«

»Ja. Meldet sich nur die Mailbox. Was dafür spricht, dass das Handy noch an ist.«

»Ich wage mal die Arbeitshypothese, dass die Dame das

Handy irgendwo in der Nähe ihrer Arbeitsstelle versteckt hat. Oder besser: deponiert. Sie will ja regelmäßig nachsehen, ob jemand angerufen hat, und dafür sicher nicht in jeder Mittagspause zum Bahnhof fahren.«

Horndeich sah Bernd an und strahlte: »Danke, Bernd, danke! Ich glaube, ich hab's! Ich denke, ich weiß jetzt, wo wir das Handy finden!«

Damit war Horndeich aufgesprungen und verließ das Präsidium.

Oft war bei den Häuschen in Ditzum nicht zu erkennen, ob es sich um Feriendomizile handelte oder ob ansässige Familien dort wohnten. Oder Singles. Denn ein solches Exemplar war Hanno Pörgsen.

»Kommen Sie herein«, sagte er zu Margot und Ole Greven.

Im Haus roch es wie in einem Gewächshaus für Eukalyptus. Pörgsen trug einen dicken Schal um den Hals gewickelt. Sein Bart offenbarte, dass er kurz zuvor offensichtlich Nudelsuppe mit kleinen Sternchennudeln gegessen hatte.

Margot gab ihm nicht die Hand. Sie hatte keine Lust auf eine Horde Bazillen. Es langten schon die, die ohnehin hier durch die Luft schwebten.

Ole Greven hingegen war weit weniger ängstlich und reichte Pörgsen die Hand. »Na, Sie sind ja wirklich krank.«

Pörgsen nickte. »Ja, ich lüge nicht.«

Margot war zuvor Ohrenzeuge gewesen, als Greven mit Pörgsen telefonierte. Pörgsen hatte erklärt, er sei nur deswegen zu Hause, weil er fürchterlich erkältet sei. Das Husten hatte Margot sogar vernommen, ohne den Hörer am eigenen Ohr zu haben. Greven hatte Pörgsen nicht geglaubt. Dennoch hatte er sich einverstanden erklärt, mit Margot nach Ditzum zu fahren. Allerdings hegte Margot den Verdacht, dass er ihr vor allem seine Heimat schmackhaft machen wollte. Was sich bestätigte, als er sich an der kilometerlangen Baustelle in Jemgum ereiferte, dass hier die ganze Landschaft für ein Paar Erdgasspeicher zerstört würde.

»Kommen Sie doch bitte mit ins Wohnzimmer.«

Hanno Pörgsen führte sie in den Raum. Das ganze Haus war nicht groß. Margot tippte auf vielleicht sechzig Quadratmeter. Das Wohnzimmer nahm davon allein rund dreißig Quadratmeter ein. Dennoch wirkte es klein, was wohl auch daran lag, dass Hanno Pörgsen deutlich über 1,90 Meter groß war. Er trug eine verwaschene Jeans, ein kariertes Holzfällerhemd und dicke Pantoffeln.

»Nehmen Sie doch Platz«, meinte er.

Margot und Greven setzten sich auf das Sofa, das wohl ein Erbstück von der Oma war. Überhaupt wirkte die gesamte Einrichtung wie von weiblicher Hand eingerichtet.

»Hübsch haben Sie es hier«, meinte Greven.

Pörgsen brachte noch zwei Teegedecke aus weiß-blauem Porzellan. Auf dem Tisch stand eine Zuckerdose, gefüllt mit braunem Kandis. Und ein kleines Kännchen mit Sahne. Margot mochte die Teerituale des Nordens, wenn ihr auch Kaffee bedeutend besser schmeckte.

»Ja, ist nett hier. Ist noch so, wie es meine Frau eingerichtet hat. Ich hab nicht viel verändert.«

»Sie leben allein?«

»Ja. Bin geschieden. Seit fünf Monaten jetzt mit Brief und Siegel. Ist nicht leicht.«

»Herr Pörgsen, wir müssen Ihnen ein paar Fragen stellen.«

»Bitte. Nur zu.«

»Kennen Sie eine Nadeschda Pirownika?«

Pörgsen atmete hörbar aus. Dann hustete er.

»Ist das ein ›Ja‹?«

Pörgsen nickte. »Ja. Das ist ein ›Ja‹. War mir schon klar, dass da irgendwas nicht stimmen konnte.«

»Dass was nicht stimmen konnte?«

»Na, dass mit ihr was nicht stimmte. Mit dem Schmuck, mit dem Geld, das war schon seltsam. Dass sie allein kam.«

Margot versuchte einen Sinn in das Gesagte zu bringen, aber es gelang ihr nicht. Nur das mit dem Schmuck konnte sie zumindest einordnen.

»Vielleicht erzählen Sie mal der Reihe nach. Wann haben Sie Nadeschda Pirownika denn kennengelernt?«

Pörgsen goss seinen Gästen und sich selbst Tee ein. »Zucker und Sahne – bedienen Sie sich.«

Greven nahm zwei Stücke Kandis – Kluntjes, wie der Zucker hier genannt wurde. Dann gab er etwas Sahne hinzu, die sich wie Wölkchen im Tee ausbreitete.

Pörgsen tat es ihm nach.

»Ich habe Nadeschda vor drei Jahren kennengelernt. Sie war mit ihrem Ensemble hier.«

»Was für einem Ensemble?«

»Sie spielte Geige. Und das ziemlich gut. Sie war mit einer Folkloregruppe aus der Ukraine hier. Sieben Frauen, die sangen und Instrumente spielten. Sie hatten einen Auftritt in der *Blinke*.«

Margots irritierten Blick kommentierte Greven mit: »Große Veranstaltungshalle.«

Pörgsen fuhr unbeirrt fort: »Die Veranstaltung hatte irgendetwas mit so einem Tschernobyl-Projekt zu tun. Keine Ahnung mehr. Meine Frau hatte mich drei Wochen davor verlassen. Und ich hab einfach jeden Abend was unternommen. Das war unter der Woche, da gab's nicht so viel Auswahl. Und ich mag Musik – also hat es gepasst.« Pörgsen würde wohl niemals einen Schnellsprech-Wettbewerb gewinnen. Die Worte kamen unendlich langsam aus seinem Mund.

»Und wie haben Sie dann Nadeschda kennengelernt?«, hakte Greven nach.

»Sie hat mir gefallen. War einfach die Hübscheste von allen. Die haben CDs dabeigehabt. Und dann habe ich mich einfach ein bisschen im Vorraum rumgedrückt, sodass ich als Letzter in der Schlange stand. Dann hab ich alle drei CDs gekauft und sie mir signieren lassen. Nadeschda hat deutsch gesprochen. Und so sind wir ins Gespräch gekommen. Ich war der Letzte der Gäste. Die Damen haben gesagt, dass ihre Tournee nun beendet sei. Sechs Wochen seien sie in Deutschland unterwegs gewesen. Und jetzt wollten sie feiern. Und sie fragten mich, ob ich nicht mitfeiern wollte. Was ich dann getan habe.«

Pörgsen machte eine Pause. Margot merkte, dass ihr Kollege nervös wurde. Sie hatte jedoch begriffen, dass es die zeitsparendste Variante war, Pörgsen einfach erzählen zu lassen. Jedes Unterbrechen und spätere Rückfragen würden die Befragung nur noch länger dauern lassen.

»Und dann?«, fragte Greven, um irgendetwas zu sagen und Pörgsens Erzählung am Fluss zu erhalten.

Pörgsens zog die Mundwinkel ein wenig nach oben – wohl seine Interpretation eines strahlenden Lächelns. »War toll. Richtig toll. Der schönste Abend, den ich seit Langem gehabt hatte. Nadeschda ist das Kleid gerissen. Sie ist an einem kaputten Stuhl hängen geblieben.«

Er strahlte immer noch, als ob das Gesagte irgendetwas erklärt hätte. »Sie kam mit zu mir. Ich bin Schneider. Hab hier einen kleinen Laden. Ist zwar heute meist Änderungsschneiderei – aber ich kann so was nähen, ohne dass das Kleid Narben bekommt. Man sieht danach kaum noch was.«

»Sie sind also zu Ihnen nach Hause gefahren – und dann?« Wenn er jetzt jeden Tag so ausführlich beschreiben wollte, dann konnten sie sich darauf einrichten, in vier Stunden Pizza zum Abendessen zu bestellen.

»Ja. Sie zog das Kleid aus, ich nähte es. Sie saß dabei. Ich hatte ihr einen Bademantel von Ute gegeben. Meiner Ex. Und dann erzählte sie ein wenig über sich. Und ihre Familie.«

Margot spürte, dass Greven Pörgsen unterbrechen wollte, um endlich auf den Deal mit den Schmuckstücken zu kommen. Sie waren in Pörgsens Geschichte immer noch drei Jahre vom Schmuckraub entfernt. Margot aber fragte sich vor allem, welches Motiv Nadeschda gehabt haben könnte, die Aaners nicht nur zu berauben, sondern auch niederzustechen. Bislang war Pörgsen der Einzige, der Nadeschda persönlich kannte und ihnen zur Verfügung stand. Vielleicht war es besser, ihn einfach erzählen zu lassen. Daher kam Margot Greven zuvor. »Was hat sie denn erzählt?«

»Ich erinnere mich nicht mehr so genau. Sie sagte, sie sei verheiratet – ist sie heute auch noch. Sie hatte damals zwei Kinder. Heute hat sie drei. Ich nähte ihr Kleid – und ich merkte, dass ich nur noch eines wollte: mit dieser Frau – na ja, ins Bett. Es war drei Uhr, als das Kleid fertig war. Ich gab es ihr. Und ich versuchte, sie zu küssen. Aber sie wollte nicht. Allerdings stieß sie mich nicht zurück. Sie sagte, sie mag mich. Ich sei ein besonderer Mann. Aber sie sei verheiratet. Und sie würde ihren Mann nicht betrügen. Ich bezog also das Bett im Schlafzimmer mit frischer Bettwäsche. Für sie. Ich hab auf dem Sofa geschlafen.

Am kommenden Morgen hab ich uns Frühstück gemacht. Ich hatte mich Hals über Kopf in diese zierliche und schöne Frau verliebt. Und während des Frühstücks kam sie plötzlich um den Tisch herum. Küsste mich. Und zog mich ins Schlafzimmer. Ich wusste überhaupt nicht mehr, wie mir geschah. Wir haben miteinander geschlafen.«

Pörgsen hielt inne. Sprach nicht weiter.

»Hallo?« Greven, der inzwischen drei Tassen Tee intus hatte, riss ihn aus seiner inneren Betrachtung.

Pörgsen sah Greven an. Sah Margot an. Wurde rot. »Egal, nicht wichtig.«

»Doch wichtig«, sagte Greven. »Was war?«

Margot war hin und her gerissen. Intime Details – sie war nicht sicher, ob sie wirklich so viel Informationen wollte. Und doch wusste sie, dass manchmal in einer Nebenbemerkung die Lösung für einen ganzen Fall stecken konnte.

»Es war unheimlich. Sie fiel regelrecht über mich her. Um danach in Tränen auszubrechen. Ich fragte, was denn los sei. Sie schluchzte und meinte, ich würde nun schlecht von ihr denken. Aber sie sei kein Flittchen. Dann fing sie an zu erzählen. Ihr Mann, er war in der ukrainischen Armee. War Soldat mit Leib und Seele. Und sie war stolz auf ihren Mann. Dann schickten sie ihn in den Irak. Und von dort sei er als Wrack zurückgekommen. Er sprach kaum noch mit ihr. Er sprach kaum noch mit den Kindern. Er fasste sie nicht mehr an. Er trank immer mehr. Nun – ich fuhr sie dann zurück zu den Musikerkolleginnen. Ich fragte sie nach einer E-Mail-Adresse. Aber sie gab mir keine. Auch keine Telefonnummer. Ich hörte nichts mehr von ihr, bis vor vier Monaten.«

»Na, dann kommen wir ja langsam auf den Punkt«, grummelte Greven.

»He, wenn Sie nicht wollen, dass ich Ihnen das erzähle – ich kann auch die Klappe halten.«

»Schon gut, schon gut«, beschwichtigte Margots nordischer Kollege.

Zeit für Margot, die Wogen zu glätten. Sie goss sich demonstrativ ebenfalls noch eine Tasse Tee ein. »Wann hat sie dann genau Kontakt zu Ihnen aufgenommen? Und wie?«

»Es war Ende Juli. Sie hat mich angerufen. Ich war völlig perplex. Es hat ein paar Momente gedauert, bis ich realisierte, wen ich da an der Strippe hatte. Sie wollte wissen, wie es mir gehe. Wir machten ein paar Sätze Small Talk. Dann kam sie zur Sache. Sie fragte mich, ob ich ihr Geld leihen könnte. 1000 Euro. Und ob ich sie einladen könnte. Sie hätte geerbt, in Deutschland. Aber sie hätte kein Geld, um hierherzukommen. Sie würde mir das Geld gleich nach ihrer Ankunft zurückgeben. Klang alles ziemlich dubios.«

»Und Sie haben sich darauf eingelassen?«

»Nicht gleich. Aber sie rief immer wieder an. Weinte, war verzweifelt, sagte, sie wisse nicht, an wen sie sich wenden sollte.«

»Dann hat sie Sie weichgeklopft?«, fragte Greven auf die ihm eigene feinfühlige Art.

»So würde ich das nicht nennen.« Pörsgen machte eine Pause, goss sich selbst Tee nach. »Doch, Sie haben recht, genau das war es. Aber sie hat mir das Geld tatsächlich zurückgegeben.«

»Sie haben ihr also das Geld geschickt. Wie? Hat sie Ihnen ein Konto genannt.«

Pörgsen lachte auf, hustete, dann meinte er: »Eine Überweisung auf ein ukrainisches Konto. Sie haben echt Humor. Das können Sie vergessen. Es gibt nur eine Möglichkeit, schnell größere Beträge dorthin zu bekommen. Das geht nur mit Western Union.«

»Und das funktioniert wie?« Margot hatte von Western Union schon gehört, hatte aber selbst so einen Geldtransferdienst nie benutzt. Sie erinnerte sich auch, in der Post am Luisenplatz ein Werbeschild des Unternehmens gesehen zu haben.

»Ganz einfach, Sie gehen zu einer Annahmestelle von Western Union, gibt's auch hier bei uns an vielen Orten. Sie zahlen das Geld ein, sagen, wer wo der Empfänger ist, können, wenn Sie wollen, auch noch ein Passwort vereinbaren. Und wenige Stunden später kann der Empfänger in seinem Land zu der von Ihnen ausgewählten Stelle gehen, weist sich aus, nennt, wenn vereinbart, das Passwort und zieht mit dem Geld ab. Also mit dem Geld abzüglich der Gebühr für Western Union und den Steuern, die das Land dann noch erhebt. Ich habe hier 1200 Euro eingezahlt, und Nadeschda hat dort keine 1000 mehr abgeholt. Aber es ist, wie gesagt, der einzige Weg, den ich kenne, schnell Geld an so einen Ort zu transferieren.

Dann habe ich bei der Ausländerbehörde die Sache mit der Einladung erledigt – auch ein größerer Akt. Habe alles mit der Post dorthin geschickt. Dann rief Nadeschda mich erst nach sechs Wochen wieder an. Erklärte, sie habe jetzt das Visum und das Flugticket. Sie sagte, sie würde am 4. Oktober ankommen. In Hamburg am Flughafen. Nachmittags. Fragte, ob ich sie abholen würde. Das war zwei Wochen vor dem Flug. Ich schrieb mir das in den Kalender. Aber sie kam nicht.«

»Wie – sie kam nicht? Sie war doch da!«

»Ja. Aber am 4. Oktober – war ein Mittwoch – stand ich mir die Füße in den Bauch. Der Flug kam, aber keine Nadeschda. Ich war so was von wütend. Ich dachte, sie hätte mich abgezockt. Alles nur, um die 1000 Euro einzustreichen. Ich war drauf und dran, zur Polizei zu gehen. Aber wahrscheinlich hätte das gar nichts gebracht, weil ich ja völlig freiwillig so doof gewesen war, ihr das Geld rüberzuschieben. Ich hab mir die Kante gegeben an dem Abend. Und versucht, das Ganze abzuhaken.

Und dann stand sie plötzlich vor der Tür, am Sonntag danach. Nachts. War so um halb neun. Sie war völlig fertig. Hat geheult. Immer wieder geheult. Hat auch kaum was gesagt. Ich wusste gar nicht, was ich machen sollte.«

Margot rechnete kurz nach. Nadeschda war also am 8. Oktober bei Pörgsen aufgeschlagen. Das war der Tag, an dem die Aaners wahrscheinlich ermordet worden waren. Offenbar von ihr. Passte auch zu ihrer Gemütsverfassung.

»Und was haben Sie gemacht?«

»Mein Hausrezept: guten Tee, einen Grog und eine heiße Badewanne.«

»Hat gewirkt?«

»Ja. Sie hat sich dann tausendmal entschuldigt, dass sie nicht in dem Flieger saß, den sie mir angegeben hatte. Sagte, sie sei erst einen Tag später gekommen. Und sie habe noch was Persönliches erledigen müssen.«

Das wiederum entsprach nicht der Wahrheit. Denn sie war sogar schon einen Tag vor dem genannten Termin in Deutschland gewesen. Hatte da schon in Darmstadt im Maritim gewohnt. War also wahrscheinlich eher nach Frankfurt geflogen. Vielleicht ließ sich das noch herausfinden.

»Ich sage Ihnen ganz ehrlich, ich wurde nicht schlau aus dem Ganzen. Aber ich sage Ihnen genauso ehrlich – es war mir herzlich egal. Seit meine Frau ausgezogen ist, lief es nicht wirklich gut mit den Frauen. Datingbörsen hoch und runter, eine Katastrophe nach der anderen. Ich habe mich sogar schon auf russischen Partnerbörsen rumgetrieben. Und nun stand Nadeschda in meinem Haus. Die schönste Frau, die ich je gesehen habe.«

Ein bisschen war Margot peinlich berührt, dass dieser Mann seine Seele so vor ihnen ausbreitete. Gleichzeitig nötigte es ihr aber auch ein wenig Respekt ab.

»Nun, ich schlief wieder auf der Couch. Sie in meinem Bett.

Am nächsten Tag waren wir beide früh wach, also machte ich Frühstück. Dann fragte sie mich, ob ich einen Juwelier kenne, der Schmuck schätzen könnte. Sie holte eine Schatulle aus ihrem Koffer. Und zeigte mir den Schmuck. Und wegen dem sind Sie jetzt wahrscheinlich hier, nicht wahr?«

»Wieso vermuten Sie das?«, fragte Greven.

»Der ist sicher nicht ganz koscher, der Schmuck. Das habe ich mir gleich gedacht. Vielleicht hat sie ihn ihrer Tante geklaut. Vielleicht wollte sie ihn gar nicht zurückbringen.«

»Welcher Tante?«, fragte Margot. Dass Nadeschda Pirownika und Regine Aaner verwandt sein könnten, hatten sie noch gar nicht in Erwägung gezogen.

»Na, diese Erbtante in Hamburg. Die gestorben war. Und deren Familie Nadeschda mit ein paar Hundert Euro abspeisen wollte, obwohl sie laut Testament ein Viertel des Vermögens erben sollte. Nadeschda hat behauptet, dass die Familie gesagt habe, die Schmuckstücke seien nur billige Imitate. Und deshalb wollten sie ihr weniger Geld geben. Aber sie hat sich die Schmuckstücke heimlich genommen, um sie von einem Juwelier schätzen zu lassen. Und sie müsse sie am Mittwoch wieder in Hamburg in den Tresor legen, wenn das Ganze nicht auffliegen solle.«

Erbtante in Hamburg – das war ähnlich wahrscheinlich wie die Vermutung, dass Nadeschda mit Angela Merkel verwandt war. Wie dem auch sei, Nadeschda Pirownika hatte eine Geschichte zusammengestrickt, mit der sie Pörgsen um den Finger wickeln konnte.

»Ich kenne in Leer den Juwelier Tramer. Also hab ich ihr die Adresse aufgeschrieben. Und ich hab sie gefragt, ob ich sie hinfahren sollte. Aber sie sagte, sie habe einen Wagen. War ein blauer Bentley. Der habe auch der Tante gehört. Die habe bis vor Kurzem in Darmstadt gewohnt, hat Nadeschda gesagt, als ich sie nach dem Kennzeichen des Wagens gefragt hab. Ich hätte viel misstrauischer sein sollen.«

Hättest du, dachte Margot.

»Nun, sie ging zu Tramer, und der sagte, dass sie am Mittwoch wiederkommen soll, dann hätte er den Schmuck geschätzt.«

»Sie meinten, Nadeschda habe Ihnen ihr Geld zurückgegeben. War das, nachdem sie einen Teil des Schmucks verkauft hatte?«

»Nein, die Kohle hat sie mir gleich Montag beim Frühstück zurückgegeben. Zwei Fünfhunderter. Und einen Zweihunderter. Ich war etwas erstaunt darüber, dass es so große Scheine waren. Aber ich habe sie nicht gefragt. Je länger sie da war, umso weniger Fragen hab ich gestellt. Ich meine, ich war verliebt in Nadeschda. Bin es vielleicht immer noch. Aber ich bin nicht blöd. Diese ganze Geschichte von der Erbtante in Hamburg, die gestorben war und kurz vorher noch in Darmstadt gewohnt hatte – war mir schon klar, dass das Bullshit war. Aber ich wollte gar nicht wissen, in was für eine Geschichte sie da reingeraten ist.

Sie erzählte mir wieder von ihrer Familie in der Ukraine. Dass sie jetzt drei Kinder hätten. Dass alles kaum zu schaffen sei. Dass sie ein Riesenglück hatte, dass sie über die Tante an etwas Geld gekommen sei. Dass ihr Mann aus der Armee geflogen sei. Dass es seitdem der Familie ziemlich schlecht gehe, auch finanziell. Dass ihr Mann einen Selbstmordversuch hinter sich habe. Zwei Monate Krankenhaus. Auf einem Auge blind. Wahrscheinlich die billigste Möglichkeit, einen Kopfschuss zu überleben. Und sie fürchtet, dass er es wieder versuchen würde. Und wissen Sie was – sie mag mit ihrer Tante und all dem Drumherum gelogen haben. Aber dass ihre familiäre Situation so beschissen ist, das war nicht gelogen. Glaube ich zumindest nicht.«

»Okay, sie hat den Schmuck schätzen lassen. Was war danach? Sie haben sie ja zu dem Juwelier begleitet.«

»Ja, da war ich dabei. Nach dem Besuch beim Juwelier sind wir noch essen gegangen. Sie wollte dann nach Hamburg. Ich wollte sie noch zu ihrem Wagen bringen, aber sie sagte, dass sie solche Abschiedsszenen nicht mag. Also hat sie sich direkt vor dem Restaurant von mir verabschiedet. Sich tausendmal bedankt. Ich bin in meinen Laden. Und sie ist mit dem Wagen nach Hamburg, um den Schmuck wieder in den Tresor zu legen.«

Margot und Greven schwiegen.

»Ist sie wohl nicht. Ich bin auf jeden Fall in meinen Laden. Und ich habe sie danach nicht mehr gesehen und hab auch nichts mehr von ihr gehört.«

Margot zog die Bilder der Schmuckstücke aus ihrer Tasche. Legte sie vor Pörgsen auf den Tisch. »Ist das der Schmuck, den sie bei sich hatte?«

Pörgsen schaute auf die Schmuckstücke. »Ich kenn mich da nicht aus. Aber das grüne da – das war auf jeden Fall dabei.« Er zeigte auf ein Collier und ein Armband, die mit Smaragden besetzt waren.

»Auch das hier, das rote – ja, das ist mir auch aufgefallen.«

»Das mit den Rubinen?«

Pörgsen zuckte mit den Schultern.

»Sagt Ihnen der Name ›Aaner‹ etwas?«, fragte Margot.

»Aaner? Nee. Hab ich nie gehört. Heißt die Erbtante so?«

»Und Susanne Warka – haben Sie diesen Namen schon mal gehört?«

»Wie heißt die Tante denn nun?«

»Kennen Sie den Namen oder nicht?«

»Nein. Weder Aaner noch Susanne Warka. Sagt mir nichts.«

Das wäre auch zu schön gewesen, dachte Margot.

»Sitzt Nadeschda im Knast?«

»Herr Pörgsen, haben Sie herzlichen Dank für Ihre Kooperation.«

»Kann ich sie sehen?«

»Wenn Sie uns sagen, wo wir sie finden, dann gern«, sagte Greven.

Dem hatte Margot nichts mehr hinzuzufügen.

»Welche Nummer?«, fragte Horndeich.

»11-17-01«, sagte die Dame am Schalter des Postamts.

»Wunderbar, dann würde ich da jetzt gern einen Blick hineinwerfen.«

Es folgte das übliche Prozedere von »Ich darf nicht«, gefolgt von »Ich kann nicht«, danach »… mein Vorgesetzter«. Von dem kam dann die Forderung nach dem richterlichen Beschluss. War ja berechtigt. Dauerte nur immer so lange … Doch wie schon am Morgen hatte Horndeich das Glück, Staatsanwalt Relgart sofort zu erreichen. Und auch der zuständige Richter Becker war gleich zu sprechen gewesen. So ratterte das Fax zwanzig Minuten später beim Leiter der Postfiliale aus dem Gerät.

Dank Bernd Riemenschneiders Bemerkung war Horndeich die Idee gekommen, dass Susanne Warka die privaten Dinge wie das zweite Handy einfach in einem Postfach deponiert hatte. Und nun durfte Horndeich einen Blick in dieses Postfach werfen.

Für Susanne Warka was das das optimale Versteck. Während die Fächer auf der Seite für die Kunden jeweils mit einem Türchen mit Schloss versehen waren, war auf der Rückseite keinerlei Barriere. Was logisch war: Die Angestellten sollten Postsendungen einfach in das Fach mit der jeweiligen Nummer legen können.

Das Postfach lag in der Wand der Postfächer ganz oben am Rand. Es war eines der Postfächer, die nicht so schnell vergeben waren. Die meisten Leute wollten ein Postfach in Augenhöhe, zu dem man sich nicht bücken musste und für das man auch keine Trittleiter benötigte, um die Post aus dem Fach zu nehmen.

Das Fach mit der Nummer 11-17-01 war gut gefüllt. Horndeich zog drei pralle DIN-B4-Umschläge heraus und warf gleich an Ort und Stelle einen Blick in die Umschläge. Im unteren Umschlag fand er nur Unterlagen, alle in DIN-A4-Format. Im zweiten Umschlag fand er, was er suchte: das zweite Handy von Susanne Warka. Ein Samsung Note. Das Neueste vom Neuesten. Sauteuer. Mit richtig großem Display, sodass Surfen und E-Mail-Schreiben kein Problem waren. Offensichtlich hatte sie es so versteckt, dass es bei den anderen Angestellten kein Aufsehen erregen würde.

Der dritte Umschlag enthielt ein paar Touristikprospekte aus Lindau.

Horndeich nahm die Umschläge mit. Zeit, wieder an den Schreibtisch zu gehen. Und Zeit für Bernd Riemenschneider, ein paar Überstunden einzufahren.

Wenig später hatte Riemenschneider bereits ein Back-up des Handys angefertigt, damit später niemand sagen konnte, der Inhalt sei nachträglich verändert worden.

Zwei Stunden danach hatte Horndeich einen groben Überblick über das zweite Leben der Susanne Warka. Und war erstaunt, über das, was er sah.

Zunächst stellte er fest, dass Susanne das Postfach an dem Tag angemietet hatte, an dem sie auch das Prepaid-Handy gekauft hatte. Offensichtlich hatte sie sich die notwendige Logistik für einen Plan organisiert. Diesen Plan hatte Horndeich entschlüsseln können: Susanne Warka hatte sich beworben. Sie wollte nach Gießen umziehen und dort einen neuen Job beginnen. Sie hatte viele Bewerbungen losgeschickt. Und zahlreiche Absagen und eine Zusage erhalten. Am 1. April des kommenden Jahres wollte sie in Gießen als Sachbearbeiterin bei einer Firma anfangen, die Etiketten herstellte. Horndeich warf einen Blick auf die Webseite des Unternehmens. Ob weiße Standardetiketten oder fälschungssichere mit Hologramm bedruckte Varianten – das Unternehmen schien für jedes Etikettenproblem eine Lösung zu haben.

Horndeich rechnete kurz nach: Das Kind hätte wohl im Januar oder Februar das Licht der Welt erblickt. Dann hätte sie den Job also genau dann begonnen, nachdem sie den Sprössling abgegeben hätte.

Auch auf die Frage, wie Susanne Warka bei der Post ihre Schwangerschaft erklärt hätte, fand sich eine Antwort in den Unterlagen: »Gar nicht«, lautete diese. Susanne Warka hatte sich eine kleine Ferienwohnung gemietet. Und zwar in Lindau. Am Bodensee. Kuschliges Ambiente. Ab 1. November. Offensichtlich wollte sie die Zeit bis zur Niederkunft abseits alter oder künftiger neugieriger Bekannter verbringen.

Horndeich telefonierte mit der Vermieterin, die bestätigte, dass der Mietvertrag für das Appartement unterzeichnet war. Die sympathische junge Dame habe auch die gesamte Miete im Voraus bezahlt. Ja, in bar. Und ja, sie wollte mit ihrer vierjährigen Tochter kommen.

Irgendjemand hatte es sich also richtig was kosten lassen, dass Susanne Warka das Kind zur Welt brachte. Und Horndeich bezweifelte, dass sie ihrem Freund oder ihrem Arbeitgeber oder auch nur ihrer besten Freundin etwas davon erzählt hatte. Susanne Warka hatte offenbar ein neues Leben anfangen wollen. Mit ihrer Tochter. Aber der Betrag, den sie für die Leihmutterschaft bekommen sollte, war nicht so hoch, dass sie nicht mehr hätte arbeiten müssen.

Horndeich schaute auf die Uhr. Freitag. 17 Uhr. Es war Zeit, Feierabend zu machen. Aber es wurmte ihn, dass er noch keinen Beweis für Schallers Beteiligung an dem ganzen Leihmutterdrama hatte. Vielleicht war er schuld an Susanne Warkas Tod. Möglicherweise auch an dem der Aaners. Wobei dann die Verbindung zu Nadeschda Pirownika noch zu klären war.

Horndeich seufzte. Er würde dem Gynäkologen jetzt noch einen Besuch abstatten. Er wusste zwar noch nicht genau, was er ihn fragen sollte. Aber vielleicht reichte es ja, dem Mann klarzumachen, dass er im Fadenkreuz stand.

Horndeich stieg in seinen Crossfire. Und machte sich auf den Weg Richtung Eberstadt. Er fuhr über die Heidelberger Straße, vorbei an der amerikanischen Kaserne. Horndeich fragte sich oft, was die Stadt nach dem Abzug der Amerikaner mit dem Gelände machen würde. Hinter dem Begriff »Konversionsfläche« stand nicht weniger, als dass ein großes Stück Stadt gestaltet werden musste. Es war eine heftige Diskussion um die Flächen entbrannt. Aber der OB hörte sich wenigstens die Ideen der Bürger an. Andere Städte hatten es da schlechter.

Horndeich bog in die Friedrich-Ebert-Straße ein, dann in

den Elfengrund. Er erreichte das Haus, in dem Frederik Schaller und seine Frau wohnten.

Die beiden traten gerade heraus. Schallers Frau trug ein schwarzes Cocktailkleid, hochhackige Schuhe und eine helle Stola. Der Herr des Hauses war in einen eleganten Anzug gekleidet.

Horndeich stieg aus dem Wagen.

»Nein, sehe ich richtig, der Herr Kommissar«, tönte Schaller – und sein Tonfall verriet, dass er über den Anblick einer Gruppe Demonstranten mit Farbbeuteln kaum mehr verärgert gewesen wäre.

»Ja, der Herr Kommissar. Wo geht es hin?«

»Ich wüsste nicht, was Sie das angeht«, sagte Schaller mit Verachtung in Blick und Stimme.

Er zog einen kleinen Knopfsender aus der Hosentasche und drückte die Taste. Das Garagentor der nachträglich angebauten Garage hob sich langsam.

»Tut mir leid, Sie kommen ungelegen, wir sind schon spät dran«, sagte Schaller. Seine Frau lächelte die Art Lächeln, das nicht verriet, weshalb sie lächelte. Weil ihr das Auftreten ihres Mannes unangenehm war? Weil sie für Horndeichs Auftauchen die gleiche Sympathie hegte wie für den Besuch eines Blutegels am eigenen Bein?

»Vielleich kommen Sie einfach morgen wieder?«

Das Tor hatte sich nun gänzlich gehoben und gab den Blick auf den Wagen frei, der in der Garage stand.

»Oder vielleicht kommen Sie einfach am Montag wieder, nach dem Wochenende. Denn ich werde morgen und übermorgen kaum hier sein. Das Wetter«, er machte eine ausladende Handbewegung, »es ist einfach zu schön, um drinnen zu versauern.«

Horndeich sah die vier großen runden Rückleuchten am Heck des Wagens.

»Wenn Sie uns also entschuldigen«, sagte Schaller, wartete die Antwort nicht ab und ging mit seiner Frau auf die Beifahrerseite des Wagens zu. Er hielt ihr die Tür auf, sie stieg ein.

Auf dem Weg um das Heck des Wagens herum fügte er nur noch an: »Ich wünsche auch Ihnen ein schönes Wochenende, Herr Horndeich.«

Dann setzte er sich hinters Steuer und ließ den Wagen an. Das satte Röhren eines V8-Motors mit mehr Hubraum als Horndeichs Gießkanne. Der beigefarbene Wagen mit dem dunkelbraunen Dach setzte zurück auf die Straße. Das Garagentor schloss sich wieder automatisch. Als Schaller an Horndeich vorbeifuhr, hob er noch die Hand an die Stirn, als wollte er sich mit militärischem Gruß verabschieden.

Horndeich sah dem amerikanischen Coupé hinterher. Nein, nicht irgendeinem Coupé. Einem AMC Matador Coupé. Dem Wagen, den Christopher Lee als Bösewicht im James-Bond-Film *Der Mann mit dem goldenen Colt* fuhr. In dem Film auf der DVD, die noch am vergangenen Wochenende in Horndeichs DVD-Player gelegen hatte.

Bösewicht passte ja.

»Hab dich«, sagte Horndeich leise und grinste breit.

Zunächst machte Horndeich einen Schlenker über das Präsidium. Er suchte die Telefonnummer von Klaus Friedrichsen heraus, dem Geschäftsführer der Autohäuser von Paul Aaner. Zoschke hatte ja schon mit ihm gesprochen. Horndeich war froh, dass der Kollege auch die Handynummer des Mannes gespeichert hatte.

Er rief Friedrichsen an, der sich sofort meldete. Horndeich erklärte, wer er war, und fragte, ob er am nächsten Tag vielleicht für ein Gespräch nach Wiesbaden kommen dürfe.

»Im Prinzip gern, nur fahre ich morgen früh nach Dresden und komme dann erst wieder am Mittwoch zurück.«

»Schade.«

»Und wir können uns nicht einfach am Telefon unterhalten?«

»Ich würde lieber mit Ihnen persönlich sprechen.«

Friedrichsen zögerte einen Moment. »Wenn es so wichtig

ist – dann kommen Sie doch jetzt vorbei. Ich bin ohnehin noch im Büro. Passt Ihnen das?«

Nun war es an Horndeich zu zögern. Sandra hatte gesagt, sie würde am Abend für sie beide kochen. Aber er wollte unbedingt mit Friedrichsen sprechen. »Abgemacht. Ich fahre gleich los. In etwa fünfzig Minuten müsste ich bei Ihnen sein.«

»Prima. Fahren Sie bei PA-Automobile-Ost in den Hinterhof. Da ist dann auch der Eingang. Klingeln Sie einfach.«

Horndeich rief Sandra an, die nicht begeistert war – und die unbedingt mit ihm sprechen wollte. Horndeich versprach, in spätestens drei Stunden zu Hause zu sein.

Er lenkte seinen Crossfire auf die Klapppacher Straße. Und hatte nicht eingeplant, dass es ja Freitagabend war. Fünfzig Minuten nach Wiesbaden – das war utopisch. Er brauchte allein eine Viertelstunde, bis er endlich auf die A67 auffuhr. Auch die A60 war dicht, zumindest für sechs Kilometer. Erst als er auf die A671 abbog, waren die Spuren frei. Horndeich hätte dem Crossfire die Sporen gegeben. Doch es hinderte ihn die Vernunft daran – und die zahlreichen Tempo-100-Schilder.

Er fuhr die Mainzer Straße nach Wiesbaden hinein. Und erkannte Paul Aaners Laden von Weitem. Nicht, weil das Schild so groß gewesen wäre. Sondern weil er wusste, dass das Geschäft unmittelbar neben dem Ferrari-Händler lag. Und dessen schwarzes Pferd auf beleuchtetem rotem Grund war nicht zu übersehen.

PA-Automobile-Ost lag noch drei Grundstücke weiter nördlich. Der Showroom war beleuchtet, und im Vorbeifahren erkannte Horndeich bereits einen roten Wartburg. Er lenkte den Crossfire auf den Hinterhof.

Als er wenig später an der Tür klingelte, erwartete er, dass der Türsummer ihm Eintritt gewähren würde. Doch die Tür wurde von Hand geöffnet.

Klaus Friedrichsen war untersetzt, nicht besonders groß. Seine dunklen Knopfaugen strahlten eine Mischung von Verschmitztheit und Seriosität aus. Horndeich war sicher, dass der Mann ein Trabbi-Spaßmobil genauso gut verkaufen konnte wie einen Maybach von 1930.

»Herr Kommissar Horndeich. Sehr angenehm. Ich hatte vor einigen Tagen bereits das Vergnügen mit Ihrem Kollegen Herrn Zoschke. Sie haben noch Fragen? Wissen Sie etwa schon, wer Paul Aaner und seine Frau auf dem Gewissen hat?«

»Nein, das wissen wir leider noch nicht. Aber wir arbeiten daran.«

»Ihr Crossfire?«

»Ja. Leider nicht ganz familientauglich. Wir haben Nachwuchs bekommen. Aber ich mag halt auch keinen 08/15-Wagen.« Horndeich seufzte. War wohl nicht der richtige Moment, um seine Sorgen um seine Automobilität zu erörtern.

»Ah, der Crossfire wird mal ein Klassiker. Ist eine Geldanlage, wenn man ihn gut pflegt.«

So hatte Horndeich seinen Wagen noch nie betrachtet.

»Treten Sie ein. Darf ich Sie kurz durch unsere Showrooms führen?«

Horndeich sah auf die Uhr. Er hatte weit über eine Stunde gebraucht. Aber das konnte er auf der Rückfahrt wieder wettmachen. Gut, dass sein und Sandras Domizil, von der Autobahn aus gesehen, am richtigen Rand der Stadt lag. Und Horndeich konnte nicht widerstehen. »Gern.«

Friedrichsen lächelte. So sah er also aus, wenn er glaubte, einen Kunden im Sack zu haben. Er führte den Besucher durch eine Hintertür direkt in den Verkaufsraum. Horndeich hatte erwartet, zehn Wartburgs und zehn Trabbis zu sehen. Doch das Erste, was er wahrnahm, war ein dunkelblauer BMW-Oldtimer. Ein 327. Mit der klassischen Oldtimer-Motorhaube, der längs geteilten Frontscheibe und den ausladend geschwungenen Kotflügeln.

»Was sucht denn der BMW bei den Ost-Fahrzeugen?«, wollte Horndeich wissen.

»Ach, das ist wohl die am häufigsten gestellte Frage in diesem Raum.« Friedrichsen lächelte.

Er führte Horndeich direkt vor den Wagen. »Was fällt auf?«

Horndeich streichelte den Wagen mit den Augen. Er sah aus, als wäre er gerade vom Band gelaufen. »Nun, es fällt auf, dass hier ein Wagen steht, der vor dem Krieg gebaut worden ist und daher nicht in der DDR gebaut worden sein kann.«

»Falsch.«

»Wie: falsch?« Horndeich fühlte sich plötzlich wieder wie auf der Schulbank.

»Ich helfe Ihnen. Schauen Sie sich das Firmenemblem an.«

Horndeich sah es. Das BMW-Zeichen. Zwei weiße und zwei rote Viertel. Okay, die bei BMW waren nicht rot, sondern blau.

Friedrichsen interpretierte Horndeichs Stirnrunzeln richtig. »Der BMW 327 entstand in Eisenach. Nach dem Krieg ging das Werk jedoch in den Besitz der DDR über. Aber BMW gewann zumindest den Prozess im Warenschutzrecht. Und so wurde aus BMW einfach EMW – für Eisenacher Motorenwerke –, und aus Blau wurde Rot. Der Wagen, den Sie hier sehen, ist von 1953. Dass es ein echter EMW ist, sehen Sie hier.«

Friedrichsen klappte die Motorhaube auf. Sie war auf der Höhe der Frontscheibe angeschlagen. »Sehen Sie, eine Alligator-Haube. Die BMW-Hauben waren an der Längsachse über dem Motor befestigt.«

»Und was kostet der Wagen?«

Friedrichsen ließ die Haube sinken. »80 000 Euro.«

Damit war das geklärt. Und Horndeichs kurzer Traum, Hinrich einmal richtig eins auszuwischen, im Keim erstickt.

Horndeich ließ sich auch noch die anderen Wagen zeigen. Zwei Trabbis und drei Wartburgs, dann aber noch einen gelben flachen Sportwagen, der Horndeich an einen Ferrari Dino erinnerte.

»Ein Melkus RS 1000. Davon wurden nur 101 Exemplare gebaut. Eines sehen Sie hier. Und eines, das nicht mehr in so gutem Zustand ist, haben wir in unserem Lager in Dresden.«

Da der Verkaufsraum in L-Form gehalten war, sah Horndeich den Traum in Heckflosse erst zum Schluss. »Wieder so was wie ein EMW?«

»Jein. Ein russischer Tschaika GAZ 13. Da stand der amerikanische Packard Patrician Pate, das '55er-Modell.«

Horndeich seufzte.

Friedrichsen sah auf die Uhr. »Ich glaube, wenn wir Ihre Fragen noch erörtern wollen, sollten wir an dieser Stelle abbrechen. Vielleicht haben Sie ja Lust, sich irgendwann mal unsere anderen Wagen anzusehen. Genau genommen sind die beiden Geschäfte gar keine Läden. Es sind Galerien. Museen, in denen man die Exponate auch kaufen kann.«

Friedrichsen geleitete Horndeich aus dem Verkaufsraum über das Treppenhaus in den ersten Stock. Dort führte über die ganze Länge des Gebäudes ein Flur, der an der rechten Seite Fenster zum Hinterhof hatte, zur linken gingen die Türen zu den Büros ab.

»Die beiden Läden arbeiten unabhängig voneinander. Ich bin der verbindende Faktor. Aber ich habe in beiden Läden direkte Stellvertreter. Und ich habe auch in beiden Läden ein Büro. Treten Sie ein«, sagte Friedrichsen und führte Horndeich in das letzte Büro auf dem Gang. Eine breite Fensterfront ging in Richtung Verkaufsraum, zudem hatte Friedrichsens Büro noch Fenster zum Hof.

»Nehmen Sie doch bitte Platz.«

Das Büro war schlicht und funktionell eingerichtet. Die Büromöbel waren in verschiedenen Grautönen gehalten und sahen edel aus. An den Wänden hingen ein paar Bilder von spektakulären Autos. Offensichtlich die Highlights der Wagen, die diese Verkaufshallen schon von innen gesehen hatten.

»Darf ich Ihnen etwas zu trinken anbieten?«

Horndeich winkte ab. »Nein danke.«

»Gut, dann schießen Sie mal los. Wie kann ich Ihnen helfen.«

»Ich frag Sie ganz direkt: Haben Sie irgendwann in der letzten Zeit einen AMC Matador in Bronze an einen Kunden in Darmstadt verkauft? An einen gewissen Frederik Schaller?«

»Ein Coupé?«

»Genau. Ein Coupé.«

»Das James-Bond-Auto aus *Der Mann mit dem goldenen Colt*?«

»Ja, genau diesen Wagen.«

Friedrichsen grinste. »Typischer Fall von James-Bond-Syndrom. Sie glauben gar nicht, wie oft hier Leute reinspaziert kommen und nach einem Aston Martin DB5 fragen, den mit dem Schleudersitz, bei dem der Beifahrer durchs Dach fliegt.«

»*Goldfinger*, 1964«, warf Horndeich ein.

»Genau. Oder nach dem Lotus Esprit aus *Der Spion, der mich liebte*. Wir haben zwei Kunden in England, die ein James-Bond-Museum planen. Und dort alle Autos ausstellen wollen, die in den Filmen zu sehen waren. Und nicht nur die Stars, sondern etwa auch den kleinen grauen Transporter, den Richard Kiel als ›Beißer‹ im letztgenannten Film mit bloßer Hand auseinandernimmt. Einen Leyland Sherpa. Nun, wenn man so zählt, dann kommt man auf mehr als hundert Wagen.«

»Und der AMC?«, brachte Horndeich Friedrichsen wieder auf die ursprüngliche Frage zurück.

Friedrichsens Computer war noch nicht heruntergefahren. »Einen Moment.« Während er sich durch irgendwelche Programmmenüs klickte, sagte der Geschäftsführer: »Wir hatten tatsächlich einen AMC Matador. Aber ich weiß nicht mehr, wer ihn gekauft hat. Der Name Schaller – da klingelt was. Ich glaube aber, der AMC ging auch an die Museumstypen.«

Na, dann hatte ich vielleicht doch nicht den richtigen Instinkt, dachte Horndeich.

Sekunden später sagte Friedrichsen: »Ha, da ist er ja.« Dann runzelte er die Stirn. »Wir hatten beide unrecht. Weder Ihr Herr Schaller noch meine Museumsjungs. Seltsam. Hier steht, dass Paul Aaner den Wagen selbst gekauft hat. Vor etwa einem Jahr. Ich erinnere mich gut. Wir haben das Auto in Amerika gefunden, Frisco, glaube ich. Es hatte exakt die Ausstattung des James-Bond-Wagens, bronzefarben, mit dunkelbraunem Dach und dunklen Sportsitzen.«

»Das ist genau der Wagen, der von Schaller gefahren wird.«

»Aber er hat ihn nicht gekauft. Zumindest nicht direkt bei uns. Ob Paul ihn weiterverkauft hat – das weiß ich nicht. Aber den Namen Frederik Schaller – den habe ich schon mal gehört.«

Friedrichsen klickte noch ein paarmal mit der Maus, gab noch etwas über die Tastatur ein. »Nein, wir haben keinen Frederik Schaller in der Kundendatenbank.«

Einer Eingebung folgend, fragte Horndeich: »Vielleicht eine Hannelore Schaller?«

Wieder ein bisschen Tastengeklapper. »Nein. Auch nicht.«

Horndeich erhob sich. »Schade.«

»Tut mir leid, dass ich Ihnen nicht helfen konnte.«

»Wenn Ihnen noch etwas einfällt, melden Sie sich doch bitte.« Horndeich reichte Friedrichsen sein Kärtchen, auf dem er auch noch seine Mobilnummer notierte.

Friedrichsen geleitete Horndeich noch in den Hof zu seinem Auto.

»Und diese ganzen Hallen, die gehören alle noch zu Ihrem Unternehmen?« Horndeich zeigte auf die Industriehallen, die sicher noch einmal so viel Fläche belegten wie das Verkaufsgebäude.

»Ja. Aber die wahren Schätze sind im Industriegebiet in der Schlossbergstraße untergebracht. Da werden die Wagen auch restauriert. Paul hat extra noch eine Sicherheitsfirma gegründet. Die schieben da sieben Tage die Woche, vierundzwanzig Stunden am Tag Dienst. Und dann haben wir, wie gesagt, noch das Lager in Dresden.«

»Wie kommt es zu dem Lager in Dresden? Ist ja nicht gerade um die Ecke?«

»PA-Automobile-Ost wurde in Dresden gegründet. Also nicht direkt in der Stadt. Sondern in Meissen. Da war Platz für die riesige Halle. Das erste Geschäft von Paul Aaner war ja in Marburg. Die beiden Läden in Wiesbaden, die gibt es erst seit fünfzehn Jahren.«

»Marburg?«

»Ja. Am Stadtrand. Aber bei so einem Business ist es eigentlich egal, wo man sich befindet. Die Menschen nehmen lange Wege auf sich, um einen Vorkriegs-Bentley zu kaufen, der aussieht, als käme er gerade aus der Fabrik. Aber jetzt, quasi direkt am Flughafen Frankfurt – da ist die Klientel noch ein wenig internationaler geworden.«

Marburg, dachte Horndeich. Dort war Schaller geboren, und dort hatte er auch studiert. Kannten sich die beiden Männer vielleicht bereits aus dieser Zeit? Dass er den AMC fuhr, den Aaner selbst gekauft hatte – auch das war ein Indiz dafür, dass sie sich kannten. Aber noch kein Beweis.

»Wie lange sind Sie schon mit von der Partie?«, fragte Horndeich.

»Paul hat mich eingestellt, als er plante, nach Wiesbaden umzuziehen.«

»Hat er Ihnen gegenüber mal den Namen Frederik Schaller erwähnt?«

»Wie ich schon sagte, bei dem Namen klingelt in meinem Kopf ein Glöckchen. Aber ich habe keine Ahnung, wo ich ihn hinstecken soll. Wir haben auch mit so vielen Menschen zu tun – da kann man sich nicht jeden Namen merken.«

Horndeich ging auf seinen Crossfire zu. Nach ein paar Schritten blieb er stehen. Drehte sich um. »Wenn ich eine Familienkutsche suche, die nicht an jeder Straßenecke herumsteht – was würden Sie mir dann empfehlen?«

Friedrichsen grinste. »Noch fünf Minuten?«

Horndeich grinste zurück: »Klar.«

»Na, dann kommen Sie mal mit.«

SAMSTAG

Sandra hatte Horndeich ausschlafen lassen. Er war kurz aufgewacht, als seine Frau sich um sieben aus dem Bett begeben hatte. Immer wieder bewunderte er an ihr, dass sie in dem Moment, in dem sie das Bett verließ, völlig wach war.

Es war neun Uhr, als er selbst aufwachte. Er ging zunächst unter die Dusche. Schon im Badezimmer stieg ihm der Geruch nach Kaffee und gebackenen Brötchen in die Nase.

Wenig später saß er mit seiner kleinen Familie am Frühstückstisch, den Sandra gedeckt hatte.

»Dein Handy hat gepiept – eine SMS.«

»Kann warten. Jetzt ist erst mal Wochenende.« Wenn er frühstückte, dann frühstückte er. Was auch immer passierte, es würde in einer halben Stunde auch noch eilen. Zumal er heute keine Bereitschaft hatte.

»Ich habe Margot zum Mittagessen eingeladen. Wir müssen mit ihr reden. Ich muss mit ihr reden.«

»Ja, du hast natürlich recht.«

»Sie ist jetzt auf der Autobahn. Aber sie hat gesimst, dass sie es bis ein Uhr schaffen wird.«

Horndeich legte eine CD in den Spieler. Bach am Morgen, da schmeckte ihm das Frühstücksei gleich noch mal so gut. Nachdem sie gefrühstückt hatten, ging Horndeich zu seinem Handy. Er rechnete damit, dass Margot ihnen mitteilen wollte, dass sie zum geplanten Mittagessen da sein würde. Doch die Nummer, von der aus die SMS verschickt worden war, war in Horndeichs Handy keinem Namen zugeordnet.

Er las die SMS: »Sehr geehrter Kommissar Horndeich. Weiß jetzt, woher ich den Namen Frederik Schaller kenne. Habe Ihnen eine Mail geschickt, Grüße, Friedrichsen.«

Jepp, dachte Horndeich.

»Ich muss kurz an den Computer, Sandra«, sagte er zu seiner Frau.

Die lächelte ihn an: »Blut geleckt?«

Horndeich nickte nur.

Er fuhr seinen Rechner im Arbeitszimmer hoch, steckte den USB-Token, mit dem er sich im internen Computernetzwerk der Polizei identifizieren konnte, in den Port, gab seine Kennung und sein Passwort ein und rief seine E-Mails ab.

Um 6.30 Uhr hatte Klaus Friedrichsen ihm eine E-Mail geschickt. Horndeich las den Text: »Sehr geehrter Herr Horndeich, unser Gespräch hat mir keine Ruhe gelassen. Ich war mir ganz sicher, dass ich den Namen von Frederik Schaller schon einmal gehört habe. Es gibt ein Manuskript, in dem Paul sich mal die Mühe gemacht hat, die Geschichte seines Unternehmens aufzubereiten. Es ist nur ein Entwurf, aber für Sie sicher aufschlussreich. Wichtig sind die Seiten 60–65. Ich schicke das Word-Dokument einfach anbei. Mit freundlichen Grüßen, Klaus Friedrichsen.«

Horndeich öffnete das Dokument und scrollte gleich zur angegebenen Seite. Zu sehen waren drei Bilder. Das oberste zeigte eine Werkstatt, groß, licht, aber nicht die modernste. Darunter stand: »1974 – die erste professionelle eigene Werkstatt«.

Das Bild darunter zeigte einen Mercedes-Benz 170 Cabrio in Weinrot auf der neuen Hebebühne, wie die Bildunterschrift erklärte.

Auf dem Bild darunter standen vielleicht zehn Männer in blauen Werkanzügen in zwei Reihen. Sie hatten jeweils die Arme um die Schultern der Nebenmänner gelegt. »Eine feine Crew!«, stand darunter. Und dann die Namen.

Horndeich entdeckte Frederik Schaller in der vorderen Reihe. Er stand in der Mitte und strahlte wie ein Honigkuchenpferd.

Horndeich durchsuchte das Dokument nach »Frederik« und »Schaller«. Es gab nur einen Treffer. Auf Seite 62 konnte

Horndeich lesen: »Es gab auch ein paar Werkstudenten, die voller Leidenschaft ans Werk gingen. Gustav Baum studierte Maschinenbau und zeigte, dass er auch praktisch begabt war. Und warum Frederik Schaller Medizin studierte und nicht ganz bei uns einstieg, wird mir immer ein Rätsel bleiben. Wenn er als Chirurg nur halb so gute Arbeit leistet wie als Mechaniker, wird er viele Leben retten.«

Bingo. Das war es. Jetzt konnte er nachweisen, dass Schaller und Aaner sich kannten. Doch mit diesem Zusammenhang war leider immer noch nicht bewiesen, dass Schaller tatsächlich für Susanne Warkas Leihmutterschaft verantwortlich war. Und selbst wenn Schaller tatsächlich die Leihmutterschaft von Susanne Warka für die Aaners in die Wege geleitet hatte, hieß das ja nicht automatisch, dass er auch an deren Ermordung beteiligt gewesen war. Und was hatte Nadeschda mit der ganzen Geschichte zu tun? Irgendwie passte alles nicht wirklich zusammen. Horndeich fuhr den Rechner herunter. Er würde seiner Frau jetzt erst mal einen kleinen Spaziergang vorschlagen.

Sandra saß auf dem Sofa und hielt die kleine Stefanie im Arm. Sie betrachtete ihre Tochter und bemerkte Horndeich nicht, der im Türrahmen stand. Sie schaute das Mädchen an, strich ihr sanft über das Köpfchen.

Eine Welle der Wärme breitete sich in Horndeich aus. Er sah die beiden wichtigsten Menschen in seinem Leben in tiefer innerer Ruhe. Sie waren selten, diese Momente, in denen einfach alles stimmte. Richtig war. Nicht besser sein konnte. Dies war ein solcher Moment. Er war angeschossen worden, als Sandra schwanger gewesen war. Und er war dem Tod gerade noch von der Schippe gehüpft. Er erinnerte sich daran, wie er im Krankenhaus gelegen und gedacht hatte, dass er sein Kind wenigstens einmal im Leben sehen wollte, bevor er von dieser Welt gehen würde. Hier war sie, seine Tochter. Und hier war sie, seine Frau.

»Was ist denn?«, fragte Sandra, als sie ihn sah.

Es war ihm nicht bewusst gewesen, dass er still geweint

hatte. Er ging zum Sofa und nahm die beiden in den Arm. Er hätte sagen können: »Ich liebe euch«, oder auch: »Ihr seid das Wichtigste auf der Welt für mich«. Aber jedes Wort hätte die Perfektion des Moments nur gestört und abgewertet.

Nach ein paar Sekunden sagte er stumm: »Danke«. Er kannte den Adressaten des Wortes nicht. Aber er war sicher, dass der ihn gehört hatte. Dann löste er die Umarmung.

Sandra sah ihn schweigend an. Lächelte. Horndeich stand auf. Ging zu dem Schrank, wo Sandra und er ein paar Fotos aufgestellt hatten. Familienfotos. Ein Bild von Stefanie. Ein Bild von Stefanie und den stolzen Eltern. Dann ein Hochzeitsfoto. Horndeich hatte gedacht, dass es nicht nötig wäre, einen Hochzeitsfotografen zu bestellen. Sie hatten vier DVDs voller Bilder, die ihnen Bekannte geschickt hatten, aber keines war wie dieses. Er im schwarzen Anzug, Sandra im weißen Kleid. Er liebte dieses Bild, da es dem Fotografen tatsächlich gelungen war, exakt im richtigen Moment abzudrücken. Beider Blick war voller Liebe. Wenn die Indianer früher geglaubt hatten, dass ein Stück der Seele des Menschen auf jeder Fotografie gebannt wird, dann war dieses Bild ein überzeugendes Indiz für die Wahrheit der These.

»Was ist denn heute mit dir los? Alles okay?«

Horndeich sah zu Sandra. »Ja. Alles gut. Es ist einfach nur alles gut.« Er wandte sich wieder zu dem Hochzeitsbild um. »Gut, dass du auf den Fotografen bestanden hast. Ich mag dieses Bild. Du im weißen Kleid …«

Horndeich hielt inne. Das weiße Kleid. Das war es!

»Den Blick kenne ich. Da hat jemand eine Erleuchtung.« Sandra grinste. Und Stefanie gluckste.

»Ja. Ich glaube, ich hab's. Wärst du arg sauer, wenn ich mal kurz ins Präsidium …?«

»Fahr nur. Aber um eins gibt's Essen. Und wenn du dann nicht da bist, dann bin ich sauer.«

»Danke«, sagte Horndeich und küsste sie zum Abschied. »Bis gleich!«

Fünfzehn Minuten später fuhr er im Präsidium den Bürorechner hoch. Er rief das Bild von Nadeschda Pirownika auf, das die Kamera des Juweliers aufgenommen hatte. Und dann klickte er auf die Dateien, die Bernd Riemenschneider von Aaners Festplattenspeicher gerettet hatte. Die mit den Frauenporträts.

Er fand sie in der zweiten Datei. Sie war Nummer 30. Die Frau, die sich als Eizellenspenderin anbot und auf dem Bild im Hochzeitskleid zu sehen war, an der Seite ihres Mannes. Aber ihr Name war nicht mit »Nadeschda« oder »Nadja« angegeben, sondern sie hieß »Larissa«. Und ihr Haar war dunkel und nicht blond wie auf dem Bild, das die Kamera des Juweliers aufgenommen hatte.

Dennoch: Es gab keinen Zweifel. Larissa war in Wirklichkeit Nadeschda Pirownika. Die Namen in der Liste waren also Phantasienamen wie bei vielen anderen Seiten im Internet, auf denen die Menschen lieber anonym bleiben wollten. Daher hatten sie sie bei der Suche nach dem richtigen Namen auch nicht finden können. Horndeich ärgerte sich über sich selbst. Darauf hätte er auch früher kommen können.

Er rollte mit dem Bürostuhl zurück, sah auf das Whiteboard. Konnte darin ein Motiv begründet sein? Nadeschda hatte Eizellen gespendet. Die wurden Regine Aaner eingepflanzt. Doch die Schwangerschaft blieb aus. Und die Aaners wollten nicht bezahlen. Also reiste Nadeschda nach Deutschland, um sich das Geld zu holen. Aber wie war es zu all den Messerstichen gekommen?

Horndeich griff zum Telefonhörer. »Bernd, entschuldige, dass ich dich am Samstag störe.«

Riemenschneider schien nicht besonders erbost zu sein. »Alles okay. Meine Frau hat heute Mädelstag. Sie ist mit zwei Freundinnen in der Stadt und kommt erst heute Abend zurück. Wo brennt's?«

»Ich habe Nadeschda gefunden. Sie ist eine der Eizellenspenderinnen. Die im Hochzeitskleid. Aber sie hat dort einen falschen Namen.«

»Cool. Wieder einen Schritt weiter.«

»Ja. Aber mir fehlt immer noch die direkte Verbindung zwischen Nadeschda Pirownika und den Aaners.«

»Und jetzt komme ich ins Spiel und soll sehen, ob ich nicht doch noch irgendeine Information aus der Seite herauskitzeln kann.«

»So in etwa.«

»Bin in zehn Minuten da.«

»Super. Bis gleich. Kaffee mit Milch, oder?«

»Genau. Und zwei Löffeln Zucker. Die Mini-Zuckerportion von unserer Chefin – das ist nichts für mich.«

Wobei Horndeich nicht sicher war, ob Margot in Zukunft nur noch bei einem halben Löffel Zucker bleiben würde …

Horndeich braute zwei Tassen Kaffee, dann setzte er sich wieder auf den Bürostuhl. Die Verbindung zu den Aaners, das musste sich doch irgendwie beweisen lassen. Irgendwo in diesen ganzen Stapeln von Papier und Bits und Bytes auf ihren Datenspeichern musste diese Verbindung doch zu finden sein. Aaner kannte Schaller. Schaller fuhr offensichtlich einen Wagen aus Aaners Autohaus. Aber alles kein Beweis.

Er sah auf die Uhr. Es war halb elf. Er würde die beiden Stunden bis zum Mittagessen nutzen, um sich nochmals durch das gesamte Material zu pflügen.

»Hi«, grüßte Bernd Riemenschneider. Er nahm seinen Kaffee – dann verschwand er in Richtung seines Büros.

Horndeich vertiefte sich in Schallers Akte von Susanne Warka. Berichte, Diagnosen. Ultraschallbilder. Dann las er noch einmal die Aussagen von Susanne Warkas Freundin Sonja Leibnitz und den Kolleginnen im Postamt. Er nahm sich die Aussagen ihres Freundes Zumbill vor, auch die seiner Mutter und zum Schluss die von Breklau, dem Rosenkavalier.

Aber ihm fiel nichts auf. Doch wie im Falle des Bildes von Nadeschda hatte er auch jetzt das Gefühl, etwas zu übersehen. Es war zum Verrücktwerden.

Halb zwölf.

»Horndeich – komm mal rüber. Ich hab's!«, rief Bernd.

Na, vielleicht kam er mithilfe des Kollegen weiter. Horndeich ging in Riemenschneiders Büro.

»Ich weiß, wo sie gearbeitet hat.«

Bernd Riemenschneiders Monitor war schwarz. »Ich seh nichts«, sagte Horndeich.

»Moment. Gleich. Erst musst du dir schon anhören, wie ich das geschafft habe!«

Horndeich lehnte sich zurück. Er befürchtete einen Wortschwall voller spezieller Ausdrücke aus Riemenschneiders Computerwelt, in die er so tief nie eindringen würde und wollte. Aber Bernd war extra am Samstag ins Präsidium gekommen, um ihm zu helfen. Also sollte er seine fünf Minuten bekommen.

»Ich mache es kurz: Ich habe zunächst das, was wir von der Seite haben retten können, Bit für Bit auseinandergenommen. Aber das hat nichts gebracht. Dann habe ich überlegt, wie eine solche Agentur für Eizellenspenderinnen wohl zu finden ist, und habe es über eine simple Recherche versucht. Ich meine, Aaner muss ja auch irgendwie draufgestoßen sein. Also habe ich unter ›Eizellenspende‹ gesucht.«

Horndeich wurde ungeduldig. »… und die Agentur gefunden.«

»Nein. Nur mit dem Begriff bin ich auf der Seite einer Klinik für Reproduktionsmedizin in Kiew gelandet. Da hat es dann klick gemacht. Ich bin es falsch angegangen. Ich habe nach einer Art Vermittlungsagentur für Eizellen gesucht. Aber Nadeschda war bei einer Klinik unter Vertrag, die das ganze Programm bietet: künstliche Befruchtung, Eizellenspende und Leihmutterschaft. Die Seite ist fast komplett auch auf Deutsch im Netz.«

Jetzt bewegte Riemenschneider die Maus. Und eine Webseite erschien auf dem Bildschirm. Rosa, Blau und Flieder waren die dominierenden Farben auf der Seite.

»Willkommen bei Perfect-Surrogate.«

Es folgten ein paar herzige Kinderbilder, Bilder von glücklichen Eltern und professionell dreinschauenden Ärzten.

»Ich kürze es ab«, fuhr Riemenschneider fort: »Das ist unsere Seite. Eine Klinik in Odessa.«

Also genau dort, wo Nadeschda Pirownika herkam.

»Die bieten tatsächlich das volle Programm, künstliche Befruchtung, Eizellenspende und auch Leihmutterschaft. Hier ist die Seite mit den Eizellenspenderinnen.« Sie sahen die entsprechende Seite, ebenfalls eingebettet in einen rosa-blau-fliederfarbenen Rahmen.

»Diese Seiten sind auf Deutsch. Es gibt sie auch auf Russisch. Das ist das Fragment, das durch Aaners Löschung nicht kaputtgegangen ist.« Bernd Riemenschneider klickte wieder. Es erschien die gleiche Seite, jetzt mit dem russischen Text.

»Nadeschda Pirownika alias Larissa ist nicht mehr auf der Seite zu finden.«

Mit dem flauschig anmutenden Schleierrahmen wirkte die Seite auf Horndeich ekelhaft. Das Bild sollte glückliche Schwangerschaft vermitteln und war in Wirklichkeit eher ein Sklavenmarkt.

»Ja, mir geht es genauso«, sagte Bernd Riemenschneider, der Horndeichs Gesichtsausdruck offenbar richtig interpretiert hatte.

»Vielleicht hat Nadeschda Pirownika also nicht nur Eizellen für die Aaners gespendet«, überlegte Horndeich. »Vielleicht hat sie vielmehr eine Leihmutterschaft für sie übernommen. Die erste vermeintliche Schwangerschaft von Regine Aaner vor einem Dreivierteljahr.«

»Und irgendwas ist schiefgelaufen. Die Aaners zahlen nicht. Die Klinik zahlt nicht. Und Nadeschda Pirownika holt sich das, von dem sie meint, dass es ihr zusteht.«

»Aber begründet das diesen Hass? Ich meine, die hat auf Paul Aaner noch eingestochen, als der längst tot war«, wunderte sich Horndeich.

»Keine Ahnung.«

»Dazu müssten wir mehr über die ganze Angelegenheit wissen. Und ich wette, Frederik Schaller ist bestens informiert.

Aber gegen den haben wir ja nichts in der Hand. Es ist zum Kotzen.«

Das Telefon in Horndeichs Büro klingelte.

»Danke, Bernd.« Horndeich stand auf und klopfte dem Kollegen auf die Schulter. »Jetzt sind wir schon ein Stück weiter«, sagte er im Hinausgehen.

Horndeich sah auf das Display. Der Anruf kam nicht über die Zentrale, aber die Nummer war unterdrückt. Er nahm den Hörer ab.

»Kommissar Horndeich, Kripo Darmstadt K10 – was kann ich für Sie tun?«

»Guten Tag. Hier spricht Leutnant Svetlana Korosiwa, Miliz in Odessa. Ich weiß, ist Samstag, aber ich hatte gehofft, dass bei Ihnen Dienst.«

Wow, da hatte Polizeifreund Wlad offenbar ganze Arbeit geleistet. »Sehr angenehm.«

»Wir haben gemeinsame Freund, Wladimir Malinow. Er hat gebeten, etwas herauszufinden über Nadeschda Pirownika.«

»Prima. Und? Haben Sie etwas herausgefunden?«

Die Stimme von Svetlana Korosiwa war weder freundlich noch unfreundlich, doch der nächste Satz machte klar, in welchem Verhältnis man zueinander stand. »Wir hatten noch Gefallen für Wlad. Deshalb haben wir so schnell Ergebnisse.«

Svetlana sprach mit leichtem Akzent. »Wenn Sie mir geben E-Mail, ich schicke alles zu Ihnen.«

»Sehr gern.« Horndeich diktierte seine E-Mail-Adresse.

»Gut. Wenn Sie haben etwas Zeit, dann sage ich Ihnen, was wir haben gefunden.«

»Ich habe Zeit«, sagte Horndeich. Er sah auf die Uhr. 12.15 Uhr. Das würde klappen. Länger als eine halbe Stunde würde Frau Korosiwa sicher nicht sprechen.

»Also, Nadeschda Pirownika hat verlassen Odessa. Sie wohnt nicht mehr hier.«

»Woher wissen Sie das?«

»Wir waren in ihre Haus. Haben geklingelt. War niemand da. Wir haben gefragt Nachbarin. Sie hat gesagt, Nadeschda und Familie sind gegangen, länger als Woche. Sie haben gegeben Vögel – wie heißt волнистый попугай auf Deutsch?«

»*Wolnisty Popugai* heißt auf Deutsch *Wellensittich*«, sagte Horndeich. Das Wort hatte er sich nur merken können, weil Anna immer davon gesprochen hatte, dass sie gern sieben Wellensittiche hätte, für jeden Tag der Woche einen.

»Ja, волнистый попугай. Und Fernseher. Familie ist weg.«

»Wie groß war die Familie von Nadeschda Pirownika?«

»Nadeschda Pirownika war verheiratet. Sie hatten drei Kinder. Jurii, sechs Jahre alt, Tatjana, vier Jahre, und jüngste Tochter Olga war noch kein Jahr alt.«

Horndeich rechnete kurz nach. War die jüngste Tochter vielleicht gar nicht ihr biologisches Kind? »Wohin ist die Familie gereist?«

»Ich weiß nicht. Auch Nachbarin weiß nicht.«

»Was können Sie mir noch über Nadeschda Pirownika sagen?«

»Mann von Nadeschda, er war bei Armee. Lange. War Offizier. Bis vor zwei Jahre. Dann er war nicht mehr in Armee. Hatte Problem mit Kopf. Nadeschda hat gearbeitet in Krankenhaus. War medizinische Schwester.«

»Krankenschwester.«

»Genau. Krankenschwester.«

»Noch eine Frage: Kennen Sie die Klinik ›Perfect Surrogate‹? Hatte Nadeschda etwas mit der Klinik zu tun?«

»Kenne ich nicht.«

»Haben Sie noch weitere Informationen für mich?«

»Ja. Familie von Nadeschda. Hat zwei Brüder. Einer in Kiew, bei Miliz. Andere in Odessa. In Fabrik. Und dann noch Schwester, Irina. Sie in Deutschland. Hat geheiratet deutsche Mann. Heißt jetzt – Moment – Golzenlamper. Mann damals von Heidelberg. Dieter Golzenlamper.« Svetlana hatte Schwierigkeiten, den Namen richtig auszusprechen. »Wo jetzt wohnt in Deutschland, ich weiß nicht.«

»Wunderbar. Wir werden versuchen, die Schwester zu finden. Noch etwas?«

»Nein. Das alles. Ich kann schicken noch Daten von Mann und Kinder.«

»Ja. Das wäre sehr nett. Und haben Sie herzlichen Dank, dass Sie das für uns so schnell und unbürokratisch herausgefunden haben.« Horndeich war sich nicht sicher, ob Svetlana Korosiwa etwas mit dem Wort unbürokratisch anfangen konnte. War aber nicht so wichtig.

»Nicht für Sie. Für Wladimir.«

Für wen auch immer, dachte Horndeich.

»Schön, dass du da bist«, begrüßte Sandra Margot.

»Danke für die Einladung«, sagte diese. Sie war von der Autobahn aus direkt nach Hause gefahren und hatte sich in frische Klamotten geworfen. Dann hatte sie noch die Waschmaschine angeworfen. Seit die Maschine im ungenutzten Souterrain ihres Hauses stand, hatte sie keinerlei Skrupel mehr, die Maschine auch unbeaufsichtigt laufen zu lassen.

Che stürmte auf Margot zu. Er wedelte so stark mit dem Schwanz, dass der ganze Hund nicht mehr richtig stehen konnte. Margot ging in die Hocke, um den Hund zu streicheln. Sie nahm ihn auf den Arm. Che leckte ihre Hand, als ob es sich um eine Extraportion Erdbeereis handelte.

»Komm doch rein.«

Margot und Sandra waren jahrelang Kolleginnen gewesen. Und sie hatten sich hervorragend verstanden.

Aber nun war Sandras Begrüßung eine Spur zu herzlich ausgefallen. »Was ist los?«, fragte Margot direkt, während sie nach wie vor den Hund kraulte. Sie hatte ihn seit Wochen nicht gesehen. Es berührte sie, dass der Hund so auf sie reagierte. Sie setzte ihn wieder auf dem Boden ab, aber er wich ihr nicht vom Bein.

»Wollen wir uns nicht erst mal setzen?«

Horndeich stand im Wohnzimmer neben dem für drei Personen gedeckten Tisch. Wie ein begossener Pudel.

»Sandra, Horndeich – ich finde diese Einladung sehr, sehr nett. Aber sie ist nur die Staffage für eine unangenehme Nachricht. Können wir daher zuerst auf den Punkt kommen?«

»Setzen wir uns«, sagte Sandra.

Das Wohn- und Esszimmer bestand aus einem Raum. Im vorderen Teil stand der Esstisch, umrahmt von einer bayerisch anmutenden Sitzbank. Im hinteren Teil standen Sofa, Sessel und auch der Fernseher um einen niedrigen Couchtisch gruppiert.

Horndeich und Margot nahmen auf dem Sofa Platz. Margot setzte sich auf den Sessel. »Also, was ist los?«

Horndeich und Sandra sahen einander kurz in die Augen. Dieses Einvernehmen machte Margot neidisch, traurig und aggressiv zugleich.

»Doro ist nicht in England.«

Okay. Warum war sie nicht wirklich erstaunt darüber? »Wo ist sie dann? Und wieso weißt du davon und nicht ich?« Margot wusste, dass die zweite Frage nicht fair war. Aber sie konnte nicht anders, als sie zu stellen.

Sandra schaltete ebenfalls auf kratzbürstig: »Weil ich mir den Arsch aufgerissen habe, um herauszukriegen, wo sie ist.«

»Sorry. Ich wollte dich nicht angreifen.« Margot sah auf den Boden. Was ging diese Göre sie eigentlich an? Doro war Rainers Tochter. Sie war Rainers Problem. »Es läuft nicht so gut mit Doro und mir im Moment«, sagte sie. Und dachte: Es läuft nicht so gut mit mir und Rainer im Moment. Aber das würde sie in diesem Raum nicht aussprechen.

Che wedelte mit dem Schwanz. Maß die Entfernung zwischen sich und dem Sessel, abzüglich des Umwegs um den Tisch herum. Dann spurtete er los. Sprang. Und landete punktgenau auf Margots Schoß. Ich werde jetzt nicht heulen, dachte sie.

»Ich habe Doro am Dienstag zum Flughafen gebracht«, sagte Sandra. »Ihr Freund war auch da. Johannes Zeiter.«

»Schön. Und?«

»Ich bin davon ausgegangen, dass sie nach England fliegen.

Habe mich von ihnen verabschiedet, hatte sogar noch Che dabei.«

»Und sie sind nicht nach England geflogen. Sondern nach Paris?« Margot konnte ihren Sarkasmus nicht im Zaum halten.

»Nein. Sie sind nach Afrika geflogen.«

»Nach Afrika?« Jetzt war Margot wirklich überrascht. »Nicht nach New York oder eine andere hippe Stadt?«

»Nein. Ihr Ziel war Nairobi. Und frag mich nicht, wie viele Gefallen ich einfordern musste, um das rauszufinden.«

Margot schwieg. Jedes Wort wäre jetzt zu viel gewesen. Sie wusste den letzten Satz von Sandra durchaus richtig zu interpretieren. Da hatte sich jemand mehrere Stunden ans Telefon gehängt, um diese eine Information zu erhalten. Und wenn Sandra sagte, dass es sie einige Gefallen gekostet hatte, dann war Margot sicher, dass das noch untertrieben war.

»Nairobi. Konntest du etwas über den Hintergrund herausfinden?«

»Ja. Ihr Freund, er studiert Maschinenbau, hier in Darmstadt. Ist wohl auch ziemlich gut und steht vor dem Abschluss. Er hat sich vor zwei Jahren ein Semester Auszeit genommen. Sagt dir Dadaab etwas?«

Dadaab. Das war jetzt die Frage, bei der sie den Telefonjoker gebraucht hätte. Sie war froh, dass sie Nairobi als Hauptstadt von Kenia und dieses Land im Osten Afrikas verorten konnte. Grenzte an Somalia. Als ihr das bewusst wurde, klingelten alle Alarmglöckchen, und die roten Lampen blinkten. Somalia war das unregierte Land mit den Piraten, in dem die Genitalien der Mädchen verstümmelt wurden. Das war zumindest das, was ihr bei Somalia als Erstes einfiel.

»Sagte mir auch nichts. Dadaab ist eines der großen Flüchtlingslager in Kenia, vielleicht hundert Kilometer von der Grenze zu Somalia entfernt.«

Somalia. Da hatte sie den richtigen Riecher gehabt.

»Dort hat Johannes ein halbes Jahr verbracht. Hat in dem Lager Brunnen gebaut. Denn Trinkwasser – das ist dort ein echtes Problem. Er kam, so haben es mir zwei Freunde von ihm erzählt, ziemlich verändert zurück.«

So haben es mir zwei Freunde von ihm erzählt. Margot konnte erahnen, was dieser Satz Sandra an Telefonaten gekostet hatte. Und sie fühlte sich so was von außen vor. *Sie* hätte all diese Fakten zusammentragen müssen. Nein, *Rainer*. Aber Rainer war weit weg. Weit, weit weg. *Ich wär gern weit, weit weg, irgendwo auf einer Insel,* fiel ihr die Textzeile von Mary Roos ein. Passend.

»Johannes ist seit einem halben Jahr mit Doro zusammen. Und man darf annehmen, dass es etwas Ernstes ist. Der Typ scheint nicht verkehrt zu sein. Seit seinem Trip nach Afrika ist er auf jeden Fall ganz auf Entwicklungshilfe programmiert, um es mal so auszudrücken.«

»Mein Gott, Doro hat mehrmals versucht, mit mir über Afrika zu reden. Ich hab das nicht ernst genommen. Ich wusste nicht, dass sie wirklich über *Afrika* spricht.«

Margot erinnerte sich sehr gut an die Zeit, als sie selbst Kind gewesen war. Als sie ihren Teller nicht hatte leer essen wollen und ihre Mutter sie ermahnt hatte: »Die Kinder in Afrika, die wären froh, wenn sie das essen könnten, was du auf dem Teller hast. Die haben immer Hunger, und du willst das Essen wegwerfen.« Margot hätte das Essen gar nicht weggeworfen. Waldi, der Dackel vom Nachbarn, der hätte es sicher gegessen. Und sie hätte den Griesbrei auch gern in ein Päckchen gepackt und als Adresse »Kinder in Afrika« draufgeschrieben.

»Ich habe sie nicht ernst genommen«, resümierte Margot. War sie inzwischen so satt, dass sie nicht mehr erkannte, wenn sich jemand wirklich Gedanken über den Hunger in der Dritten Welt machte?

»Doro ist auf jeden Fall mit Johannes nach Afrika. Ich nehme an, nach Dadaab.«

»Wie bist du darauf gekommen? Ich meine, dass sie nicht wirklich nach England geflogen sind?«

Sandra warf wieder Horndeich einen Blick zu. Der hatte noch gar nichts gesagt.

»Doro hat mich gebeten, Che für zwei Wochen zu uns zu nehmen. Ich hab gleich zugesagt, schließlich bin ich zurzeit fast immer zu Hause. Vorgestern bin ich mal in ihrem Wohnheim gewesen, wollte einfach mal nachsehen, ob mit ihrem Zimmer alles in Ordnung ist. Normalerweise gibt sie mir immer den Schlüssel, wenn sie wegfährt, damit ich mal nach dem Rechten sehe und die Pflanzen gieße. Ist ja nicht weit von hier. Das hat sie diesmal nicht getan, und irgendwie hatte ich ein komisches Gefühl. An der Tür stand ein anderer Name. Als ich geklopft hab, hat mir ein fremdes Mädchen geöffnet, das drinnen offensichtlich gerade mit ihrem Typen zugange war, in Doros Zimmer.«

Margot begriff nicht. »Sollte die da die Pflanzen gießen?«

»Doro hat das Zimmer untervermietet, und das nicht nur für zwei Wochen.«

»Scheiße«, murmelte Margot. »Und du hast sie aufgespürt?«

»Nein. Ich weiß nur, dass sie mit diesem Johannes im selben Flieger nach Nairobi geflogen ist.«

»Das heißt, du weißt ... wir wissen nicht, wo sie jetzt tatsächlich ist?«

»Nein. Sie hat ein Visum für Kenia beantragt.«

»Aber das muss doch ein Erziehungsberechtigter unterschreiben. Doro ist doch erst siebzehn!«

»Ja. Und Johannes wohnt in einer Studentenverbindung. Da findet sich sicher ein Jurastudent, der ihm einen Notarstempel besorgen kann. Doro brauchte nur die notariell beglaubigte Einverständniserklärung eines Erziehungsberechtigten. Ist nur eine Vermutung, aber irgendwie haben sie das, wie es aussieht, hingekriegt.«

»Das war von langer Hand geplant«, sagte Margot und stellte damit nur das Offensichtliche fest.

»Ja. So sieht es aus. Und all das wollte ich dir lieber nicht am Telefon erzählen.«

Sie saßen schweigend um den Tisch herum. Che spürte offenbar die Spannung im Raum und begann, Margots Hand zu lecken.

»Weiß Rainer davon?«

Sandra und Horndeich sahen Margot fragend an. In dem Moment begriff Margot, was sie da gesagt hatte. Sie fragte fremde Menschen, ob ihr Mann wusste, was seine Tochter gerade anstellte. Weil sie, als Ehefrau, keine Ahnung hatte. »Ich gehe jetzt«, sagte sie.

»Magst du nicht doch noch mit uns essen?«, meldete sich Horndeich das erste Mal zu Wort.

Margot war jeglicher Appetit vergangen. Sie erhob sich. Che hatte es schon gespürt und war die entscheidende halbe Sekunde zuvor von ihrem Schoß gesprungen.

»Würdet ihr den Hund noch eine Weile versorgen?« Es war nicht Sandras Job. Es war auch nicht ihr Job. Es war – verdammt noch mal – wenn schon nicht Doros Job, dann doch der von Rainer.

»Klar«, sagte Sandra in liebevollem Tonfall. Che schaute zu Margot, dann zu Sandra. Anschließend trottete er zu Sandra hinüber und setzte sich neben ihre Beine.

»Danke«, meinte Margot nur.

Sie verließ das Häuschen von Horndeich, seiner Familie und dem Hund ohne weiteren Gruß. Dann setzte sie sich in ihren Wagen.

Und begann still und leise zu weinen.

Weit, weit weg, wo die Sorgen mich nicht finden, und wenn ich erst mal da bin, schmeckt das Leben wieder süß.

»Lecker«, sagte Horndeich und nahm sich noch einen Schöpflöffel der Kürbissuppe. Er streute ein bisschen Petersilie hinein und gab ein paar der gerösteten Kürbiskerne hinzu. Dann tunkte er das Weißbrot in die Suppe.

»Das tut mir leid für Margot«, sagte Sandra.

»Ja«, meinte Horndeich, im Moment ganz auf den Genuss der Suppe konzentriert, die Sandra zubereitet hatte. Diese merkte, dass sie mit dem Thema im Moment kein Land gewinnen konnte. »Bist du heute weitergekommen?«

»Ja«, sagte Horndeich erneut, sprach dann aber weiter.

Er berichtete über den Vormittag, der ja zu einigen neuen Erkenntnissen geführt hatte. Riemenschneider und er hatten Nadeschda Pirownika der Perfect-Surrogate-Klinik zuordnen können, und die ukrainische Polizistin hatte noch weitere Informationen gegeben.

»Es gibt sogar eine Schwester in Deutschland.«

»Habt ihr schon rausgefunden, wo die wohnt?«

»Nein, noch nicht. Ich will nach dem Essen Bernd noch mal anrufen, vielleicht bekommt er raus, wo sie wohnt.«

»Bernd?«

»Bernd Riemenschneider. Du kennst ihn doch. Der, der jetzt in Computer macht.«

»Ja. Ich weiß. Ich wundere mich nur über das vertrauliche Du.«

Horndeich sah seine Frau an. »So übel ist der gar nicht.« Er registrierte Sandras Gesichtsausdruck und wusste sofort, womit sie haderte. »Mein Schatz, wir sind alle ersetzlich. Im Job. Nicht als Eltern.« Er stand auf, ging um den Tisch herum. Nahm sie in den Arm und küsste sie aufs Haar.

»Was ist das für eine Klinik, in der die Frau gearbeitet hat?«, fragte Sandra.

Horndeich setzte sich wieder. »Sie hat nicht dort gearbeitet. Das ist was ziemlich Fragwürdiges. So eine Reproduktionsklinik. Zahlst du Kohle, kriegst du Kind. Eizellenspende? Leihmutter? So was eben. Nadeschda war dort als Eizellenspenderin registriert. Vielleicht auch als Leihmutter.«

»Na ja, das funktioniert dort ja nur, weil wir hier die Gesetze mit den Daumenschrauben haben.«

Horndeich sah seine Frau entsetzt an. »Findest du das gut? Da verkaufen Frauen für ein bisschen Kohle ihren Körper.«

»Sie vermieten ihn.«

»Okay. Aber sie werden im Netz angeboten wie die Damen in Amsterdam in dem Viertel, wo sie im rot beleuchteten Fenster tanzen.«

»Das ist doch was anderes«, warf Sandra ein.

»Meinst du das wirklich?«

»Steffen – wenn wir mehrere Jahre lang versucht hätten, ein Kind zu bekommen? Wenn es Stefanie nicht gäbe? Was dann?«

»Dann hätten wir ein Kind adoptiert oder ein Pflegekind zu uns genommen.«

»Ja? Bist du dir da sicher? Ich weiß, dass ich ein Kind von *dir* wollte. Nicht irgendein Kind. Sondern ein Kind von *dir.*«

Horndeich sah seine Frau verständnislos an. So deutlich hatte sie das nie formuliert. »Wäre für dich eine Leihmutterschaft ein Thema gewesen? Dass irgendeine Frau unser Kind austrägt?«

»Ich weiß es nicht, Steffen. Ich weiß nicht, wie weit ich gegangen wäre.«

Horndeich war überwältigt von den widersprüchlichen Gefühlen, die ihn übermannten. Einerseits war er glücklich über Sandras Geständnis, dass ausschließlich ein Kind von ihm für sie infrage kam. Und gleichzeitig war er sehr irritiert darüber, dass Sandra eine Leihmutterschaft nicht per se ablehnte. Er wusste doch, er spürte es, dass diese Klinik und ihre vermeintlich seriösen Angebote mit diesem Fall zusammenhingen, mit dem Tod von einem, zwei oder sogar drei Menschen.

»Du siehst das anders, nicht wahr?«

»Ich kann es dir nicht sagen. Ich weiß nur, dass das mit der Klinik irgendwie nicht okay ist.«

Margot hatte fast eine Stunde auf dem Sofa gesessen. Sie war versucht gewesen, eine Flasche Rotwein zu öffnen, obwohl es noch nicht mal Nachmittag war. Sie hatte es nicht getan. Weniger wegen des zu erwartenden Rausches. Vielmehr wegen des zu erwartenden Katers und des dadurch verdorbenen Sonntags. Kurz erwog sie, Nick anzurufen. Sie brauchte jemanden, mit dem sie über Doros Verschwinden reden konnte. Dafür war Nick aber wohl gerade nicht der Richtige, weil sie ihm vor einer halben Stunde eine SMS geschickt hatte, dass sie keine Überraschungsbesuche mehr wünsche. Nick saß wahrscheinlich gerade ziemlich frustriert in Wiesbaden, wie Margot vermutete.

Doros Verhalten verletzte Margot viel mehr, als sie zugeben wollte. Es ärgerte sie, dass das Mädchen – nein, dass die junge Frau kein Vertrauen zu ihr gehabt hatte. Weniger als zu Sandra. Okay, der hatte sie auch nicht erzählt, dass sie auf ihren Job im Krankenhaus pfiff und ihr Zimmer untervermietet hatte. Doro hatte sich auch Sandra gegenüber ziemlich mies verhalten. Aber dass sie völlig außen vor gelassen worden war, wurmte Margot. Da ist sie ihrem Vater sehr ähnlich, dachte Margot und spürte, dass ihre Wut wieder hochkochte. Aber sie machte sich auch verdammt noch mal Sorgen.

Vielleicht sollte sie mal versuchen, der verlorenen Stieftochter eine Mail zu schreiben. Sie hatte immer den Eindruck gehabt, dass Doro ohne Facebook, Handy und Mails nicht lange überleben könne.

Vielleicht war es aber auch die beste Idee, sich jetzt einen Cappuccino zu machen und sich dann einfach noch zwei Stunden lang privatem Bürokram zu widmen.

Sie ging in die Küche, in der inzwischen auch so eine Eier legende Wollmilchsau rumstand, die Rainer gekauft hatte. Man brauchte ein halbes Studium dazu, um sich einen Kaffee zu kochen. Rainer hatte damals diesen selig lächelnden Kleine-Jungs-Blick bekommen, den nur und ausschließlich teure technische Spielzeuge in Männeraugen zaubern können. Damals hatte sie es liebenswert gefunden.

Sie schaltete die Maschine ein. Die Kiste brauchte länger, um hochzufahren, als ihr Rechner. Und das wollte schon was heißen.

Dann beglückte die Maschine sie mit der Meldung: »*Bitte Trester leeren*. Margot entriegelte den Behälter. Nahm ihn heraus. Nur um festzustellen, dass sich darin gar keine Kaffeereste befanden. Dennoch wischte sie mit einem extra dafür gekauften Pinsel durch das Kästchen. Vor diesen Maschinen machen wir uns zu echten Idioten, dachte sie.

Sie setzte den nun klinisch sauberen Behälter wieder ein.

Verriegelte ihn. Worauf die Maschine freudig verkündete: *Selbstreinigung notwendig. Bitte warten.*

Schön, dachte Margot, während sie zusah, wie die Maschine aufheizte. Kaum eine Minute später verlangte der Apparat: *Bitte stellen Sie einen Behälter unter die Düse.*

Aber klar doch, Liebling, dein Wunsch sei mir Befehl.

Sie drückte den Startknopf. Mit unglaublichem Getöse machte die Maschine klar, wie schwer der Job der Selbstreinigung war. *Fertig*, blinkte es ihr freundlich entgegen.

Margot stellte eine Tasse unter die Düse. Sich die Milch aufzuschäumen, hatte sie sich schon lange abgewöhnt. Einmal war dabei die Dichtung kaputtgegangen, und die umherspritzende Milch hatte nicht nur die Küche weiträumig eingesaut, sondern auch ihr schwarzes Kostüm ruiniert. Das hatte gereicht.

Sie drückte auf *Kaffee.*

Die Maschine schwieg. Die Anzeige erlosch. Und ging wieder an: *Bitte Tester leeren.*

»Du Scheißding!«, brüllte Margot ebenso laut wie ergebnislos.

Sie schlug mit der Hand auf den Einschalter, sodass die Maschine zur Seite rutschte und ausging.

Sie hatte doch für Notfälle immer ein paar irgendwo geklaute Portionspäckchen löslichen Kaffees in petto. Margot kramte in der Schublade. Fand ein Tütchen. Sah auf das Verfallsdatum. Vor einem halben Jahr abgelaufen.

Margot nahm sich eine Flasche Apfelschorle, ein Glas und ging ins Arbeitszimmer. Sie hatten die Zimmer etwas anders aufgeteilt. Auch Rainers Idee. Drei Wochen bevor er den Abflug nach Amerika gemacht hatte.

Margot fuhr ihren Rechner hoch.

Startete das Mailprogramm.

Nichts von Rainer. Nichts von Doro.

Sie schrieb eine kurze Mail an Doro: *Liebe Doro, melde dich bitte, wo immer du auch bist. Viel Glück bei deinem Trip nach Afrika. Margot.*

Jetzt hatte sie alles getan, was sie tun konnte.

Dann sah sie die Mail von ihrer Freundin Cora. Hillesheim war nicht nur die Heimat ihres neuen Scheichs, sondern auch die Heimat der Eifelkrimis. Margot selbst hatte nur die von Jacques Berndorf und Ralf Kramp gelesen. Und wenn man Coras Optimismus teilte, würde es bald auch von Cora Wilk Krimis geben, die in der Eifel spielten. Mit einem lokalen Verlag hatte sie schon Kontakt aufgenommen. Und nun hatte sie Margot die ersten hundert Seiten ihres Manuskripts geschickt. Ihr Scheich hatte ihr großzügig zugestanden, dass sie sich ein halbes Jahr lang gänzlich ihrem Erstlingswerk widmen dürfe. So sei er nicht nur ihr Freund und Lover, sondern auch ihr Mäzen.

Vulkanblut war der Arbeitstitel.

Margot musste schmunzeln. Sie öffnete das Dokument. Las die erste Zeile: *Sie hätte ihn am liebsten erschlagen.* Ganz in ihrem Sinne. Margot entschied, das Manuskript auszudrucken. Dann würde sie es unter den Arm klemmen, sich ins Auto setzen, an irgendein Flussufer fahren und dort in aller Ruhe im Sonnenschein lesen. Könnte doch noch ein netter Samstag werden.

Sie klickte auf *Drucken.* Doch anstatt das Zucken des Druckererwachens zu spüren, öffnete sich ein Fenster auf dem Bildschirm: *Rote Farbe ist aufgebraucht. Bitte wechseln Sie die Kartusche.*

Das darf jetzt nicht wahr sein!, dachte Margot.

Sie klickte sich durch einige Menüs. Sie wollte doch einfach nur den Text ausdrucken. In Schwarz. Das versuchte sie dem Drucker auf freundliche Art beizubringen. Der daraufhin über ein neues Fenster antwortete: *Rote Farbe ist aufgebraucht. Bitte wechseln Sie die Kartusche.*

»Du verdammte Scheißkiste, ich will nur schwarz drucken!«, schrie sie und ließ ihre Faust auf das Plastik niedersausen. Ersteres beeindruckte den Drucker nicht. Letzteres zum Glück auch nicht.

Margot durchsuchte die Schreibtischschubladen. Fand die

gewünschte Kartusche. Öffnete sie, setzte sie ein. Der Drucker verkündete *Selbstreinigung notwendig*. Offensichtlich ein Verwandter des Kaffeeautomaten. Das erklärte einiges.

Eine gefühlte Stunde später verkündete ein neues Fenster: *Selbstreinigung beendet. Bereit.*

»Na also, du Arschloch, geht doch.« Hatte sie jetzt tatsächlich mit einem Drucker gesprochen? Auch dieses Highlight koreanischen Ingenieurssadismus hatte Rainer gekauft. Mit dem gleichen Blick, mit dem er auch den Kaffeeautomaten angeschleppt hatte. Für gewöhnlich kümmerten sich die Besitzer dieses Hightechirrsinns dann auch um ihre Schäfchen, wie groß die Herde auch immer war. Nur bei ihr war es anders: die größte Herde weit und breit. Und der Schäfer ade.

Sie klickte wieder auf *Drucken*.

Statt Druckgeräuschen wieder nur ein Fenster: *Schwarze Farbe ist aufgebraucht. Bitte wechseln Sie die Kartusche.*

Es war genau ein Fenster zu viel.

Mit einem lauten Schrei packte Margot den Drucker und schleuderte ihn auf den Boden. Er zersprang. Die Plastikteile flogen in einem Radius von mehreren Metern durchs Zimmer und durch den Türrahmen bis ins Wohnzimmer. Da der Drucker mit dem Kabel am Computer angeschlossen war, flog auch der Computer vom Tisch. Und nahm bei der Gelegenheit den Monitor gleich mit …

»Scheiße!«, kreischte Margot. Und konnte sich nur mit Mühe beherrschen, nicht noch auf den Überresten des Druckers herumzutrampeln.

»Scheiße, du Wichser, dann bleib doch in deinem Amiland!«, brüllte Margot. »Werd glücklich mit deinen verfickten Plänen, deinen tollen Maschinen und deinen Bumsfreundinnen und dem ganzen Mist. Bleib doch einfach ganz weg, du Arsch!«

Dann sank sie auf die Knie. Die Tränen standen schon bereit und wollten gerade durch die Schotten der Augen dringen, als Margot sich am Riemen riss. »Nein. Ich werde jetzt nicht heulen wegen dir. Und ich werde auch nicht ausflippen«, sagte sie leise. Dann stand sie auf.

In diesem Moment klingelte es an der Tür. Kein Nick jetzt. Kein Rainer. Kein Ole. Am besten überhaupt kein Mann.

Margot sah aus dem Fenster.

Horndeich stand vor dem Gartentor.

Na gut, wenn schon Mann, dann war Horndeich derzeit der beste Kandidat. Sie drückte den Türöffner.

Horndeich trat ins Haus. »Was ist denn mit dir los?«, fragte er.

»Alles okay. Komm einfach rein.«

Noch bevor Margot sagen konnte: »In die Küche bitte«, war Horndeich schon automatisch ins Wohnzimmer gegangen.

Er blickte auf den zertrümmerten Drucker, die Plastikteile, die überall herumlagen. Er sah Margot nur an.

»Sag nichts, frag nichts, setz dich einfach. Magst du einen …« – sie hielt kurz inne – »Tee oder Wasser?«

»Nein danke, nichts.« Horndeich setzte sich aufs Sofa. Margot auf den Sessel. »Was führt dich zu mir?«

»Wie lautet deine Hypothese? Wer hat Susanne Warka auf dem Gewissen? Wer hat die Aaners umgebracht? Und in beiden Fällen – warum, um alles in der Welt?«

»Und das willst du mit mir an diesem Wochenende besprechen? Habt ihr beiden, du und deine Frau, nichts Besseres zu tun?«

Horndeich sah zu dem zerborstenen Drucker. »Du wirktest vorhin ziemlich ›nebbe de' Kapp‹, sozusagen.«

»Mach dir mal keine Sorgen um mich. Ist alles okay.«

Horndeich sah noch mal zu dem Drucker. »Mit ihm nicht.«

»Nein, mit ihm nicht. Aber das war erweiterter Suizid.«

»Willst du wissen, was ich glaube?«, fragte Horndeich.

»Na gut. Lass hören.« Horndeich hatte keine Ahnung, wie froh Margot inzwischen über seinen spontanen Besuch war.

»Also. Aaner und seine Frau wollen ein Kind. Sie landen bei der Perfect-Surrogate-Klinik in der Ukraine. Suchen sich die Traumfrau aus, die ihr Kind austragen soll. Dann geht irgendwas schief. Was Nadeschda Pirownika extrem wütend macht. Sie meint, sie hätte ein Recht auf die Kohle der Aaners. Und reist – wenn auch erst Monate später – nach Deutschland, um sich genau diese Kohle zu holen.

Zu der Zeit hat sich Paul Aaner mit seinem früheren Werkstattgefährten Schaller getroffen und will, dass der eine Leihmutter hier in Deutschland auftreibt. Er organisiert Susanne Warka, eine seiner Patientinnen, von der er weiß, dass sie Geld braucht. Er, als ehemaliger Reproduktionsexperte, entnimmt Regine Aaner Eizellen. Führt eine künstliche Befruchtung durch. Pflanzt einen Embryo bei Susanne ein. Alles läuft gut. Dann kommt Nadeschda aus der Ukraine, läuft Amok, klaut den Tresorinhalt der Aaners und bringt sie um. Schaller erfährt davon. Informiert Susanne. Keine Auftraggeber mehr, kein Abnehmer für das Kind. Sorry, dumm gelaufen. Jetzt spielt Susanne Warka ihre Karte aus: Ist ihr doch scheißegal, ob die Aaners leben oder nicht. Wenn die tot sind, soll Schaller schauen, wie er das finanziell gebacken kriegt. Sonst: Knast für den Arzt. Schaller hat ohnehin finanzielle Probleme. Also geht das gar nicht. Er trifft sich mit Susanne. Bringt sie um. Legt sie vor dem Zug ab. So ungefähr.«

»Es gibt noch ein paar lose Enden in der Geschichte.«

»Ja. Ist schon klar. Warum kommt Nadeschda Pirownika erst jetzt nach Deutschland? Was ist schiefgelaufen bei der Leihmutterschaft mit ihr? Warum dieser Gewaltexzess? Wie leitet Schaller die Leihmutterschaft ein? Rein logistisch – dazu braucht man ja Helfer und Ausrüstung. Wie und wann erfährt Schaller davon, dass die Aaners nicht mehr leben?«

»Und wer bricht bei den Aaners ein, als sie schon tot sind? Und wann? Und warum?«

»Schaller möglicherweise? Sieht, dass sie tot sind. Vielleicht will er einfach den Rechner holen, auf dem Daten sind, die seinen Deal mit den Aaners belegen.«

Margot zögerte. »Ja. Könnte sein.«

»Ich habe übrigens die Adresse von Nadeschda Pirownikas Schwester herausbekommen.«

»Schwester?«

Horndeich fasste das Gespräch mit der Polizistin aus Odessa zusammen. »Bernd hat inzwischen in Erfahrung gebracht, wo dieser Golzenlamper wohnt. In Neckarsteinach. Und er heißt Gölzenlamper.«

»Bernd?«

»Bernd Riemenschneider. So verkehrt ist der gar nicht«, sagte Horndeich in einem fast entschuldigenden Ton. Zum zweiten Mal an diesem Tag.

»Neckarsteinach – ist das nicht noch unser Gebiet?«

»Jepp. Der südlichste Zipfel Hessens. Und der einzige mit Zugang zum Neckar. Wundert mich, dass da nicht ein riesiger Hafen ist. Kannst also einen von unseren Schupos mitnehmen. Ist unser Revier.«

»Ich soll da also die Schwester befragen. Kommst du mit?«

»Nein. Ich muss noch packen. Ich fliege morgen früh nach Odessa.«

»Odessa? Was willst du denn da?«

»Die Kurzfassung? Ich habe die Möglichkeit, direkt mit den Leuten von der Kinderwunsch-Klinik zu sprechen, bei der Nadeschda unter Vertrag war. Die sie möglicherweise auch als Leihmutter für die Aaners vermittelt hat.«

»Und wie kommst du dahin?«

»Mit dem Flieger.«

»Scherzkeks. Ich meine, wie kommst du in die Klinik?«

»Persönliche Kontakte.«

»Hat Relgart das abgesegnet?«

»Keine Ahnung. Im Moment ist es nur ein rein informelles Gespräch. Du weißt ja, was passiert, wenn wir ein Amtshilfeersuchen in die Ukraine schicken. Dann können wir locker noch ein bis zwei Weihnachten feiern, bis wir ein offizielles Okay bekommen.«

»Wann fliegst du?«

»Morgen um sieben. Und ich bin Montagmittag schon wieder da.«

»Okay, dann fahre ich nach Neckarsteinach. Was soll's.«

»Dann werde ich mich mal wieder auf die Socken machen.«

»Danke«, sagte Margot.

»Wofür? Dafür, dass ich gekommen bin, bevor du auch den Rest des Hauses zertrümmern konntest?«

»So ungefähr. Ich hasse Drucker, die meinen, dass sie mit einem reden müssen. Schlimmer noch als Navis. Ich vermisse meinen guten alten Nadeldrucker. Der hatte zwar eine kaputte Nadel, sodass ich immer einen Leerstreifen in den Zeilen hatte, aber ...«

»Das ist es!«

»Was?«

»Ich glaube, ich habe endlich was Konkretes gegen Schaller in der Hand!«

»Was denn?«

»Ich prüf das. Dann melde ich mich wieder. Viel Spaß am Neckar.«

»Danke, dir auch! In der Ukraine, meine ich.«

Sie wollte Horndeich noch zu Tür bringen, aber der war einfach schneller.

Margot dachte kurz nach. Sie würde jetzt gleich durch den Odenwald fahren. Der Sonnenschein und die fast noch sommerlichen Temperaturen luden ja regelrecht dazu ein.

Sie sah kurz auf ihr Handy. Nick hatte nicht einmal mehr geantwortet. Dafür waren von Ole Greven inzwischen vier SMS eingetroffen. Von Rainer nichts ...

Margot setzte sich in den Wagen, ließ die Seitenscheiben runter und fuhr durch die kleinen Sträßchen des hessischen Mittelgebirges in Richtung Süden. Als sie das Schild in Richtung Wald-Michelbach sah, musste sie schmunzeln und bog ab.

Sie parkte den Wagen im Ortsinneren und schlenderte zum Eiscafé Cortina. Sie waren früher immer mit der Clique auf ihren Mokicks – begrenzt auf knappe fünfzig Stundenkilometer – dorthin gefahren. Und alle hatten sie den Tropicana-Becher gegessen. Ananas, Banane, Kiwi und leckerstes Eis.

Der Hit war aber die Deko gewesen: eine Palme aus Pfeifenputzerdraht an einem Hartplastikröhrchen als Baumstamm. Ein ebenfalls aus Pfeifenputzerdraht geformtes Äffchen, mit Beinen und Armen den Baumstamm umschließend, an einem Gummi befestigt. Zog man den Affen nach unten und ließ dann los, schnellte er nach oben und blieb im Ansatz der Palmenwedel hängen. Margot hatte seinerzeit drei Stück davon ergattert.

Sie setzte sich und begrüßte die Bedienung. Die war jünger als sie, konnte sie daher nicht erkennen. Mit Entzücken sah sie, dass es den Becher immer noch gab, und bestellte sich einen. Er schmeckte nach wie vor lecker. Nur die Affen gab es leider nicht mehr.

Eine halbe Stunde später erreichte sie Neckarsteinach und stellte den Wagen auf einem der zentralen Parkplätze ab. Zu Fuß ging sie in die Bliggergasse und fand das Haus, in dem die Gölzenlampers eine Wohnung hatten. Malerisch, denn die Gasse war der historische Ortskern. Sie klingelte, aber niemand war zu Hause. Margots Armbanduhr zeigte 16 Uhr.

Sie beschloss, noch ein wenig spazieren zu gehen, und bummelte in Richtung Neckar. Dort führte ein Weg südwärts. Sie genoss die Sonne, die immer noch ein wenig wärmte. Nachdem sie sich auf einer Bank niedergelassen hatte, sah sie auf ihr Handy. Zwei SMS von Ole Greven. Sie las nur die letzte: »Wirklich nicht? Schade.« Dann löschte sie alle anderen SMS von ihm, ohne sie zu lesen. Der Kerl war sympathisch. Nicht mehr. Nicht weniger. Aber eben definitiv nicht mehr. Und da war ja noch was: Margot war verheiratet. Auch wenn es sich derzeit nicht so anfühlte.

Sie las gerade die SMS von Nick: »Bringst du mich morgen wenigstens zum Flughafen?«, als eine weitere SMS sie erreichte. Von Rainer. »Mein Schatz, komme erst am kommenden Wochenende. Sorry, Kuss Rainer.«

Als sie Nicks SMS gelesen hatte, war ihr erster Gedanke gewesen: Nein, gewiss nicht.

Nach Rainers SMS sah die Welt jedoch anders aus. Margot

fühlte einerseits Wut in sich aufsteigen. Das kannte sie schon. Das kannte sie gut. Es war ja nicht das erste Mal, dass für Rainer die Arbeit vor allem anderen kam. Und sie merkte, dass diese Absage genau die eine zu viel war. Sie tippte: »Ich will dich sehen. Spätestens Montagmorgen, Flughafen Frankfurt. Probleme mit Doro. Wenn du meinst, dass du nicht kommen musst, hat das Konsequenzen.«

Sie drückte auf *Senden*. Und während das Sende-Bestätigungs-Dingdong des Handys erklang, empfand Margot nur eines: völlige Gleichgültigkeit.

»Wann soll ich dich abholen?«, schrieb sie Nick. Dann machte sie sich erneut auf den Weg in die Bliggergasse.

Die Haustür öffnete sich, wenige Sekunden nachdem Margot den Klingelknopf gedrückt hatte. Eine Gegensprechanlage gab es nicht.

Die Klingel außen an der Haustür war die oberste, also ging Margot davon aus, dass sie bis unter das Dach des ehrwürdig schiefen Fachwerkhauses hinaufsteigen musste.

In der Tür stand eine blondhaarige Frau, die Margot auf Mitte dreißig schätzte. Sie sah Nadeschda Pirownika ähnlich.

»Guten Tag – sind Sie Frau Irina Gölzenlamper?«

»Ja?« In der Stimme der Frau lag eine Mischung aus Überraschung und Misstrauen. »Wollen Sie uns jetzt schon am Samstag etwas verkaufen?«

»Nein. Mein Name ist Margot Hesgart. Ich bin von der Kriminalpolizei in Darmstadt. Ich würde mich gern mit Ihnen unterhalten.«

Aus dem Flur kam ein kleiner Junge, der sich am Bein seiner Mutter festhielt. »Mama – wer ist das?«

Margot stand jetzt auf dem Absatz direkt vor der Wohnungstür. Sie fischte nach ihrem Ausweis und hielt ihn der Frau hin. Die warf nur einen kurzen Blick darauf. »Wie kann ich Ihnen helfen?«

»Es geht um Ihre Schwester.«

Wieder nahm Margot einen seltsamen Gesichtsausdruck wahr. Eine Mischung aus Lächeln und Ablehnung. »Welche

Schwester? Ich habe meinen beiden Schwestern seit vier Jahren nicht gesehen.«

»Es geht um Nadeschda.«

»Ist sie in Schwierigkeiten?«

Das war eine interessante Annahme. Frau Gölzenlamper fragte nicht zuerst, ob ihr etwas passiert sei. »Das wissen wir nicht genau. Darf ich reinkommen?«

»Ja.«

»Mama, wer ist das?«, brachte sich der Junge wieder zu Gehör.

Margot ging in die Knie. Der Junge war etwa fünf Jahre alt, schätzte Margot. Er hatte rotes Haar, helle Haut und das ganze Gesicht voller Sommersprossen. »Ich bin Margot. Und wie heißt du?«

Der Junge sah zu seiner Mutter hoch. »Mama, ist das eine Fremde, oder darf ich ihr sagen, wie ich heiße?«

Irina Gölzenlamper musste schmunzeln. »Sag ihr ruhig, wie du heißt.«

»Ich bin Igor. Soll ich dir mein Feuerwehrauto zeigen? Das hat mir die Mama heute geschenkt! Ein ganz großes!«

»Igor, geh in dein Zimmer, und spiel ein bisschen mit dem Feuerwehrauto. Ich muss mit Frau Hesgart etwas besprechen.«

Der Junge schien davon nicht begeistert, aber das neue Feuerwehrauto versöhnte ihn mit der Situation. »Ist gut«, sagte er und flitzte durch den kurzen Flur ins hintere Zimmer.

»Darf ich Ihnen etwas zu trinken anbieten? Einen Tee? Ein Wasser?«

»Ein Wasser bitte.«

Irina Gölzenlamper holte eine Flasche Mineralwasser aus der Küche, dann führte sie Margot ins Wohnzimmer.

Das Zimmer war nicht groß, aber geschmackvoll eingerichtet. Die Dachschräge gab die Platzierung der Möbel vor. Das Sofa stand unter dem Dachfenster, an der Innenwand ein Wohnzimmerschrank, aus dem Irina Gölzenlamper zwei Gläser und zwei Untersetzer nahm, die sie auf dem Rauchglastisch abstellte. Ein Sessel, ein Esstisch mit vier Stühlen und ein Büfettschrank mit Fernseher darauf rundeten die Möbelgalerie ab.

»Was möchten Sie wissen?«

»Frau Gölzenlamper, es scheint, dass Ihre Schwester in einen Mord verwickelt ist. Wir müssten dringend mit ihr sprechen.«

»Sie wohnt in Odessa – aber das wissen Sie sicher bereits.«

»Ja. Dort haben unsere ukrainischen Kollegen sie nicht angetroffen. Wir würden uns gern ein Bild über Ihre Schwester machen. Sie war vor Kurzem in Deutschland. Wissen Sie, was sie hier wollte.«

»Nein. Ich habe sie, wie gesagt, seit ein paar Jahren nicht mehr gesehen. Wir sind nicht im Guten auseinandergegangen. Ich habe vor sieben Jahren beschlossen, nach Deutschland zu gehen. Damals habe ich mich an eine Agentur gewendet. Ich bin eine von den Klischeefrauen: Russin sucht deutschen Mann. Und ich habe Glück gehabt: Karl ist ein guter Mann. Wir lieben uns, und wir haben einen Sohn.« Sie lächelte und legte die Hand auf den Unterbauch. »Und bald noch ein Kind.«

»Was hat Sie bewogen, nach Deutschland zu gehen?«

»Geld.« Sie lachte. »Das denken Sie, nicht wahr?«

»Nein. Ich frage Sie.«

»Geld. Natürlich. Ich habe studiert. Deutsch und Englisch. Aber ich habe keine anständige Stelle bekommen. Es gab schon vor der orangefarbenen Revolution 2004 Demonstrationen in unserem Land. Gegen die Korruption. Waren nur nicht ganz so ungefährlich damals. Mich haben sie dreimal festgenommen. Dann wusste ich, dass ich keinen anständigen Job mehr bekommen würde. Ich habe als Friseurin gearbeitet. Mache ich heute noch. Ich bin gut. Ich hatte Hoffnung in den neuen Präsidenten. Doch als der sich lieber mit seiner Ministerpräsidentin – Julia Timoschenko – stritt, anstatt das Land zu reformieren, da dachte ich, es ist Zeit zu gehen. Meine Eltern und meine Geschwister sahen das als Verrat. Ich sah es als Chance.«

»Wie lange sind Sie schon in Deutschland?«

»Seit Ende 2005. Weihnachten 2005 habe ich hier gefeiert. In dieser Wohnung. Mit Freunden. Freunden von Karl. Jetzt sind es auch meine Freunde. Karl hat eine gute Arbeit. Er ist bei den Heidelberger Druckmaschinen in Waldorf. Hat an diesem Wochenende Schicht.«

»Und Sie haben keinen Kontakt mehr zu Ihrer Familie?«

Irina lachte auf, aber bei diesem Lachen hätte es vier Löffel Zucker bedurft, um die Bitterkeit zu kaschieren. »Einmal im Jahr besuche ich meine Eltern. Sie wohnen in einem kleinen Dorf nördlich von Odessa. Und unter ›Dorf‹ dürfen Sie sich kein deutsches Dorf mit asphaltierten Straßen vorstellen. Drehen Sie die Zeit zurück, so um hundertfünfzig Jahre. Aber meine Eltern kennen es nicht anders. Sie sind zufrieden. Na, nicht ganz, weil sie ihre Kinder und Enkel nicht so oft sehen. Wir sind – wie sagen Sie so schön: in alle Winde verstreut. Nadja lebt mit ihrem Mann und ihren drei Kindern in Odessa, Viktor in Kiew, Oleg in Donezk und Vika in Uschgorod. Nur Katja lebt noch zu Hause. Meine Eltern haben ein paar Kühe, eine kleine Landwirtschaft. Und wenn ich hinfahre, dann stocke ich ihre Rente ein bisschen auf und lasse den Notgroschen da, damit sie auch den Tierarzt bezahlen können.«

Margot lenkte das Gespräch wieder auf die Schwester Nadeschda. »Geht es Ihrer Schwester gut in Odessa?«

»Ich höre immer über Katja, wie es der Familie geht. Wie gesagt, vor vier Jahren haben wir uns das letzte Mal alle zusammen gesehen, bei meinen Eltern. Nadja – sie hat auch einen guten Mann. Vitali. Ich habe ihn gern gehabt. Aber er kam mit dem Krieg nicht zurecht. Ich weiß nicht, was er alles gesehen hat, als er im Irak war. Aber er hat es nicht ausgehalten. Als ich vor drei Jahren bei ihm war, habe ich ihn kaum wiedererkannt. Er war immer ein fröhlicher Mann gewesen, der gelacht und gesungen hat. Der Mann, den ich getroffen habe, war abgemagert, sagte kaum ein Wort. Begann immer wieder zu zittern. Trank. Gelacht und gesungen hat er nicht mehr. Es war schlimm. Nadja hat zu ihm gehalten, hat gesagt, das wird alles wieder besser. Aber ich habe auch die Kinder gesehen.

Georgji, der älteste, und Lina, die zweite, damals noch ein Baby. Und Georgji wirkte fast wie sein Vater. Nadja hatte es damals schon nicht leicht.

Vitali hat irgendwann versucht, sich umzubringen. Wahrscheinlich, weil er keinen Job mehr hatte. Es klingt für mich immer seltsam, wenn die Leute in Deutschland über Hartz IV jammern. Es gibt Menschen, für die wäre Hartz IV ein Segen. Also, um es kurz zu machen: Nein, meiner Schwester geht es nicht gut in Odessa. Drei Kinder und einen arbeitslosen Mann, dessen Schusswunde verheilt ist, dessen Seele aber nicht heilen kann.«

Während der letzten Sätze hatte auch ihr Tonfall die Bitterkeit angenommen, die das Lachen schon vorweggenommen hatte.

»Als Ihre Schwester jetzt in Deutschland war – da haben Sie sich nicht gesehen?«

»Nein. Ich wusste bis gerade eben gar nicht, dass sie hier war.«

»Hat Nadeschda eine Tante in Deutschland? Ist es möglich, dass sie hier in Deutschland eine Erbschaft gemacht hat?«

»Von der Seite unserer Familie aus nicht. Außer mir wohnen alle, auch die entfernten Cousins und Cousinen, Tanten, Großtanten und Omas, in der Ukraine. Ich bin sozusagen das schwarze Schaf. Ob Nadeschdas Mann in Deutschland Verwandte hat – das weiß ich nicht. Glaube ich aber nicht.«

»Tatüüü, tatüü«, hörte Margot. Der Junge hatte den Einsatzbereich seines neuen Feuerwehrautos auf den Flur ausgeweitet. Margot drehte sich um, und ihr Blick fiel auf eine Galerie von Familienfotos.

Irina Gölzenlamper stand auf, was Igor offenbar als Aufforderung verstand, die Flammen zu löschen, die vor seinem geistigen Auge Esstisch und Stühle aufzufressen drohten.

»Igor – hier im Wohnzimmer ohne Geräusche«, sagte Irina Gölzenlamper.

Das Feuerwehrauto schaltete das Signal ab und den Motor auf Elektromodus.

Irina Gölzenlamper griff zu den Bildern, nahm sie und brachte sie zu Margot.

»Das Bild wurde gemacht, als wir meine Hochzeit gefeiert haben. In meinem Dorf. Meine Familie wollte nicht, dass ich nach Deutschland ging. Aber eine große Hochzeit war es dann doch«, schmunzelte sie. »Das ist mein Mann Karl.« War nicht zu übersehen, da sich die Braut in Weiß an ihn schmiegte. Karl Gölzenlamper war gut einen Kopf größer als seine Frau. Er musste sich in dieser Wohnung wie in einer Puppenstube fühlen. »Das ist Nadja.« Margot erkannte Nadeschda Pirownika.

»Meine anderen Schwestern Katja und Vika und meine Brüder Viktor und Oleg, alle mit ihren Familien. Und hier, das sind meine Eltern.«

Irina zeigte noch ein Hochzeitsbild, auf dem nur sie und Karl zu sehen waren. Und dann ein Bild, das Igor als Baby zeigte. Sie stellte die Bilder wieder zurück auf das Bord.

»Wenn sich Ihre Schwester bei Ihnen meldet – darf ich Sie bitten, mich dann anzurufen? Wir müssen dringend mit ihr sprechen.«

Irina sah Margot schweigend an. Und in diesem Moment begriff Margot, dass sie belogen worden war. Irina hatte ihre Schwester sehr wohl gesehen, als diese in Deutschland gewesen war.

»Sie ist noch in Deutschland«, stellt Margot fest.

»Nein. Sie ist zurückgeflogen. Sie würde weder ihre Kinder noch ihren Mann verlassen.«

»Wann haben Sie sie gesehen?«

»Ich habe sie nicht gesehen. Sie rief mich nur an. Da war sie oben in Leer, wo sie auch damals das Konzert hatte. Gesehen haben wir uns das letzte Mal, als sie diese kleine Konzertreise gemacht hat. Damals war sie auch in Heidelberg. Da hat sie bei mir gewohnt.«

»Was hat sie Ihnen gesagt, als Sie mit ihr telefoniert haben?«

»Nicht viel. Ich habe nichts aus ihr herausbekommen.«

»Sie rief Sie an, um dann nichts zu sagen? Das macht keinen Sinn.«

Irina Gölzenlamper zögerte. Ihre Augen füllten sich mit Tränen. »Sie sagte, dass sie umziehen würde. Und dass wir uns wahrscheinlich für lange, lange Zeit nicht mehr sehen könnten. Ich habe sie gefragt, was los ist, aber sie hat mir nichts gesagt. Es war kein langes Gespräch. Aber ein sehr trauriges.«

»Wenn sie sich meldet, sagen Sie ihr bitte, dass ich sie sprechen muss. Es ist wichtig.«

Irina nickte. Stand auf. Margot ebenfalls. Irina Gölzenlamper brachte Margot zur Tür.

»Danke für das Gespräch.«

»Gern geschehen. Auf Wiedersehen, Frau Kommissarin.«

Als Margot bereits die erste Stiege zur Hälfte hinabgestiegen war, war die Wohnungstür hinter ihr noch nicht ins Schloss gefallen.

»Frau Kommissarin?«

Margot drehte sich um.

Irina Gölzenlamper stand immer noch im Türrahmen. Margot sah, dass sich einige Tränen ihren Weg gesucht hatten. »Nadja – sie ist kein schlechter Mensch.«

Margot nickte. Drehte sich um. Und stieg die Stufen hinab.

Natürlich war Nadja Pirownika wieder zurück in die Ukraine gereist. Horndeich hatte ihr gesagt, dass das Visum am 15. Oktober bereits abgelaufen war. Und wenn sie drei kleine Kinder hatte, dann würde sie sicher nicht versuchen, allein hier in Deutschland illegal zu leben. Noch dazu, wenn sie hier einen Mord verübt hatte.

Margot war sicher, dass Irina Gölzenlamper mehr wusste, als sie gesagt hatte. Aber ihr war auch klar, dass die Frau im Moment nicht mehr gesagt hätte.

Zeit, nach Hause zu fahren.

Zu ihren eigenen Katastrophen.

Horndeich war von Margot aus direkt zum Präsidium gefahren. Dort hatte er nochmals Schallers Patientenakte von Susanne Warka zur Hand genommen. Er hatte immer nur den Inhalt der Mappe durchgesehen und dabei das Schriftbild kaum wahrgenommen. Nur seinem Unterbewusstsein war das winzige Detail aufgefallen. Die Mappe hatte Gummizüge, die den Inhalt an den Enden sicherten, sodass er nicht aus der Mappe rutschen konnte.

Die Blätter in der Akte waren alle mit einem Laserdrucker ausgedruckt worden. Auf der linken Innenseite der Mappe war unten rechts ein Etikett aufgeklebt, auf dem in fetter Schrift *Susanne Warka* stand. Darunter, in normaler Schriftstärke: *Techniker Krankenkasse*. Darunter: *Versicherungsnummer*, gefolgt von der Ziffernfolge. Darunter stand schließlich: *geb.*, gefolgt vom Geburtsdatum der Patientin.

Das wirklich Interessante an diesem Etikett war das kleine unscheinbare »g«. Denn diesem »g« fehlte etwas: die Verbindung zwischen dem oberen Kringel und dem unteren Haken. Ganz offensichtlich hatte hier die Nadel eines Nadeldruckers gestreikt. Und Horndeich erinnerte sich, wo sein Unterbewusstsein den gleichen Fehler noch wahrgenommen hatte.

Er wühlte sich durch die abgelegten Unterlagen auf seinem und Margots Schreibtisch. Dann fand er, was er suchte. Die Schwangerschaftsbescheinigung von Regine Aaner, ausgestellt vom nicht existierenden Dr. med. Benedikt Kostner. Horndeich schaute auf die Zeile: »... bescheinigen wir Frau Regine Aaner ...« Mehr musste er nicht sehen. Es war eindeutig der gleiche Druckerfehler, der auch auf dem Etikett zu sehen war, das aus Schallers Praxis stammte.

Horndeich fuhr zu Schaller. Er sah auf die Uhr. Vielleicht war Schaller nicht da. Aber vielleicht hatte Horndeich auch einfach mal Glück.

Er stellte seinen Crossfire neben der Einfahrt zur Garage ab. Drückte sowohl den Klingelknopf zur Praxis als auch den zur Wohnung.

Sekunden später tönte es aus der Gegensprechanlage: »Sie nerven. Ich war nun wirklich kooperativ genug. Schicken Sie mir eine Vorladung, wenn Sie das glücklich macht.«

»Kann ich machen. Ich brauche nur die richtige Adresse von Herrn Dr. med. Benedikt Kostner.«

Kurzes Schweigen. »Kenne ich nicht, hab ich Ihnen schon gesagt?«

»Das ist der Typ, mit dem Sie sich Ihren Nadeldrucker teilen. Der mit der kaputten Nadel. Sie können jetzt mit mir darüber sprechen. Oder ich warte hier vor Ihrer Tür, bis die Kavallerie mit dem Durchsuchungsbescheid anrückt. Die nehmen dann neben dem Drucker auf jeden Fall auch Sie gleich mit.«

Der Türsummer wurde betätigt. Horndeich ging hinüber zur Haustür. Der Hauseigentümer stand höchstselbst im Türrahmen. Jegliche Überheblichkeit war verschwunden.

»Kommen Sie rein«, sagte er und geleitete Horndeich ins Wohnzimmer. »Wollen Sie etwas trinken?«

»Nein, danke«, sagte Horndeich.

»Aber ich brauche jetzt was. Nehmen Sie Platz. Ich hätte den Scheißdrucker reparieren lassen sollen. Oder besser einfach einen neuen gekauft.« Schaller ging zur Hausbar, öffnete sie und füllte ein Glas zur Hälfte mit einer bernsteinfarbenen Flüssigkeit.

Horndeich begann mit einer Frage, auf die er bereits die Antwort wusste. Mal sehen, wie genau Herr Dr. Schaller es jetzt mit der Wahrheit nahm. »Seit wann kannten Sie Paul Aaner?«

Schaller blieb stehen und sah Horndeich an, der sich auf dem Sofa niedergelassen hatte. Er nahm einen tiefen Schluck. »Gut, dass Hannelore nicht da ist. Sie weiß von der ganzen Geschichte nichts.«

Horndeich wartete ein paar Sekunden, dann sagte er: »Das beantwortet meine Frage nicht.«

»Ich kenne Paul Aaner seit der Zeit meines Studiums. Also seit der zweiten Hälfte meines Studiums. Ich habe ein bisschen länger gebraucht. Abi mit zwanzig, dann noch beim Bund verpflichtet. Er hat damals seinen Autoladen eröffnet, in Marburg. Brauchte jemanden, der ihm immer mal wieder zu Hand ging, wenn er eine seiner alten Kisten auf Vordermann brachte. Er suchte Leute, die ein Händchen und vor allem

Sinn dafür hatten. Mit grobschlächtigen Schraubern wollte er nie was zu tun haben. Ich weiß noch, wie es war, als ich das erste Mal in seinem Laden war. Er war ja fast zehn Jahre jünger als ich. Und er fragte mich formvollendet: ›Was, Herr Schaller, meinen Sie, qualifiziert Sie, bei mir zu arbeiten?‹

Ich dachte, ich höre nicht recht. Dabei war bekannt, dass Paul einen an der Waffel hatte und zu seinen Oldtimern ein fast zärtliches Verhältnis pflegte. Aber ich wollte ja nur einen Schrauberjob. Jedenfalls sagte ich: ›Ich habe, seit ich den Führerschein habe, meine Autos immer selbst repariert. Bei der Bundeswehr war ich ebenfalls bei der Instandsetzung. Und jetzt studiere ich Medizin, weiß also, wie vorsichtig man ein Handwerk ausführen muss.‹ Blödes Geschwalle, aber ich bekam den Job.«

Horndeich war sich nicht sicher, ob es der Alkohol oder die sentimentale Erinnerung war, die Schallers Zunge lockerte. Zumindest hatte er die Frage ehrlich beantwortet.

Horndeich hatte auf Nachfrage bei Regine Aaners Schule erfahren, dass es keine Schwangerschaftsbescheinigung über die erste Schwangerschaft von Regine Aaner mehr gab. Vielleicht sei sie einfach fortgeworfen worden, vielleicht habe Regine Aaner selbst sie nach ihrer Fehlgeburt entfernen lassen. Horndeich schoss jetzt ins Blaue: »Wann hat Aaner Sie im vergangenen Jahr darauf angesprochen, dass er eine Schwangerschaftsbescheinigung für seine Frau benötigt?«

Schaller ließ sich nun schwer in den Sessel neben dem Sofa fallen. »Im August stand er auf einmal in der Praxis, machte einen auf ›Was für ein Zufall, alter Kumpel, dass wir uns hier in derselben Stadt wiederfinden‹. Er lud meine Frau und mich zum Essen ein. Fuhr die ganz persönliche Schiene. Wir stellten fest, dass wir eine gemeinsame Leidenschaft hatten: Auch er war James-Bond-Fan. Wenn er auch nicht wie ich die Autos sammelte. Bei ihm wären es auch sicher keine Modellautos gewesen. Dann gingen wir auch ab und an mal zu zweit ein Bier trinken. Er fragte mich über meine Einstellung zur Leihmutterschaft. War nicht mein Ding, ist nicht mein Ding. Aber ich bin auch weit davon entfernt, jemanden zu verurteilen, der es macht. Allerdings sind die Gesetze in Deutschland eindeutig: Wer das als Arzt hier macht, steht mit einem Bein im Knast.«

Schaller trank den Rest des Glases in einem Zug. Horndeich wartete.

»Nun, er erzählte, dass er und Regine sich so sehr ein Kind wünschten. Dass sie jedoch nach der Entfernung eines Myoms an der Gebärmutter keine Kinder mehr bekommen könne. Er sagte, er sei ziemlich wütend gewesen. Da habe er schon eine viel jüngere Frau geheiratet, damit er endlich Nachwuchs haben könne, und dann erzähle sie ihm so was. Wenn er das vorher gewusst hätte, dann hätte er sie nie geheiratet. Aber er sei jetzt fünfzig, hat er gesagt, er wolle sich jetzt nicht noch mal scheiden lassen und wieder eine Frau suchen. Dann rückte er raus mit der Sprache. Er und seine Frau seien im Ausland gewesen. Und dort trage, wenn alles klappt, eine Frau ein Kind für Regine aus. Ich hab das nicht kommentiert.«

Schaller stand auf und holte die Flasche mit der bernsteinfarbenen Flüssigkeit an den Tisch. Goss sich das Glas wieder halb voll. »Meine Frau mag es nicht, wenn ich trinke. Aber ich fürchte, da muss sie heute durch.« Er hob das Glas. »Dann kam Paul im Dezember auf mich zu. Er brauche eine Bescheinigung, dass seine Frau schwanger sei. Für den Arbeitgeber, also ihre Schule. Und ich solle sie ausstellen. Da die beiden privat versichert waren, wollte er der Versicherung zunächst nichts melden. Aber die Schule bestehe darauf.

Ich habe ihm gesagt, dass ich in Teufels Küche käme, wenn das auffliegen würde. Aber er hat mich mit Geld geködert. Sie haben ja sicher schon mitbekommen, dass mein Laden derzeit nicht so brummt. Dass ich seit Jahren einen Prozess um einen angeblichen Behandlungsfehler führe. Auf jeden Fall war ich schon mal besser bei Kasse. Dazu bot mir Aaner den AMC. Einen echten AMC Matador in genau der Ausstattung wie bei …«

»… *Der Mann mit dem goldenen Colt.*«

»Sie haben Ihre Hausaufgaben gemacht. Ich hab meinen Benz verkauft und habe jetzt einen Wagen mit lebenslanger Wartungsgarantie. Und dann kam mir die Idee mit dem in Wahrheit gar nicht existierenden Dr. Kostner. Ich ging in einen Stempelladen und bestellte den Stempel. Stellte die Schwangerschaftsbescheinigung aus, schickte sie an die Schule, und alle waren glücklich. Als das mit der Leihmutterschaft nicht geklappt hat, da hat Regine persönlich dafür gesorgt, dass die Bescheinigung aus ihrer Akte verschwand.«

»Okay, lassen Sie uns nun über die zweite angebliche Schwangerschaft von Regine Aaner reden. Da ging es nicht nur darum, eine Bescheinigung auszustellen. Sie sollten selbst tätig werden. Und das haben Sie gemacht.«

Schallers Blick war hart geworden. »Ja und nein«, sagte er nach ein paar Sekunden Pause. »Aaner kam wirklich auf mich zu und wollte, dass ich seiner Frau die Eizellen entnehme, sie mit seinem Samen künstlich befruchte und die Embryonen einer anderen Frau implantiere. Ja. Das wollte er. Ich sagte ihm, dass ich das nicht machen könne. Dass ich eine Gefängnisstrafe riskieren und meine Praxis, meine ganze Existenz aufs Spiel setzen würde. Er zeterte. Er drohte. Aber er hatte ja nichts gegen mich in der Hand. Dann sagte er, sie würden es noch mal im Ausland versuchen. Und ich solle, wenn es klappt, noch mal so eine Bestätigung ausstellen. Das wäre ihm zehntausend Euro wert. Ich überlegte nur kurz. Das Risiko war minimal. Wären die beiden nicht umgebracht worden – es wäre nie aufgeflogen.«

Horndeich versuchte es: »Sie haben es doch gemacht. Sie kannten Susanne Warka, und Sie haben sie als Leihmutter gewonnen. Und dann waren die Aaners tot, und Susanne hatte ein Problem. Sie wollte kein Kind, schon gar kein fremdes Kind. Und sie brauchte Geld, dass Sie ihr nun nicht geben konnten, weil Ihr Geldgeber nicht mehr lebte. Susanne war eine Gefahr für Sie. Sie hatte Sie in der Hand. Also haben Sie sie umgebracht.«

Horndeich erwartete, dass Schaller wütend würde. Doch

der Arzt sah den Kommissar nur ausdruckslos an. »Herr Horndeich, es ist mir ein Rätsel, wie das Ganze abgelaufen ist. Ich habe keine Ahnung, wer das durchgeführt hat. Ich meine, diese ganze Prozedur – das kann man nicht in einer alten Scheune machen. Das ist medizinisches Hightech. Deshalb funktionieren die Kliniken in den USA und auch die in der Ukraine oder die in Indien so gut. Das sind Kliniken mit hohen Standards. Ein ehemaliger Studienkollege von mir, der hat es richtig gemacht. Vor fünfzehn Jahren, als das alles so richtig losging, hat er in der Ukraine eine der ersten Kliniken dieser Art aufgemacht. Hat hier sein Haus verkauft. Sein Kapital war dort willkommen. Und seit zwanzig Jahren lebt er dort wie die Made im Speck. Er hat die besten Geräte. Die kann er sich leisten, denn die Arbeitskräfte sind billig. Und die Unterbringung seiner Kunden im Luxushotel kostet in der Ukraine so viel wie hier in einem Landgasthof. Ein Riesengeschäft. Dass es nicht größere Ausmaße annimmt, liegt nur daran, dass es immer wieder mal zu kleineren Problemen rechtlicher Art kommt. Dass die Kinder keine Papiere kriegen zum Beispiel. Aber selbst das lässt sich mit dem nötigen Kleingeld irgendwie regeln.

Ja, ich habe mich auch darauf spezialisiert, Paaren, die keine Kinder bekommen können, zu helfen. Es war schwierig, nachdem ich die *Pro-filio*-Klinik in Landau verlassen hatte. Die Abfindung habe ich in die nötigen medizinischen Geräte gesteckt. Aber der Fortschritt ist unaufhaltsam, und die Konkurrenz schläft nicht. Die richtig modernen Geräte kann sich heute kein allein praktizierender Arzt mehr leisten. Ich habe mich über Wasser gehalten – aber dann eher doch als Feld-, Wald-und-Wiesen-Gynäkologe. Ich habe also keine Ahnung, wer Susanne Warka das Kind eingepflanzt hat. Ich war es nicht.«

»Was ist schiefgelaufen bei der ersten Leihmutterschaft für die Aaners?«

Schaller zuckte mit den Schultern. »Paul hat's mir nicht gesagt.«

Er goss sich wieder nach. Trank. »Scheiße. Ja. Ich habe zwei Phantasie-Schwangerschaftsbescheinigungen ausgestellt. Stellen Sie mich dafür an die Wand. Aber mehr – mehr habe ich nicht gemacht.«

Horndeich merkte, dass der Alkohol die Augenlider von Frederik Schaller in die Richtung bewegte, in die die Schwerkraft sie haben wollte.

Den nächsten Schluck nahm Schaller direkt aus der Flasche. »Sie finden allein raus?«, fragte er mit schwerer Zunge.

»Keine Sorge«, sagte Horndeich. Und verließ das Haus. Zufrieden, dass er Schaller endlich etwas nachweisen konnte. Und betrübt, weil dessen Argumente gegen ihn als Leihmuttermacher überzeugend waren. Aber auf irgendeine Art war der Gynäkologe noch in die Angelegenheit verstrickt, davon war Horndeich überzeugt. Denn schließlich hatte er Susanne Warka gekannt. Und er würde seine Mittäterschaft beweisen.

Doch jetzt musste er erst mal seinen Koffer packen. Der Flieger ging um sieben. Das hieß, um halb fünf würde die Nacht für ihn zu Ende sein.

SONNTAG

Margot hatte Nick bei der Bereitschaftspolizei in Wiesbaden abgeholt. Sie hatte wenig Lust gehabt, so früh aufzustehen, zumal es Sonntag war. Aber sie wollte Nick noch einmal sehen, bevor er abflog. Um sieben Uhr stand sie vor dem Komplex der Polizeiakademie. Sie wartete am Pförtnerhäuschen. Und Nick kam geschniegelt und gebügelt und den Rollkoffer im Schlepptau heraus.

Er begrüßte sie gut gelaunt, berührte sie aber nicht. Der obligatorische Kuss auf die Wange blieb aus. Margot wusste in diesem Moment nicht, ob sie erleichtert oder enttäuscht sein sollte.

Sie fuhren zum Flughafen, wobei Nick den größten Teil der Unterhaltung bestritt, das aber so konsequent, dass es kaum ins Gewicht fiel, dass Margot meist schwieg. Er erzählte ihr von den Vorträgen, die er gehört hatte, und von den Besichtigungstouren in der Stadt, wobei ihm besonders die Nerobergbahn gefallen hatte.

Nachdem Nick seinen Koffer aufgegeben und eingecheckt hatte, fragte er: »Frühstück?«

»Ja, gern.«

Margot kannte ein etwas versteckter liegendes Café. Wie fast alle Geschäfte und Restaurants im Flughafen war es völlig tageslichtbefreit. Sie saßen an einem kleinen Tisch im hinteren Bereich. Beide bestellten sich ein einfaches Frühstück mit Brötchen, Käse und Marmelade, Nick noch ein Rührei dazu.

»Ich hätte mich gefreut, wenn wir uns öfter gesehen hätten«, sagte Nick unverblümt.

»Ja«, meinte Margot nur. Aber seit dem Sommer war alles

schwieriger geworden. Der Urlaub. Ohne Rainer. Und was niemand außer ihnen beiden wusste: mit Nick.

Dann zeig mir doch all diese Dinge. Ihre Worte damals. Sein Blick, der erst lachte. Dann seine gerunzelte Stirn. Der Moment, in dem sie beide merkten, dass es kein Spaß war.

Und so war sie mit Nick vierzehn Tage lang durch vier US-Bundesstaaten getourt, während Rainer mit seiner neuen Lieblingsmaschine geturtelt hatte. Sie und Nick hatten stets in getrennten Zimmern geschlafen. Und es gab auch nur ein Foto, auf dem Nick zu sehen war. Als Spiegelung in einer Scheibe. Und nur sie wusste, dass er es war. Es war ein wunderschöner Urlaub gewesen. Sie dachte gern zurück an diese Tage. Manchmal sehr gern.

Sie hatte überlegt, wie sie Rainer davon erzählen sollte. Sie hatte ihn nicht betrogen. Nicht wirklich. Auf der anderen Seite – wenn ihm alles andere wichtiger war als ein Urlaub mit seiner Frau –, hatte er es anders verdient?

Das Problem hatte sich seinerzeit von selbst gelöst. Rainer hatte Margot kaum nach dem Urlaub gefragt, sondern ihr lieber von seinen neuesten Forschungsergebnissen erzählt. Als sie Rainer danach das nächste Mal gesehen hatte, auf einem seiner raren Trips nach Deutschland, da war der Urlaub nur noch eine Erinnerung.

Aber es war eine Erinnerung, die sie mit Nick teilte. Gemeinsame Essen. Gemeinsame Spaziergänge, gemeinsame Abende in schönen Gartenrestaurants oder sogar auf dem Dampfschiff *Belle of Louisville* auf dem Ohio River. Auch wenn Margot nicht viel für Pilcher-Romantik übrighatte, so war sie an diesem Abend das erste und einzige Mal versucht gewesen, Rainer wirklich untreu zu werden.

»Worüber denkst du nach?«, fragte Nick.

Kurz zögerte Margot.

»Ah, über unseren gestohlenen Urlaub.«

»Nein.«

»Doch.« Nick grinste. »Ich habe es in deinem Gesicht gelesen.«

»Okay, versuche nie, einen Polizisten zu belügen.«

Hätte Nick jetzt ihre Hand genommen, sie hätte es geschehen lassen. Aber er tat es nicht. Auch sie griff nicht nach der seinen. Vielmehr hielt sie sich an der Kaffeetasse fest.

»Ja, ich habe die Zeit mit dir sehr genossen, Margot. Und ich habe mir viele Gedanken darüber gemacht. Ich denke …«

»Nicht jetzt, nicht hier«, unterbrach Margot Nicks Rede.

»Okay.« Sagte er. Schien es für ihn aber nicht zu sein. Dennoch schwieg er.

Für Sekunden sagten beide nichts. Dann schaute Nick auf seine Uhr. »Ich schwinge mich dann mal in die Luft.«

Margot nickte nur.

Ein Trümmerfeld. Ihr Privatleben war ein einziges Trümmerfeld.

Nick hatte sich bereits erhoben.

»Nick?«

Er sah sie an.

»Ich hoffe, wir können einfach Freunde sein. Ich habe eine Beziehung – nein, ich führe eine Ehe über den Atlantik hinweg, die nicht funktioniert. Und auch, wenn ich dich manchmal etwas mehr gernhabe, als ich sollte: Ich werde nicht die eine Über-den-Atlantik-Beziehung, die mich unglücklich macht, eintauschen gegen eine andere.«

Auch Margot stand auf.

»Bleib sitzen, Margot. Ich gehe besser allein zum Gate.«

Sie nickte. Auch sie mochte keine dramatischen Abschiede an irgendwelchen Türen und Toren. Sie mochte überhaupt keine dramatischen Abschiede. Nein. Sie mochte gar keine Abschiede mehr.

Nick lächelte traurig. »Deine Ehrlichkeit freut mich. Auch ich denke öfter an dich, als ich es tun sollte. Und du hast recht. Ich wohne mehr als fünftausend Meilen entfernt. Das lässt sich nicht wegdiskutieren. Aber vielleicht können wir uns sehen, wenn ich wieder in Deutschland bin. Ich würde mich freuen.«

Margot nickte.

Nick trat auf sie zu. Er strich ihr mit der Hand eine Strähne aus dem Gesicht und dann voller Zärtlichkeit über die Wange. »Bye.«

Dann drehte er sich um und verließ das Restaurant.

Wandte sich nicht mehr zurück.

Hätte sie auch nicht getan.

Und während sie da allein im Café stand, spürte sie, wie ihre Tränendrüsen die Produktion anwarfen.

Erfolgreich.

Etwas in ihrem Privatleben lief im Moment etwas unrund.

Nein. Sie musste sich korrigieren. Alles in ihrem Leben lief im Moment völlig aus dem Ruder.

Der Flug war anstrengend gewesen. Es gab leider keine direkte Verbindung nach Odessa. Er hatte in Warschau umsteigen müssen.

Die Embraer 195 flog in weitem Bogen in Richtung Landebahn. Von oben sah er nicht nur Odessa, sondern auch das Meer. Die Sonne schien und ließ das Wasser blau schimmern. Der Pilot der polnischen Luftfahrtgesellschaft LOT hatte ihnen mitgeteilt, dass auch hier noch mild sommerliche Temperaturen herrschten.

Horndeich war von dem Klima angenehm überrascht, es war sogar noch wärmer als zu Hause. Urlaub für einen Tag. Ein Bus fuhr die Passagiere zum Terminal. Dieser war nicht besonders groß, machte aber einen modernen Eindruck.

Da er nur den kleinen Koffer mitgenommen hatte, der als Handgepäck durchgegangen war, musste er nicht am Gepäckband warten. Nicht einmal eine Migrationskarte hatte er ausfüllen müssen. Und Visa von Deutschen für die Reise in die Ukraine waren auch Geschichte. Vielleicht sollte er doch mal über einen Urlaub in diesem Land nachdenken.

Die Passkontrolle verlief unproblematisch. Die Tür öffnete sich, und er stand im Ankunftsraum. Er erkannte Wlad sofort. Auch seine Frau war mitgekommen. Beide winkten, als ob er ein lieber alter Bekannter wäre.

»Steffen, schön, dass du da bist, schön, dass du uns besuchst.«

Beide drückten ihn an sich. »Ja, schön, hier zu sein«, sagte Horndeich etwas verdattert.

»Normalerweise Oksana kocht immer, wenn Gäste da. Aber wir selbst in Urlaub hier – also wir laden dich ein in unser Hotel.«

Horndeich fühlte sich, als wäre er auf einem privaten Trip zu alten Freunden. Die Gastlichtkeit, die er auch mit Anna in Russland jedes Mal erfahren hatte, machte ihn immer noch etwas verlegen.

Wlad bot Horndeich an, sich im Hotel erst etwas frisch zu machen. Was dieser gern annahm.

Er hatte ein opulent ausgestattetes Einzelzimmer.

Nach der Dusche und in frischen Klamotten zauberte Horndeich in Wlads Zimmer ein paar Gastgeschenke aus einer Tüte: einen Reiseführer auf Englisch über Frankfurt/Oder, den er zufällig in Warschau in einem Zeitschriftenladen gesehen hatte. Für Wlad eine Flasche Whisky und für die Kids ein Kilo Haribo-Schleckereien. Die Kinder sah er zum ersten Mal. Sascha, der Junge, war zehn, seine Schwester Galina schon zwölf Jahre alt. Beide sprachen schon ein paar Brocken Englisch.

»Wir haben Termin in Klinik um sechs Uhr. Zeit, gut zu essen«, verkündete Wlad. Das Hotel lag direkt am Strand, ebenso das Restaurant. Sie saßen dort mehr als zwei Stunden, und Horndeich genoss Fisch, Wind, Sonne und Seeluft.

Um fünf Uhr fuhr Wlad mit Horndeich zur Klinik *Perfect Surrogate*. Es war viel Verkehr, immer wieder standen sie für ein paar Minuten in kleinen Staus.

»Wlad, danke, dass du das hier mit mir machst. Ich weiß, du hast Urlaub.«

Wladimir lachte. »Alles in Ordnung. Ist auch Abenteuer. Ganze Tag Strand, Sonne, Familie – kleines Abenteuer gut!«

»Wie hast du es geschafft, dass ich mit denen sprechen kann?«

»Ah, kein Problem. Der Cousin von meine Frau hat Frau, die hat – wie heißt Frau von Bruder?«

»Schwägerin.«

»Ja. So was. Ist alles Familie. Du sprichst mit Chefin. Und kommt auch Isabella. Sie macht – Deutsch-Russisch.«

»Sie übersetzt. Wunderbar«, sagte Horndeich.

Sie erreichten die Klinik, ein imposantes, geschwungenes Gebäude mit Marmorverkleidung. Schmuddelig war anders.

Wlad parkte den VW auf dem Parkplatz.

Obwohl es Sonntag war, war die Rezeption besetzt. Auch die großzügige Empfangshalle war mit Marmor verkleidet.

Wlad sprach mit einer der beiden Damen, die hinter der Empfangstheke saßen. Dann führte er Horndeich in den Wartebereich. »Wir müssen warten paar Minuten.«

Der Wartebereich war mit Ledersesseln und -sofas an Rauchglastischen ausgestattet. Englische und deutsche Illustrierte im Zeitungsständer zeugten von der Herkunft der Klientel.

Fünf Minuten später kam eine junge Frau in dunklem Hosenanzug auf die Männer zu. »Guten Tag, mein Name ist Isabella. Ich werde für Sie übersetzen.« Sie strahlte ein Zahnpastalächeln und reichte Horndeich die Hand.

»Sehr angenehm, Steffen Horndeich.«

»Ich weiß, Sie sind ein guter Freund von Wladimir. Es freut mich, Sie kennenzulernen.«

Guter Freund – nun, so hätte es Horndeich nicht gerade bezeichnet. Aber er wollte das jetzt nicht vertiefen. Isabella sprach auf jeden Fall fast akzentfrei deutsch. Sie wechselte ein paar Worte mit Wlad auf Russisch.

Keine zwei Minuten später kam eine weitere Frau den Gang entlang direkt auf die kleine Gruppe im Wartebereich zu. Sie war etwas älter als Isabella, ebenfalls eine schlanke Gestalt, mit dunklem, langem Haar. Sie trug ein graues Businesskostüm und hochhackige Schuhe.

»Das ist Dr. Jewgenia Sukolowa, die Direktorin«, flüsterte Isabella.

Isabella stellte alle einander vor.

»Sehr angenehm, Sie zu treffen«, sagte Frau Dr. Sukolowa, was Isabella direkt übersetzte.

Die Direktorin führte die kleine Gruppe in ein Büro im dritten Stock. Das Fenster darin reichte von der Decke bis zum Boden und gab den Blick auf das Meer frei. Dr. Sukolowa betätigte einen Schalter, woraufhin die Jalousie etwas herabsank, die Lamellen veränderten ihren Winkel. Für angenehme Raumtemperatur sorgte eine Klimaanlage.

Auch die Sitzgruppe in diesem Raum war aus Leder und deutete in keiner Weise darauf hin, dass man sich hier in einer medizinischen Einrichtung befand. Nach dem Austausch von ein paar Höflichkeiten, während derer sich Horndeich auch ausdrücklich dafür bedankte, dass man bereit war, mit ihm zu sprechen, stellte er seine Fragen, die von Isabella genau wie die Antworten der Direktorin direkt übersetzt wurden.

»Frau Dr. Sukolowa, ich habe ein paar Fragen zu Nadeschda Pirownika, die bei Ihnen unter Vertrag war. Es geht um ein Verbrechen in Deutschland, in Darmstadt. Wir müssten dringend mit ihr sprechen, aber wir finden sie nirgends. Nun, und ich habe auch ein paar Fragen zu dem, was Nadeschda mit dieser Klinik verbindet.«

»Dann fragen Sie, Herr Kommissar.«

»Ist es richtig, dass Nadeschda Pirownika als Eizellenspenderin von Ihrer Klinik vermittelt wurde?«

»Ja. Sie war auf unserer Liste. Das bedeutet, dass sie bei bestem Gesundheitszustand war. Wir überprüfen das mit regelmäßigen Untersuchungen.«

»War sie auch als mögliche Leihmutter gelistet?«

Direktor Sukolowa schien sich genau auf das Gespräch vorbereitet zu haben. »Ja. Das war sie. Dafür musste sie noch ein paar weitere Bedingungen erfüllen. Wir verpflichten nur Frauen bis zu einem Alter von fünfunddreißig Jahren. Bis vierzig Jahre erlaubt das Gesetz – aber es ist uns wichtig, möglichst wenige Risiken einzugehen. Außerdem muss die Frau in stabilen Verhältnissen leben, sodass sichergestellt ist, dass sie das Kind auch auf gesunde Weise austragen kann. Frauen, für die das Geld für eine Leihmutterschaft Existenzgrundlage ist, haben hier keine Chance. Außerdem muss eine Leihmutter von *Perfect Surrogate* mindestens ein Kind bereits gesund geboren haben.«

Horndeich fühlte sich wie in einem Verkaufsgespräch. Frau Direktor Dr. Sukolowa war nicht unfreundlich, aber sie wirkte auf Horndeich wie eine Vertreterin für Versicherungen. Stets das passende, risikofreie Portfolio. »Und Nadeschda Pirownika erfüllte alle Voraussetzungen?«

»Einen Moment bitte«, sagte die Direktorin, griff neben sich auf den Beistelltisch und nahm einen Laptop auf den Schoß. Wenige Klicks später sagte sie: »Ja, es gab keine Beanstandungen.«

»War sie für Ihre Klinik als Leihmutter tätig?«

»Nein, sie war niemals für die Klinik als Leihmutter tätig. Wir haben keine Leihmütter. Wir erfüllen hier nur die Rolle des Vermittlers, es ist eine Serviceleistung unseres Hauses.«

Sicher ähnlich wie bei der rechtlichen Beratung, die die Klinik auch anbot, dachte Horndeich.

»Der Vertrag wird immer zwischen dem Paar und der Leihmutter geschlossen. Und ja, so einen Vertrag gab es mit Nadeschda Pirownika.«

»Waren die biologischen Eltern Regine und Paul Aaner aus Darmstadt in Deutschland?«

»Ich komme Ihnen sehr entgegen, Herr Kommissar Horndeich. Ich kann natürlich nichts Offizielles über unsere Kunden sagen.«

»Regine und Paul Aaner sind tot, Frau Dr. Sukolowa. Sie können Ihnen nicht mehr schaden. Eine Antwort auf diese Frage würde uns bei den Ermittlungen sehr weiterhelfen«, sagte Horndeich. Auch wenn ich deine Antwort vor Gericht nicht verwenden darf, dachte er. Allerdings war die Wahrscheinlichkeit, dass Nadeschda Pirownika jemals vor einem deutschen Gericht landen würde, äußerst gering. Aber Horndeich wollte den Mord an Susanne Warka aufklären. Und er war sich sicher, dass die beiden Mordfälle zusammengehörten.

»Okay. Ja. Das Ehepaar Aaner waren die biologischen Eltern. Sie kamen im September zu uns, um ein Kind zu bekommen. Sie hatten Untersuchungsergebnisse dabei, die zeigten, dass die Frau kein Kind austragen konnte. Ansonsten war sie jedoch gesund. Auch der Mann hatte keine gesundheitlichen Probleme. Sie entschieden sich für Nadeschda Pirownika. Obwohl die Leihmutter ja kein Gen von sich weitergibt, spielt das Aussehen doch immer eine Rolle.«

»Und was lief schief?«

Das war der erste Moment, in dem das professionelle Lächeln einen kleinen Lackschaden erlitt und entglitt. Nur für einen Augenblick. »Es ist das erste Mal, dass so etwas passiert ist. Und wir haben es zum Anlass genommen, auch die psychologischen Tests noch zu verfeinern. Nadeschda Pirownika war nicht mehr bereit, sich von dem Kind zu trennen. Im vierten Monat teilte sie uns mit, dass die Bindung zu ihrem Kind so tief sei, dass sie es nicht mehr hergeben könne. Es folgten lange Gespräche, auch mit den biologischen Eltern. Wir konnten uns einigen. Die biologischen Eltern waren sehr großzügig und beschlossen, das Kind der Leihmutter zu überlassen.«

»Welche finanziellen Konsequenzen hatte das?«

Das Lächeln der Direktorin wurde noch eine Spur kälter. »Bitte haben Sie Verständnis dafür, dass ich über finanzielle Angelegenheiten nicht sprechen werde. Nur so viel: Wir wurden uns einig. Und Nadeschda Pirownika wird das Kind als ihr eigenes aufziehen. Und sie ist dafür auch allein verantwortlich.«

Nein. Horndeich konnte sich nicht vorstellen, für ein eigenes Kind eine Leihmutter zu beauftragen, eine Dienstleisterin wie seine Steuerberaterin, die für eine bestimmte Leistung ein bestimmtes Entgelt bekam. Er konnte sich nicht helfen: Für ihn fühlte sich das an wie Prostitution. War das auch nur eine Dienstleistung?

Margot war auf die Rosenhöhe gegangen. Ihre Augen waren rot geschwollen. Seit Nick weg war, hatten sich ihre Augen immer wieder mit Tränen gefüllt. Zu Hause hatte sie dann endlich die Trümmer des Druckers weggeräumt.

Der Darmstädter Park war immer ihr Refugium gewesen. Besonders der Bereich, in dem die Fürstengräber lagen. Der letzte Großherzog Ernst Ludwig hatte in seinem Letzten Willen verfügt, dass man ihn nicht in ein Mausoleum lege. Er wollte im Freien begraben sein. »In meinem Garten möchte ich begraben sein, die Sterne blicken auf mein Grab«, so hatte er es ausgedrückt. Seine Eltern lagen im Mausoleum unmittelbar neben den Gräbern. Die anderen Großherzöge mit ihren Familien im zweiten Mausoleum, etwas versetzt dahinter gelegen.

Neben den Gräbern von Ernst Ludwig und seiner Familie gab es ein besonderes Grab. Das von Elisabeth, Ernst Ludwigs Tochter aus dessen erster Ehe. Sie war im Alter von acht Jahren gestorben. Und der Bildhauer Ludwig Habich hatte ihr ein Denkmal gesetzt, in Form eines betenden Engels. Das war der Ort, an den sich Margot immer mal wieder zurückzog, wenn sie über die Dinge des Lebens nachdenken wollte.

Sie setzte sich auf eine der Bänke in der Nähe.

Der Weg hierher war ihr schwergefallen. Denn hier und jetzt würde sie ein Telefonat führen, dem sie nicht mehr ausweichen konnte. Mittags um zwei war die SMS von Rainer gekommen: »Sorry, Schatz, vor nächster Woche keine Chance. Telefon um 6 (deine Zeit)? Dein Rainer.«

Jetzt war es halb sechs.

Sie wählte seine Nummer. Ihr Herz schlug ihr bis zum Hals. Nein, noch ein kleines Stückchen höher. So, dass es körperlich wehtat.

»Hallo, mein Schatz, da bist du ja, schneller als ich. Du glaubst nicht, was wir heute entdeckt haben. Es gibt offensichtlich einen direkten Bezug dieses Plans hier zu …«

»Danke gut. Und dir?«

»Hallo Margot? Hast du mich verstanden? Wie ist der Empfang? Hast du das gehört, es gibt offensichtlich einen direkten Bezug dieses Plans hier zu …«

»Danke gut. Und dir?«

»Äh – was? Es ist eine Sensation! Heute haben wir herausgefunden …«

»Rainer. Stopp. Es interessiert mich nicht. Es interessiert mich einen *Scheiß*!« Das letzte Wort hatte sie geschrien. Eine Gruppe von jungen Japanern wandte die Blicke vom Mausoleum in ihre Richtung. *»Sehen Sie hier ein typisches Beispiel einer völlig unbeherrschten Deutschen. Das ist vielleicht die Gelegenheit, ein wenig über die Mentalität dieses Volkes zu reden.«* Margot wusste nicht, was die junge Fremdenführerin ihrer Gruppe jetzt via Mikro in die Ohrhörer flüsterte. Es war ihr egal.

»Margot – was ist denn mit dir los?«

»Doro ist abgehauen. Nach Afrika.«

»Sehr witzig.«

Zumindest war es ihr mit der Bemerkung gelungen, Rainers Enthusiasmus etwas zu dämpfen. »Doro ist in der Schule. Heute hat sie mir gemailt, dass sie die letzte Klausur gut bestanden hat. Sie ist schon ein tolles Mädchen.«

»Du armer Irrer«, sagte Margot. Sie und Rainer hatten sich nie beleidigt, nie den Pfad des respektvollen Umgangs verlassen. Doch Margot hatte den Eindruck, ihre heutigen Tränen hätten Schleusentore geöffnet, die besser geschlossen geblieben wären. Oder eben vielleicht doch nicht.

»Margot – was ist denn mit dir los?«

»Nichts. Außer, dass ich heute besonders klar sehe. Deine Tochter ist in Afrika. Und ich weiß nicht, wo genau. Sie hat sich mit ihrem Freund abgesetzt, ihr Zimmer untervermietet, die Ausbildung geschmissen.«

»Du spinnst – bist du krank? Margot, was, um Himmels willen, ist los mit dir? Was ist passiert?«

»Weißt du was, finde das mit deiner Tochter selbst raus. Sie ist deine Tochter. Und mit mir ist alles in Ordnung.«

»Das klingt aber nicht so. Ich werde Doro schreiben. Und

das mit ›meiner Tochter‹ – das ist ja wohl ein bisschen unfair.«

»Nein. Es ist deine Tochter. Und sie ist nicht meine Tochter. Das sind biologische Fakten.«

»Margot, du bist doch wie eine Mutter für sie, ich bitte dich.«

»Nein. Ich bin der bewachte Parkplatz, auf den du deine Tochter abgeschoben hast. Sorry, aber jetzt ist sie davongefahren.«

»Meinst du nicht, dass du es dir jetzt ein wenig einfach machst?«

Margot musste auflachen. Ein bisschen hysterisch vielleicht. Die japanische Gruppe schaute wieder zu ihr hin. Margot fühlte sich wie eine gruselige behaarte Spinne im Zoo.

»Margot, verdammt noch mal, reiß dich zusammen. Ich habe keine Lust mehr, auf diesem Niveau mit dir zu diskutieren. Bist du vielleicht betrunken? Wie spät ist es bei euch?«

»Fünf nach zwölf.«

»Hallo? Es ist doch schon Abend bei euch, also – Moment – fünf nach zwölf –, was meinst du denn damit?«

»Wie ich es gesagt habe. Gehe ich recht in der Annahme, dass du morgen nicht in Frankfurt landen wirst?«

»Margot, wir haben gerade diesen Experten hier. Er ist gestern extra aus San Francisco angereist. Er sagt ...«

»Also wirst du nicht da sein?«

»Verdammt noch mal, Margot, es ist wichtig, dass er ...«

»Ein simples Ja oder Nein genügt mir.«

»Ich versteh dich nicht! Was ist denn ...?«

»Ja. Oder Nein. Was ist daran nicht zu verstehen?«

»Nein, Margot, bist du völlig durchgedreht? Nein, ich habe es doch schon gesagt, ich werde erst am kommenden Wochenende in Darmstadt sein.«

»Gut, Rainer. Dann leb wohl.« Mit einem einfachen Daumenwischen war das Gespräch beendet. Unglaublich, wie viel Metaphorik in kleinen Fingerzeigen auf Handys steckte.

Mit zwei weiteren Bewegungen stellte sie das Handy auf lautlos.

Genauso lautlos weinte sie, während die Gruppe japanischer Touristen an ihr vorbeidefilierte.

Horndeich und Wlad saßen gemeinsam mit dessen Frau Oksana im Strandrestaurant unweit des Hotels. Horndeich hatte sich gewundert, dass auch Isabella noch mitgekommen war. Vielleicht war es ja von Wlad als Geste des Dankes dafür gedacht, dass die junge Frau ihr Wochenende geopfert hatte.

Horndeich hatte sich ein Bier bestellt. Er trank gern Weizenbier, aber das war in diesem Restaurant nicht zu bekommen. So hatte er ein *Baltika Nummer 7* bestellt. Er mochte das frische russische Bier.

Sein Handy klingelte. Sandra. Horndeich entschuldigte sich, stand auf und ging ein paar Schritte über den Sand, der sofort in seine Schuhe rieselte.

»Steffen, mein Schatz – alles okay bei dir?«

»Ja, alles bestens. Ich war in der Klinik – und ich habe tatsächlich ein paar Antworten bekommen. Und bei euch? Mit Stefanie alles in Ordnung?«

»Ja. Ihr geht es gut. Mir auch. Sag mal, hast du eine Ahnung, was Margot mit roter Farbe will?«

»Was? Mit roter Farbe?«

»Ja. Ich habe ihr eine von deinen Spraydosen gegeben. Rote Sprühkreide. Ich dachte, du weißt vielleicht …?«

Horndeich wusste nicht. Margot würde wohl kaum in der Nacht rote Hüpfkästchen auf den Bordstein sprühen wollen. »Keine Ahnung.«

»Ist auch nicht so wichtig. Ich wollte nur hören, ob bei dir alles in Ordnung ist.«

»Ja, alles bestens. Bin morgen Mittag in Frankfurt, fahre dann aber erst mal ins Präsidium.« Horndeich verabschiedete sich von seiner Frau. Dann kehrte er zu der Gruppe am Tisch zurück.

»Meine Frau«, erklärte er. Auf den zweiten Blick erst fiel ihm auf, dass noch jemand am Tisch saß. Eine weitere junge

Frau. Sie war nicht so schlank wie Isabella, aber ebenfalls elegant gekleidet.

»Wlad hat sich erlaubt, auch Natalia Prasnika einzuladen.«

Die Frau stand auf, Horndeich begrüßte sie auf Russisch, auch wenn er keine Ahnung hatte, wer die Frau war, die er da begrüßte.

»Sehr angenehm«, sagte die Frau auf Russisch.

Horndeich setzte sich wieder, die Frau ebenfalls. Sie wirkte etwas unsicher – und Horndeich meinte zu spüren, dass das an Wlad lag. Vielleicht war es seine Autorität als hochrangiger Polizist, vor dem man im besten Falle Respekt, im schlimmsten Falle Angst hatte. Horndeich sah Isabella an, dann Wlad. Der grinste breit. Er sprach russisch – und Isabella übersetzte.

»Wenn ein Polizist aus Deutschland kommt, dann ist das eine Ehre für uns. Und dann versuchen wir, alles dafür zu tun, dass er die Antworten auf seine Fragen bekommt«, übersetzte Isabella.

Horndeich kannte diese Art zu reden. Sie gehörte zum Ritual der Gastfreundschaft dazu. Aber an der leichten Gespanntheit konnte Horndeich auch erkennen, dass die Hierarchie am Tisch ganz klar geregelt war.

»Ich habe noch einmal mit Svetlana Korosiwa von der Miliz hier in Odessa gesprochen«, fuhr Wlad via Isabella fort. »Sie ist untröstlich, dass sie heute Abend nicht bei uns sein kann. Aber sie hat noch einmal ihre Leute losgeschickt. Und sie haben Natalia aufgespürt. Sie ist eine Freundin und Arbeitskollegin von Nadeschda Pirownika. Und wir freuen uns sehr, dass sie sich Zeit genommen hat, heute Abend hier zu sein.«

Horndeich konnte sich vorstellen, dass die junge Frau nicht ganz freiwillig erschienen war. Aber darüber wollte er lieber nicht weiter nachdenken. Er war froh, dass er die Gelegenheit hatte, mit dieser Frau zu sprechen. Die kurze Reise nach Odessa schien ergiebiger, als er erhofft hatte. Und er war Wlad dankbar, dass er seine Beziehungen spielen ließ und für ihn sogar Gefallen einforderte.

»Herr Kommissar Horndeich – Zeugin für Sie.« Wlad lachte

und hob das Wodkaglas. Alle anderen taten es ihm nach. »Auf schönen Abend mit unserem deutschen Freund. Und mit viele Informationen.«

Auch Natalia stieß mit an.

»Natalia, woher kennen Sie Nadeschda Pirownika genau?«

Isabella übersetzte wieder. »Ich arbeite zusammen mit ihr in einem Hotel. Im Hotel ›Meer‹. Einem kleinen Hotel.«

»Als was arbeiten Sie dort?«

»Nadeschda und ich, wir sind Zimmermädchen. Es ist ein guter Job. Viele Menschen aus dem Westen, immer mal wieder ein Trinkgeld.« Isabella fügte im gleichen monotonen Tonfall an: »Ich kenne das Hotel. Keine Westgäste, kaum Trinkgeld.«

Horndeich ließ sich nicht anmerken, dass Isabella ihren Kommentar dazu gegeben hatte.

»Wir haben dort einen guten Job und sind sehr froh darüber.« Wieder setzte Isabella hinzu: »Blödsinn. Unterbezahlung und Angst um den Job.«

»Sind Sie und Nadeschda Freundinnen?«

»Ja. Nicht ganz nahe Freundinnen, aber wir haben gut zusammengearbeitet.«

»Was wissen Sie über Nadeschdas Familie?«

»Sie hat einen Mann und drei Kinder. Die jüngste Tochter, sie ist erst vier Monate alt. Ihr Mann – er hat keine Arbeit.«

»Ich weiß. Ist er ein guter Mann für Nadeschda?«

Die so private Frage ließ Natalia zögern. »Ja. Er ist ein guter Mann und ein guter Vater für die Kinder. Sie haben Respekt, und sie bekommen Liebe.« Wieder fügte Isabella an: »Vergessen Sie alle persönliche Fragen. Sie werden darauf nur rosarote Antworten bekommen.«

Horndeich war dankbar für Isabellas persönliche Anmerkungen, auch wenn er sie als befremdlich empfand. In Deutschland hatte er mehrfach Befragungen durchgeführt, bei denen sie zwei Übersetzer gleichzeitig antanzen ließen – um genau solche verdeckten Hinweise in einer Sprache zu vermeiden, von der sie keine Silbe verstanden. Offenbar eine richtige Entscheidung.

»Hat Nadeschda Ihnen erzählt, dass sie schwanger war?«

»Ja. Sie hat es mir gesagt.«

»Wann?«

»Da war sie im dritten Monat.«

Horndeich überlegte, ob er den Vorstoß wagen sollte – schließlich hatte er nichts zu verlieren. Sein Ziel war, etwas über Nadeschdas mögliches Motiv herauszufinden und vielleicht Hinweise zu finden, die belegten, dass Nadeschda nicht allein im Haus der Aaners gewesen war. »Natalia, hat Nadeschda Ihnen gesagt, dass sie eine Leihmutter war?«

Isabella übersetzte, und Natalia sah unsicher zu Wlad, Isabella und auch zu Oksana, Wlads Frau. Dann wieder zu Wlad. Horndeich musste sich erst wieder in Erinnerung rufen, dass der ja auch alles verstand – und damit auch Isabellas Eigenmächtigkeiten. Wlad nickte. Horndeich fragte sich, ob Isabella auch in die andere Richtung Hinweise und Kommentare abgegeben hatte. Er sprach zwar leidlich Russisch. Aber ein unauffällig untergeschobener Satz wäre ihm kaum aufgefallen.

»Ja. Sie hat es mir gesagt. Ist ja legal hier in der Ukraine.«

»Ja. Das ist es. Hat sie Ihnen erzählt, dass es Probleme gab mit den …« Horndeich wusste nicht, wie er die Aaners nennen sollte.

»… biologischen Eltern«, half Isabella aus. Dann übersetzte sie.

Natalia antwortete. Horndeich verstand kaum eines ihrer Worte, da sie schnell und gepresst sprach.

Wlad und Isabella sprachen auf Russisch auf sie ein. Beide schienen verärgert. Natalia antwortete, nun auch sichtlich erregt. Dann sagte sie in gebrochenem Deutsch: »Nadeschda Problem mit Klinik. Groß Problem mit Klinik. Frau nicht gut.« Dann sagte sie es noch mal auf Russisch zu Horndeich. Langsam. Offenbar hatte sie mitbekommen, dass Horndeich auch etwas Russisch verstand. »Die Frau in der Klinik hat Nadeschda Probleme gemacht.« Dann fügte sie noch – ebenfalls auf Russisch – hinzu: »Mehr weiß ich nicht. Und Nadeschda – sie ist nicht mehr hier.«

Alle am Tisch schienen über Natalias Bemerkung nicht gerade erfreut zu sein. Wlad winkte ins Leere – mit dem Ergebnis, dass wenige Sekunden später eine Combo von drei Frauen und zwei Männern direkt neben ihrem Tisch folkloristische Weisen zum Besten gab.

Wlad schenkte allen Wodka ein, gab auch den Musikern eine Runde aus. Aber Horndeich spürte, dass die Stimmung wegen Natalias Aussage angespannt war. Er konnte es sich nur so erklären, dass man ihr gesagt hatte, kein schlechtes Wort über die Klinik zu verlieren, woran sie sich nicht gehalten hatte. Horndeich hatte keine Ahnung, wer Natalia unter Druck gesetzt hatte. Vielleicht war Isabella ja von der PR-Abteilung der Stadt. Vielleicht auch vom SBU, dem ukrainischen Sicherheitsdienst. Horndeich merkte, dass ihm der Wodka zu Kopf stieg.

Ein Taxi fuhr vor. Der Fahrer kam direkt auf ihren Tisch zu. Fragte nach Natalia Prasnika. Natalia stand auf. Auch alle anderen erhoben sich. Natalia verabschiedete sich. Horndeich registrierte, dass sie vor Wlad eine Verbeugung andeutete, ebenfalls vor Isabella. Die war also doch nicht nur eine unbedeutende studentische Übersetzerin.

Schließlich reichte Natalia Horndeich die Hand. Er bedankte sich bei ihr für ihr Kommen. Er spürte den Zettel in ihrer Hand sofort. War nicht einmal überrascht. Ließ ihn in der Hosentasche verschwinden.

Das Taxi fuhr davon.

Isabella fragte: »Und, wie gefällt Ihnen Odessa?«

Der offizielle Teil war beendet. Wlad hatte noch eine Flasche Wodka bestellt. Und für Horndeich noch eine Flasche *Baltika*.

»Gut. Es ist so schön, am Meer zu sein! In Darmstadt – da gibt es kein Meer. Da haben wir nur den Woog.«

»Den was?«

»Den Woog. Einen Badesee mitten in der Stadt.«

Er erzählte vom Woog. Und merkte erneut, dass er nicht mehr nüchtern war. Der Woog erschien ihm auf einmal als

Kleinod, auf das jede andere Stadt neidisch sein musste. Ein Naturbadesee mit sauberem Wasser und Nichtschwimmerbereich, mit Wasserrutsche und Zehnmetersprungturm.

Wlad pflichtete ihm irgendwann darin bei, dass eigentlich jede Stadt, die auch nur ein bisschen was auf sich hielt, einen Woog haben sollte.

Als Horndeich in sein Hotelzimmer kam, sah er auf die Uhr. Noch genau drei Stunden Schlaf, bevor er wieder aufstehen musste. Und er spürte schon jetzt, dass er am nächsten Tag sehr müde sein würde. Im besten Falle nur sehr müde. Damit der eintrat, schluckte er zwei Aspirin.

Dann fiel ihm der Zettel von Natalia wieder ein.

Er verstand immer noch nicht, was genau an diesem Abend passiert war, welche Rollen die Beteiligten bei diesem Gespräch gespielt hatten. Das würde er wohl auch nie herausfinden. Er hatte sich von Wlad, Oksana und Isabella verabschiedet wie von alten Freunden. Aber auch das hatte Horndeich mit Anna in Russland schon erlebt. Am Ende einer Feier waren alle eine große Familie.

Er nestelte den Zettel aus der Hosentasche. Es fiel ihm nicht leicht. Wenn er den morgigen Tag überleben wollte, dann sollte er sich wahrscheinlich jetzt noch unter die Dusche stellen.

Er faltete den Zettel auseinander. Und las. *Надежда не плохая женщина.*

Nadeschda ist keine schlechte Frau.

Darüber wollte er jetzt nicht mehr nachdenken. Er würde es morgen im Flieger tun. Der leider schon um sieben Uhr starten würde …

MONTAG

»Frau Kommissarin Hesgart?«

Margot sah auf.

In der Tür stand ein junger Mann in billigem Anzug und mit Krawatte. Frau Zupatke von der Pforte hatte ihn angekündigt. In der Hand hielt er eine schwarze DIN-A4-Mappe aus billigem Kunstleder.

»Ja, die bin ich. Treten Sie doch bitte ein.« Margot fühlte sich nicht ganz frisch. Sie hatte viel zu wenig geschlafen, obwohl die Flasche Rotwein für die entsprechende Müdigkeit gesorgt hatte. Doch sie hatte zumindest die Hälfte des Projekts »Rote Farbe« noch hinter sich bringen wollen. Sie war froh gewesen, dass Sandra – auch wenn sie etwas irritiert geschaut hatte – tatsächlich eine Dose roter Farbe gehabt hatte. Sogar wasserlöslich.

Heute früh um fünf Uhr Ortszeit hatte ihr Horndeich noch eine kurze Mail geschrieben und die Ergebnisse zusammengefasst.

Der junge Mann trat näher. Sein Haar war ordentlich nach hinten gekämmt, hätte aber ein wenig Shampoo sicher zu würdigen gewusst.

»Ihr Name?«

»Volker Gallberg.«

»Nehmen Sie doch bitte Platz. Was führt Sie zu uns?«

»Ich habe das Bild gesehen. Das mit der Frage, ob jemand diese Frau gesehen hat, die ermordet worden ist. Am Samstag im Echo. Also – ich habe die Frau gesehen. Aber nicht am Sonntag vor einer Woche. Sondern an dem Samstag davor.«

Margot hatte Horndeichs Aktion mit den Fotos mitbekommen. »Und Sie haben diese Frau gekannt?«

»Na ja, ich weiß, wie sie hieß. Susanne Warka. Die Freundin von Reinhard Zumbill.«

»Und woher kannten Sie sie?«

»Ich dürfte eigentlich gar nicht hier sein. Mist. Hätte nicht gedacht, dass ich da mal in Schwierigkeiten komme.«

»Also, dann mal raus mit der Sprache.«

»Ich studiere Maschinenbau. Und ich fotografiere. Gar nicht schlecht. Aber die Ausrüstung ist teuer. Und da habe ich mir vor zwei Jahren gedacht, ich könnte mir die Canon und die Objektive leisten, wenn ich sie gleichzeitig zum Geldverdienen nutze. Hab ich gemacht und auf ein paar entsprechenden Internetportalen inseriert: ›V. Gallberg – Recherche und Observierungen‹. Und tatsächlich kam immer mal wieder ein Auftrag rein. Nun, bei meinem letzten Auftrag sollte ich diese Susanne Warka beschatten.«

»Wer war der Auftraggeber?«, fragte Margot. Sie ahnte es schon, denn Gallberg hatte seinen Namen bereits erwähnt.

»Ihr Typ. Reinhard Zumbill. Das Übliche: ein Typ, der glaubt, dass seine Frau ihn betrügt.«

»Und – hat sie?«

»Ich weiß es nicht. Es ist nicht eindeutig. Ich habe sie ein paarmal fotografiert, aber da war erst mal nix. Sie hat bei der Post gearbeitet. Und in den Mittagspausen ist sie entweder allein oder mit einer Kollegin essen gegangen. Ich hab sie über vier Wochen beobachtet. Nicht jeden Tag. Aber es gab Tage, da hatte Zumbill Spätdienst – er war Lokführer. Da war er besonders misstrauisch. Ich hab mich dann vor ihrem Haus in der Riedeselstraße auf die Lauer gelegt und die Leute geknipst, die rein und raus gingen. Hab ihm danach die Bilder gegeben. Er hat sie sich in meinem Beisein angesehen. Aber ich wusste sofort, dass da niemand Verdächtiges drauf war. Nur am letzten Samstagnachmittag, da war es anders.

Zumbill war wieder im Zug. Fährt, glaube ich, bei der Odenwaldbahn. Na, und da ist die Warka tatsächlich aus dem Haus. Runter zur Straßenbahn. Ist in die 8 gestiegen, Richtung Luisenplatz. War nicht einfach für mich, ihr mit dem Auto zu folgen. Ich hab sie trotzdem im Auge behalten. Sie ist dann in die 9 gestiegen, Richtung Böllenfalltor. Sie ist ganz hinten eingestiegen und stand am Fenster. Das hat es mir ein bisschen einfacher gemacht. Denn ich konnte der Bahn ja ab dem Schloss nicht mehr hinterherfahren. Das wäre ein bisschen zu auffällig gewesen. Zumal ich ja schon verbotenerweise mit dem Auto auf dem Luisenplatz war. Ich bin also außen rum gefahren. Am Roßdörfer Platz hatte ich sie dann wieder.«

»Vielleicht können wir das ein bisschen abkürzen: Wo ist sie ausgestiegen? Und was passierte dann?«

»Sorry, sagt mein Prof auch immer, ich muss endlich lernen, das Wichtige vom Unwichtigen zu trennen. Bei meinem letzten Referat …«

Margots Blick erinnerte ihn daran, dass er schon wieder auf dem besten Weg war, sein Ziel aus den Augen zu verlieren.

»Sorry, sie ist am Böllenfalltor ausgestiegen.«

Das Böllenfalltor war die Endstation der Straßenbahnlinie. Von dort aus fuhren Busse in die Region. Und man konnte wunderbar im Wald spazieren gehen.

»Sie ist in einen Wagen gestiegen. Die Marke kenne ich nicht. War irgendein alter Amischlitten.«

Das war der Moment, in dem Margot zum ersten Mal aufhorchte. »Haben Sie den Wagen fotografiert?«

»Ist der Papst katholisch? Natürlich habe ich den Wagen fotografiert. Zumal ich den Typ ja nicht sehen konnte. Ist auch das Kennzeichen drauf.«

»Haben Sie die Bilder dabei?«

»Ja. Habe ich. Ich habe sie ausgedruckt. Und ich hab auch die Original-Speicherkarte dabei. Ich heb die immer ein halbes Jahr auf.«

»Dürfte ich die Bilder dann mal sehen?«

»Klar.«

Volker Gallberg öffnete die Mappe. Und zog ein paar DIN-A4-Farbausdrucke hervor.

»Das ist der Wagen.«

Margot warf einen Blick darauf. Der AMC Matador. Frederik Schallers Wagen. Sie hatte sich nach ihrem Trip nach Ostfriesland noch die Berichte durchgelesen, die Horndeich auf dem Server abgelegt hatte. Daher kannte sie Schallers Wagen.

»Die anderen Bilder?«

Gallberg schien sich um seine Geschichte betrogen zu fühlen. Er legte die Bilder vor Margot auf den Schreibtisch.

Sie nahm zwei der Ausdrucke in die Hand. Unten links waren Dateiname und Aufnahmedatum in das Bild eingedruckt. Wie der Nachwuchsdetektiv gesagt hatte: Samstag vor einer Woche um 16.29 Uhr hatte der kleine Marlowe den Wagen fotografiert. Das nächste Bild zeigte Susanne Warka und Frederik Schaller, beide im Profil.

»Das ist die Aufnahme, bei der beide Profile gleichzeitig gut zu erkennen sind.«

Margot schaute wieder auf das Datum. Derselbe Tag, 16.54 Uhr.

»Das Tele ist der Hammer! Mit Stabilisator. Unglaublich.«

Margot musste zustimmen – das Foto hätten die Kollegen vom Mobilen Einsatzkommando auch nicht besser hinbekommen.

»Weint Susanne Warka?«

»Ja. Sie hat immer wieder ein paar Tränen vergossen. Auch der Mann schien nicht gerade bester Laune zu sein. Er konnte ja nicht rumbrüllen, aber es war zu sehen, dass er ziemlich wütend war. Auch sie war wütend. Es sah nicht so aus, als ob sie einfach nur traurig war. Ob er auf sie sauer war, das weiß ich nicht. Und dann hat er ihr Geld gegeben.«

»Geld?«

»Schauen Sie auf das dritte Foto.«

Margot legte das obere Bild zur Seite. Auf dem nächsten Bild übergab Schaller Susanne Warka ein Geldbündel. Es war nicht zu erkennen, um welche Summe es sich handelte.

»Ich tippe auf 2000.« Little Marlowe schien Margots Frage erraten zu haben. »Das Obere ist ein Zwanziger, ist auf einem der anderen Fotos noch besser zu erkennen. Ich habe das ausgemessen, also die Länge des Scheins im Verhältnis zur Höhe. Ist natürlich nur eine Schätzung. Aber wenn die Scheine alles Zwanziger sind, dann ist der Stapel mehr als 1500 und weniger als 2500 wert.«

Na, ganz so schlecht schien der Junge in seinem Job doch nicht zu sein.

»Okay. Und wo haben Sie das aufgenommen?«

»Die sind vom Böllenfalltor aus nicht weit gefahren, keinen Kilometer, auf den Parkplatz an der Bogenschneise. Von dort sind sie dann hoch zum Bismarckturm.«

Margot war auch schon ein paarmal zu dem Turm gegangen. Sie mochte die basaltverkleidete Betonkonstruktion. Studenten hatten den Turm Anfang des zwanzigsten Jahrhunderts zu Ehren des Namensgebers errichten lassen. Heute waren darin irgendwelche fernmeldetechnischen Gimmicks untergebracht.

»Und dort oben hat Schaller ihr das Geld gegeben?«

»Ja. Genau.«

»Und dann?«

»Schauen Sie auf das letzte Bild.«

Margot schob den vorletzten Ausdruck zur Seite und widmete sich dem verbliebenen Foto.

Susanne Warka und Frederik Schaller umarmten sich, er küsste sie. Auf die Wange, auf den Mund? Es war nicht genau auszumachen.

»Das war wohl der Abschied. Dann sind sie getrennt gegangen. Der Mann wieder nach unten, in Richtung seines Autos. Ich bin ihr gefolgt. Sie ging wieder zur Straßenbahnhaltestelle. Setzte sich in die 9 Richtung Stadt. Dann bin auch ich zurück zu meinem Wagen.«

»Wie war Ihr Eindruck? Wie war ihr Verhältnis zueinander?«

»Das hat mich Zumbill auch gefragt. Es ist nicht mein Job, solche Auskünfte zu geben. Aber er hat keine Ruhe gelassen. Also habe ich es ihm gesagt.«

»Okay, und was haben Sie ihm gesagt?« Margot war sehr

froh, dass dieser Gallberg auf der Bildfläche erschienen war, denn jetzt hatten sie endlich einen Beweis für ihre Vermutung, dass Schaller Susanne Warka nicht nur als Patientin kannte. Nur war der Zeuge ein wenig anstrengend.

»Sie waren beide wütend, aber ich glaube nicht, dass sie aufeinander sauer waren. Sie wirkten nicht wie ein Paar, das einen Beziehungsstreit hat. Ich denke eher, sie waren auf jemand anderen wütend. Besonders Susanne Warka wirkte empört und auch ein wenig verzweifelt. Und oben auf dem Berg, als der Mann ihr das Geld gab – okay, das wirkte, als würden sie sich schon länger kennen. Und auch, als ob sie sich gernhätten. Zumindest der Typ hatte sie gern. Ja, ich glaube, er hatte sie sehr gern. Aber ein Paar? Ich glaube es nicht. Natürlich kann ich das nicht sicher sagen.«

»Wann haben Sie Herrn Zumbill die Bilder gegeben?«

»Das war am Sonntag. Ich habe ihn Samstag angerufen. Und er hat gesagt, er wolle sich Sonntagmittag mit mir treffen. *Burger King* in der Kasinostraße. War mir recht. Die haben da ja den X-tra long Chili Cheese. Den liebe ich. Dann habe ich ihm genau das erzählt, was ich Ihnen jetzt auch erzählt habe. Und Zumbill, der wurde zum Tier. Ich meine, der hat jetzt nicht losgebrüllt oder den Laden auseinandergenommen. Aber der hat gekocht. Ich habe ihm auch gesagt, dass ich nicht glaube, dass seine Freundin ihn mit dem Typen betrügt, aber ich hatte das Gefühl, das ging zum einen Ohr rein und zum anderen sofort wieder raus. Der war echt geladen. Deshalb bin ich ja jetzt auch zu Ihnen gekommen. Vielleicht hat er ja seine Freundin …?«

»Nein. Er war der Lokführer, der …« Margot hielt inne. Sie hätte die Bemerkung des Studenten einfach ignorieren sollen.

»Der Lokführer, der seine eigene Freundin überfahren hat? Krass!«

Ja. Krass. Der Lokführer, der neben Schaller auch ein Motiv hatte. Aber Schaller war eben nicht in einem Zug unterwegs gewesen. Blieb Schaller. Aber hatte der ein Motiv, den Mord an den Aaners in Auftrag zu geben? Sie waren seine Cashcow.

Für den Tod an Susanne Wanka konnte Schaller durchaus verantwortlich sein. Horndeich hatte es richtig zusammengefasst: Susanne Warka ging mit der Leihmutterschaft kein Risiko ein, ihr drohte keine Strafe. Und wenn die Auftraggeber tot waren – dann sollte Schaller zahlen. Was er ja offensichtlich auch getan hatte.

Jetzt hatten sie genug, um sich nicht nur den Kofferraum von Schallers Wagen genauer anzusehen. Margot wählte die Nummer des Staatsanwalts.

Gesichter erschienen an den Fenstern der umliegenden Häuser, als die Polizei anrückte. Fünf Wagen mit eingeschaltetem Blaulicht verteilten sich auf der Straße. Baader und seine Spurensicherungskollegen standen neben Margot, als sie auf die Türklingel drückte.

»Was soll das denn jetzt?«, kam es nur gereizt aus der Gegensprechanlage.

»Hesgart, Kripo Darmstadt. Bitte öffnen Sie die Tür. Wir haben hier einen Durchsuchungsbescheid.«

»Sie haben was?« Nun war trotz der schlechten Tonqualität des Lautsprechers das Entsetzen in der Stimme zu hören.

»Herr Dr. Schaller, würden Sie jetzt bitte die Tür öffnen und uns reinlassen.«

Der Türsummer kam seiner Bestimmung nach.

Schaller stand in der Tür, bleich im Gesicht. »Und ich muss Sie jetzt reinlassen?«

»Ja, das müssen Sie.« Margot hielt ihm den Beschluss unter die Nase, ein paar aneinandergetackerte Seiten.

Schaller machte die Tür auf, die Polizisten gingen an ihm vorbei ins Haus.

»Können wir miteinander reden?«

»Ja, klar.«

In dem Moment kam der Abschleppwagen die Straße runtergefahren. Die Polizisten waren extra angewiesen worden, den Zugang zur Garage frei zu halten, damit der Abschleppwagen Schallers AMC aufladen konnte.

»Würden Sie uns bitte den Autoschlüssel und den Schlüssel zur Garage geben?«

»Was, zur Hölle …«, begann Schaller eine Tirade, deren Lunte verglomm, bevor die Explosion hätte erfolgen können. Er nahm einen Schlüsselbund vom Schlüsselbrett und gab ihn Margot.

Die warf einen Blick darauf und traute ihren Augen kaum. Am Schlüsselbund hing exakt der gleiche Engelanhänger, den sie aus Susanne Warkas Tasche gezogen hatte, als sie am Fundort beim Bahnübergang die Kleider untersucht hatte.

Sie reichte ihn kommentarlos weiter an einen der Kollegen.

Schaller führte Margot in die Küche im Erdgeschoss.

»Können Sie mir erklären, was das alles hier soll?«

»Können *Sie* mir erklären, was das hier soll?« Margot legte die vier Fotos vor Schaller hin. Es waren nicht die Ausdrucke, die Gallberg mitgebracht hatte. Sie hatte die Fotos etwas kleiner von einer Kopie von dessen Speicherchip ausgedruckt. Dabei hatte sie auch das Aufnahmedatum herausgeschnitten.

Schaller sah auf die Bilder, wurde noch bleicher.

»Sie haben gesagt, Sie kennen Susanne Warka nur aus Ihrer Praxis. Sie haben behauptet, sie wäre nur Ihre Patientin gewesen. Das hier spricht eine andere Sprache.«

»Woher haben Sie das? Wer hat das aufgenommen? Wann?«

»Das spielt keine Rolle. Sagen Sie uns doch einfach, was wir darauf sehen. Wieso geben Sie Susanne Warka Geld? Wieso küssen Sie sie? Wieso haben Sie beide den gleichen Schlüsselanhänger?«

Schaller lenkte ab: »Was suchen Sie in meinem Haus? Was suchen Sie in meinem Wagen? Kondome?«

»Beantworten Sie doch einfach meine Fragen.«

»Ich kenne Susanne, seit sie das erste Mal in meiner Praxis war. Das war, kurz nachdem ich die Praxis hier eröffnet habe. Also ist das sicher zehn Jahre her, vielleicht etwas länger.«

Schaller schwieg.

»Und?«

Ich mochte sie. Sie mich auch. Bevor Sie jetzt etwas Falsches denken, nein, wir hatten keine Beziehung. Ich hatte keine Affäre mit ihr. Wir hatten keinerlei sexuellen Kontakt.«

Dass der sexuelle Kontakt allein wenig darüber aussagte, wie man zueinander stand, das wusste Margot ja nun aus eigener jüngster Erfahrung. Doch sie nahm die Bemerkung erst einmal so zur Kenntnis.

»Dann erklären Sie den Kuss. Den Anhänger. Und vor allem das Geld.«

»Der Kuss? Ich bin in den letzten Jahren eine Art Freund für Susanne geworden. Ich habe ihre Schwangerschaft mit Sophie begleitet. Und ich habe mir ihre Probleme angehört, als es mit Sophies Vater auseinanderging. Es war nichts Großes. Manchmal muss einem einfach nur mal ein Außenstehender sagen, dass Schläge und Tritte kein respektvoller Umgang sind. Das hab ich getan. Und deshalb war ich für sie ein Freund.«

»Der Anhänger?«

»Ja, der ist von mir. Ich hab da einen kleinen Vorrat und schenke ab und zu einen einer schwangeren Frau, wenn ich meine, sie könnte einen Schutzengel gebrauchen. Eine Marotte. Eine nette Geste. Verhaften Sie mich dafür.«

»Das Geld?«

»Das Bild muss aufgenommen worden sein, als ich am Tag vor ihrem Tod mit ihr spazieren gegangen bin. Wir sind zum Bismarckturm gegangen. Susanne hatte mir schon vor Wochen gesagt, dass sie das Kind von ihrem Freund nicht würde abtreiben lassen. Ich wusste nicht, dass es ein Kind von anderen biologischen Eltern war. Ich war der Meinung, es wäre von ihrem Freund. Und sie hatte mir schon vor ein paar Wochen gesagt, dass sie einen Neuanfang plante. Dass sie die Beziehung zu ihrem Freund beenden wolle.«

»Wussten Sie, was sie konkret vorhatte?«

»Nein. Keine Ahnung. Sie sagte nur, dass sie in finanziellen Schwierigkeiten sei. Deshalb gab ich ihr 2000 Euro.«

Na, da hatte Philip Marlowe jr. ja gut geschätzt. »Einfach so? Sie sagt Bittebitte, und Sie geben ihr einfach so 2000 Euro? Klingt für mich seltsam.«

»Ich fühlte für Susanne wie für eine Tochter, die ich nie hatte. Und sie wollte es als Kredit. Sie wollte es mir zurückgeben.«

»Wann? Zu welchen Konditionen?«

»Wissen Sie was, Frau Kommissarin, das war mir scheißegal. Ob sie es mir in einem Jahr, in drei Jahren oder gar nicht mehr zurückzahlen würde – es kümmerte mich nicht.«

»Sehr großzügig für jemanden, der finanziell selbst nicht gerade problemlos durchs Leben geht. Ihr Haus ist belastet. Hoch belastet.«

»Pfänden Sie meinen Fernseher und mein Auto, wenn Sie meinen, dass Sie das müssen.«

»Sie bleiben also dabei – Sie haben nichts von Susanne Warkas Leihmutterschaft gewusst. Und sie hat Sie nicht erpresst. Und Sie haben Susanne Warka kein Haar gekrümmt.«

»Ja, ja und ja.«

Mehr sagte Schaller nicht.

Margot ging durch die Räume, in denen die Beamten gerade alles durchsuchten. Behutsam. Aber sie nahmen jeden Gegenstand in die Hand. Margot ging zu Baader.

»Habt ihr schon was?«

»Bislang nicht. Aber mein siebter Sinn sagt, dass wir was finden.«

Margot verließ das Haus und ging zur Garage. Zwei Kollegen der Spusi robbten durch das Auto.

»Nehmt ihr den nicht mit?«

»Nun, was wir hier sichern können, das machen wir gleich vor Ort. Den Kofferraum saugen wir dann bei uns in der Halle aus.«

Mittagspause.

Margot stand in ihrem Häuschen – *Ihr* Häuschen, nicht *ihr* Häuschen. Sie dachte darüber nach, wie unzulänglich die deutsche Sprache manchmal war. Denn das Haus gehörte allein ihr. Und nicht ihr und Rainer.

Sie hatte noch fünfzig Umzugskartons im Zimmer im Souterrain stehen gehabt. Praktisch.

Wenn man nicht allzu viel Wert auf die Vermeidung von Knitterfalten legte, dann war der Inhalt eines Kleiderschranks innerhalb von knapp zwanzig Minuten in zehn Kisten verstaut. Es war erstaunlich. Rainers Einzug hatte bedeutend länger gedauert.

Was Rainer mit in die Wohnung gebracht hatte, hatte seinerzeit in einen kleinen VW-Transporter gepasst. Erst seit sie zusammenwohnten, hatte er noch ein paar Möbel gekauft. Auch den größten Teil der Unterhaltungselektronik hatte er erstanden. Gemeinsame Möbel hatten sie nicht. Doch, korrigierte sich Margot. Die Sitzgarnitur. Die Sofaecke war das Einzige, das sie gemeinsam angeschafft hatten. War eine schwere Geburt gewesen. Sie musste schmunzeln. Die längsten Diskussionen in ihrer Beziehung hatten sie über eine bescheuerte Couchgarnitur geführt.

Sie ging in die Küche.

Sah auf den Kaffeeautomaten.

Dann zückte sie die Dose mit der roten Sprühkreide.

Dich will hier keiner, Rainer.

Während sie über ihr eigenes blödes Wortspiel lachen musste, liefen ihr wieder die Tränen über die Wangen.

Als sie das nächste Mal auf die Uhr sah, war es bereits 15 Uhr. Sie hatte die Mittagspause gnadenlos überzogen. Der Blick auf die Uhr war die Reaktion auf das Klingeln der Haustür gewesen.

Sie sah aus dem Fenster.

Horndeich.

Wurde zur Gewohnheit, dass er sie zu Hause aufsuchte. Sie ging zur Tür.

»Wie siehst du denn aus?«, fragte Horndeich.

»Das Gleiche könnte ich dich fragen.«

»Ich habe gestern zu viel getrunken und zu wenig geschlafen. Auch der Flug war nicht wirklich erholsam. Von Odessa nach Warschau hat die ganze Zeit das Baby zwei Reihen vor mir geschrien. Und der Trip von Warschau nach Frankfurt – da wäre jeder Achterbahnbesitzer neidisch geworden. Aber was ist mir dir? Übst du für einen Auftritt als Nikolaus?«

Margot sah an sich herab. Ein feiner roter Schleier hatte sich auf ihrer Kleidung verteilt.

»Vergiss es einfach. Was willst du eigentlich hier?«

»Äh – Dienst? Ich habe mich gerade von Zoschke aufschlauen lassen. Freut mich, dass das in der Zeitung noch was gebracht hat und dieser Gallberg aufgetaucht ist.«

»Ist die Spusi durch mit Schallers Haus?«

»Fast. Den Wagen untersuchen sie noch, der ist jetzt bei uns. Und Baader scheint auf was gestoßen zu sein. Er ist persönlich ins LKA gefahren. Offenbar hat er was gefunden, das er stante pede überprüfen lassen will. Aber wenn die da fertig sind, sollten wir uns noch mal mit Zumbill unterhalten. Ich meine – die Fotos: Für einen eifersüchtigen Typen wie ihn ist das natürlich ein sattes Motiv. Ich denke jetzt doch darüber nach, ob er nicht vielleicht jemanden engagiert hat, seine Freundin um die Ecke zu bringen.«

»Gib mir fünf Minuten.«

»Klar. Kann ich reinkommen?«

»Nein«, sagte Margot und wandte sich ab. Sie hatte keine Lust, dass Horndeich das Haus in diesem Zustand sah.

»Und, haben Sie den Mörder meiner Frau?«, fragte Reinhard Zumbill zur Begrüßung, als er die Tür öffnete.

»Haben wir Sie geweckt?«

»Ja. Ich hatte Frühschicht und bin vor einer halben Stunde heimgekommen.«

»Dürfen wir bitte reinkommen?«

»Sagen Sie doch einfach, was Sie zu sagen haben, und verschwinden Sie dann wieder.«

»Wir rein oder Sie mit«, mischte sich Horndeich ein, der wirklich keinen Bock auf irgendwelche Spielchen hatte.

»Was soll das?«

Horndeich legte die Hand auf Zumbills Brust und schob ihn in die Wohnung. Ging zwei Schritte an ihm vorbei. »Wohnzimmer oder Küche?«

Zumbill maß Horndeich mit einem abschätzigen Blick. »Wohnzimmer. Schaffen Sie sich Platz.«

Horndeich und Margot gingen ins Wohnzimmer, Zumbill schloss die Wohnungstür, dann folgte er ihnen.

Das Wohnzimmer sah aus wie ein Flaschenlager für Pfungstädter Bier. Alle Flaschen waren leer, auf dem Sofa türmte sich ein Berg aus Pizzakartons und Klamotten.

»Vielleicht doch eher Küche?«

Zumbill grinste feist. »Das wollen Sie nicht wirklich.«

»Sieht nett aus. Bestimmt gut für Ihre Tocher.«

»Sie ist nicht meine Tochter, und sie ist bei meiner Mutter.«

Horndeich zuckte mit den Schultern und wischte mit einer Armbewegung den gesamten Berg vom Sofa auf den Boden. Dann deutete er mit der offenen Hand auf das Sofa und sagte: »Werte Kollegin, bitte.«

Margot setzte sich, Horndeich ließ sich neben ihr nieder. Womit das Sofa besetzt war. Zumbill nahm den Sessel, kippte ihn nach vorn, sodass auch der Berg darauf dem Erdmittelpunkt einen halben Meter näher kam. Dann setzte er sich.

»Herr Zumbill. Sie haben uns belogen.«

»Wie das?«

Horndeich schob den Krempel auf dem Sofatisch zur Seite, sodass wenigstens die eine Tischhälfte frei war. Auf der anderen Seite fiel nur eine Bierflasche auf den Boden. Es war immerhin die von den dreien, in der kein Bierrest mehr dümpelte.

»Geht's noch?«

»Geht's noch?«, raunzte Horndeich zurück und fächerte die Ausdrucke der Bilder auf der nun frei gewordenen Tischfläche auf.

»Ja. Und? Ich hab doch gesagt, dass wir gestritten haben. Genau darum ging's.«

»Wir erzählen Ihnen, dass Ihre Freundin ermordet worden ist. Und Sie? Sie rennen nicht sofort hin und zeigen uns die Bilder? Sie erzählen uns nicht sofort von Gallberg und sagen uns, dass wir ihn vielleicht auch befragen sollen? Hier ...«, Horndeich schrie nun fast, »... hier ist vielleicht der Mörder Ihrer Freundin zu sehen. Und Sie behalten das einfach für sich?«

Zumbill schwieg. Sein Gesicht verriet eine Mischung aus Wut und Scham.

»Es ist genau so gewesen, wie ich es Ihnen gesagt habe. Am Mittag habe ich mich mit Gallberg getroffen. Er gab mir die Bilder. Ich war sauwütend. Dann bin ich erst noch eine Weile ziemlich ziellos rumgefahren. Dann nach Hause. Dann war ich mit Susanne in der Küche. Hab ihr die Bilder gezeigt und rumgeschrien, dass sie mich betrügt, dass ich mich nicht verarschen lasse, dass sie es endlich zugeben soll. Ich dachte, sie knickt ein und gesteht, was sie getan hat. Doch sie schrie zurück. Ich sei ein misstrauisches Arschloch, das sei nur ein alter Freund. Wenn ich so bescheuert wäre, dann würde sie sich das mit der Hochzeit noch mal überlegen. Wir haben uns noch ein paarmal angebrüllt, und dann ist sie gegangen. Ich habe mir im Nachhinein große Vorwürfe gemacht, dass wir so auseinandergegangen sind.«

Zumbills Augen füllten sich mit Tränen.

Irgendwie nahm Horndeich ihm die Show nicht mehr ab. Aber einen Mann, der auf Knopfdruck losheulen konnte – das hatte er auch noch nicht erlebt.

»Das beantwortet nicht die Frage, warum Sie uns die Bilder nicht gleich gezeigt haben.«

Zumbill schniefte. »Weil es mir peinlich war. Noch im Zug hab ich gedacht, dass ich ihr vielleicht wirklich unrecht getan habe. Und als Sie dann kamen, da konnte ich doch nicht zugeben, dass ich einen Detektiv auf sie gehetzt hatte.«

»Doch. Durchaus. Denn der hätte ja den Mörder fotografiert haben können.«

Zumbill zuckte nur mit den Schultern.

»Kennen Sie diesen Mann?«

»Nein. Keine Ahnung, wer das ist. Sie hat es mir auch nicht gesagt, sie sprach nur von einem Freund. Der wäre ja auch viel zu alt für sie gewesen.«

»Weshalb gibt ihr dieser Mann Geld?«

»Woher soll ich das wissen?«

»Vielleicht, weil da etwas passiert, von dem Sie sehr wohl wissen. Vielleich haben Sie den Mann gemeinsam erpresst.«

»Was für ein Blödsinn. Ich weiß echt nicht, wer das ist. Und womit sollen wir den erpresst haben?«

»Das ist Susannes Gynäkologe.«

Eins und eins macht zwei – zu der Rechnung war Zumbill offenbar fähig: »Sie meinen, das ist der Doc, der meiner Susanne den Bastard eingepflanzt hat? Und damit sollen wir ihn erpresst haben? Mein Gott, was für eine gequirlte Scheiße! Susanne ist tot! Vielleicht hat *sie* ihn erpresst – und vielleicht hat er sie ja umgebracht.«

»Gute Idee. Wenn Sie so weit denken, stelle ich mir umso mehr die Frage, warum Sie uns nichts von den Bildern gesagt haben.«

»Wie oft wollen Sie es noch hören? Es war mir peinlich. Und ich hatte bis jetzt keine Ahnung, wer das ist.«

Sie drehten sich im Kreis. Horndeich traute diesem Zumbill keine fünf Meter. Und er war sicher, dass der Knabe noch einiges wusste, was ihnen bei der Suche nach dem Mörder helfen konnte. Aber warum legte er nicht alle Karten auf den Tisch. Was hatte der Typ zu verheimlichen?

Auf dem Weg zum Wagen fragte auch Margot: »Was verschweigt uns dieser Typ?«

Horndeich zuckte mit den Schultern. »Zumbill kann die Leiche nicht auf die Schienen gelegt haben. Als die Leiche dort deponiert wurde, war er gerade in Eberbach.«

»Und wenn er sie umgebracht hat, und jemand anders hat sie dann weggeschafft?«

»Vor den Augen der Kleinen? Und der Mutter? ›Sophie, du darfst jetzt nicht in die Küche, da liegt deine tote Mutter?‹ Und wer schafft schon für einen Kumpel eine Leiche weg? Das gibt's doch nur im Film.«

»Vielleicht sollten wir das Umfeld von Zumbill noch mal gründlicher durchleuchten. Möglicherweise stoßen wir dann wenigstens auf das, was er uns verheimlicht.« Horndeich schoss noch ein Gedanke durch den Kopf – aber bevor er ihn fassen und benennen konnte, klingelte sein Handy.

»Horndeich?«

»Ja. Wer sonst?«, fragte Horndeich Baader, dessen Nummer auf dem Display angezeigt worden war.

»Wir haben ihn. Ich hatte recht.«

»Womit und wen?«

»Mit dem Jackett und mit Frederik Schaller.«

»Was ist mit dem Jackett von ihm?«

»Er hat doch so ein gruseliges dunkelgrünes Cordjackett. Sogar mit so Ellenbogen-Datschern aus Leder.«

»Und?«

»Würd ich nie tragen ...«

»Baader, komm zur Sache.«

»An einer der Glasscherben, die wir an der Terrassentür in dem Haus von den Aaners sichergestellt haben, da war ein Fussel. Dunkelgrün. Ich mache es kurz: Der Fussel stammt definitiv von Schallers Cordjackett. Auf gut Deutsch: Er ist der Typ, der bei den Aaners eingebrochen ist.«

»Wow, danke! Das ist ja super. Und das ist wasserdicht?«

»Ich könnte euch jetzt einen Vortrag über Fussel halten, aber die Kurzfassung, die ich auch im Zeugenstand vortragen würde, ist: ja. Wasserdicht.«

»Gut, wir fahren zu Schaller.«

»Aber eines solltet ihr auch noch wissen: Wir haben weder im Haus noch im Auto irgendeine Spur von Susanne Warka gefunden. Ich hab ja gedacht, dass wir im Kofferraum Blutspuren finden würden. Oder Faserspuren von ihrem Kleid. Aber da ist nichts. Ich meine, das war jetzt nur die erste, schnelle Auswertung. Aber wenn er sie wirklich einfach in den Kofferraum gepackt hätte – dann hätten wir mit Sicherheit

Blut gefunden. War aber nichts. Auch im Haus gab es keine Blutspuren, weder im Keller noch in der Waschküche. Auch in der Garage nicht.«

Horndeich bedankte sich nochmals, legte auf und fasste für Margot zusammen: »Okay. Der Fussel an der Scherbe von der Terrassentür der Aaners ist von Schaller, aber Susanne Warka war nicht in seinem Haus oder im Wagen.«

»Na, dann schauen wir doch mal, wie er uns den Einbruch bei den Aaners erklären will.«

Margot und Horndeich fuhren vor Schallers Haus. Die Garage stand offen und war leer. Der AMC stand immer noch in der Halle der KTU.

»Ich versteh's nicht«, sagte Horndeich, während Margot den Motor abstellte. »Was verstehst du nicht?«

»Da«, sagte Horndeich. Er deutete auf ein Auto, das auf der gegenüberliegenden Straßenseite stand. Einen Peugeot 206 RC in Silber. Der Wagen knatterte im Sportauspuffsound vor sich hin. Die Heckklappe war geöffnet, die Fahrertür ebenfalls. Eine Frau trug einen Kasten Mineralwasser über einen kleinen Plattenweg in Richtung Einfamilienhäuschen.

»Wie kann man bei den Spritpreisen den Motor laufen lassen?«

Als Margot ausgestiegen war, sah sie in die angezeigte Richtung. »Die Garage ist im Kellergeschoss, wahrscheinlich ohne Durchgang zum Haus. Geht steil runter. Von da würde ich die Kästen auch nicht hochschleppen.«

»Aber wieso den Motor laufen lassen?«

Margot zuckte mit den Schultern.

Sie gingen auf das Gartentörchen der Schallers zu. Frau Schaller werkelte gerade im Gras. Sie sah die Polizisten. Im Gegensatz zu ihrem Mann war sie den Beamten gegenüber nicht feindlich eingestellt. Zumindest nicht offensichtlich.

»Kann ich Ihnen helfen?«

»Ja. Wir möchten zu Ihrem Mann.«

»Einen Moment.« Sie erhob sich. Kam auf das Gartentor

zu. In der linken Hand hielt sie drei Solarlämpchen, die man zur Wegmarkierung in den Boden rammen konnte. Horndeich wunderte sich. Wer, in aller Welt, stauchte solche Teile in die Erde, wenn es auf die dunkle Jahreszeit zuging?

Hannelore Schaller öffnete die Gartentür. »Kommen Sie rein.«

Margot und Horndeich gingen den leicht geschwungenen Weg zur Haustür.

Horndeich klingelte.

Die Tür öffnete sich.

»Nicht Sie schon wieder.«

»Doch. Wir schon wieder. Herr Dr. Schaller, wir nehmen Sie vorläufig fest wegen des Verdachts des Einbruchs in das Haus von Paul und Regine Aa…«

Bevor Margot das Wort komplett ausgesprochen hatte, stieß Frederik Schaller die beiden Beamten von sich und rannte los.

Margot und Horndeich sahen sich an. Stille Blickpost.

»Na gut«, brummte Horndeich und setzte hinterher.

Wohl, weil seine Frau ihn beobachtete, rannte Schaller über den Plattenweg. Horndeich nahm die Abkürzung über die Wiese. Er hatte Schaller fast erreicht, als er einen Widerstand spürte, das Gleichgewicht verlor und der Länge nach auf den Boden knallte. Während Schaller durch das Gartentörchen verschwand, erkannte Horndeich, was ihm zum Verhängnis geworden war: eines dieser bescheuerten Solarlämpchen.

Er fluchte, rappelte sich auf. Ha, sein Wagen ist noch bei uns, dachte Horndeich. Und im Wettlauf würde er den Sechzigjährigen noch locker besiegen.

Doch der sprang in den Peugeot, dessen Motor immer noch lief. Er zog die Fahrertür zu, ließ die Kofferraumklappe jedoch auf.

Horndeich hechtete von hinten in den Wagen.

Der machte drei Sätze nach vorn, dann erstarb der Motor.

»Känguru-Benzin getankt?«, fragte Horndeich.

»Scheiß Schaltgetriebe«, fluchte Schaller.

»Wir wollen jetzt nicht noch mal rennen, oder? Ich habe genug. Kommen Sie einfach mit.«

Horndeich kletterte aus dem Wagen, ging zur Fahrertür, öffnete sie. »Auf!«

Margot war inzwischen auch bei dem Peugeot angekommen.

Schaller stieg aus. Margot legte ihm Handschellen an.

Horndeich hielt inne, stieg nochmals in den Peugeot, legte den Leerlauf ein, zog die Handbremse an und startete den Motor. Dann stieg er wieder aus. Er hatte einfach keinen Bock auf Diskussionen mit der Wagenbesitzerin. Die würde sich höchstens wundern, warum der Wagen drei Meter weiter die Straße abwärts stand.

Horndeich folgte Margot und Schaller über die Straße.

Eine Viertelstunde später saß Schaller im Vernehmungsraum.

»Warum sind Sie bei den Aaners eingebrochen? Um zu kontrollieren, ob Nadeschda Pirownika ihren Auftrag ausgeführt hatte?«

»Wer ist Nadeschda Pirownika?«

»Das ist die Frau, die wahrscheinlich die Aaners umgebracht hat.«

»Kenne ich nicht.«

»Wann sind Sie bei den Aaners eingebrochen?«

»Kann ich was zu trinken haben?«

Horndeich rollte mit den Augen. Aber Margot war gnädiger. »Cola?«

»Gern.«

Margot verließ den Raum.

»Schaller, wir haben Ihr Cordsakko. Sie hatten dieses Sakko an, als Sie bei den Aaners durch die Terrassentür eingebrochen sind. Das wissen wir, Sie können sich also jegliches Leugnen sparen. Ich habe gerade mit den Kollegen telefoniert. Während wir hier plaudern, sind die schon wieder bei Ihnen zu Hause. Diesmal nehmen sie die Schuhe mit. Und wir werden das Paar finden, mit dem Sie durch das trockene Blut der Aaners gestapft sind.«

Margot kam mit einer Literflasche Cola und drei Gläsern wieder. Sie verteilte Gläser und das Getränk.

»Ja. Ich bin bei Paul eingebrochen.«

»Warum?«

Keine Antwort.

Horndeich seufzte. »Also rede wieder ich: Sie sind da rein, um Aaners Laptop zu holen. Warum? Weil dort Mails oder irgendwelche Dateien waren, die den Leihmutterdeal zwischen Ihnen belegt haben.«

Wieder schwieg Schaller.

Horndeichs flache Hand donnerte auf den Tisch. »Schaller, ich habe genug. Es reicht. Mit Ihrer Salamitaktik kommen Sie jetzt nicht mehr weiter. Meinen Sie nicht, es wäre jetzt an der Zeit, endlich reinen Tisch zu machen? Richter freuen sich immer über Geständnisse. Und ich will nach Hause zu meiner Frau. Sie haben jetzt also zwei Möglichkeiten: Entweder Sie reden jetzt. Und hier. Ohne irgendwelche Schnörkel. Oder Sie kriegen eine Nacht freie Kost und Logis. Mir ist es wurscht.«

Horndeich sagte nichts, sah Schaller nur an.

»Oder sollen wir Ihnen einen Anwalt rufen, mit dem Sie sich dann beraten können? Mir auch recht. Aber jetzt endlich Butter bei die Fisch.«

»Paul kam auf mich zu wegen der ersten Schwangerschaftsbescheinigung. Das habe ich Ihnen ja schon erzählt. Im März kam er wieder zu mir. Das habe ich Ihnen noch nicht gesagt.«

»Richtig. Also, was wollte er da von Ihnen?«

»Sie haben es richtig vermutet. Er fragte mich, ob man nicht auch hier in der Umgebung eine zuverlässige Leihmutter finden könne. Denn die Frau in der Ukraine, die habe mitten in der Schwangerschaft beschlossen, das Kind nicht herzugeben. Es war ein Riesentanz – aber man hatte sich geeinigt. ›Schließlich kann ich schlecht mein Kind aus der Ukraine entführen. Dann habe ich vielleicht noch die Russenmafia am Hals.‹ Das hat er gesagt.«

Horndeich freute sich immer, wenn man Russland nicht von der Ukraine oder Weißrussland unterschied. Schweiz, Österreich und Deutschland – war doch auch alles eins, oder?

»Und – ist Ihnen gleich eine mögliche Kandidatin eingefallen?«

»Nein, am Anfang hat er mich auch nicht direkt gefragt, ob ich jemanden wüsste. Er wollte nur wissen, ob es nicht vielleicht Kliniken gäbe, die das machen würden. Gegen eine anständige Stange Geld. Er wollte wohl auf Nummer sicher gehen.«

»Und dann haben Sie ihm Ihre Dienste angeboten?«

»Nein. Er hat mich gefragt. Er wusste ja, dass ich im Bereich der künstlichen Befruchtung viel Erfahrung hatte. Er sagte, wenn sich das irgendwie organisieren ließe, würde Geld keine Rolle spielen.«

»Und das war für Sie natürlich interessant. Finanziell.«

Schaller schnaufte. »Ja. Das war interessant. Das hieß, alle Schulden weg, die Altersversorgung nicht mit fünfundsechzig aufgebraucht. Noch ein wenig arbeiten, aber sich keine Gedanken mehr darüber machen zu müssen, ob man nun genug Patientinnen hat oder nicht. Ja, es war sehr verlockend.«

»Nun, es ist in Deutschland verboten.«

»Ja, das weiß ich. Aber ich hatte die Möglichkeit, das Geld zu verdienen, ohne ein wirkliches Verbrechen zu begehen. Ich würde keine Bank ausrauben, ich würde niemanden töten, ich würde nicht mal ein Päckchen Waschmittel stehlen. Ich würde einem Ehepaar zu Nachwuchs verhelfen. Ich würde einer gesunden Frau zu gut verdientem Geld verhelfen. Was ist daran bitte schlecht? Andere Länder machen auch nicht so ein Geschiss um die Leihmutterschaft. Und sehen Sie doch nur in den USA. Sind das Asoziale? Monster?«

Horndeich wollte jetzt keine Diskussion über das Thema ausfechten, auch wenn er grundsätzlich anderer Meinung war. Denn das tat hier und jetzt nichts zur Sache. »Wann haben Sie Susanne Warka angesprochen?«

»Gleich im April. Als sie wieder mal mit blauen Flecken am

Unterarm zu mir kam. Prügel von ihrem Freund. Weil er mal wieder einen Eifersuchtsanfall gehabt hatte. Ich sagte ihr, ich hätte eine Möglichkeit, dass sie richtig viel Geld verdienen könnte. Ohne dabei etwas zu tun, womit man sie strafrechtlich belangen könnte. Das Geld würde ihr für einen echten Neuanfang reichen. Eine Woche später kam sie zu mir. Ich schlug ihr vor, für die Aaners ein Kind auszutragen. Und es sei für sie nicht gefährlich. Das Irre ist, dass ja nur ich mich strafbar gemacht habe. Weder Paul noch seine Frau noch Susanne. Gerecht ist was anderes.«

»Susanne sagte zu?« Auch an Schallers Lamento war Horndeich kein bisschen interessiert.

»Ja. Sie sagte zu. Sie sollte 50 000 Euro bekommen. 5000 hat sie erhalten, nachdem der Embryo eingespült worden war. 5000, als der Schwangerschaftstest positiv ausfiel. Danach habe ich ihr den Schlüsselanhänger geschenkt. Und, Frau Hesgart, Sie hatten recht, es war ein persönliches Geschenk. Ein sehr persönliches. Es war ein Schutzengel für unseren Engel. Sie war der Engel für die Aaners, die endlich ein eigenes Kind haben würden. Für mich, der ich endlich alle Schulden los wäre, und für ihre Tochter war sie sicher auch ein Engel, denn durch die Leihmutterschaft würden sie von diesem Idioten Zumbill loskommen.«

Schaller holte kurz Luft. Dann fuhr er fort. »Sie sollte nach der nächsten fälligen Untersuchung wieder 2000 Euro bekommen. Freitag vor ihrem Tod habe ich sie untersucht. Und alles war in Ordnung.«

»Wie geht das? Ich meine, wie kann man so was machen, ohne dass das Gesetz davon erfährt?«

»Ich entnehme ja immer wieder Eizellen bei Frauen, die wissen wollen, warum sie keine Kinder bekommen können. Bei der Eizellenentnahme brauche ich Partner. Ich arbeite da mit zwei meiner Arzthelferinnen zusammen. Klar, in den großen Kinderwunschzentren, da haben sie auch eine Anästhesistin, aber das hat Für und Wider.«

Horndeich konnte sich das »Wider« nicht erklären, aber

auch auf diesen medizinischen Exkurs wollte er gern verzichten.

»Nun, meine Arzthelferinnen, die wissen ja nicht, dass ich die später befruchteten Eier jemand anderem einpflanze. Auch mein Laborant, der sieht den Embryos nicht an, zu wem sie gehören. Die befruchteten Embryos haben fünf Tage Zeit, im Brutschrank zu wachsen. Dann habe ich zwei der Embryonen in Susanne Warkas Gebärmutter geleitet. Dazu brauchte ich auch keine Hilfe. Nicht schmerzhaft. Mein Gott, das war alles machbar. Bis zu dem Moment, als Paul auf keine Mail mehr reagiert hat. Wir haben uns alle extra für diese Aktion E-Mail-Adressen bei exotischen Providern besorgt. Und ausgemacht, dass wir nicht telefonieren. Einfach, um ganz sicher zu sein. Wir haben uns nur ein einziges Mal zu viert getroffen, abends in meiner Praxis. Auch meine Frau weiß bis heute nichts von der Sache.

Mittwoch vor einer Woche sollte im Postfach wieder Geld sein. Ich hatte extra ein Fach in der Hauptpost angemietet. Auf die Idee hatte uns Susanne gebracht. Paul schickte das Geld immer in drei bis vier Briefumschlägen. Es schien das Sicherste. War aber nix da. Auch am Donnerstag nicht. Ich schrieb ihm eine Mail. Am Freitag wieder. Aber ich erhielt nicht einmal eine Lesebestätigung. Am Freitag habe ich Susanne untersucht. Hab noch eine Mail geschrieben. War versucht, Paul auf dem Handy anzurufen. Aber ich ließ es.

Dann bin ich Samstag früh zu Paul gefahren. Ich klingelte. Keiner öffnete. Hatte ich auch nicht wirklich mit gerechnet. Denn ich dachte ja, die sind noch im Urlaub. Aber ich hatte ein ganz schlechtes Gefühl. Ich ging um das Haus herum. Sah durch das Fenster. Nun – Sie haben den Anblick ja auch genossen. Die beiden waren tot, und das schon eine ganze Weile.«

Schaller schwieg, blickte auf die Tischplatte. Dann sah er auf, Horndeich direkt ins Gesicht.

»Ich habe die Scheibe eingeschlagen. Mit einem Stein. Ich war darauf gefasst, dass die Alarmanlage losgehen würde. Aber nichts passierte. Ich griff durch das Loch im Glas, öffnete die Tür. Der Gestank war bestialisch. Fliegen summten herum. Ekelhaft. Ich schaute auf die Leichen. Da Regine als Lehrerin arbeitete, war klar, dass sie nach ihrem letzten Unterrichtstag vor den Herbstferien umgebracht worden waren. Also am Freitag. Und da die Alarmanlage schwieg, war es vor ihrer geplanten Abreise geschehen. Sonntag also.

Ich ging ins Arbeitszimmer. Griff mir Pauls Notebook. Auf dem Rückweg schaute ich noch in den offen stehenden Tresor. Doch da war nichts drin. Der war leer. Ich wusste, dass Paul sicher 50 000 Euro in bar dort gebunkert hatte. Wer immer sie ausgeraubt hatte – er hatte fette Beute gemacht.«

Schaller sprach nun leiser: »Ich hätte das Geld mitgenommen. Die Aaners waren tot, Susanne trug ein Baby aus, das nicht ihres war und das sie auch nicht wollte. Ich hätte den Inhalt des Tresors mitgenommen. Aber ich habe es nicht getan. Nicht, weil ich so edel bin. Sondern weil er schlicht und einfach leer war.«

»Wir verdächtigen Sie nicht des Diebstahls«, sagte Margot. Obwohl es nur eine Mini-Absolution war, schien sie Schaller etwas zu bedeuten.

»Was haben Sie gemacht, nachdem Sie das Haus der Aaners verlassen hatten?«

»Ich bin nach Hause. Habe erst mal alle Klamotten in die Waschmaschine geschmissen. Mich eine halbe Stunde unter die Dusche gestellt. Konnte die Bilder aber nicht abwaschen. Dann habe ich Susanne Warka angerufen und ihr gesagt, dass ich sie treffen muss. Wie Sie ja wissen, haben wir uns getroffen. Ich habe ihr gesagt, dass die Aaners tot sind. Dass kein Geld mehr fließen würde. Dass sie das Kind behalten könne, dass ich aber auch eine Abtreibung vornehmen würde, wenn sie das wünsche.«

»Wie hat sie das aufgenommen?«

»Sie war wütend, verzweifelt. Ich wusste, dass sie fort wollte, erst an den Bodensee, während der Schwangerschaft. Weit weg, denn sie wusste, dass Zumbill nach ihr suchen würde. Danach nach Gießen. Sie hatte dort einen Job als Sachbearbeiterin gefunden. Und sie wollte eine Wohnung kaufen. Ein echter Neuanfang. Und nun – alles für nichts. Ich gab ihr, was ich noch geben konnte. 2000 Euro. Von den letzten 10 000, die ich bekommen hatte. Ich wollte mich mit ihr am Dienstag wieder treffen. Aber da war sie schon tot. Als ich von der Zugleiche in der Zeitung las, war ich mir sicher, dass sie sich umgebracht hatte. Dann kamen Sie und sagten, sie sei umgebracht worden. Keine Ahnung, wer ihr nach dem Leben getrachtet hat. Ich weiß nur, dass ich es nicht war. Und dass ihr Typ rasend eifersüchtig war. Wenn der die Bilder gesehen hat – dann gute Nacht.«

Danach schwieg Schaller.

»Wollen Sie uns sonst noch etwas sagen?«

Schaller schnaubte. »Nein. Wahrlich nicht. Ich habe alles gesagt.«

Margot ging zum Telefon, das an der Wand hing, und rief die Kollegen vom Gewahrsam. Diese Nacht würde Schaller unten bei den Kollegen im Einzelzimmer nächtigen. Morgen würde Staatsanwalt Relgart entscheiden, ob er direkt in U-Haft wanderte. Oder ob er Glück hatte und den Prozess im eigenen Heim abwarten durfte. Die Kollegen in Blau aus dem Souterrain holten Schaller wenige Minuten später ab.

»Was meinst du?«, fragte Margot ihren Kollegen, als sie danach in ihrem Büro saßen.

Horndeich sah auf die Tafel, auf der er das Beziehungsgeflecht zwischen den beteiligten Personen aufgemalt hatte. Die Geschichte mit der Leihmutterschaft war nun geklärt. Auch der Mord an den Aaners ließ eigentlich nur noch eine Frage offen: Was war Nadeschda Pirownikas Motiv gewesen, die Aaners zu berauben und sie umzubringen? War sie der Meinung, die Aaners schuldeten ihr noch etwas? War es reine Habgier?Was den Mord an Susanne Warka anging, waren sie noch keinen echten Schritt weiter.

»Ich weiß es nicht. Für mich bleiben zwei Personen als mögliche Täter übrig – wenn wir den großen Unbekannten mal ausschließen. Der eine sitzt gerade unten in Gewahrsam.

Und der andere kann die Leiche nicht selbst auf den Gleisen platziert haben. Und vor den Augen des Kindes kann er Susanne eigentlich auch nicht umgebracht haben. Sein Motiv allerdings – Eifersucht –, das finde ich ziemlich stark.«

»Aber kann er seine Freundin in der Wohnung erstechen, ohne dass das Kind es mitbekommt? Und dann ruft er seine Mutter an – wo ist da die Leiche?«

Margot und Horndeich sahen sich an.

»Nein, das glaube ich nicht.«

»Ich auch nicht. Aber trotzdem – spielen wir das doch mal durch. Zumbill knallt seiner Susanne die Bilder vor den Latz. Sie brüllen sich an. Er sticht zu. Lass es in der Küche sein. Die Kleine – sie schaut Fernsehen. Er ruft einen Kumpel an: ›Hilfe!‹ Der kommt, schafft die Leiche weg. Dann ruft er die Mutter an, dass sie auf die Kleine aufpasst, während er im Zug sitzt?«

»Aber wer sollte dieser Kumpel sein?«

»Hat er nicht einen Bruder – erinnerst du dich?«

»Ja. Franz Zumbill – wo wohnt der noch mal?«

»Eberbach.«

Horndeich wühlte sich einmal mehr durch seine Notizen. Dann rief er nach Zoschke. Der kam gleich zu ihnen ins Büro. »Heribert, kannst du dich bitte mal mit dem Bruder von Reinhard Zumbill unterhalten? Wo er an dem Sonntag war, an dem Susanne Warka ermordet wurde?«

Horndeich gab Zoschke die Telefonnummer.

»Mach ich.«

»Und ich denke, wir sollten noch mal mit dem Mädchen reden«, meinte Margot.

Sie wählte die Nummer von Reinhard Zumbill. Der nahm nach dem ersten Klingeln ab. »Ja?«, lallte er.

»Herr Zumbill, Hauptkommissarin Hesgart. Ist Sophie bei Ihnen?«

»Nein. Iss bei meiner Mutter.« Dann legte er auf.

»Sie ist nicht da. Hast du die Nummer und die Adresse von Zumbills Mutter?«, fragte Margot.

Horndeich blätterte in seinen Unterlagen. »Ja, hier«, meinte er nur. Dann rief er die Nummer an. »Eberhard Zumbill – ja?«

»Kriminalpolizei Darmstadt, Kommissar Horndeich – ist Frau Veronika Zumbill zu sprechen?«

»Polizei?«

»Ja.«

Eberhard Zumbill deckte den Hörer nicht ab, sondern rief gut hörbar: »Vero, die Polizei für dich!«

»Veronika Zumbill. Hallo?«

»Frau Zumbill, Kommissar Horndeich. Ist Sophie bei Ihnen?«

»Ja – wieso?«

»Wir müssten noch mal mit ihr sprechen.«

»Das geht nicht. Sie macht sich gerade für das Bett fertig.«

»Es ist aber sehr wichtig. Vielleicht können Sie sie noch zehn Minuten fernsehen lassen – wir sind gleich da.«

Horndeich wartete nicht mehr ab, wie Frau Zumbill reagierte. Er sagte zu Margot nur noch: »Schnell!«

Margot rief die Nummer des Zentralen Polizeipsychologischen Dienstes an. Camilla Kruse hatte Bereitschaft. Denn wenn sie offiziell mit der kleinen Sophie reden wollten, dann musste jemand vom ZPD oder vom Jugendamt dabei sein. Der ZPD residierte in Wiesbaden, in der hessischen Polizeiakademie, aber sie hatten Glück, denn Camilla Kruse wohnte in Darmstadt, im Paul-Wagner-Weg, keine fünf Minuten vom Präsidium entfernt. Camilla Kruse stieg unterwegs zu. Sie hatte ihr Haar zu einem Zopf gebunden. Ansonsten trug sie Jeans und einen Parka. »Hallo – was muss ich wissen?«

Margot hatte schon ein paarmal mit Dipl.-Psych. Kruse zusammengearbeitet. Es war stets unproblematisch gewesen, weil sie, ähnlich wie Margot, mehr an einer Lösung interessiert war als an Kompetenzstreitigkeiten. Während Margot fuhr, unterrichtete Horndeich die Psychologin kurz und präzise.

Kurz bevor sie Nieder-Ramstadt erreichten, klingelte Margots Handy. Sie hatte die Freisprecheinrichtung angeschaltet. Zoschkes Nummer erschien auf dem Display.

»Ja, Heribert – schon was rausgefunden?«

»Ja. Der Bruder Franz, er sagt, er war mit der Familie in Bayern, an dem Sonntag, als Susanne Warka ermordet worden ist. Sie sind zwei Tage vorher losgefahren und die ganze Woche geblieben. Und die Pension dort hat es bestätigt.«

»Danke«, sagte Margot.

»Damit ist die Theorie also auch vom Tisch«, ärgerte sich Horndeich.

»Wir sprechen jetzt erst mal mit dem Mädchen.«

Sie fuhren in den Ort und erreichten wenig später die Adresse in der Bergstraße. Zumbills wohnten in einem Einfamilienhaus. Vor dem Haus standen Veronika Zumbills Smart und ein Landrover Defender in Dunkelgrün.

Veronika Zumbill öffnete die Tür. Margot stellte Camilla Kruse vor.

»Und Sie wollen jetzt mit Sophie allein sprechen?«

»Ja. Es ist wichtig.«

Veronika Zumbill zuckte mit den Schultern. Aus dem Wohnzimmer drangen die Geräusche des Fernsehers. »Kommen Sie rein.«

Auf dem Sofa saß Veronikas Mann Eberhard. Er hatte zwar graue Filzschlappen an, aber die Kleidung war die eines Jägers. »'n Abend«, grüßte er, wandte aber sein Gesicht nicht von den Heute-Nachrichten ab.

Sophie saß auf dem Sofa. Sie bemerkte die Polizisten gar nicht, sondern starrte gebannt auf den Bildschirm, auf dem zu sehen war, wie Soldaten schossen und Panzer über ein Haus fuhren.

»Wo können wir ungestört mit ihr reden?«

»Vielleicht in der Küche.«

»Sophie?«

Die Kleine drehte sich um. Camilla lächelte sie an.

Sophie sah zu ihrer Oma, dann wieder zu Camilla.

»Kakao?«, fragte Camilla und sah zu Veronika Zumbill, die nur nickte.

Sophie nickte ebenfalls.

»Ich schau dann noch mit dem Opa fern«, sagte Veronika zu Sophie.

»Ich bin nicht der Opa«, brummte der Mann, ohne aufzusehen.

Sophie stand auf und ging auf Camilla zu. »Zeigst du mir, wo?«, fragte diese.

Sophie nickte erneut, sah zu Margot und Horndeich, dann wieder zu Camilla. »Bist du auch von der Polizei?«

»Ja.«

In der Küche zeigte das Kind Camilla, wo Milch und Kakaopulver zu finden waren. Dann setzte es sich auf einen der vier Stühle, die um den Esstisch standen. Margot und Horndeich nahmen auch Platz.

»Ich fang dann mal an«, erklärte Camilla. Sie schaltete den Herd an, goss Milch in einen kleinen Topf und stellte ihn auf die Herdplatte.

»Sophie, Margot hat mir erzählt, dass du *Ice Age* magst.«

»Ja. Das ist mein Lieblingsfilm. Also *Ice Age I. II* ist auch ganz lustig. Aber der dritte, den mag ich nicht so wie den ersten.«

»Ich habe auch eine Tochter. Die mag *Ice Age* auch gern.«

»Wie heißt die?«

»Sylvia.« Camilla goss die Milch in einen Becher, gab den Kakao dazu, rührte um und reichte die Tasse Sophie. Dann setzte sie sich mit an den Tisch.

»Sag mal, Sophie, erinnerst du dich noch an den Tag, an dem deine Mama verschwunden ist?«

»Hmmm.«

»Kannst du uns noch mal von dem Tag erzählen?«

»Warum?«

»Damit wir den Menschen fangen können, der deine Mama in den Himmel geschickt hat.«

»Hmmm.« Sie machte eine Pause. »Ich hab *Ice Age* geschaut. Den ersten Teil. Und als Sid zu den Rhinos gesagt hat: ›Genau ihr Flaschen – ein Schritt weiter, und ihr seid Geschichte‹, da haben Reinhard und die Mama geschrien. Die waren in der Küche.«

Camilla lächelte: »Dann schmeißt Sid den Stein und sagt zu Manni: ›Du hast geblufft, nicht wahr?‹«

»›Ja, und zwar ganz gewaltig‹, das sagt Manni dann.«

Margot schaute zwischen den beiden hin und her. Sie kannte den Film auch, wusste sogar, dass es ein Faultier namens Sid gab und ein Mammut namens Manfred, aber dass eine erwachsene Frau den Film mitsprechen konnte, das fand sie äußerst beeindruckend.

»Was ist dann passiert?«

»Reinhard hat gebrüllt. Die Mama auch. Aber nicht so laut. Und dann hat Manni gebrüllt: ›Ich will hier mal was klarstellen, okay?! Es gibt kein Wir. Es hat nie ein Wir gegeben. Und genau genommen gäbe es ohne mich nicht mal ein Du.‹ Und dann waren sie leise.«

»Und dann bringt Sid das Baby, das sie gefunden haben, allein zurück, gell?«, sagte Camilla.

Sophie lächelte und imitierte wieder die Stimme von Sid: ›Wir brauchen dieses miese fiese Mammut nicht.‹«

Margot sah, wie Camilla notierte: »Streit 0 bis +10 Minuten.«

»Dann kam Reinhard rein. Genau als Manni das Baby schlafen gelegt hat. Manni hat gesagt: ›Zeit fürs Bettchen, kleiner Pupser.‹ Und der Reinhard, der hat gepupt.« Sophie lachte, und auch Camilla musste lachen. Camilla schrieb auf: »20. Minute: Reinhard kommt ins Wohnzimmer.«

»Dann hat Reinhard mit mir zusammen geguckt. Das hat er sonst nie gemacht. Er hat neben mir gesessen, bis Oma da war. Die kam, als Sid auf dem Ski Slalom gefahren ist: ›Slalom – Slalom, Baby!!‹«

Camilla schrieb: »50. Minute: Veronika Zumbill kommt an.«

»Und dann?«

»Dann hat die Oma gesagt, dass wir uns einen gemütlichen Abend machen und dass wir noch mal *Ice Age* schauen können. Sogar noch den zweiten und den dritten Teil. Dann hat sie mir noch einen Kakao gemacht. Ich wollte mit in die Küche, aber Oma hat gesagt, sie ist mein Diener, und ich bin die Prinzessin. Und dann hat sie noch mal *Ice Age* angemacht. Und als das Rüsselschwein zu seinen Kindern sagt: ›Weiter, weiter, Kinder, Aussterben könnt ihr später spielen‹, da hat sie mir den Kakao gebracht. Ich habe mich an sie gekuschelt. Und wir haben noch mal *Ice Age* geguckt.«

Sophie schwieg und trank ihren Kakao.

»Und dann hast du alle drei Teile gesehen?«

»Hm-mmm. Glaub schon.«

»Du glaubst schon?«

»Ich war dann ganz müde. Aber die Oma, die hat gesagt, ich hätt ganz doll gelacht.«

»Wann hat sie das gesagt?«

»Beim Frühstück.«

»Und, hast du gelacht?«

Sophie sagte nichts mehr. »Darf man lügen?«

Camilla sagte nichts. »Nein. Man darf nicht lügen. Aber es gibt ganz, ganz manchmal eine Ausnahme.«

»Dann hat die Oma eine Ausnahme gehabt? Als sie gelügt hat?«

Die Tür zur Küche wurde geöffnet. Veronika Zumbill trat ein. »Hören Sie auf. Hören Sie, in Gottes Namen, bitte auf.«

»Was ist, Oma?«

Veronika Zumbill schien es nicht zu merken, aber sie knetete mit den Fingern das kleine goldene Kreuz, das sie um den Hals hängen hatte.

»Sophie, geh zum Opa.«

Sophie rutschte von ihrem Stuhl. Schaute Camilla mit großen Augen an. Dann verließ sie die Küche.

Veronika Zumbill setzte sich auf den Stuhl, auf dem Sophie gesessen hatte.

»Ich war es. Ich habe die Schlampe umgebracht«, sagte sie tonlos.

Margot sah Horndeich an.

»Mein Sohn rief mich an. Sagte, dass Susanne ihn betrüge. Ob ich vorbeikommen könne.«

»War Susanne Warka da noch da?«, fragte Margot.

»Ja. Sie war wohl im Bad, hatte gesagt, sie wolle zu einer Freundin gehen. Und dann wäre wieder niemand für das Kind da gewesen. Als ich kam, wollte sie gerade gehen.«

Veronika Zumbill stand auf, ging an den Küchenschrank und öffnete die obere Tür. Sie entnahm dem Schrank ein Glas und eine Flasche Cognac. Sie schenkte sich ein. »Auch einen?«

»Nein«, sagte Margot und sprach für alle.

»Ich habe sie erstochen. Ich war so wütend. Die Schlampe. Hat mit einem anderen Typen was angefangen. Meinen Sohn betrogen.«

Horndeich nickte. »Sie haben also auf sie eingestochen. Wie oft?«

»Nur einmal. In die Brust. Hab wohl gleich das Herz getroffen.«

»Hm. Können Sie mir das mal zeigen?«

Margot verstand nicht, warum Horndeichs Tonfall so spöttisch klang.

Veronika ging auf den Messerblock zu und riss ein Messer heraus.

»Okay. Stecken Sie es wieder zurück. Und dann erzählen Sie uns, was wirklich passiert ist.«

»Ich habe sie erstochen. Verstehen Sie nicht: Ich … habe … sie … erstochen.«

»Nein, Sie haben sie nicht erstochen. Susanne Warka ist von einem Rechtshänder erstochen worden. Und Sie sind Linkshänderin.«

Veronika Zumbill gab das Messer in die rechte Hand. Merkte offenbar, wie unnütz die Geste war. Sie steckte das Messer zurück in den Messerblock. Dann setzte sie sich.

»Ich dachte wirklich, ich könnte ihn retten.«

Sie schenkte sich noch ein Glas ein. Schmunzelte, als sie sah, dass sie die Flasche mit der linken Hand hielt. Sie stellte die Flasche ab, nahm das Glas – mit links –, kippte den Cognac.

Dann sprach sie leise weiter, ohne die Polizisten anzusehen. »Er rief mich an. Er sprach leise. Ganz leise. Er sagte, Susanne habe ihn betrogen. Und sich von einem anderen schwängern lassen. Und er habe sie umgebracht. Er habe das nicht gewollt. Und er müsse in einer halben Stunde zur Arbeit. Er wisse nicht, was er tun sollte. Die Kleine sitze im Wohnzimmer vor der Glotze.

Ich hab mich dann in meinen Wagen gesetzt und bin sofort zu ihm gefahren. Sophie saß im Wohnzimmer und schaute mal wieder ihren Lieblingsfilm *Ice Age*. Reinhard zeigte mir die Bilder von Susanne und dem Typen, der ihr Vater hätte sein können. Der ihr Geld gab. Es war widerlich. Reinhard war ihr nie genug gewesen. Anstatt sich zu freuen, dass sie einen soliden, guten Mann hatte, vögelte sie mit einem Sugar-Daddy. Der hatte offenbar genug Geld.

Reinhard war verzweifelt. Wusste nicht weiter. Musste zum Zug, musste als Springer verschiedene Züge fahren. Und genau das war die Lösung: Wenn wir es wie einen Selbstmord aussehen lassen würden, würde niemand auf die Idee kommen, Reinhard zu verdächtigen.«

»Wer hatte die Idee?«

»Ich hatte die Idee. Ich fragte Reinhard nach dem letzten Zug, den er fahren würde. Er sagte es mir. Ich kenne den Wald gut. Seit fast fünfzehn Jahren laufe ich beim Lauftreff mit. Meine Art, fit zu bleiben. Und ich laufe mit meinen sechsundfünfzig Jahren immer noch achteinhalb Kilometer in der Stunde. Wie auch immer, ich wusste, wo ich die Leiche ablegen musste. Und Reinhard sagte mir, wie ich sie positionieren musste, damit – nun, damit die anderen Verletzungen die Stichwunde kaschieren würden.«

»So was wissen Lokführer?«

»So was weiß ein Lokführer, der sich mit dem Thema schon beschäftigt hat. Weil ein Kollege daran fast zerbrochen ist.«

»Und Ihr Sohn ist dann einfach zum Dienst geradelt?«

»Ja. Und ich bin zu Sophie ins Wohnzimmer.«

»Und dann?«

»Ja. Dann habe ich ihr einen Kakao gemacht. Und ihr eine Voxalmin darin aufgelöst. Ist ein Schlafmittel, das ich auch benutze.«

»Und sie ist eingeschlafen.«

»Quasi sofort. Dann habe ich mich an die Arbeit gemacht. Habe Susanne andere Klamotten angezogen, damit der Riss von dem Messerstich nicht auffällt. Dabei ist mir eines der Riemchen ihres Schuhs abgerissen. Ich hab dann einfach andere Schuhe genommen, die rumstanden. Dann habe ich sie eingewickelt, in die Motorradplane, die Reinhard vor Ewigkeiten gekauft hat. Obwohl es dann doch nie zu einer Maschine gelangt hat.«

»Dann haben Sie den Landrover Ihres Mannes geholt.«

Veronika Zumbill nickte. »Ja. Er hat es gar nicht mitbekommen. Ich bin nach Hause gefahren, dann mit dem Landrover wieder hierher. So um halb zehn habe ich Susanne dann in den Landrover gelegt. Zum Glück kann man hier den Wagen ja direkt vor dem Haus abstellen. Es hat mich keiner gesehen. Alle saßen noch beim Tatort, noch vor der Glotze. Sophie hat tief und fest geschlafen. Ich habe sogar versucht, sie zu wecken, um ihr noch etwas von dem Mittel zu geben. Aber ich habe sie gar nicht wach bekommen.«

»Was haben Sie dann getan?«

»Ich hatte Angst. Zuerst wollte ich durch die Stadt fahren. Aber was, wenn mich eine Streife angehalten hätte. Also bin ich zum Parkhaus an der Lichtwiese gefahren, wo wir uns zum Laufen treffen. Da hab ich gewartet. Bis um halb elf. Dann bin ich über den Böllenfalltorweg in die Kopfschneise rein, dann in den Kirchweg. Ich hatte ja den Schlüssel, um die Sperrpfosten zu lösen. Also, mein Mann hat die. Ich hab auch einen, für Notfälle. Er hatte sich mal im Wald am Bein verletzt, und ich konnte kaum zu ihm gelangen, weil ich damals keinen solchen Schlüssel hatte. Jetzt hab ich einen. Ich hab gewartet, bis ich den Zug an der Haltestelle Lichtwiese ankommen sah. Dann packte ich Susanne auf die Gleise. Der Zug fuhr los. Ich auch. Rückwärtsgang, dann weg.«

Danach schwieg Veronika Zumbill.

Keiner sagte etwas.

»Was passiert jetzt mit Sophie?«

»Das wird das Jugendamt entscheiden«, sagte Camilla Kruse.

Veronika Zumbill nickte nur.

Horndeich stand auf, griff zum Handy und rief das Präsidium an. Organisierte, dass Kollegen Reinhard Zumbill in Gewahrsam nehmen würden.

»Sie werden ihn zu Hause nicht antreffen«, sagte Veronika Zumbill.

»Wo ist er hin?«, fragte Margot.

Veronika antwortete nicht.

»Frau Zumbill, wir schreiben jetzt eine bundesweite Fahndung aus. Er kommt über keine Grenze. Er wird immer auf der Flucht sein. Er wird keinen Job haben. Wo will er denn hin?«

Doch Veronika Zumbill schwieg weiter.

Horndeich setzte sich wieder an den Tisch. Ließ den Blick nicht von Veronika Zumbill ab. Nach einer halben Minute sagte er: »Zumbill ist unterwegs zu seinem Bruder.«

Margot kannte ihren Kollegen inzwischen gut genug, um zu wissen, wie seine Stimme klang, wenn er bluffte. Auf der anderen Seite: In Zumbills Leben schien es außer seiner Mama und Susanne nicht besonders viele ihm nahestehende Menschen gegeben zu haben. Da war es gar nicht so unwahrscheinlich, dass er wirklich zu seinem Bruder unterwegs war.

Veronika Zumbill nickte. Dann weinte sie.

Wieder wollte Horndeich zum Handy greifen, als Reinhard Zumbills Mutter ihn am Arm fasste. »Moment noch.«

Horndeich ließ das Handy sinken. »Ja?«

»Er ist in einem Schützenverein. Er hat eine Waffe.«

Alle sahen sich an.

»Was für eine?«

»Keine Ahnung. Ich mag keine Waffen.«

Na, das war mal eine Aussage. »Welcher Verein?«

»Schützenkreis 22er.«

Vier Telefonate später wusste Horndeich nicht nur, dass Zumbill eine Walther P22 besaß, sondern auch, dass sie nicht mehr im Waffenschrank des Vereins war.

»Wie kommt er zu seinem Bruder?«

Zumbills Mutter zuckte mit den Schultern. »Er hat ja kein Auto. Fährt wahrscheinlich mit dem Zug nach Eberbach.«

Horndeich telefonierte wieder mit den Kollegen. Ein Wagen würde Veronika Zumbill abholen, Sophie ebenfalls.

»Camilla, nehmen Sie sich der Kleinen an?«, fragte Margot.

»Klar«, antwortete Camilla Kruse.

Als Margot schon gehen wollte, wandte sie sich noch mal zu Camilla um: »Wieso haben Sie denn die ganzen Zitate aus *Ice Age* im Kopf? Kann Ihre Tochter den Film auch auswendig?«

Camilla Kruse lachte auf. »Nein. Aber mein Mann.«

Margot hatte vom Wagen aus alles koordiniert. Zumbill musste im letzten Zug sitzen, der nach Eberbach fuhr. Kurz hatten sie darüber nachgedacht, ob sie den Bruder informieren sollten.

Doch der hätte Reinhard warnen können. Inzwischen waren die Kollegen aus Heidelberg unterwegs. Sie wollten Zumbill in Eberbach in Empfang nehmen. Horndeich fuhr den Insignia mit Blaulicht in Richtung Süden.

»Vielleicht sollten wir nachsehen, ob er überhaupt drinsitzt«, dachte Horndeich laut nach. »Kannst du mal schauen, wo der Zug gerade ist?«

Fünfzig Kilometer hatten sie schon hinter sich gebracht, sie befanden sich kurz vor Erbach im Odenwald. Eberbach lag noch weitere dreißig Kilometer weiter im Süden und war die Endstation der Odenwaldbahn.

Margot schaute im Smartphone nach der Verbindung. »Der Zug ist in zehn Minuten in Erbach.«

»Prima«, meinte Horndeich. »Ich stell mich auf den Bahnsteig und schau genau hin, wenn der Zug einläuft. Dann weiß ich auch, wo er sitzt, wenn er drin ist.«

Margot nickte.

Da Zumbill ja bewaffnet war, hatten die Kollegen in Eberbach die große Truppe angefordert. Beamte in Zivil. Uniformierte Beamte im Mannschaftswagen, die von der Bahnstrecke aus nicht zu sehen waren. Sie wollten Zumbill festsetzen, wenn er den Bahnhof verlassen hatte und allein unterwegs war. Für den Notfall, falls Zumbill ausrastete und eine Geisel nehmen würde, waren auch ein paar Präzisionsschützen auf umliegenden Dächern verteilt. Gut, dass es bereits dunkel war.

Horndeich lenkte den Wagen ohne Blaulicht an den Bahnhof. Er stieg aus. Ging auf den Bahnsteig.

Der Zug der OWB war pünktlich. Durch den Bogen, den die Strecke von Michelstadt aus machte, war er erst kurz vor der Einfahrt in den Bahnhof zu sehen.

Horndeich stand im hinteren Bereich des Bahnsteigs, sodass er in alle Fenster des Zuges würde schauen können.

Der Zug bremste ab.

Und Horndeich schaute angestrengt ins Innere.

Zumbill saß im letzten Teil des Zugs. Es war die erste Klasse.

Zumbill blickte nach draußen, hielt die Hände neben das Gesicht, damit er aus dem hellen Raum heraus in der Dunkelheit etwas erkennen konnte.

Und er erkannte Horndeich. Seine Augen weiteten sich.

Mist, dachte Horndeich. Was sollte er jetzt tun? Wenn er einfach stehen blieb, dann würde Zumbill an einem der Haltepunkte zwischen Erbach und Eberbach aussteigen.

Wenn er einstieg, dann war er im Zug mit einem bewaffneten Mann, der unter hochgradiger Anspannung stand und garantiert nicht mehr nüchtern war.

Bauchgefühl und Instinkt – das waren die Ingredienzien, aus denen schnelle Entscheidungen bestanden.

Rein.

Horndeich sprang im letzten Moment in den Zug.

Das Erste-Klasse-Abteil war durch eine Glastür abgetrennt. Das war der wesentliche Komfort-Zugewinn. Denn die Sitze waren auch nicht größer oder besser gepolstert als die in der zweiten Klasse. Horndeich ging durch die Tür und ließ sich Zumbill gegenüber in den Sitz sinken.

»Sie hier?«

»Ja. Ich hier.«

»Woher wissen Sie …«

»Das ist mein Job. Und, Herr Zumbill: Wir wissen inzwischen, was passiert ist. Ihre Mutter hat ein umfassendes Geständnis abgelegt.«

»Sie bluffen.«

»Susanne hatte ein grünes Kleid an, als Sie sie erstochen haben. Ihre Mutter hat ihr dann später das rote angezogen. Sie hat die Leiche mit dem Landrover Ihres Vaters zum Bahnübergang geschafft. Die Kleine hat sie mit einem Schlafmittel ausgeschaltet. Noch mehr Details?«

Zumbill schwieg.

»Herr Zumbill, es ist aus. Wir wissen auch, dass Sie auf dem Weg zu Ihrem Bruder sind. Dort steht die Polizei schon bereit. Sie haben keine Chance, irgendwohin zu fliehen.«

Zumbills Augen füllten sich wieder einmal mit Tränen. »Ich habe das Liebste getötet, was ich hatte«, schluchzte er.

Horndeich nickte nur. Er war müde. Er wollte nach Hause zu Sandra und seiner Tochter. Sie würden bald in Eberbach ankommen.

»Gallberg hat mir die Fotos gegeben – und ich konnte es nicht ertragen. Die Vorstellung, dass er mit ihr – es war unerträglich. Ich bin stundenlang mit dem Rad herumgefahren, um ruhiger zu werden, aber es gelang mir nicht.

Sie war daheim, als ich kam. Hatte der Kleinen gerade diesen Schwachsinns-Zeichentrickfilm mit dem Mammut angemacht. Und Susanne – sie hockte im Schlafzimmer auf dem Bett und heulte.«

Horndeich sah Zumbill an. Beichte war immer gut. Vielleicht würde die Sache ja doch unblutig über die Bühne gehen.

»Ich warf die Bilder auf das Bett. Ging in die Küche. Sie kam hinterher. Ich machte die Tür zu. Dann fing ich an loszubrüllen. Beschimpfte sie. Und wissen Sie, was das Schlimmste war?

Sie hat mir die Wahrheit gesagt. Sie hat mir die gottverdammte Wahrheit gesagt! Nur hab ich's nicht kapiert. Das klang so beschissen an den Haaren herbeigezogen, dass ich ihr nicht eine Silbe geglaubt hab. Sie hat mir gesagt, dass sie als Leihmutter ein Kind austragen würde, dass sie Geld dafür bekommen sollte, dass der Mann auf dem Foto ihr Gynäkologe ist, dass das Ehepaar, das den Auftrag für das Baby gegeben hat, dass die tot sind. Dass Susanne abhauen wollte. Dass ihr jetzt alles um die Ohren fliege. Dass sie kein Geld mehr dafür hätte. Und dann fragte sie, ob ich sie noch haben wolle. Ob ich das Kind mit ihr großziehen würde.

Sie hat das ernst gemeint. Und ich hab gedacht, der Typ auf den Bildern wäre ihr Stecher, der ihr ein Kind gemacht hat. Das Kind, das sie mit mir nie haben wollte. Dass er sie sitzen gelassen hatte, jetzt, wo sie schwanger war. Und nun war ich gut genug dafür, auch noch ihren zweiten Bastard mit durchzufüttern? Ich schrie sie an, ob sie denn bescheuert wäre. Ob sie noch alle Tassen im Schrank hätte, hab ich sie angebrüllt.

Sie hat zurückgebrüllt, ich wäre ein egoistisches Arschloch, ein gewalttätiges egoistisches Arschloch.

Ich habe ihr eine gescheuert. Oder auch zwei, ich weiß nicht mehr.

Sie heulte und jammerte, wo sie denn jetzt hinsolle. Doch dann hat sie mich angeschaut, hat geweint. Und gesagt, gut, dann würde sie jetzt gehen. Aber ich konnte sie doch nicht gehen lassen, meine Susanne. Also hielt ich sie fest. Ließ sie los. Zog das Messer. Brüllte wieder, sie würde nur über meine Leiche diese Küche verlassen. Sie machte einen Schritt auf die Tür zu. Und ich stach zu. Es war nur ein einziger Stich, aber sie sank sofort zu Boden. Und war nach einer Minute tot.«

So, jetzt war es raus. Fall geklärt. Wunderbar. Jetzt musste man den guten Knaben nur noch davon überzeugen, nicht die Waffe zu ziehen.

Zumbill hatte beide Hände auf dem Schoß liegen. Ohne Waffe.

Horndeich wusste natürlich nicht sicher, ob er die Walther P22 wirklich dabeihatte. Aber die Gefahr bestand. Wollte er warten, bis der Mann die Waffe zog? Horndeich konnte davon ausgehen, dass Zumbill keine Ahnung hatte, dass Horndeich wusste, dass er die Waffe hatte.

Horndeich schaute auf die Uhr. In zehn Minuten würden sie in Eberbach einfahren. Die Schützen waren postiert. Die Kavallerie war sicher auch schon bereit. Und nachdem Horndeich nicht zu seinem Dienstwagen zurückgekehrt war, hatte Margot hoffentlich die richtigen Schlüsse gezogen.

Horndeich drehte sich um. Der Triebwagen war nicht voll besetzt. Doch da war die Mutter mit der kleinen Tochter auf dem Schoß. Die Kleine war vielleicht ein Jahr alt. Sie erwiderte Horndeichs Blick, lachte und ruderte mit den Ärmchen.

Vor einem Dreivierteljahr war Horndeich angeschossen worden und hatte nur knapp überlebt. Er wollte seine Tochter aufwachsen sehen. Und er wollte um jeden Preis vermeiden, dass dieses kleine Mädchen hinter ihm in Gefahr geriet.

Horndeich sammelte sich kurz.

Dann flog seine rechte Faust kurz und hart gegen Zumbills Kinn.

»Das gibt es doch gar nicht. Wo sind die denn?« Margot stand im Sichtschutz des Bahnhofsgebäudes.

Die wenigen Fahrgäste kamen über den Bahnübergang vom Gleis der Odenwaldbahn herüber.

Aber kein Zumbill.

Und kein Horndeich.

Zischen die ein Bier in Michelstadt?, fragte sich Margot. Über Funk hörte sie den Dialog zwischen der Einsatzleitung und den Einsatzkräften. Fast fünfzig Mann waren es, davon viele in Zivil, und dann noch die vier Präzisionsschützen.

Von denen meldete sich jetzt einer. »Adler 1 an Einsatzleitung. Noch zwei Männer im hintersten Abteil des Zuges. Bewegen sich langsam auf die Zugtüren zu. Verlassen den Zug durch den Ausgang.«

»Adler 2 an Einsatzleitung. Person 1 ist mit Handschellen gesichert, wird durch Person 2 geführt. Identifizierung steht noch aus. Warten auf Schussfreigabe. Äh, Moment, Person 2 hebt die Hand. Winkt. Welche Maßnahme sollen wir ergreifen?«

Zurückwinken, dachte Margot, denn jetzt erkannte sie Horndeich. Sie wandte sich an den Heidelberger Kollegen. »Der Mann, der winkt, das ist mein Kollege Hauptkommissar Steffen Horndeich. Und der Mann, der nicht winken kann, das ist Reinhard Zumbill. Geben Sie das bitte durch.«

Als Horndeich mit Zumbill an Margot vorbeiging, fragte sie: »Und – hatte er die Waffe dabei?«

»Ja. Ist in meiner linken Tasche. Und die Munition ist in der rechten.«

»Apropos rechts – warum reibst du dir dauernd die rechte Hand?«

»Tut weh. Vom Winken.«

DIENSTAG

Margot saß wieder auf der Bank in der Nähe des Grabmals mit dem Engel. Sie sah auf die Uhr. In einer Viertelstunde war sie verabredet.

Sie hatte an diesem Dienstag freigenommen. Den Vormittag über hatte sie in ihrem Haus Klarschiff gemacht. Und am Morgen hatte sie mit Irina Gölzenlamper telefoniert. Sie hatte ihr mitgeteilt, dass der Fall von ihrer Seite aus abgeschlossen sei. Alle Indizien sprächen dafür, dass Irinas Schwester das Ehepaar Aaner umgebracht habe. »Wir haben einen internationalen Haftbefehl veranlasst. Sie wird jetzt weltweit gesucht. Und es sieht so aus, als ob es einfach nur Raubmord war. Wie auch immer, wenn Ihre Schwester Sie anruft – dann müssen Sie uns Bescheid sagen.«

»Meine Schwester ist kein schlechter Mensch«, hatte Irina Gölzenlamper wiederholt.

»Das kann ich nicht beurteilen, Frau Gölzenlamper. Sie hat mit an Sicherheit grenzender Wahrscheinlichkeit zwei Menschen umgebracht. Und den Inhalt des Tresors geraubt.«

Daraufhin hatte Irina Gölzenlamper geschwiegen.

»Möchten Sie mir noch etwas sagen?«

»Darf ich zu Ihnen kommen? Ich würde Ihnen gern eine Geschichte erzählen.«

»Gern. Wann? Wo?«

»Es gibt einen schönen Ort bei Ihnen in Darmstadt. Bei dem Engel in diesem Rosenpark. Heute Mittag um ein Uhr?«

So waren sie verblieben. Nun wartete Margot, wobei sie ihr Gesicht in die Sonne hielt. Der wunderschöne Herbst versöhnte sie ein wenig mit dem missratenen Sommer. Obwohl es spürbar kälter geworden war. Das Wetter würde bald umschlagen.

»Frau Kommissarin Hesgart?«

Margot blinzelte. »Frau Gölzenlamper. Schön, dass Sie hier sind.«

»Danke, dass Sie mir zuhören. Gehen wir ein wenig spazieren?«

»Gern.«

»Diese Figur ist so schön. Der Engel, so – melancholisch. Und doch von einer majestätischen Schönheit, die Hoffnung verspricht.«

»Besser hätte ich es nicht sagen können. Wieso sprechen Sie so gut Deutsch?«

Irina Gölzenlamper lachte. »Lernen, lernen, lernen. Etwas fernsehen. Aber auch: lesen, lesen, lesen.«

Margot wandte sich schon zum Weg, als Irina Gölzenlamper sagte: »Ich habe mich mit meiner Schwester getroffen. Am Sonntag bevor sie nach Leer gefahren ist. Sie kam zu mir.«

»Hat sie mit Ihnen über den Mord gesprochen?«

Irina Gölzenlamper schwieg kurz. Dann sagte sie: »Lassen Sie uns ein Stück gehen.«

Margot ging eine Minute schweigend neben der Frau her. Dann begann diese zu sprechen. »Sie haben hier in Hessen doch diese Brüder Grimm. Wie haben die immer gesagt? ›Es war einmal …‹«

»Ja. So fangen Märchen meistens an.«

»Dann lassen Sie mich Ihnen eine Geschichte erzählen. Von einer Frau. Sie trägt den Namen Rasotscharowanie – nennen wir sie einfach Rasa.«

»Ein seltsamer Name.«

»Es ist eine seltsame Geschichte. Rasa hat einen Mann und zwei Kinder. Sie ist stolz auf ihren Mann. Er ist ein guter Mann. Er hat Kraft. Er hat eine breite Schulter. Aber er kann auch denken. Und er kann gut reden. Er hat Humor und ein gutes Herz. Er liebt seine Frau, und er will für seine Familie sorgen.

Er trinkt nicht. Er will sicher sein, dass seine Frau es gut hat. Und er will Kinder, viele Kinder.

Er geht zum Militär. Es ist nicht sein Wunsch. Aber er hat keine andere Arbeit gefunden. Und das Militär – das ist ein sicherer Beruf. Er ist in der Stadt stationiert, in der die Familie lebt.

Rasa ist glücklich. Und Rasa ist stolz. Dann bekommen sie ein Kind. Georgji, so heißt der Junge. Dann ein Mädchen. Sie nennen es Lina. Sie heißen wie mein Neffe und meine Nichte. Das ist schon ein Zufall.«

Margot unterbrach Irina nicht. Aber sie begann zu verstehen.

»Doch das Schicksal hält auch für diese Familie Schläge bereit. Rasas Mann, er muss in den Krieg. Es ist ein böser Krieg. Ein grausamer Krieg. Er kommt zurück, aber er ist völlig verändert. Rasa weiß nicht, was mit ihm passiert ist. Er hat aufgehört zu reden. Er schweigt, trinkt, und er wird aggressiv. Was immer er im Krieg erlebt hat, es hat seine Seele zerstört. Es wird so schlimm, dass er seine Arbeit beim Militär verliert. Jetzt hat Rasas Familie nicht nur persönliche Probleme. Jetzt hat sie auch finanzielle Probleme.

Rasa kämpft. Sie arbeitet den ganzen Tag. In einem Hotel. Es ist keine gute Arbeit. Aber sie verdient Geld. Nur nicht genug. Sie bemüht sich, noch auf andere Art Geld zu verdienen. Sie lässt Fotos von sich machen. Erst schöne Fotos. Aber Geld verdienen kann man nur, wenn man sich vor einer Filmkamera auszieht. Und nicht nur das.

Das will sie nicht. Denn sie hat noch ihren Stolz. Immer noch geht es um ihre Familie. Und sie ist sicher, eines Tages wird auch ihr Mann wieder gesund.

Sie hört von einer Freundin, dass es eine Klinik gibt in ihrer Stadt, die Frauen sucht. Frauen, die Eizellen spenden. Und Frauen, die Kinder von anderen Eltern kriegen – Leihmütter. Einmal spendet sie Eizellen. Dann fragt die Klinik sie, ob sie bereit wäre, ein Kind auszutragen für ein deutsches Ehepaar, das keine Kinder bekommen kann.«

An dieser Stelle hielt Irina inne. Sie sah über das Oberfeld. »Es ist wirklich schön hier. Meine Schwester war ein paar Tage in Ihrer Stadt. Und den Ort mit dem Engel, den hat sie geliebt. Und auch diesen Garten mit den Rosen.«

Margot wusste nicht, was sie erwidern sollte.

Irina sprach auch gleich weiter. »Nun, in der Geschichte nimmt Rasa das Angebot an. 7000 Euro soll sie bekommen. Das ist so viel, wie sie in ihrem anderen Job in zwei Jahren verdient.

Sie bekommt eine Anzahlung. Sie wird schwanger. Sie bekommt wieder Geld. Kann etwas zur Seite legen. Auch ihr Mann ist einverstanden, dass sie das Kind bekommt. Er hat immer wieder Momente, in denen er sein Leben wieder in den Griff bekommen will. Und das Geld – das können sie gut brauchen. Für die Schule von den beiden eigenen Kindern.

Und dann kommt die Untersuchung im vierten Monat. Eine Fruchtwasseruntersuchung. Und man stellt fest, dass das Kind eine Krankheit hat. Einen Gendefekt, wie es so schön heißt. Das Kind, ein Mädchen, hat das Turner-Syndrom. Statt zwei X-Chromosomen haben ein Teil der Körperzellen nur ein X-Chromosom. Rasa hat sich in ihrem ganzen Leben nicht mit solchen Sachen beschäftigt – jetzt lernt sie schnell und saugt das Wissen förmlich auf. Menschen mit dem Turner-Syndrom können leben, wenn die Schwangerschaft den dritten Monat übersteht. Sie können sogar gut leben – aber sie brauchen Medikamente. Teure Medikamente, die es nicht an jeder Straßenecke zu kaufen gibt. Hormonpräparate für das Wachstum und dafür, dass aus Mädchen Frauen werden.«

Die deutschen Eltern hören, dass das Mädchen, das ihr Kind ist, nicht gesund ist. Dass es eine Behinderung hat. In dem Vertrag steht, dass sie das Kind, wenn es eine Behinderung hat, die rechtzeitig festgestellt wird, nicht nehmen müssen. Und sie wollen das Kind nicht. Sie wollen ein gesundes Kind ohne Fehler. Und das will die Klinik auch liefern. Katalogkinder eben. In der Ukraine ist die Abtreibung bis zur zweiundzwanzigsten Schwangerschaftswoche legal. Also kein Problem.

Nur Rasa, sie hat ein Problem. Denn sie bringt es nicht fertig, das Kind töten zu lassen. Achtundneunzig Prozent der Kinder mit Turner-Syndrom erleben den vierten Schwangerschaftsmonat nicht. Aber dieses kleine Mädchen hat die Kraft und den Willen, auf die Welt zu kommen.

Rasa widersetzt sich der Klinik. Sie wird das Kind bekommen.

Und sie bekommt das Kind tatsächlich. Nur wird es mit dem Geld nicht besser. Denn sie bekommt von der Klinik nichts. Und sie kann mit dem Baby auch nicht sofort wieder arbeiten gehen. Und ihr Mann, der fliegt stets nach drei Tagen aus jedem neuen Job.

In Rasa wächst die Wut. Natürlich hat sie sich auf die Leihmutterschaft eingelassen. Aber ist es gerecht, dass die Eltern das Kind, wenn es nicht perfekt ist, einfach abbestellen können? Wenn sie das Kind schon nicht haben wollen, sollen sie dann nicht wenigstens dafür zahlen müssen? Und Rasa weiß, dass diese Menschen viel Geld haben. Sehr viel Geld.

Sie schreibt zwei Briefe. Bittet um hundert Euro im Monat. Aber sie erhält nicht einmal eine Antwort.

Das kleine Mädchen, es heißt Elena, es wird krank. Und Rasa braucht jetzt wirklich Geld für das Kind. Sie geht zu dem Mann, der die Fotos macht. Sie macht mit in einem seiner Filme. Und sie weiß, dass es so nicht weitergeht.

Also macht sie einen Plan. Sie wird die reichen Deutschen davon überzeugen, dass sie für Elena Geld geben. So, wie auch jeder geschiedene Mann für seine Kinder bezahlen muss.

Es gelingt ihr, nach Deutschland zu kommen. Ihre Kinder und ihren Mann hat sie versorgt, auch ihre Vögel. Sie hat herausgefunden, wo die Deutschen wohnen. Sie beobachtet sie mehrere Tage. Und dann kommt der Tag, an dem sie an ihrer Tür klingelt.

Der Mann macht auf. Will ihr die Tür vor der Nase zuschlagen. Aber sie hat ein großes Messer dabei. Und sie gelangt in die Wohnung, bedroht ihn. Zeigt, dass sie es ernst meint. Sagt, dass die beiden für Elena sorgen müssen. Die Frau sagt, ja, das würden sie doch machen. Sie weiß gar nichts von den Briefen, die Rasa geschickt hat. Und der Mann, er lacht sie aus.

Rasa sagt, wenn er ihr jetzt nicht gleich Geld geben würde, dann würde sie die Frau erstechen.

Der Mann lacht wieder. Sagt, sie sei nicht in der Lage, einen Mord zu begehen. Sie solle jetzt gehen. Sie solle sich verpissen. Rasa spricht ein wenig Deutsch. Sie kennt das Wort nicht. Aber sie spürt, was es bedeutet. Und sie weiß, dass dieser Kampf mit dem Mann ausgefochten werden muss. Auch wenn die Frau ihr Geld geben will – er würde es nicht zulassen. Er brüllt sie an, dass er sehr, sehr viel Geld ausgibt, damit sie endlich ein gesundes Kind bekämen – und keinen Krüppel.

Auch das Wort Krüppel kennt sie nicht. Aber das Wort klingt hässlich. Und Rasa weiß, dass sie keine zweite Chance bekommt. Sie springt nach vorn, und das Messer sticht in die Frau. Die ist entsetzt. Setzt sich auf das Sofa. Es gibt nicht viel Blut. Aber die Frau ist schwer verletzt, das sieht Rasa.

Rasa bleibt bei der Frau. Und fordert das gesamte Geld, das sie im Haus haben. Die Frau lebt noch, aber sie ist sehr schwach. Sie sagt zu ihrem Mann: ›Mach den Tresor auf.‹ Dann schweigt sie, denn sie hat keine Kraft mehr.

Tatsächlich öffnet der Mann einen Tresor hinter einem Bild. Darin ist Geld. Und Schmuck. Viel Geld. Viel Schmuck. Rasa tritt zu ihm. Doch der Mann dreht sich um und greift Rasa an. Die sticht zu, erst ins Blaue hinein, dann trifft sie. Der Mann geht zu Boden. Beschimpft sie. Sie versteht nicht alles, aber die Worte ›Hure‹, ›Nutte‹ – die kennt sie. Und sie sticht weiter auf ihn ein. Wieder und wieder. Ihre ganze Wut und Verzweiflung fließen in diese Bewegungen.

Dann hält sie inne.

Sie nimmt das ganze Geld, nimmt den Schmuck. Der Tresor ist leer, ihr kleiner Rucksack voll.

Sie sieht zu der Frau. Sie lebt noch. Rasa geht zum Telefon, nimmt das Mobilteil. Gibt es der Frau in die Hand.

Sie denkt, die Frau überlebt vielleicht.

Dann nimmt sie die Schlüssel von dem Deutschen. Und seinen Wagen. Und fährt davon. Das ist das Ende der Geschichte. Und Ihre Brüder Grimm, die sagen dann immer: Und wenn sie nicht gestorben sind, dann leben sie noch heute.«

Margot und Irina Gölzenlamper hatten inzwischen eine ganze Runde über das Oberfeld gedreht.

»Wie hieß die Frau noch mal in Ihrer – Geschichte?«

Irina lächelte: »Разочарование – Rasotscharowanie.«

»Ihre Schwester heißt Nadeschda – das bedeutet in Ihrer Sprache doch so viel wie ›Hoffnung‹, oder?

»Ja.«

»Und was heißt Rasa … – ich kann es nicht aussprechen?«

»Es ist das Gegenteil – ›Enttäuschung‹.«

»Haben Sie eine Ahnung, wo wir Ihre Schwester finden können?«

»Frau Hesgart, ich bin nur gekommen, weil ich Ihnen eine Geschichte erzählen wollte. Aber ich habe ein reines Gewissen, ich habe keine Ahnung, wo sie ist und wo sie sein könnte.« Sie machte eine ausladende Handbewegung. »Die ehemalige Sowjetunion ist sehr groß und sehr weit.«

»Frau Gölzenlamper, dann danke ich Ihnen dafür, dass Sie den Weg auf sich genommen haben und mir Ihre Geschichte erzählt haben.«

»Es war für mich ein Bedürfnis.«

Obwohl sie noch mitten auf dem Oberfeld waren, verabschiedeten sich die beiden Frauen voneinander und gingen in unterschiedlichen Richtungen davon.

EPILOG

»Es ist doch ganz einfach«, sagte Margot. »Alles, was ein rotes Kreuz hat, nehmen Sie mit. Alles, was kein rotes Kreuz hat, das bleibt hier.«

»Okay«, sagte der Möbelpacker und nahm den Kaffeeautomaten. Ein großes rotes Kreidekreuz zierte dessen Seite.

Seine beiden Kollegen trugen das Sofa aus dem Haus.

Vierzig Umzugskisten – alle mit rotem Kreuz versehen – waren bereits in dem großen Möbeltransporter verschwunden.

Margot setzte sich in den Garten und steckte sich eine Zigarette an. Als sie mit der Dose roter Sprühkreide durch das Haus gezogen war, hatte sie noch einige alte Schätze entdeckt. Etwa dieses Zigarettenpäckchen. Sicher vier Jahre alt, aber noch originalverschweißt. Außerdem hatte sie noch eine Kiste mit Spielzeug von Ben gefunden. Sie hatte ihn kurz angerufen, aber er wollte sie nicht abholen. Also hatte sie beschlossen, das Spielzeug Horndeich zu schenken. An einer Holzeisenbahn hätte sicher auch seine Stefanie bald Freude. Er wollte nachher vorbeikommen und sie abholen.

Die Möbelpacker schafften die letzten Teile in den Wagen. Eine Viertelstunde später kam der Chef auf sie zu.

»Fertig.«

Margot musste noch ein paar Papiere unterschreiben.

»Rauchen Sie?«, fragte Margot.

»Klar.«

»Dann nehmen Sie die. Ich brauche sie nicht mehr. Gerade geöffnet.«

Damit wechselte auch die letzte Packung Zigaretten aus Margots Haushalt den Besitzer. Margot legte noch einen Zehn-Euro-Schein drauf.

Eine Minute später war der Transporter verschwunden. Und damit Rainers Sachen. Sie hatte bei der Spedition Lagerraum angemietet. Die Jungs würden alles vorsichtig und behutsam ausladen und einlagern. Er konnte es sich dann bringen lassen, wohin und wann auch immer er es wollte.

Die Sonne stand tief. Es wurde kühl, wie Margot am Mittag schon vermutet hatte.

Gleich würde sie reingehen.

Dann sah sie die junge Frau die Straße entlangkommen. Mit dem geschulterten Rucksack.

Doro!

Als sie näher kam, erkannte Margot, dass Doro in keiner guten Verfassung war. Sie stand auf, ging auf das Mädchen zu.

»Doro, mein Gott, was ist denn passiert? Wieso bist du schon wieder hier?«

Die junge Frau ließ den Rucksack einfach auf die Straße fallen. Und fiel Margot um den Hals. Augenblicklich lösten sich ganze Stauseen von Tränen aus ihren Augen.

Minuten später sammelte Margot den Rucksack auf und begleitete Doro ins Haus. Sie hatte immer noch kein Wort gesagt.

»Willst du reden?«

Doro schüttelte nur den Kopf. »Badewanne möglich?«

»Klar«, sagte Margot.

Doro sah sich um, schniefte. »Was ist denn hier los? Ist Rainer ausgezogen?«

»Ausgezogen worden.« Margot hatte keine Kraft und keine Lust, um den heißen Brei herumzureden.

»Wundert mich nicht«, sagte Doro nur. Doro blieb eine halbe Stunde in der Wanne.

In der Zeit ging Margot durchs Haus. Sie hatte einen Zettel und einen Stift dabei. Schrieb auf, was sie kaufen musste. »Sofa«, stand oben auf dem Zettel. »2 mal«, dahinter. Wie beim Einkaufszettel für den Supermarkt.

Als die Liste fertig war, ging sie in die Küche.

Doro erschien, kramte aus dem Rucksack die letzten sauberen Klamotten. »Mehr besitze ich nicht mehr.«

Margot nickte nur.

»Es war schlimm dort«, sagte Doro.

»Dadaab?«

Doro nickte. »Hast du was zu essen für mich?«

»Ja. Habe ich. Und du musst nicht fragen: Ja, du kannst erst mal hier wohnen, bis du weißt, wie es weitergeht.«

»Danke.« Wieder Tränen.

»War es so schlimm?«

Doro nickte. »Das Elend, die Armut. Das begreifst du nicht, wenn du es im Fernsehen siehst. Und Johannes – der hat eine andere. Schon von früher. Scheißkerl. Ich war dann völlig allein da unten.«

Margots Handy meldete sich. Sie sah drauf. Eine weitere SMS. Zwölf Stück seit heute Morgen. Und acht verpasste Anrufe. Sie wollte nicht wissen, wer was von ihr wollte, und legte das Handy zur Seite.

»Meinst du, ich habe eine Chance, die Ausbildung weiterzumachen?«

»Hast du dich abgemeldet?«

»Nein. Bin nur abgehauen.«

»Na, dann könnte das mit einer Krankmeldung vielleicht noch zu kitten sein.«

Es klingelte.

Margot ging an die Tür.

Horndeich. Und Sandra mit Stefanie auf dem Arm.

»Kommt rein«, sagte Margot.

Horndeich sah sich um.

»Ja, er ist weg«, sagte Margot nur. »Kommt in die Küche.«

»Hey, Doro! Du bist ja wieder da!« Sandra freute sich wirklich.

Doro schaute verlegen in ihre Richtung.

Sandra gab die Kleine in Margots Arme. Und drückte die Verlorengeglaubte. »Gesund?«, fragte Sandra.

»Ja.«

»Das ist das Wichtigste.«

»Komm, Kollege, wir bringen erst mal die Kiste ins Auto – passt die überhaupt in den Crossfire?«

»Nein. Aber ich habe einen neuen Wagen.« Horndeich strahlte wie ein Honigkuchenpferd.

Er nahm die Kiste, Margot hielt die Türen auf.

Vor dem Haus stand ein Mercedes-Kombi. Aber die Version aus den Sechzigern. Mit Flossen. Der Wagen war rot. Und strahlte, als wäre er gerade vom Band gelaufen.

»Wow. Ist aber nicht ganz so flott.«

»Nee. Hat aber Platz für alle und alles.«

»Da wird Hinrich aber staunen.« Margot lächelte.

Sie ließen gerade die Heckklappe fallen, als ein gelbes Spitfire Cabrio in die Straße bog. Die Frau am Steuer hatte sich ein Kopftuch umgebunden. Cora. Margots Freundin. Sie stellte den Wagen ab, stieg aus.

»Na, du bist mir eine. Wieso bist du übers Telefon nicht zu erreichen? Hast du dein Handy weggeschmissen?«

Margot umarmte die Freundin.

»Hallo Horndeich«, grüßte die nun auch Margots Kollegen. Und wandte sich wieder der Freundin zu. »Nachdem du dich nicht gemeldet hast, hab ich gedacht, ich schau halt mal vorbei. Ich hoffe, es passt?«

»Komm rein.«

Wieder in der Küche, machte Margot Cora mit den übrigen Anwesenden bekannt.

»Nun, das war meine letzte Tour mit offenem Verdeck, denke ich«, sagte Cora und setzte sich. »Ja, es zieht an. Langsam wird es doch Winter.«

Margot sah zum Weinregal in der Küche. Rainers Weinsammlung aus dem Keller hatten die Jungs von der Spedition mitgenommen. Aber hier waren noch drei Flaschen. Margot definierte sie als Ausgleich für erlittenes Leid und griff nach einer der Flaschen.

»Mag jemand ein Glas Wein?«, fragte Margot.

»Gern. Sag mal, hast du Glühwein?«, wollte Doro wissen.

»Glühwein?«

»Ja. Da hätt ich jetzt riesige Lust drauf.«

»Coole Idee«, meinte auch Cora.

Margot zuckte mit den Schultern. »Kann ich machen.«

Sie zog noch eine weitere Flasche aus dem Regal. Schaute auf das Etikett. Ein *Château Duhart-Milon Rothschild 1982.* Hatte Rainer mal für einen besonderen Anlass gekauft. Nun, wenn das kein besonderer Anlass war … Und für die eigene Tochter sollte doch nichts zu teuer sein, oder? Sie entkorkte die Flaschen, goss den Inhalt in einen Topf.

Dann pflügte sie durch ihre Kräutervorräte. Fand aber nur ein Pappschächtelchen mit der Aufschrift *Glühfix.* Sie zeigte es Doro.

»Passt«, sagte die nur.

Margot sah auf das Verfallsdatum. Noch zwei Tage. Na, geht doch noch. Sie hängte drei Beutel in den Wein.

Nach zehn Minuten hielten alle außer Sandra ein Glas Glüwein in der Hand.

Margot schaltete das CD-Radio an.

Aura Dione sang ihr neues Lied. »Free to need some time, free to need some help.« – *Ich bin frei, ein wenig Zeit zu brauchen. Frei, ein wenig Hilfe zu benötigen.* Passte doch perfekt auf Doro. Sie stießen alle mit dem Glühwein an. »Schön, dass ihr da seid«, meinte Margot.

»Schmeckt ein bisschen nach Fass«, fand Horndeich. »Ist aber interessant.«

Margot lachte.

Sie sah in die Runde.

Und Aura Dione sang: »Even though I got a broken heart, at least I got my friends.« – *Auch wenn mein Herz gebrochen ist, habe ich wenigstens meine Freunde.*

Das passte dann ja wohl auf sie.

NACHWORT

Das Thema Leihmutterschaft hat viele Aspekte. Ich habe versucht, einige Perspektiven aufzuzeigen. In Deutschland ist die Leihmutterschaft verboten. Die künstliche Befruchtung hingegen wird auch in Deutschland ganz legal praktiziert und hat schon vielen Eltern ein eigenes Kind geschenkt. Aber wie geht das denn nun genau mit der künstlichen Befruchtung? Damit sind wir wieder dort angelangt, wo jedes Buch eigentlich anfängt: bei meinen Fragen und all den Leuten, die mich mit ihrem Wissen unterstützt haben, sodass ich das Buch überhaupt schreiben konnte.

Das Backoffice war auch diesmal reichlich besetzt. Ein ganzer Stab von Menschen half mir mit seiner Sachkenntnis. Dafür möchte ich ihnen danken – und Sie, werte Leserin und werter Leser, auch diesmal bitten, diese letzten Worte noch zu überfliegen.

Zunächst möchte mich beim Kinderwunschzentrum Darmstadt bedanken, hier besonders bei Dr. A. Bilgicyildirim, die sich Zeit nahm, mir das Thema Künstliche Befruchtung genau zu erklären und mich durch die Klinik zu führen. Bedanken möchte ich mich ausdrücklich auch bei jenem ungenannt bleiben wollenden Herrn, der mir bei meinen Fragen zu sogenannten Personenschäden bei der Bahn weiterhalf.

Die Fachkenntnis von Martin Hinrich zu erweitern, half mir Prof. Dr. Dr. R. Urban vom Institut für Rechtsmedizin in Mainz. Dr. Harald Schneider vom Kriminalwissenschaftlichen und -technischen Institut in Wiesbaden beantwortete meine Fragen zur DNA-Analyse. Cool, wenn man angehende Mediziner in der Familie hat: Basia – merci! Zu Erbrechtsfragen berieten mich Angelika von Wilcke und Joachim Becker.

Die Mitarbeiter der Pressestelle vom Landeskriminalamt Hessen sowie weitere Kollegen des Hauses halfen mir auch diesmal schnell und unbürokratisch. Aysel Gülmez, Simone Bruder und Julia Klug führten mich in das Thema Hochbegabung und scheinbare Hochbegabung ein (auch wenn dieser Part im fertigen Buch leider nur noch eine winzige Rolle spielt).

Björn Kleinlogel, Martin Felke und Katharina Schmitt unterstützten mich bei meinen Nachforschungen zur Forensischen Entomologie – also der Frage, wann welche Fliege sich unter welchen Bedingungen zu toten Körpern hingezogen fühlt. Ich bin froh, dass ich einen anderen Beruf gewählt habe.

Markus Münzer beantwortete meine Fragen zu den Möglichkeiten, geklauten Schmuck zu verkaufen. Bei ihm würde ich es nicht versuchen, er kennt jeden Trick. Die Mitarbeiter der Post am Luisenplatz in Darmstadt schlossen sehr unbürokratisch meine Wissenslücken zu Jobkarrieren bei der Post und zu Postfächern. Hanne Lüdeling und Bettina Lüdeling-Gölz waren stets prima Führer durch Ostfriesland. Merci!

Nicht bei den unmittelbaren Recherchen, wohl aber beim Geschichtenspinnen haben mir weitere Menschen geholfen: Jochen und Matthias, der Dank geht an euch. Ganz besonders danken möchte ich an dieser Stelle dir, Manfred, und dir, Patti. Euer stets offenes Ohr, eure Anregungen, Tipps und Aufrichtversuche, wenn Fragen offen waren – das alles weiß ich sehr zu schätzen. Danke.

Das Team von Piper, besonders Annika Krummacher, hat an dieses Buch geglaubt, und Peter Thannisch und Anja Rüdiger haben mir geholfen, die bestmögliche aller »Engelsblut«-Varianten zu schreiben. Dank auch an meinen Agenten Georg Simader, den besten Sparringspartner und Rückenfreihalter, den man sich wünschen kann.

Tja, auch dieses Mal: Die allerletzten Zeilen gleichen denen der vergangenen Nachworte. Es liest sich immer noch wie ein Disclaimer auf einer Internetseite, und immer noch ändert das gar nichts am Wahrheitsgehalt: All diese Menschen haben mir für dieses Projekt ihr Wissen und ihre Zeit geschenkt oder mich inspiriert. Um eines ganz deutlich zu sagen: An Fehlern ist der Autor schuld und keiner seiner Helfer. Sollte ich jemanden vergessen haben, tut es mir sehr leid. Nun, die Entschädigung wird diesmal im *Vis à Vis* gewährt: ein lecker Süppchen!

Michael Kibler *Darmstadt, Mai 2012*

Michael Kibler

Todesfahrt

Kriminalroman. 336 Seiten.
Piper Taschenbuch

Als in einem Wald bei Darmstadt die Leiche des Amerikaners William Fishkin auftaucht, steht die Polizei vor einem Rätsel: Warum wurde der Mann erschlagen? Und weshalb hielt er sich überhaupt in Deutschland auf? Bald stellt sich heraus, dass Fishkin als Privatdetektiv arbeitete, sein letzter Aufenthalt in Hessen jedoch war rein privater Natur – er war auf der Suche nach seinem Erzeuger. Obwohl dieser seine Vaterschaft gleich anerkannte, schien irgendetwas nicht zu stimmen. Denn warum hat Fishkin sich sonst bei der amerikanischen Polizei nach mysteriösen Todesfällen vor vierzig Jahren erkundigt? Allmählich kommen die Ermittler einem düsteren Geheimnis auf die Spur, dessen Kenntnis fatale Auswirkungen hat …

»Eine spannende Handlung vor gründlich recherchiertem lokalen Hintergrund.«
Darmstädter Echo zu »Schattenwasser«

05/2723/01/L

Michael Kibler

Schattenwasser

Kriminalroman. 336 Seiten.
Piper Taschenbuch

Zwei Frauen werden nur wenige Tage nacheinander in Darmstadt ertränkt aufgefunden. Treibt ein Serienmörder in der beschaulich kleinen Großstadt sein Unwesen? Margot Hesgart und Steffen Horndeich von der Mordkommission versuchen fieberhaft, die Fälle zu lösen. Bekennerschreiben, die die vernichtende Kraft des Wassers beschwören, eine alte Leiche unter dem Fundament des Jugendstilbades – das Puzzle scheint kaum entwirrbar. Margot Hesgart tut alles, was in ihrer Macht steht. Trotzdem kann sie nicht verhindern, dass auch Menschen aus ihrem privaten Umfeld in höchste Gefahr geraten.

05/2486/01/R

Michael Kibler

Rosengrab

Kriminalroman. 384 Seiten. Piper Taschenbuch

Bei einer Autobahnraststätte wird eine junge Frau quer über die Fahrbahn in den Tod getrieben. Für Kommissar Steffen Horndeich und seine Kollegin Margot Hesgart steht schnell fest, dass hier kein Selbstmord vorliegt. Aber wer steckt dahinter? Immer tiefer dringen die Ermittler in ein Netz aus Lügen und Verrat vor. Bis sie schließlich einen rätselhaften Fund auf der Darmstädter Rosenhöhe machen, wo eine unglaubliche Wahrheit unter der Erde ruht …

»Ein hochdramatisches, raffiniertes Verbrechen.«
Heilbronner Stimme

»›Rosengrab‹ bietet spannende Unterhaltung, ist sehr gut recherchiert und erzählt von Charakteren, denen man gerne noch in weiteren Fortsetzungen begegnen möchte.«
www.focus.de

05/2581/01/L

Michael Kibler

Zarengold

Ein Darmstadt-Krimi. 336 Seiten. Piper Taschenbuch

Ein unerklärlicher Einbruch in der Russischen Kapelle und eine brutal ermordete junge Frau – ein neuer Fall führt Hauptkommissarin Margot Hesgart und ihren Kollegen Steffen Horndeich in eine fremde, bedrohliche Unterwelt. Auch wenn die Kühlkeller des ehemaligen Darmstädter Brauereiviertels vom Ried bis in den Odenwald als »Katakomben« bekannt sind, sollten sie nie als Grabkammern dienen. Vom Blutsonntag in Sankt Petersburg zum Mord auf der Mathildenhöhe – auch aus der Ferne ist tödliche Gefahr blitzschnell ganz nah, wenn das Schicksal russisches Roulette spielt.

»Der Darmstädter Autor Michael Kibler verknüpft in seinen Romanen gekonnt Stadtgeschichte mit Verbrechen.«
Frankfurter Allgemeine Zeitung

05/2487/01/R